Rachel Hauck

Der Liebesbrief

Roman

Rachel Hauck ist Bestsellerautorin, ihre beliebten Liebesromane erscheinen auf den Listen von New York Times, USA Today und Wall Street Journal und sind in vielen Ländern veröffentlicht. Sie hat Journalistik studiert, ist Gewinnerin des Carol Awards und lebt mit ihrem Mann in Florida.
Mehr unter: rachelhauck.com und facebook.com/rachelhauck.

RACHEL HAUCK

Der LIEBES BRIEF

Roman

Aus dem amerikanischen Englisch
von Eva-Maria Nietzke

Brendow

Prolog

HAMILTON
Die Schlacht von Cowpens (Hannah's Cowpens)
Nordamerikanische Kolonie von South Carolina
17. Januar 1781

Er musste es zu Ende bringen. Und zwar jetzt. Er stolperte und fiel auf die feuchtkalte Erde des Ahorn-Sumpfes, während das Prasseln des Musketenfeuers die kühle Morgenluft durchbrach. Sein Atem waberte in der Kälte. Der Rauch von Gewehren und Kanonen trübte das erste Tageslicht, und der scharfe Geruch von Schießpulver schnitt durch die kalte Winterluft.

Er presste sich an den nächststehenden Baum, mit dem Rücken zum Kampf und dem Dolch in der Hand. Blut von einem Säbelhieb verfärbte seinen Ärmel und tropfte von seiner linken Hand. Keine dreißig Schritte von ihm entfernt tobte die Schlacht, doch er sackte in sich zusammen, erschöpft, als habe er tagelang gekämpft.

Bring es zu Ende, Mann, bring es zu Ende!

Hamiltons Konflikt mit Lieutenant Twimball hatte lange vor diesem Tag begonnen. Doch heute würde es mit Twimball zu Ende gehen. Hier. Jetzt. Wegen allem, was dieser Mann getan hatte. Wegen all der Taten, die von den Rotröcken des Königs verübt worden waren.

Vor seinen Augen tanzten Punkte, und sein Kopf schien über seinem Körper zu schweben. Er versuchte aufzustehen: Mit seinem unverletzten Arm stützte er sich auf das Gewehr, den verwundeten linken Arm schlang er um den Baumstamm. Doch seine Beine wollten ihm einfach nicht gehorchen.

Ein erneuter Geschosshagel lenkte seine Aufmerksamkeit auf das Schlachtfeld. Die Briten stürmten nach vorn, während seine Kameraden zurückwichen. Noch einmal versuchte er aufzustehen und fiel gegen den Baumstamm. Aus dem Augenwinkel sah er ein Stück Papier davonflattern. Sein Brief! Er ließ den Dolch fallen und tastete nach seiner linken Jackentasche, doch seine Hand stieß ins Leere. Seine Jacke war zerrissen!

Der Wind blies das einzelne Blatt über den kalten, matschigen Boden. Er musste es einfangen! Hamilton streckte sich und bekam das Blatt gerade noch mit den Fingerspitzen zu fassen; dann entglitt es ihm, als er auf die Erde kippte.

Um ihn herum tobte der Kampf. Die Schreie und Flüche der Soldaten verfingen sich in den kahlen Ästen der Bäume, als Hamilton Lightfoot langsam die Sinne schwanden, während er von seiner großen Liebe, während er von *ihr* träumte.

1.
Chloe

Hollywood, in der Gegenwart
August

Für Liebesgeschichten war sie einfach nicht gemacht. Sie erwischte einfach nie den Richtigen. Weder im wahren Leben noch auf der Leinwand. Stattdessen musste sie sterben – in fast jeder größeren Rolle, die sie bis jetzt übernommen hatte. Letztes Jahr hatte ihr das *Variety*-Magazin den Titel „Königin der Sterbeszenen" verliehen. Was für eine tolle Auszeichnung ... Doch heute war sie fest entschlossen, das zu ändern. Sie wollte nicht länger warten, sondern die Dinge selbst in die Hand nehmen.

Während sie mit ihrem roten 64er-Mustang mit aufgeklapptem Verdeck durch *Bel Air* zum Haus des berühmten Hollywood-Regisseurs Jeremiah Gonda fuhr, war Chloe erwartungsfroh. Vor einer roten Ampel nahm sie den Fuß vom Gas und stellte das Radio lauter.

„What you want, baby, I got it ..."

Der Wind spielte mit ihren Ponyfransen, als ein schwarzer BMW neben ihr hielt. Der Fahrer ließ sein markantes Profil im rechten Licht erscheinen, anschließend drehte er sich zu ihr, lächelte und zwinkerte ihr zu. Doch als seine Augen auf den eiskalten Blick von Chloe trafen, entglitt ihm seine Mimik und er schaute wieder nach vorn.

Chloe knurrte und stellte die Musik noch lauter.

„R-E-S-P-E-C-T."

Die Ampel schaltete auf Grün und der BMW-Fahrer düste davon. Angeber. Als ob sie sich für diesen Schönling mit den falschen Zähnen interessieren würde. Ach, bitte! Als Teenagerin hatte sie solche Typen zum Frühstück verspeist! Na ja, nicht wirklich. Aber in ihrem Kopf hörte sich der Spruch ziemlich gut an. Doch heute ging es nicht um ihre Vergangenheit, den Skandal oder ihre von „Tod und Sterben" geprägte Karriere, sondern darum, was sie künftig erreichen wollte. Zum ersten Mal in ihrer zwanzigjährigen Karriere wollte sie sich selbst um eine Rolle bewerben, statt darauf zu warten, dass man sie zu einem Casting einlud. Sie wollte ihr Vitamin B nutzen. Wozu war sie schließlich die Tochter zweier Hollywood-Legenden?

Ihre klägliche Karriere bestand bislang aus Sterbeszenen – und zwar nicht in packenden Thrillern oder Horrorfilmen, sondern in Seifenopern, altmodischen Filmen, am Broadway und bei einer *Shakespeare im Park*-Aufführung. Sie hatte mindestens drei Rollen abgelehnt, um nicht erneut vor der Kamera sterben zu müssen. Chloe war neunundzwanzig und begann sich allmählich zu fragen, ob ein Fluch auf ihr lastete. In jenem Jahr am Broadway war sie einhundertfünfzig Mal gestorben. Einhundertfünfzig Mal!

Sollte diese Rolle auch Auswirkungen haben auf ihr Leben? Oder auf ihre Seele abfärben?

Chloes verrückte Vermutung rührte nicht von irgendwoher. Nach der Rolle am Broadway war es schließlich zum Skandal gekommen. Dem Todesstoß für ihren guten Ruf ... Chloe stellte die Musik lauter, um die Erinnerung zu verdrängen. Sie hielt vor dem Haus der Gondas und drückte auf den Knopf der Gegensprechanlage.

„Chloe Daschle. Ich möchte zu Mr. Gonda."

„Wie bitte? Ich kann Sie nicht verstehen."

Chloe stellte das Radio leiser. „Chloe Daschle. Ich möchte zu Mr. Gonda."

Mit einem Klick schwang das Tor auf und Chloe fuhr langsam die steinige Auffahrt hoch, folgte der Kurve und parkte im Schatten vor der Eingangstür.

Jeremiah und Laura Gonda waren ein umtriebiges Paar, genau wie ihre Eltern: ein erfolgreicher, ausgezeichneter Regisseur, der mit einer Oscar-preisgekrönten Schauspielerin verheiratet war. Die beiden gehörten zu den großen Ausnahmen in Hollywood: Sie waren seit zwanzig Jahren glücklich verheiratet und Eltern von sieben Kindern. Eine Attraktion für sich.

Chloes Eltern lebten seit fünfunddreißig Jahren glücklich zusammen, ohne verheiratet zu sein.

Chloe stieg aus dem Wagen, fuhr sich mit den Fingern durch die Haare und den Pony und griff nach ihrer Tasche. Sie ging zur Tür und klingelte, dann trat sie einen Schritt zurück. Ihr Herz klopfte laut.

Hallo Jeremiah, ich würde gern für die Rolle von Esther vorsprechen. Das überrascht dich, nicht wahr? Weißt du, ich habe das Skript von „Bound by Love" gelesen. Ist die Rolle der Esther schon besetzt? Bitte, bitte, bitte gib mir eine Chance!

Sie hatte durch einen Freund, Smitty Barone, von Jeremiahs neuestem Film gehört. Smitty hatte sich auf Horrorfilme spezialisiert, versuchte sich nebenbei aber auch als Vermittler. Immer wieder begegnete sie Smitty, sie konnte sich schon gar nicht mehr dran erinnern, wann sie ihm zuerst begegnet war. An der Schauspielschule?

Ein leichter Wind kam auf, und Chloe spähte zu den Bäumen, die das Anwesen säumten. *Bel Air* wurde seinerzeit von legendären Stars bewohnt: Mary Pickford, Ingrid Bergman, George Reeves, Jerry Lewis, Johnny Carson. Sogar die Beatles hatten während ihrer 1965er-Tour hier gewohnt. In einigen Jahren würden auch ihre Eltern zu Hollywoods Geschichte gehören. Sie selbst sehnte sich nicht nach Unsterblichkeit. Sie wollte einfach schauspielen, etwas Bedeutsames mit ihren Fähigkeiten erreichen, die Herzen der Menschen berühren. Und sie wünschte sich, dass dieser „Todesfluch", den sie selbst in gewisser Weise in ihr Leben hineininszeniert hatte, gebrochen würde. Sie wollte endlich ihr Glück finden, auch privat. Und ihre wahre Liebe. War das zu viel verlangt? Zu schön, um wahr zu sein?

Die Tür des eckigen Frank-Lloyd-Wright-Glashauses wurde geöffnet. Jeremiah erschien mit seiner jüngsten Tochter Eva auf dem Arm im Türrahmen.

„Chloe, komm herein!" Lächelnd trat er zur Seite. Die große Marmor-Empfangshalle war ausgestattet mit einem Treppenhaus wie in *„Vom Winde verweht"*, einer hohen Holzbalkendecke und einem zweieinhalb Meter großen Kronleuchter. „Schön, dass du herkommst. Laura dreht in dieser Woche einige Szenen neu, daher bin ich den ganzen Tag hier."

„Ich wollte lieber hierhinkommen als in dein Büro." Sie hielt Eva ihren Finger hin, die daraufhin ihre kleine Hand fest darum schloss. „Wie süß du bist."

„Ja, und sie weiß es ganz genau. Ezra?" Jeremiah rief nach seinem ältesten Sohn. „Kannst du bitte deine kleine Schwester nehmen?" Ein schlaksiger, blonder Teenager kam um die Ecke. Er stopfte sich ein letztes Stück Sandwich in den Mund und nahm das Baby auf den Arm.

„Die Nanny bringt gerade die anderen Kinder zum Turnen und zur Tanzstunde." Jeremiah bat Chloe, ihm zu folgen. „Wir werden also unsere Ruhe haben." Er betrat sein Büro. Die nach Westen gerichtete Glaswand bot einen spektakulären Ausblick über das Tal. „Möchtest du etwas trinken?"

„Nun ..." Chloe zögerte. Es war verrückt. Wenn er sie für das Casting gewollt hätte, hätte er sie angerufen. Was er nicht getan hatte. Stattdessen hatte er Mädchen wie Ginger Winters und Sabrina Fox angerufen.

Selbst wenn er wie durch ein Wunder bereit wäre, ihr die Rolle zu geben, würde sich die Filmgesellschaft wohl dagegen sperren. Sie war zu ihrem großen Bedauern in eine typische Rolle gedrängt worden, die sie nicht mehr abstreifen konnte. Sie war das Mädchen, das immer starb. Er wäre verrückt, wenn er ...

„Chloe? Etwas zu trinken?“ Jeremiah stand neben dem Wandkühlschrank.

„Oh, entschuldige. Ja, bitte. Eine Cola Light.“ Sie betrat den Raum, legte ihre Tasche auf einen vornehmen Lederstuhl und schlenderte zum Fenster. „Ich glaube, ich könnte mich an dieser Aussicht niemals sattsehen.“ Das Büro ihres Vaters auf dem Daschle-Anwesen hatte dieselbe Aussicht. Von ihrer eigenen Wohnung aus, im Nordflügel des Anwesens, konnte Chloe allerdings nur die Bäume des hinteren Gartens und das Gästehaus sehen.

„Laura und ich kommen abends, wenn die Kinder im Bett sind, gerne hierher. Wir musizieren dann und schauen einfach nur auf die Lichter.“ Jeremiah gab Eiswürfel in ein Kristallglas und öffnete die Cola-Flasche, ehe er sie Chloe reichte. Für sich selbst nahm er eine Flasche Perrier aus dem Kühlschrank. Sogar das Mineralwasser war hier vom Feinsten. Dann schritt er auf die lange, tiefe, rote Couch zu. „Du interessierst dich also für Esther?“

Chloe ging zu ihm. Sie nahm sich Zeit, einen Schluck zu trinken, bevor sie das Glas auf einen Untersetzer stellte.

„Bin ich zu spät?“

Er schüttelte den Kopf. „Nein. Die Rolle der Esther ist die einzige, die noch nicht vergeben ist. Hat dein Agent dir das Skript geschickt?“

„Nein. Ein Freund von mir, Smitty Barone.“ Sie war ihm eines Sonntags über den Weg gelaufen. Nach dem Gottesdienst. Warum er da gewesen war, hatte sie nicht verstanden, aber in den vergangenen fünf Jahren hatte Chloe sich an Smittys seltsames Kommen und Gehen gewöhnt. „Er sagte mir, ein neuer Autor habe das Drehbuch geschrieben. Er meinte, ich sollte es versuchen.“

„Smitty Barone?“ Jeremiah lehnte sich zurück und ließ einen Arm auf der Rückenlehne der Couch ruhen. Besorgt verzog er das Gesicht. „Nie von ihm gehört. Ich mag den Gedanken nicht besonders, dass jemand, den ich nicht kenne, mit meinem Skript um sich wirft.“

Chloe nahm erneut ihr Glas und trank einen Schluck, um ihre Nervosität zu überspielen. „Ich hoffe, es ist in Ordnung, dass ich angerufen habe."

Das Drehbuch hatte sie von der ersten Zeile an in seinen Bann gezogen. Sie fühlte sich Esther so nahe wie einer Freundin, die sie schon seit Kindertagen kannte. Wenn Jeremiah ihr eine Chance gäbe, würde sie jedes Fünkchen ihrer zwanzigjährigen Erfahrung in die Rolle hineinlegen.

„Nun, wie die Dinge liegen, haben wir Sabrina Fox in die nähere Auswahl genommen, uns aber gegen sie entschieden. Sie ist ..."

„Zu schön." Chloe kannte Sabrina. Sie hatte Talent, das stimmte, doch ihre auffallende Schönheit lenkte von diesem Talent ab. „Sie ist vom Typ her kein Kolonialmädchen, ich dagegen schon."

„Wir haben es auch mit Marilyn West versucht, waren aber nicht zufrieden. Wir haben uns gefragt, wer nun infrage kommen könnte." Jeremiah erhob sich von der Couch, setzte sich eine Brille auf und holte eine Kopie des Skripts. Jeremiah war ein wahres Wunderkind und hatte sich einen Ruf als Regisseur mit dem Oscar-preisgekrönten *King Stephen I* und nun mit der Adaption des Romans *Someone to Love* gemacht, die einen rauschenden Erfolg hatten. Eines Tages würde er eine Legende sein.

„Ich verstehe Esther Kingsley, Jeremiah. Ich fühle wie Esther. Ein Mädchen, das nach Liebe sucht und nicht glaubt, dass sie es wert ist."

Er sah sie einen Moment lang an. „Dieses Chaos mit Haden hat dir wirklich schwer zugesetzt."

Die Untertreibung des Jahres. Der letzten drei Jahre.

„Willst du mich vorsprechen lassen?" Sie setzte sich auf die Kante der Couch. „Ich bin es leid, mich zu verstecken. Ich bin es leid, ständig zu sterben. Ich weiß, ich weiß. Ich stehe für einen bestimmten Rollentyp und bin daher ein Risiko. Aber wenn du mir eine Chance gibst ... Bitte, Jeremiah, lass es mich versuchen." Chloe kramte in ihrer Tasche nach dem Skript und holte es hervor. Sie blätterte durch die Seiten und durchflog ihre Anmerkungen. „Ich liebe diese Geschichte. Ich kann es kaum glauben, dass sie von einem neuen, unbekannten Autor ist. Es steckt so viel Herz und Wahrheit in jedem Wort. Kaum zu glauben, dass er nicht selbst 1781 im Hinterland von South Carolina lebte."

„Jesse Gates? Ja, er hat Talent. Warum glaubst du wohl, dass ich einen Film aus seinem Skript machen will? Er spielt übrigens selbst die Rolle von Flanders."

„Wer spielt Hamilton?" Der Held. Esthers Geliebter.

„Chris Painter."

Chloe ließ sich zurücksinken. „Oh, ich verstehe." Sie wandte den Blick ab. Painter war eine alte Flamme aus ihrer Teenagerzeit, als sie beide in *High School Follies* spielten. Chris war derzeit der angesagteste Schauspieler überhaupt.

„Ist das ein Problem für dich?"

Chloe fasste sich und lehnte sich vor. „Ist es ein Problem für dich?"

„Nein. Aber ich will kein Drama auf dem Set. Ich will keine Romanzen unter den Schauspielern. Clive Boston hätte mir beinahe *King Stephen I* verdorben, als er sich in eine der Hofdamen verliebt hat. Es war das reinste Chaos."

„Geschenkt. Chris ist mit Ginger Winters liiert. Und ich bin ... nun ... mit niemandem zusammen." Chloe hatte ein Geheimnis: Aus ihrer Krise heraus hatte sie beschlossen, ernst mit der Sache mit „dem lieben Gott" zu machen. Sie hatte sich auf eine Glaubensreise begeben und war dabei, sich intensiv mit der Bibel zu beschäftigen. Sie wollte versuchen, Gott an erste Stelle in ihrem Leben zu stellen und seine Gebote ernst zu nehmen. Das schloss auch ein, sich selbst anzunehmen Doch um das zu erreichen, würde sie übernatürliche Kraft benötigen. „Glaub mir, eine Romanze ist das Letzte, wonach mir der Sinn steht."

Jedenfalls im Moment. Und für die Dauer des Films, sollte sie die Rolle bekommen.

„In Ordnung. Dann zeig mir mal, was du draufhast, Chloe Daschle." Jeremiah klappte das Skript auf. „Ach, da wir gerade von Romanze reden." Er kicherte leise. „Gehst du dieses Wochenende zur Steinbrenner-Hochzeit?"

„Natürlich. Ich bin Brautjungfer."

Violet Steinbrenner war eine der besten Freundinnen von Chloe. Ihr Vater leitete eine große Produktionsfirma, während ihre Mutter mit ihrer Agentur vielversprechende Talente managte.

„Violet hat Laura dazu überredet, ein Solo zu singen." Jeremiah grinste. „Sie ist ein frustrierter Broadway-Star, weißt du." Er hielt das Skript hoch. „Also, Esther ... Sie ist stark, und es braucht eine starke Schauspielerin, um sie darzustellen."

Sein Satz stand wie eine Frage im Raum. Wie eine Frage, ob Chloe sich sicher sei, dem gewachsen zu sein.

Chloe starrte ihn quer durch den Raum an. „Ich muss es tun, Jeremiah. Ich kann nicht länger diejenige sein, die immer nur stirbt. Ich spüre, dass ich dabei bin, diese Frau zu werden, und jeder Teil meines Lebens ist davon betroffen. Ich will, ich muss die Frau sein, die lebt." Sie sah ihn prüfend an und schüttelte den Kopf. „Ich weiß nicht, vielleicht sollte ich aufhören mit der Schauspielerei. Etwas ganz anderes tun. Schreiben. Regie führen. Unterrichten."

„Ich hasse es, was diese Stadt aus der Seele eines Menschen macht." Seine Ehrlichkeit war deutlich spürbar. „Gib nicht auf, Chloe. Es stimmt, dass du in einer bestimmten Rolle feststeckst. Aber du bist auch eine wirklich talentierte Schauspielerin."

„Könntest du dir vorstellen, die Filmgesellschaft zu überzeugen? Ich meine ... wenn du mich als Esther haben willst?" Nervös klopfte sie mit den Fingern gegen das Skript.

Sie hatte Hunderte Male ein Casting mitgemacht. Sie kannte den Ablauf. Wenn die Filmgesellschaft – mit anderen Worten das Geld – einen

Schauspieler oder eine Schauspielerin nicht mochte, egal, wie glänzend er oder sie die Rolle spielte, dann war es aus.

„Ich habe ein wenig Handlungsspielraum." Er deutete auf das Skript. „Lass uns anfangen."

Chloe sprang zu der Szene, in der Hamilton Esther besuchte, um ihr mitzuteilen, dass er mit der Miliz von South Carolina fortgehen würde.

Chloe schloss die Augen und begab sich gedanklich zurück ins Jahr 1781, in ein unbesiedeltes Land, in ein Holzhaus, wo es so köstlich nach gebackenem Brot duftete, dass ihr Magen zu knurren begann. Auf dem Hof scharrten Hühner und Hunde bellten. Ein Pferd spähte aus einem Stallfenster. Rinder wanderten über die winterlichen Hügel.

Der Unabhängigkeitskrieg hatte sich in südliche Richtung verlagert und sich in der Kolonie breitgemacht, wo Farmer, Jäger und Händler die Bevölkerung bildeten. Es waren raue, hart arbeitende Menschen, die sich mühsam mit ihren eigenen Händen ein Leben aufbauten.

Esther: Du darfst nicht fortgehen ... nicht mit der Miliz. Vater wird mit General Cornwell sprechen. Du könntest dich seinen Truppen anschließen.

Hamilton (erhitzt): Du hast gehört, was Huck und seine Männer in *Hill's Ironworks* getan haben ... die Überfälle auf die Presbyterianischen Kirchen. Von York bis nach *Ninety Six*. Soll ich wie ein Feigling zugucken? Muss ich dich daran erinnern, was die Rotröcke meinem Vater angetan haben?

Esther: Ich habe nichts vergessen. Aber du solltest versuchen, zu vergessen – und zu vergeben. Wenn du dich in den Kampf stürzt, wird ihn das nicht zurückbringen. Und auch dein Schmerz wird dadurch nicht kleiner. Ich glaube, dein Vater wäre froh, wenn du ein langes Leben lebst und Enkelkinder hast, die den Namen Lightfoot weitertragen. Und was ist mit dem Versprechen, das wir einander gegeben haben? Bin ich etwa nicht wichtig? Habe ich gar nichts zu sagen?

Hamilton: Habe ich etwa mein Wort nicht gehalten? Habe ich ein Versprechen gebrochen? Wenn ich einfach danebensitze und mit ansehe, wie meine Landsleute, meine Kameraden sterben – was sagt das über mich als Mann, Freund und Nachbar aus?

Esther: Ja, du brichst dein Wort, wenn du dich einem Kampf anschließt, der nicht gewonnen werden kann. Und wenn du von einer Muskete der Torys oder einem Bajonett getötet wirst? Wie kannst du mich heiraten, wenn du tot bist und unter der Erde verrottest? Und wofür? Für ein paar Dollar Steuern? Eine Tasse Tee? Die Unabhängigkeit von unserem Heimatland, das uns so gut behandelt hat?

Hamilton: England? Mein Heimatland? Nein, Esther, der Boden, von dem du sagt, dass ich darin verrotten werde, ist meine Heimat. Mein Erbe ist hier, in diesem Land. England? Ich war nie dort. Nein, ich sage dir: Amerika ist mein Land.

Esther: Deine Freunde und Nachbarn kämpfen für die Krone. Wagst du es wirklich, gegen sie die Waffen zu erheben? Gegen meinen Vater? Gegen meine Familie? Dann kannst du genauso gut auf mich zielen.

Hamilton: Ich kann nichts dafür, dass sie sich auf die Seite der Briten geschlagen haben. Sie kämpfen für die Tyrannei. Ich dagegen spreche für mich selbst und meine Familie. Wir kämpfen für die Unabhängigkeit.

Esther (späht umher und senkt die Stimme): Sprich nicht von diesem Verrat im Haus meines Vaters. Es gibt keinen treueren Tory in der Kolonie.

Hast du vergessen, dass er dich wie einen Sohn liebt? Wenn du dich der Miliz anschließt, wirst du sein Herz und meines brechen.

Hamilton (streckt die Hand nach ihr aus): Und du brichst mir jetzt das Herz. Wie soll ich zwischen Liebe und Krieg entscheiden?

Esther (fällt ihm weinend in die Arme): Entscheide dich für mich, Hamilton. Wenn du mich wirklich liebst, dann entscheide dich für mich.

Chloe ließ die Seite sinken und warf einen Blick auf Jeremiah, der ausdruckslos auf sein Skript starrte.

In seine Arme fallen ... ihn anflehen zu bleiben. Diese Szene hatte sie mit Haden Stuart erlebt. Chloe hatte das Gefühl, diese letzte Zeile im Skript sei direkt von ihrem viralen Video inspiriert worden. Hatte Jesse Gates es gesehen? Schwer zu sagen, aber als das Video zwanzig Millionen Views erreicht hatte, hatte Chloe es aufgegeben, sich zu verstecken und sich zu verteidigen. Sie hatte die Wahrheit akzeptiert: dass ihre zerschmetternde Demütigung Teil der Popkultur geworden war.

„Nun ..." Jeremiah seufzte, warf das Skript auf den Tisch, griff nach seinem Wasserglas und nahm einen großen Schluck.

„Was?", fragte Chloe. „Ich habe sie übertrieben gespielt, ist es das? Lass es uns noch einmal lesen. Ich kann ihr eine leisere Tonart geben. Ich war mir nicht ganz sicher mit dem Akzent. Eher britisch oder eher südstaatlich? Liebe Güte, ich will ja keine Scarlett O'Hara spielen. Das wäre falsch." Sie zwang sich zu einem Lächeln. „Ich bin so sehr an das Drama des Sterbens gewöhnt und ... Weißt du was?" Sie stopfte das Skript in ihre Tasche. „Es ist in Ordnung. Ich bereue nicht, es versucht zu haben. Danke, dass du dir die Zeit genommen hast, Jeremiah. Wir sehen uns dann bei der Hochzeit."

„Setz dich." Jeremiah zeigte auf den Sessel und sprach mit seiner Regisseur-Stimme: „Du gehst nirgendwohin."

Chloe sah Jeremiah verwirrt an. Zögerlich nahm sie wieder Platz. Ein Kribbeln machte sich in ihrem Bauch breit.

„Ich kann es einfach nicht glauben, dass ich nicht selbst auf die Idee gekommen bin, dich vorsprechen zu lassen. Wow, Chloe. Du bist so viel besser, als du selbst über dich denkst. Besser, als ich dachte." Seine Augen glitzerten, während er sprach.

„I-ich ... Was? Wirklich?" Sie strahlte. „Du willst mich für die Rolle?" Es fühlte sich an, als ob ein Festumzug mit Trompeten und Luftballons durch sie hindurchströmte. „Wie ... wie wirst du es der Filmgesellschaft beibringen?"

„Das lass mal meine Sorge sein." Er reichte ihr die Hand. „Willkommen in *Bound by Love*, Chloe Daschle. Ich werde das Angebot an deinen Agenten mailen. Chip Mac, stimmt's?"

„Ja, der reizende und liebenswerte Chip Mac." Sie ging zur Tür, doch nach wenigen Schritten drehte sie sich um, stürmte auf Jeremiah zu und umarmte ihn. „Danke, danke, danke! Ich werde dich nicht enttäuschen, Jeremiah. Ich werde mein ganzes Herz in diese Rolle legen. Warte nur ab."

Noch wie war der Himmel so blau gewesen, nie hatten die Vögel schöner gesungen. Dieser Film würde ihr Leben verändern. Sie spürte es.

2.
Jesse

Er hätte nie geglaubt, eines Tages am Meer zu leben. Über diese gewaltigen Wassermassen zu blicken, machte ihn immer noch nervös.

Acht Jahre nach seiner Ankunft in Kalifornien, nach zahllosen romantischen Komödien, TV-Filmen und gescheiterten Sitcom-Sendungen hatte er endlich eine Goldgrube aufgetan. Echtes Hollywood-Gold. Nicht als Schauspieler, sondern als Drehbuchautor, mit einem Skript, das von der Überlieferung seiner Familie und dem Brief eines Vorfahren aus den Kolonien inspiriert war.

Ein Jahr später, nach vielen Runden voller Anmerkungen und Korrekturen – durchgeführt vom Direktor der Filmgesellschaft bis hin zum Hausmeister, so kam es ihm vor – erhielt *Bound by Love* endlich grünes Licht. Die Dreharbeiten würden im Spätherbst beginnen, unter der Regie keines geringeren als Jeremiah Gonda, einem der besten Regisseure in *La-La-Land.*

Jesse streckte sein Gesicht der salzigen Brise entgegen, die über die Veranda im dritten Stock seines gemieteten Strandhauses in Santa Monica wehte. Das Haus war ein wundervoller Deal, ausgehandelt von seinem Freund Smitty Barone.

Jesse war mit einem außergewöhnlichen Talent gesegnet, das war ihm mittlerweile bewusst. Nicht, dass er sich von Anfang an darüber sicher gewesen wäre. Natürlich hatte es Zweifel gegeben. Aber sein erstes Drehbuch innerhalb eines Jahres nach Fertigstellung zu verkaufen? Das war großartig. Reinste Film-Magie.

Auch wenn er bis jetzt noch nichts von diesem Gold in seiner Hand hielt ... Das würde wohl noch ein Weilchen dauern. Sei's drum. Das luxuriöse

Strandhaus was mindestens ebenso magisch. Der Hauseigentümer wollte es nicht leer stehen lassen, während er ein Jahr lang geschäftlich unterwegs war. Jesse konnte es für einen Spottpreis mieten.

Er atmete tief die salzige Luft ein und zwang sich, seine Erinnerungen auszuschalten. In guten Zeiten war es am besten, die schlechten zu vergessen. Sein kürzlich gefundenes Glück ließ ihn glauben, er habe den Preis für die Vergangenheit bezahlt. Die Sache mit Loxley, auch wenn er sie nicht vergessen konnte, lag hinter ihm. Und dass sie ihm, wenn das überhaupt möglich war, vergeben hatte.

„Hier sind die Schlüssel." Smitty klopfte ihm auf die Schulter. Er stammte aus der Bronx, war klein und schlank mit dunklen Augen und einem sympathischen Lächeln. Ein italienischer Jude, das sagte er selbst über sich. Jesse war ihm an der Schauspielschule begegnet – oder war es bei seinem ersten bezahlten Job? Jesse konnte sich nicht mehr erinnern. In seinem ersten Jahr in Los Angeles war er noch unerfahren, gebrochen und verletzt gewesen. Er war damals gefangen in seinem Selbstmitleid.

Er steckte die Schlüssel in seine Hosentasche. „Wo ist der Mietvertrag? Ich würde ihn gern unterschreiben."

„Hier geht's lang." Smitty wies auf den Couchtisch aus Glas und Chrom im loftähnlichen Wohnbereich.

Das Haus bestand aus drei Etagen, jede verfügte über ein Schlafzimmer, ein Badezimmer und einen Wohnbereich. Küche und Wintergarten befanden sich auf der ersten Etage. Ein Studio voller Multimediageräte auf der zweiten. Ein Büro und Arbeitszimmer auf der dritten. Und jede Wand war aus Glas und gab den Blick frei über den Ozean.

„Hör mal, Archer Doyle ist ein anspruchsvoller Mensch, also gib gut auf das Haus acht." Smitty setzte sich auf das schokoladenbraune Wildledersofa und reichte Jesse einen vergoldeten Füller. „Ich habe ihm gesagt, du seist vertrauenswürdig, und er sagte nur: ‚Er soll meine Küchenarbeitsplatten nicht zerkratzen. Die sind aus Quarz!' – Ha!"

„Ich wüsste gar nicht, wo die Küche ist, wenn ich nicht beim Ankommen daran vorbeigelaufen wäre. Seine Arbeitsplatten haben nichts zu befürchten." Jesse überflog den Mietvertrag mit seinen juristischen Details. „Wann wird er zurück sein?"

„Frühestens in einem Jahr. Es könnte auch länger dauern. Er zieht ein neues Unternehmen in Asien hoch." Smitty wedelte mit der Hand über dem Vertrag. „Alles Standard, vertrau mir. Ich würde dich nie reinlegen." Er lächelte breit. „Ganz im Ernst, Kumpel. Ein Drehbuch mit *Gonda Films* und *Premier Studios*? Du bist ein absoluter Glückspilz, Mann! Hey! Glaubst du, da könnte auch für mich was drin sein?"

Smitty war eine Karikatur, der Stereotyp der Bronx. Doch Jesse mochte ihn. Er hatte sich als guter Freund erwiesen.

„Du weißt, dass Drehbuchautoren bei der Rollenvergabe nicht mitreden, aber lass doch deinen Agenten nach einem Casting fragen." Jesse unterzeichnete den Mietvertrag und gab Smitty das Papier und den Füller zurück. „Ich werde ein gutes Wort für dich einlegen."

„Du bist der Beste, mein Freund, der Allerbeste!" Smitty ließ sich auf das geschwungene Ledersofa zurücksinken. „Der MIT-Bildungsabschluss macht sich also gut in Hollywood." Er prustete. „Wie wär's, wenn wir zusammen ein Geek-Drehbuch schreiben? Ein Computerfreak tut sich mit einem Nerd zusammen." Er wies auf sich selbst und ließ ein breites Grinsen sehen. „Und dann geben sie eine große Party, um Tussis aufzureißen ..."

„Ein Geek-und-Tussi-Film? Zu viel Klischee. Vergiss es. Komm, hilf mir lieber beim Ausladen." Jesse lief zu seinem Wagen hinunter, um den ersten der vier Kartons und einen Koffer aus dem Kofferraum zu holen. Er reiste mit leichtem Gepäck. Seit er in L.A. angekommen war, hatte er stets kleine, möblierte Wohnungen gemietet. Seine Garderobe war auf das Nötigste beschränkt. Er hatte nichts gekauft, was nicht in seinen zehn Jahre alten *Dodge RAM* passte.

Nachdem er Smitty einen Karton gereicht hatte, nahm Jesse seinen Laptop, der ihm gleichzeitig als Fernseher diente, und zerrte seinen Koffer über die Heckklappe.

Noch zweimal hin und her und der Wagen war leer. Ein Karton stand im Badezimmer, und die übrigen im Wohnbereich auf der dritten Etage, direkt gegenüber vom Schlafzimmer. Der Raum war lang und hell. Jesses wenige Besitztümer veränderten den Raum nur geringfügig.

„Ich bin dann mal weg." Smitty klopfte ihm freundschaftlich auf den Rücken. „Halt die Augen auf für eine Rolle für mich, Kumpel!"

„Danke für alles, Smitty."

„Wozu sind Freunde da?" Er sah Jesse jetzt direkt an. Seine braunen Augen waren klar, durchdringend, beinahe strahlend.

Jesse trat von einem Fuß auf den anderen. „J-ja, genau."

Manchmal schien Smitty eine Art sechsten Sinn zu haben. Doch dann, ganz plötzlich, war er wieder ganz der Alte - schnell, freundlich und liebenswert.

„Bis später, Kumpel." Das Zuschlagen der Eingangstür hallte in Jesse wider, und die vertraute Einsamkeit machte sich breit.

Nein ... nein ... Lass mich los ...

Jesse schüttelte das Gefühl ab und griff nach dem ersten Karton. Er vermisste sein Zuhause - seine Eltern, seinen Bruder, seine Großmütter, Tanten und Onkel, seine Freunde. Doch wenn er nach Hause ging, kam die Erinnerung wieder. Alle schlichen dann auf Zehenspitzen um ihn herum, selbst noch acht Jahre später, um seinen geistigen wie emotionalen Zustand zu erspüren, ohne direkt danach zu fragen.

Jesse öffnete den Karton und holte eine Lampe und ein altes Bügeleisen heraus, das seine Mom ihm gegeben hatte und das er gelegentlich benutzte. Als Nächstes holte er ein Paket von Tante Pat hervor, das er vor Kurzem bekommen hatte. Die Möglichkeit, das Haus am Strand zu mieten, hatte sich so plötzlich ergeben, dass er noch keine Zeit gefunden hatte, es zu öffnen.

Er spürte, wie das Gefühl der Einsamkeit langsam verschwand, als er es sich auf dem Sofa bequem machte und das Klebeband abzog, das um einen alten Schuhkarton gewickelt worden war.

Tante Pat war die Historikerin der Familie. Sie fuhr kreuz und quer durchs Land, um Ahnentafeln und Kunstgegenstände, alte Tage- und Kochbücher, Bilder, Möbel und was immer sie finden konnte aufzutreiben, um den Gates-Williams-Fuller-Lightfoot-Stammbaum zusammenzufügen. Dieser Karton enthielt eine kleine, gerahmte Bleistiftzeichnung von Grandpa Hamilton Lightfoot, der die Inspiration zu Jesses Drehbuch gab.

Ich habe dies hier unter den Habseligkeiten meines Bruders John gefunden. Möge Gott seiner Seele Ruhe schenken. Ich musste an dich denken, als ich Grandpa Hamiltons Gesicht sah. Du siehst ihm sehr ähnlich. In dem Umschlag befindet sich der Originalbrief. Da du ein Drehbuch geschrieben hast, das auf Hamiltons Leben basiert, fand ich, dass du ihn haben solltest. Geh vorsichtig damit um, nimm ihn nicht zu oft in die Hand. Wenn du ihn erneut lesen willst, benutze lieber die Kopie, die ich dir geschickt habe. Jedes Mal, wenn ich den Brief lese, empfinde ich tiefe Ehrfurcht in dem Wissen, dass ich etwas lese, was einer meiner Ahnen vor zweihundertfünfzig Jahren geschrieben hat! Vergiss nicht, wir blicken auf ein langes, bedeutendes Familienerbe zurück. Ich bin stolz auf dich, lieber Neffe.
In Liebe, Tante Pat

Vorsichtig nahm Jesse den Brief aus dem Umschlag und blinzelte beim Anblick der langen, gewundenen Schrift. Die markante Handschrift bestätigte, dass der Brief von Hamilton Lightfoot geschrieben worden war. Tante Pat hatte sie mit Aufzeichnungen verglichen, auf denen Hamiltons Pensionsbezüge für seine Dienstzeit während des Unabhängigkeitskrieges vermerkt waren.

Der Brief war auf einem dicken, leinenen Bogen geschrieben, der oben geprägt war mit dem Namen Hamilton George Lightfoot. Das Papier war mit der Zeit vergilbt und die Ecken waren ausgefranst, doch die Schrift war deutlich zu lesen.

12. Juni 1802

Meine liebe Esther,
ich hörte von dem kürzlichen Ableben deines Gatten. Mein Herz trauert mit dir. Ich bete für dich. Möge der Friede Gottes dich tragen.
Meine Lydia starb im Kindbett, und ich habe John Hamilton Lightfoot mit Tante Marys Hilfe allein aufgezogen. Sie ist ganz vernarrt in ihn und verwöhnt ihn sehr. Doch ich muss zugeben, dass auch ich ihn ziemlich verhätschele. Er trägt den Namen meines Vaters und ist seiner Mutter wie aus dem Gesicht geschnitten. Doch während die Tage vergehen, denke ich weiter an dich. Und ich muss mir eingestehen: Ich vermisse dich. Ich hoffe und bete, dass dieses Eingeständnis dich nicht beschämt.
Es war eine Ehre für mich, im Krieg zu kämpfen. Doch zugleich empfinde ich tiefes Bedauern, weil der Krieg uns auseinandergerissen hat. Wie wäre unser Leben verlaufen, wenn ich damals nicht nach Cowpens gegangen wäre? Doch das spielt nun keine Rolle mehr. Wir haben unsere Entscheidungen getroffen. Ich hoffe, dass es dir und den Kindern gut geht.
Esther, ich muss dir bekennen, dass meine Zuneigung zu dir nach all diesen Jahren mein Herz nie verlassen hat. Ich frage mich, meine Liebste, ob du ähnlich empfindest? Würdest du am Ende vielleicht doch in Erwägung ziehen, mich zu heiraten?

Hier endete der Brief. Ohne Unterschrift. Ohne je abgeschickt worden zu sein. Und hier begann Jesses Drehbuch.

Habe ich deine Geschichte erzählt, Hamilton?

Jesse hatte nicht viel, auf das er sich stützen konnte. Nur den Brief und Tante Pats Familiengeschichte – die Esther nicht mit einschloss.

Doch die Frage, die ihn eigentlich umtrieb, die er sich selbst kaum zu stellen traute, weil sie seine Seele zutiefst erschütterte, war vielmehr: Hatte er seine eigene Geschichte erzählt?

Jesse wendete das vergilbte Papier, von der winzigen Hoffnung beflügelt, auf der Rückseite wären auf wunderbare Weise Worte aufgetaucht, die ihm mehr verrieten. Doch die Seite war leer. Es war diese Leere, zusammen mit der widerhallenden Leere in Jesses Brust, die ihn zum Schreiben des Drehbuches inspiriert hatte.

Die Lichter der Dachterrasse schalteten sich ein und zogen Jesses Blick auf sich. Er starrte auf die Terrasse und versuchte sich erneut vorzustellen, wie sein Ur-Ur-Ur-Ur-Ur-Ur-Großvater diesen Brief an eine Frau schrieb, die er nie geheiratet hatte. Hatte er Lydia nicht geliebt? Oder hatten ihr Tod und der Tod von Esthers Mann einer verborgenen Liebe neues Leben eingehaucht?

Was war mit seiner eigenen Liebesgeschichte? Seinen Fehlern? Was hätte Hamilton anders gemacht? Was würde Jesse anders machen, wenn er die Chance dazu hätte? Hätte er dann Loxley vielleicht nie einen Antrag gemacht? Wäre er nicht mir ihr hinunter zum Strand gegangen?

Hinter der Dachterrasse ging die Sonne am Horizont des Pazifiks unter und tauchte die Fenster in ein romantisch glühendes Licht. Jesse steckte den Brief behutsam zurück in den Umschlag, griff nach seinem Smartphone und ging aus dem Haus, den schmalen Weg hinunter über den warmen Sand. Er ging ans Ufer. Seit acht Jahren hatten seine Füße keinen Sand mehr berührt. Wenn er doch die Vergangenheit endlich hinter sich lassen könnte ... Doch dafür müsste er alles, was er sich selbst vorwarf, endlich abschütteln. Vielleicht könnten die Wellen ihn von seiner Schuld reinwaschen, sie einfach fortspülen und mit sich nehmen in dieses unendliche Meer ...

Doch anstatt bis zum Wasser zu gehen, grub er seine Füße in den weichen Sand ein. Er spürte einen Stich in seiner Brust. Jesse war sich sicher: Niemals würde er diesen Schmerz überwinden können. Kein Hollywood-Erfolg, keine Reichtümer, kein schickes Haus am Meer konnte diese Wahrheit auslöschen. Wie Grandpa Hamilton musste auch Jesse mit seinem Verlust leben.

3.
Esther

Ninety Six, South Carolina
Juni 1780

Zum letzten Mal hatte sie den Ozean überquert. Sicherlich würde Vater nicht von ihr verlangen, noch einmal über den Atlantik zu segeln. Sollte er es tun, würde sie sich weigern. Sie war nun alt genug mit ihren zweiundzwanzig Jahren. Sie hatte seine und Mutters Bitte erfüllt, und nun würde sie ihre eigenen Entscheidungen treffen.

Auf Vaters Wunsch hin war sie nach London gereist, um in die Gesellschaft eingeführt und bei Hof vorgestellt zu werden. Es sollte die Position ihres Vaters gegenüber seinem Arbeitgeber, Lord Whatham, dem Duke of Brogman stärken. Ihre Mutter lebte für nichts anderes als die Feine Gesellschaft. Dass sie ihre Tochter bei Hofe vorgestellt hatte, ließ ihr Ansehen bei der königlichen Familie und den Aristokraten gleichermaßen steigen. Der Himmel bewahre, dass irgendjemand Lady Olivia fragen sollte, warum sie viertausend Meilen von ihrem Mann und ihrer Tochter entfernt lebte.

Zurück auf der wunderschönen Anhöhe von *Slathersby Hill* hier in South Carolina, hatte Esther nicht die Absicht, je wieder fortzugehen. Dies war ihre Welt. Ihre Heimat. Hier war sie aufgewachsen. Hier hatte sie bei Festlichkeiten an der Seite ihres Vaters die Gastgeberin gespielt, hatte Würdenträger getroffen, darunter hochrangige britische Offiziere und sogar Lord Whatham, wenn er einen seiner seltenen Besuche machte.

Esther spähte aus ihrem Schlafzimmerfenster auf die Straße, die sich durch die grünen Hügel wand, und fragte sich, ob er heute kommen würde. Sie hatte vor drei Monaten von ihrer Rückkehr geschrieben. Er hatte sich nicht die Mühe gemacht, zurückzuschreiben. Er neigte nicht so sehr zum Schreiben, ihr Hamilton Lightfoot. Aber sie musste ihn bald sehen, sonst würde ihr Herz zerspringen.

„Miss Esther? Kann ich hereinkommen?"

Sie drehte sich zu Tür. „Bitte."

Sassy schlich herein, mit einem Lächeln auf ihrem schönen, karamellfarbenen Gesicht. „Ihr Vater wartet mit dem Frühstück auf Sie." Sie durchquerte das Zimmer. „Soll ich das Fenster öffnen? Es ist furchtbar heiß hier drin."

Sassy war eine Freigelassene und mittlerweile mehr ein Familienmitglied als eine Dienerin. Sie zog die Vorhänge zur Seite und schob das Fenster hoch. Der süße Duft des Sommers drang ins Zimmer.

„Hat Isaac meine Kisten gebracht? Ich habe Korrespondenz von Lord Whatham für Vater."

„Ja. Kitch hat den Tee bereits ausgepackt. Die Welt ist wieder in Ordnung, seit der Teeschrank wieder gefüllt ist. Sir Michael trinkt gerade eine Tasse."

„Ich bin nicht sicher, ob er mich ins Haus gelassen hätte, wenn ich nicht eine Kiste *Bohea* mitgebracht hätte. Ich habe in Charles Town eine ordentliche Abgabe dafür bezahlt."

„Das ist es wert." Sassy drehte sich zur Reisetruhe um und hob den Deckel hoch. „Wie ich sehe, haben Sie einige hübsche neue Kleider mitgebracht."

„Sie sind zu warm für South Carolina, aber Mutter hat darauf bestanden." Sie bürstete ihr Haar vor dem Spiegel und band es mit einer Schleife zusammen. „Hat während meiner Abwesenheit jemand nach mir gefragt?"

Sassy drehte sich zu ihr. „Wenn Sie Mister Hamilton meinen, nein. Nachdem sie fort waren, kam er zunächst jede Woche her. Er klopfte noch nicht mal an die Tür, er saß einfach auf den Stufen vor dem Haus und starrte auf die Straße. Der arme Junge war liebeskrank. Aber zwei Jahre sind eine lange Zeit, um zu schmachten."

„Mr. Hamilton? Warum hätte er nach mir fragen sollen? Ich dachte an Jessica Warren oder Isobel Knight." Esther nahm die Bücher hoch, die sie für die Bibliothek gekauft hatte. Eine neue Ausgabe des *English Dictionary* und Band I von *The Rise and Fall of the Roman Empire*. „Hamilton Lightfoot." Sie lachte gezwungen. „Liebe Zeit, ich habe ihn völlig vergessen."

„Natürlich." Sassys große braune Augen blitzten belustigt, auch wenn sie keine Miene verzog. „Und das ist auch gut so, denn es ist mehr als wahrscheinlich, dass er Sie vergessen hat."

Esther zeigte keinerlei Regung. „Er ist bestimmt mittlerweile verheiratet." Sie klemmte sich die schweren Bücher unter den Arm. Ihr Herz klopfte heftig. Er hatte zuletzt vor sieben, nein, vor acht Monaten geschrieben. Genug Zeit, um sich in ein anderes Mädchen zu verlieben. Vielleicht hatte er aus diesem Grund den wenigen Briefwechsel, der zwischen ihnen bestanden hatte, eingestellt.

Ein Mann wir Hamilton Lightfoot brauchte eine Frau. Und welches Mädchen im Land würde sich ihm nicht in die Arme werfen? Mit seinem schwarzen Haar und den kristallblauen Augen sah er ausgesprochen gut aus, zudem war er freundlich und redegewandt und ein Verteidiger der Unterdrückten und Schwachen. Er war von kräftiger Statur, hatte etwas Grüblerisches an sich und verbarg womöglich eine gewisse Dunkelheit in seiner Seele.

„Verheiratet? Mr. Hamilton? Nicht dass ich wüsste." Sassy nahm ein rotes, seidenes Kleid aus der Truhe. „Wie wunderschön!"

Esther sah zu, wie Sassy das festliche Kleid vor ihren schlanken Körper hielt. Als Sassy Esthers Blick wahrnahm, ging sie schnell mit gesenktem Kopf zum Kleiderschrank.

„In diesem Kleid waren Sie sicher die Attraktion auf jedem Ball."

„Das Rot passt wunderbar zu deiner Haut, Sassy. Du kannst das Kleid haben."

Sassy hielt inne, das Kleid noch immer in Händen haltend. „Wie bitte, Miss?" Langsam drehte sie sich um.

„Bitte, nimm das Kleid für dich. Ich bestehe darauf." Esther lächelte. „Es ist etwas zu eng für mich. Mutter behauptet, ich hätte in London zu viel Schokolade gegessen. Wir mussten meine Mieder herauslassen, und die Kleider meiner ersten Saison passen mir nicht mehr. Es gehört dir, Sassy. Das Kleid wird an dir ganz wundervoll aussehen."

„Und wo soll ich so ein feines Kleid tragen? In der Kirche? Der Boden dort ist schmutzig und die Holzbänke voller Splitter. Die feine Seide würde beschädigt werden."

„Dann leg eine Decke auf die Bank." Esther hievte die Bücher von einem Arm auf den anderen. „Oder noch besser: Trag es am Sonntagnachmittag, wenn du auf der Veranda sitzt."

Vater gab seinem Dienstpersonal den ganzen Sonntag zum Ausruhen. Er hatte Sassy, ihren Mann Isaac und ihren vierzehnjährigen Sohn, der ebenfalls Isaac hieß, aber liebevoll Kitch genannt wurde, von einem Mann auf dem Weg nach *Charles Town* abgekauft, der die Familie trennen wollte. Lord Whatham, ein überzeugter Anhänger des Abolitionismus – einer Bewegung, die die Abschaffung der Sklaverei forderte –, hatte Vater dringend davon abgeraten, einen Menschen zu besitzen. Und Vater hatte sich immer daran gehalten – ohnehin gab es landeinwärts wenig Bedarf an Sklaven. Doch er hatte den Gedanken nicht ertragen können, dass Isaac, Sassy und Kitch getrennt werden sollten.

Isaac fungierte seitdem als Vorarbeiter und Vaters rechte Hand. Er half ihm, die Geschäfte von Lord Whatham zu verwalten – die Farm, den Handelsposten und die Jagd- und Trapper-Unternehmen.

Neben der Hoffnung, Hamilton wiederzusehen, spürte Esther eine Spannung in der Luft, die ihre Heimkehr überschattete. Der Krieg war während ihrer Abwesenheit in den Süden vorgedrungen. Die Londoner Zeitungen waren voll von Erzählungen über die bösen *Whigs* und die amerikanischen Rebellen. Doch sicher würde die Macht der britischen Armee schon bald die Rebellion niederschlagen. Vater hatte zwar geschrieben, dass die Kolonie *Ninety Six* der Krone treu blieb. Doch auf ihrem Heimweg hatte Esther eine Gruppe amerikanische Milizen gesehen, die zusammen mit Soldaten der Kontinentalarmee ausgebildet wurden. Erkannt hatte Esther die Rebellen an ihrer typischen Kleidung aus Hirschleder.

Sassy kam erneut auf das Kleid zu sprechen. „Sind Sie ganz sicher, dass Sie es nicht mehr möchten, Miss Esther?" Doch sie hatte das Kleid bereits zur Seite gelegt.

„Ganz sicher." Esther senkte die Stimme. „Meine Brust quillt über das Schnürband hinaus, und das würde Vater niemals zulassen."

„Vielleicht, aber ich wette, Mr. Hamilton würde das gefallen." Sassys unerschrockenes Lachen erfüllte den Raum.

„Sassy!"

„Kommen Sie, ich habe doch gesehen, wie Sie aus dem Fenster gesehen haben. Keine Sorge, er wird schon kommen. Gehen Sie jetzt zum Frühstück hinunter. Ihr Vater wartet auf Sie. Und vielen Dank für das Kleid. Ich habe noch nie etwas so Schönes besessen."

„Und das tut mir leid für dich, Sassy."

„Ach, der Herr sorgt für mich. Zur Feier des Tages werde ich zum Abendessen einen Kuchen backen. Extra für Sie! Ich habe getrocknete Äpfel und Kirschen."

Esther stieg die breite, ausladende Treppe hinunter und betrat das Speisezimmer, wo Vater mit Leutnant Twimball von der Armee ihrer Majestät frühstückte.

Isaac begrüßte sie mit einem Nicken und hielt ihr den Stuhl hin. „Tee und Gebäck, Miss?"

„Ja, danke, Isaac." Esther legte die Bücher auf den langen, polierten Tisch. „Ich dachte, diese Bücher könnten dir gefallen, Vater. Das neueste

English Dictionary und *The Rise and Fall of the Roman Empire.* Ich habe gehört, dass in Kürze ein zweiter Band herausgegeben wird."

„Mein Schatz, du weißt, wie du deinem Vater eine Freude machen kannst." Vater strahlte und griff nach den Büchern, nachdem er seine Leinenserviette in seine Weste gestopft hatte. „Leutnant Twimball erzählte mir, du hättest eine schwere Reise von England hierher gehabt."

Twimball, ein koboldhaft aussehender Mann, der von sich selbst große Stücke hielt, hatte sie mit ihrem Gepäck am Hafen von *Charles Town* getroffen. Er war dort, um neue Truppen aus London in Empfang zu nehmen, doch er bestand darauf, sie nach Hause zu begleiten, obwohl Isaac und Kitch an ihrer Seite waren.

Er schien sehr darauf erpicht zu sein, ihr den Hof zu machen. Sie fand diese Vorstellung eher abstoßend.

„Sehr schwer. Ich möchte dir etwas sagen, Vater. Dies war für lange Zeit meine letzte Reise, vielleicht sogar für immer. Ich hasse die hohe See." Allein beim Gedanken daran schauderte sie.

Vater lachte mit einem Seitenblick auf Twimball. „Nun sehen Sie, warum ich sie heimgeschickt habe. Sie brauchte eine gewisse Veredelung. Doch ich sehe, dass ihre Mutter auch nicht mehr Erfolg hatte als ich."

„Warum? Weil ich meine Meinung offen ausspreche?"

Twimball sah zwischen ihnen hin und her. Seine dunklen Augen funkelten und seine dünnen Lippen lächelten geziert. „Mir scheint sie edel genug zu sein."

Vater ignorierte die Bemerkung und nippte an seinem Tee. „Ich hoffe, du hast gut geschlafen, meine Liebe."

„Sehr gut, danke. Ich hatte mich so sehr nach meinem eigenen Bett gesehnt."

„Mögen Sie London nicht, Miss Longfellow?", fragte Leutnant Twimball. „Sie sind doch nicht etwa eine *Whig*?"

„Ich bin eine aufrichtige Loyalistin. Was London betrifft, so waren die Straßen mit allerlei Unrat angefüllt. Ich bin mehr als dankbar, wieder zu Hause in den grünen Hügeln von *South Carolina* zu sein."

Vater griff nach ihrer Hand. „Meine gute Tochter. Ich weiß, dass du eine loyale *Tory* bist, vor allem, nachdem du bei Hof vorgestellt wurdest." Er wedelte mit dem Finger Richtung Twimball. „Wir werden keinerlei Verrat auf *Slathersby Hill* dulden."

„Wenn ihr mich fragt, so ist die Politik die Wurzel allen Übels", sagte Esther. Ihr Magen knurrte, als Isaac eine Tasse dampfenden Tees und ein warmes Gebäckstück vor ihr absetzte. Die Süße der goldbraunen Flüssigkeit und der berauschende Duft von Sassys Backwerk und Butter ließ all ihre Erinnerungen hochkommen. „König George sagt von sich, ein Mann des Gebets zu sein. Dann können wir nur hoffen, dass er auf den Allmächtigen hört und diesen Krieg beendet."

Vater lehnte sich zu Twimball hinüber. „Aus diesem Grund haben Frauen kein Wahlrecht. Sie haben keine Ahnung von Debatten und von den harten Linien, die ein Mann ziehen muss, um seine Grundsätze zu verteidigen."

„Wenn wir wählen dürften, würde es keinen Krieg geben." Esther zeigte auf den Stapel Briefe, der in der Mitte des Tisches lag. „Wie ich sehe, hast du dein Päckchen von Lord Whatham geöffnet. Ist er zufrieden mit deinen Berichten?"

„Ja ja, er ist zufrieden." Vater griff nach einem der Briefe. Sein Gesicht hatte eine leichte Graufärbung. „Deine Mutter schreibt, du wärest der Mittelpunkt beider Londoner Saisons gewesen." Vater sah Esther mit schmalen Augen an. Wäre sie noch ein Kind, würde sie sich vor den nächsten Worten fürchten. „Sie schreibt, du hättest die Heimreise ohne ihre Zustimmung gebucht. Sie hatte gehofft, du würdest bei ihr in London bleiben und auf das Werben von Lord Berksham eingehen."

„Lord Berksham ist ein guter Mann. Aber nicht für mich. Und London ist auch nichts für mich. Mein Zuhause ist *Slathersby*, nicht *Grosvenor Square*. Ich habe meine Pflicht erfüllt, oder nicht?"

„Sagen Sie", erklang Twimball, „wo wohnt Ihre Mutter? Nicht hier bei Ihnen?"

„Meine Frau zieht es vor, in London zu leben, mit ihrer Familie und ihren Freunden. Ihr Vater, der Earl of Trent, steht auf sehr vertrautem Fuß mit dem König, und solche Ehren bedeuten ihr mehr als mir." Vater griff nach einem anderen Brief. Seine Stimme ließ keinerlei Emotion erkennen. „Twimball, Sie haben davon gesprochen, in *Ninety Six* Männer für die Armee Ihrer Majestät zu rekrutieren."

Esther hatte schon vor Langem eingesehen, dass ihre Eltern einander nicht mehr liebten, und ihr eigener Wunsch nach wahrer Liebe wurde dadurch noch intensiver. Sie würde nicht wie sie sein und aus Gründen des Geldes und des gesellschaftlichen Ranges heiraten, um sich am Ende auseinanderzuleben und nur noch brieflich Kontakt zu halten.

„Es beginnt heute. Jeder gesunde Einwohner von *South Carolina* sollte seine Pflicht tun und in den Dienst der Krone treten."

Esther strich eine dicke Schicht Marmelade auf ihr Gebäck. „Was ist mit denen, die sich auf die Seite der Unabhängigkeitserklärung geschlagen haben? Und auf die Seite des Kontinentalkongresses?"

„Das sind Verräter, die den Tod von Verrätern sterben werden." Der Leutnant schlug mit der Faust auf den Tisch. „Wir müssen diese Rebellion zerschlagen." Die Worte klangen hohl und prahlerisch in Esthers Ohren.

„Wenn der König seine Autorität wahren will", sagte sie eigensinnig, „dann sollte er den Kolonien ihre eigene Vertretung zugestehen. Er sollte sich ihre Forderungen anhören."

Vater lehnte sich mit ernster Miene zu ihr herüber. „Achte auf deine Worte, Tochter. Der Leutnant könnte sie missverstehen und berichten, *Slathersby Hill* stehe aufseiten der Rebellen. Unsere Scheunen und Häuser werden verbrannt werden und du wirst dich auf den Weg nach London machen, ob es dir gefällt oder nicht." Er lehnte sich mit einem verbindlichen Lächeln zurück. „Ich habe dem Captain soeben meine Unterstützung dafür zugesagt, Männer für die Sache des Königs zu rekrutieren."

Twimball schnitt sich eine dicke Scheibe gebratenen Schinken ab. „Sie haben da ein feuriges Mädchen aufgezogen, Sir Michael. Sagen Sie, wie alt waren Sie, als Sie in *South Carolina* eintrafen?"

„Zehn. Meine Mutter wollte mich nicht im Weg haben."

„Nun, heute scheint sie deine Gesellschaft zu genießen", sagte Vater.

„Vielleicht." Doch es war zu spät. Esther zog *South Carolina*, ihren Vater und Hamilton vor. „Lieutenant, wie planen Sie die Rekrutierung vorzunehmen?"

„Indem ich die Wahrheit sage: Wir sind die größte Armee der Welt. Das sollte als Anreiz reichen. Sich uns nicht anzuschließen, wäre töricht. – Doch sagen Sie: Hat Ihre Mutter Sie schon damals ganz allein über den Atlantik reisen lassen?"

Wie neugierig er war! „Meine Gouvernante sollte mich eigentlich begleiten, doch am Tag vor der Abreise brannte sie mit einem jungen Mann durch. Also ging ich allein aufs Schiff." Sie war viel zu jung und zu stur gewesen, um die Gefahren einer solchen Reise abzuwägen.

„Ihre erste Reise? Allein? Sicherlich hat sich irgendjemand der Erwachsenen um Sie gekümmert?"

„Ich erzählte den Leuten, meine Mutter sei seekrank und liege in ihrer Kabine." Die Reise war von heftigen Stürmen heimgesucht worden. Das scharfe Heulen des Windes und das Krachen der Wellen gegen den Bug verfolgten sie noch immer in ihren Träumen. „Vater, sollen wir jetzt, da ich wieder daheim bin, ein Fest geben? Wir könnten unsere Bekannten aus der Stadt einladen."

„Eine glänzende Idee." Er griff nach einem weiteren Brief. „Leutnant, Sie können direkt mit dem Rekrutieren beginnen. Schlagen Sie Ihr Hauptquartier in *Slathersby* auf. Wir werden die Einwohner zu einem großen Fest einladen. Jeder waffenfähige Mann wird zugegen sein."

„Vater, wir wollen meine Heimkehr feiern, nicht die Pflichten von Leutnant Twimball. Es tut mir leid, Sir, aber Sie werden Ihre Rekrutierung woanders durchführen müssen."

Die Unterhaltung stand still, als Vater seinen Brief las. Die Uhr in der Halle schlug neunmal. Die Porzellantassen und Untertassen klirrten, als Isaac frischen Tee nachgoss.

Vater stand plötzlich auf. „Entschuldigt mich."

„Was ist los?"

„Nichts, worüber du dir Sorgen machen müsstest. Oh ..." Vater hielt auf der Schwelle der hohen, bogenförmigen Tür inne, die ins Wohnzimmer führte. „Die Lightfoots. Wir stehen nicht länger auf freundschaftlichem Fuß mit ihnen. Du solltest dich von *Quill Farm* fernhalten."

„Fernhalten?" Esther sprang auf und warf den Stuhl um. „Nicht länger auf freundschaftlichem Fuß? Was soll das heißen? Es sind unsere Freunde und Nachbarn."

„Der Pfarrer ist ein Verräter. Nicht nur an der Krone, sondern auch an uns."

„Ganz sicher nicht, Vater. Er ist ein Mann Gottes. Du hast doch seine Predigten befürwortet ..."

„Esther, keine Diskussion." Vaters bohrender Blick ließ sie zurückweichen. „Möglicherweise habe ich dir zu viel Freiheit gelassen, um deine Meinung ohne Vorbehalt auszusprechen, aber in diesem Punkt wirst du mich nicht von meiner Haltung abbringen. Die Lightfoots sind ab jetzt unsere Feinde. Habe ich mich klar ausgedrückt?"

Hinter ihr richtete Isaac den Stuhl und Esther ließ sich langsam darauf sinken. „Ja, Vater." Sie hatte keine andere Wahl, als ihm zu gehorchen.

Als Vater außer Hörweite war, räusperte sich Leutnant Twimball und stellte seine Tasse ab. „Major Ferguson hat versucht, den jungen Lightfoot ..."

„Hamilton."

„... für unsere Sache zu gewinnen. Aber er weigert sich. Er ist auch ein Rebell."

Esther hielt ihre Teetasse krampfhaft fest. Twimball redete weiter, doch sie hörte nicht zu. Sie hatte Vater noch nie so hart und unerbittlich erlebt. Es machte ihr Angst. Wie konnte er den Lightfoots die Freundschaft aufkündigen? Ihr Schweiß und ihre Mühe waren Teil von *Slathersby Hill*. Doch Vater war ihre ganze Welt, und sie würde kein Zerwürfnis zwischen ihnen zulassen. Vor allem nach ihrer langen Abwesenheit. Es sollte eigentlich eine glückliche Rückkehr sein.

Als sie vor zwölf Jahren in *Charles Town* angekommen war, hatte sie sich so allein und furchtsam gefühlt, wie kein Kind es verdiente, und sie hatte sich verzweifelt und voller Inbrunst an ihren Vater geklammert. Er hatte sie ganz mit seiner Liebe umgeben. Es gab niemanden, den sie mehr bewunderte.

Bis zu dem Tag, an dem sie Hamilton Lightfoot nicht länger als den nervigen Jungen von der Nachbarfarm betrachtete, mit dem sie Flusskrebse im Bach fing, sondern als den gut aussehenden, eleganten Mann mit dem selbstvergessenen Lächeln und den leuchtenden Augen.

„... Miss Esther? Haben Sie mir zugehört?" Twimball lehnte sich vor, seine Arme ruhten auf der Kante des Tisches. „Ich bin froh, dass wir diesen Moment allein verbringen. Ich möchte die Erlaubnis Ihres Vaters einholen, um Sie zu werben."

„Um mich zu werben?" Esthers Tasse schepperte gegen die Untertasse. „Wie freundlich, Leutnant. Ich fühle mich geehrt. Aber ich bin gerade erst aus London zurückgekehrt, und die Saison war sehr anstrengend. Ich bin es müde, kokett zu sein und hinter einem Fächer zu lächeln. Wenn dieser schreckliche Krieg vorbei ist, werden Sie ohnehin nach England zurückkehren. Ich dagegen bin fest in *South Carolina* verwurzelt."

Der Leutnant erbleichte und wich zurück. „Sie wollen mir keine Chance geben? Darf ich fragen warum? Sie haben doch sicherlich keine andere Verbindung?"

„Aber, Leutnant Twimball, wissen Sie denn tatsächlich so wenig über das schöne Geschlecht?" Esther tupfte ihre Lippen mit der Serviette ab und schenkte dem Leutnant ein scheues Lächeln. „Eine Frau gibt nie ihre Geheimnisse preis."

Ja, es gab jemand anderen. Und kein Bewerber in den Salons oder Ballsälen Londons konnte es mit ihm aufnehmen.

Isaac kam mit einer Nachricht in der Hand zurück. „Dies ist gerade für Sie abgegeben worden, Miss Esther."

„Danke, Isaac." Sie drückte mit ihrer weißen Hand gegen seine dunkle. „Ich bin froh, wieder zu Hause zu sein, mit dir, Sassy und Kitch."

„Uns geht es genauso, Miss. *Slathersby Hill* ist ohne Sie nicht dasselbe. Ihr Vater würde es nie zugeben, aber er war während Ihrer Abwesenheit zutiefst deprimiert."

„Er hätte mich nie fortschicken sollen."

Der Leutnant räusperte sich, stand auf, strich seine Jacke gerade und entschuldigte sich: „Ich muss mich auf den Weg machen. Ich werde mich von Ihrem Vater verabschieden und mich empfehlen."

„Guten Tag, Leutnant."

Isaac räumte das Geschirr ab und Esther war allein. Sie hielt das Kuvert auf dem Schoß, öffnete es und las vier einfache Worte:

Sonnenuntergang, bei der Trauerweide.

In ihrer Brust begann es zu hämmern. Die Stunden würden viel zu langsam vergehen. Er wusste also, dass sie heimgekehrt war. Esther ging zum Fenster und blickte über den Garten die Straße hinunter, zu den Feldern und den langen Schatten im Morgenlicht. Sie musste etwas finden, das sie bis zum Abend beschäftigen würde, sonst würde sie verrückt werden.

4.
Hamilton

Der Gedanke, zu den Waffen zu greifen, lähmte ihn. Als Junge hatte er in Virginia gesehen, was ein Mann einem anderen mit der Muskete in der Hand antun konnte, und das wollte er nie wieder erleben. Doch tief in seinem Innern ahnte Hamilton, dass er diesem Krieg nicht ausweichen konnte. Er musste gegen diese Ungerechtigkeit kämpfen. Wenn er sich klarmachte, worum es ging, sehnte er sich beinahe danach zu kämpfen. Es brauchte nur den richtigen Grund, um seine Leidenschaft freizusetzen. Die Männer, die am Küchentisch seines Onkels saßen, darunter John Irwin, Captain der *Upper Ninety Six Miliz*, versuchten genau das – ihm einen Grund zu geben.

„Ham, wir brauchen deine Fähigkeiten." Sein Freund Ben Quincy stützte seine Ellbogen auf den Tisch. Das orangefarbene Licht des Sonnenuntergangs spiegelte sich in seinen Augen wider.

„Ich bin nicht darauf erpicht zu töten." Er ließ seinen Verstand, nicht seine Leidenschaft, sprechen.

„Du bist der beste Schütze im Hinterland", sagte Irwin. „Wir könnten dich als Scharfschützen einsetzen."

Neben Irwin saßen William und John Brown und Jacob Broadway. Sie schlürften Kaffee und genossen dankbar Tante Marys Abendessen.

„Ich kann ein Eichhörnchen aus sieben Yards Entfernung treffen, aber ich will nicht auf Menschen zielen." Hamilton stieß sich vom Tisch ab und ging auf die offene Hintertür zu. Eine leichte Brise wehte ins Innere. „Es tut mir leid, dass ihr eure Zeit verschwendet habt."

„Bist du ein Loyalist?", schaltete sich Jacob ein. Als Hamilton im Alter von zehn Jahren in die Gegend gekommen war – verängstigt, verwundet und allein –, hatte Jacob ihn freundlich, ja väterlich behandelt. Hamilton hatte großen Respekt vor ihm. „Willst du einen Rotrock tragen?"

Onkel Laurence stützte sich auf seinen Stock. Die Gicht hinderte ihn daran, zu kämpfen. „Er ist kein Loyalist, glaubt mir."

Hamilton kam zum Tisch zurück. Er war unruhig. Die Sonne bewegte sich gegen Westen, und wenn er diese Männer nicht schnellstens loswürde, könnte er nicht rechtzeitig bei Esther an der Trauerweide am Bach sein. Sie würde glauben, er hätte sie versetzt.

„Und was ist mit Ihnen?" Irwin wandte sich an Onkel Laurence. „Sie haben gehört, was Captain Huck und seine Männer den Presbyterianischen Kirchen antun. Sie brennen sie nieder. Nennen sie *Häuser der Aufwiegler*. Wollen Sie sich uns anschließen?"

„Wir haben von Huck, Waxhaw und dieser Sache in York in *Hill's Ironworks* gehört, Captain." Onkel Laurence zeigte auf seine Füße. „Aber so weit kann ich nicht laufen. Ich werde meinen Teil hier beitragen. Ich habe im Siebenjährigen Krieg gekämpft und ich stehe hinter eurer Sache. Aber ich nütze euch am meisten als Prediger auf der Kanzel, und ich beschütze die Frauen und Kinder hier."

„Ich habe Ihre Predigten gehört, Sir. Sie haben mein Herz für das Land und meinen Gott berührt." Irwin klopfte Onkel Laurence auf den Rücken und kehrte zu Hamilton zurück.

„Die Miliz ist keine reguläre Armee. Du kannst für drei Monate kommen, und wenn die Zeit um ist, kannst du heimkehren, wenn du bis dahin nicht auf den Geschmack gekommen bist. Jeder Amerikaner und Bewohner von *South Carolina* sollte sich um die Sache der Freiheit bemühen."

„Ich muss meiner eigenen Meinung folgen."

„Willst du deine Nachbarn und Freunde verleugnen, wenn wir dich am meisten brauchen?“, fragte Ben. „Kein Mann in der Gegend kann sich mit deinen Fähigkeiten messen.“

„Ihr braucht meine Fähigkeiten nicht. Was ist mit den regulären Soldaten Virginias? Man sagt, es seien die besten Scharfschützen.“

„Wir brauchen mehr davon. Komm mit uns zur Front.“ Ben gab nicht auf. Die anderen nickten, während sie ihren Kaffee tranken.

„Du bist ein guter Presbyterianer, oder nicht?“ Hamilton hasste es, wenn Irwin an seine geistliche Seite appellierte. „Willst du etwa Huck mit seinen Gräueltaten davonkommen lassen?“

„Indem ich selbst Gräueltaten verübe?“

„Jetzt mach mal einen Punkt, Sohn“, sagte Onkel Laurence. „Der Herr erlaubt das Töten während des Krieges.“

„Das heißt nicht, dass ich Teil davon sein muss.“

„Dieser arrogante Huck würde selbst dann den Sieg beanspruchen, wenn der Herr Jesus Christus persönlich herabkäme, um unsere Seite anzuführen“, sagte Ben.

Hamilton griff nach einer Scheibe Brot. „Ich bin sicher, dass der Herr mich nicht braucht, um seinen Namen zu verteidigen. Er ist sehr gut allein in der Lage dazu.“

„Du willst dich heraushalten, doch du wirst gezwungen sein, dich zu entscheiden“, sagte John Brown. „Und dann wirst du dich vielleicht in der Situation wiederfinden, deine Muskete gegen uns zu richten.“

„Wir werden Huck morgen früh verfolgen und die Streitkräfte in York verstärken.“ Captain Irwin ging auf die Tür zu, die anderen folgten ihm. „Wir treffen uns in der Dämmerung bei der *Thompsons Farm.*“

„Ich wünsche euch alles Gute, meine Freunde“, sagte Hamilton.

Als sie fort waren, schienen die Worte in der Küche nachzuhallen. Onkel Laurence ging zum Wohnzimmer, während Tante Mary sich um den Abwasch kümmerte.

„Angst ist ein schlechter Ratgeber, Hamilton", sagte sie zu ihm gewandt, während sie ihre Hände an der Schürze abwischte.

„Allerdings. Aber es ist nicht die Angst vor dem Kampf, die mich bindet." Er nahm den Hut vom Haken an der Tür. „Danke für das Abendessen, Tante. Ich habe jetzt noch etwas vor."

„Wenn es nicht die Angst ist, was lässt dich dann zögern?", rief Onkel Laurence hinter ihm her. Doch Hamilton ließ sich nicht aufhalten.

Onkel Laurence war der jüngere Bruder seines Vaters. Er und Mary hatten Hamilton zu sich genommen, nachdem er durch das Bajonett eines Rotrocks und durch einen Hausbrand die Eltern verloren hatte. Onkel Laurence und Tante Mary hatten keine eigenen Kinder und liebten ihn wie ihren Sohn. Und er war dankbar dafür.

„Hamilton." Onkel Laurence hinkte schwer auf den Stock gestützt hinter ihm her. „Was lässt dich zögern? Der Tod?"

„Ich habe keine Angst vor dem Tod." Er hielt beim Brunnen an, um eine Kelle Wasser zu trinken. „Es gibt Tage, da würde ich ihn willkommen heißen. Aber wenn ich mein Leben auf dem Schlachtfeld lasse, wer wird sich dann um dich und Tante Mary kümmern? Wer wird die schwere Arbeit auf der Farm verrichten?"

Und seine unausgesprochene Frage – was wäre mit Esther? Hamilton blinzelte in das verblassende goldene Licht am Horizont. Er musste fort.

„Ist das alles? Deine Sorge um deine Tante und mich?"

„Ja." Doch das war nur die halbe Wahrheit. Seine wahre Angst war eine andere: Dass er nach dem ersten Schuss nicht mehr aufhören könnte. Dass er weitermachen würde, bis jeder Mann in der Armee seiner Majestät sein eigenes Blut geschmeckt hatte.

„Warum habe ich dann das Gefühl, dass du einen Groll hegst? Der Herr befiehlt uns, zu vergeben."

„Jeden Tag, Onkel Laurence. Jeden Tag." Er lief den Hügel der *Quill Farm* hinunter auf den Pfad, der zur Trauerweide führte.

„Er würde wollen, dass du mit den anderen kämpfst", rief Onkel Laurence ihm hinterher. „Dein Vater. Er wäre stolz auf dich. Er hat sein Leben für diese Sache gegeben, und das weißt du!"

Papa. Das Bild der scharfen Augen seines Vaters unter buschigen Augenbrauen löste eine tiefe Sehnsucht in ihm aus. „Gute Nacht, Onkel." Er weigerte sich, weiter zu diskutieren. Dieser Krieg würde ohne ihn auskommen müssen.

„Wo gehst du hin?", fragte Onkel Laurence und kam auf ihn zu. „Wirst du die junge Schönheit treffen, die aus England zurückgekehrt ist?"

„Wer soll diese Schönheit sein?"

„Gibt acht, Sohn. Sie wurde in die Gesellschaft eingeführt und bei Hof vorgestellt. Sie wird nicht mehr das junge Mädchen sein, das im Sommer mit dir die Hügel hinunterrannte. Bewahre dein Herz."

Sein Herz bewahren? Seit er in *South Carolina* angekommen war, hatte er nichts anderes getan. Nun wollte er endlich loslassen, frei sein, lieben! Der Krieg konnte ihm gestohlen bleiben. Aber Liebe? Er hatte nach nichts anderem gehungert, seit Esther ihm geschrieben hatte, dass sie sich auf den Heimweg machte.

Chloe

Chloe stieg aus der Brautlimousine und betrat *Greystone Mansion*, wo sie durch die Eingangshalle über den klassischen Marmorboden im Schachbrettmuster zum Garten schritt. Ihre pinkfarbenen Stöckelschuhe baumelten an ihren Fingern.

Die Hochzeit von Violet und Dylan war wunderschön und von Liebe und Romantik erfüllt. All das weckte eine schmerzliche Sehnsucht in ihr. Doch die Liebe schien sich nicht nach ihr zu sehnen.

Ihre Teenager-Romanze mit Christ Painter war zu Ende gewesen, als er einer Zeitschrift anvertraute: „Ich habe noch nicht die Liebe meines Lebens getroffen ... ich bin doch erst neunzehn."

Zwei Jahre später hatte sie eine Beziehung mit dem Schauspieler Clark Davis begonnen, als er an ihrem einundzwanzigsten Geburtstag auftauchte. Er betrog sie von Anfang bis Ende ihres ersten und einzigen Jahres.

Nach Clark kam der Musiker Finley Farmer, ein toller Mann, aber leider immer noch in seine Ex verliebt. Und schließlich war dann der attraktive, egoistische Schauspieler Haden Stuart in ihr Leben getreten. Die Romanze während der Dreharbeiten hatte sich schnell zu einer heißen Affäre entwickelt.

Chloe betrat die Terrasse und stieg die niedrige Steintreppe zum Hochzeitsempfang im Garten hinunter. Der goldene Schein von Kerzen, Wandleuchtern und Terrassenlampen überflutete Dutzende weiße und goldene Tische. Unzählige Sterne standen am Himmel über Beverly Hills.

„Unser Tisch ist dort drüben." Stella, Chloes Freundin und Brautjungfer wie sie, trat am Springbrunnen zu ihr. „Warum trägst du deine Schuhe in der Hand?"

„Ein Absatz ist abgebrochen."

Stella verzog das Gesicht. „Man sollte meinen, die Braut einer Hunderttausend-Dollar-Hochzeit hätte bessere Schuhe für ihre Brautjungfern ausgesucht."

„Hunderttausend?" Chloe steuerte auf den ersten Stuhl an der Brauttafel zu. „Mal fünf, meinst du wohl."

„Alle sagen, die beiden wären geschieden, bevor ihr Vater alle Rechnungen bezahlt hat." Stella passte sich ihrem Schritt an. Sie war eine Freundin aus High-School-Zeiten, aus dem ehemaligen Cheerleader war mittlerweile eine Lehrerin geworden. Sie war mit Ted, einem Schauspieler, liiert.

„Meine Güte, Stella, lass die beiden wenigsten ihre Flitterwochen genießen, bevor du sie vor dem Scheidungsrichter siehst." Chloe ließ ihre Handtasche auf den Stuhl fallen und stellte die Schuhe darunter. Obwohl Chloe das glückliche Brautpaar verteidigte, wurde unter ihren Freunden gemunkelt, dass keiner von beiden eine lebenslange Bindung anstrebte. Sie glaubten, die Ehe sei ein zeitlich begrenzter Vertrag, der zu Ende ging, wenn einer der Partner „sich entliebte".

Chloe hatte noch nie verstehen können, wie man sich „entlieben" konnte. Lieben war ein Tätigkeitswort, es hatte mit Handeln zu tun – Liebe musste täglich geübt werden. Chloe war einmal der amerikanischen Erbin Corina Del Rey begegnet, die sagte, sie habe sich dazu *entschlossen*, gut zu lieben. Auch wenn es wehtat. Und sie heiratete schließlich ihren wirklichen Prinzen, *Prince Stephen of Brighton Kingdom*.

Gab es für Chloe einen Prinzen in dieser Welt? Einen, den sie ihr Leben lang lieben würde? Und wenn ja, würde sie ihn je treffen?

Violet und Dylan erschienen auf der Bildfläche, und die Gäste standen auf und klatschten. Sie sahen umwerfend glücklich aus, wie zwei Liebende, die sich gemeinsam auf einen langen Weg machten.

Oh, bitte bleibt auf diesem Weg, ihr beiden, bitte.

„Chloe, möchtest du etwas trinken?“

„Gern.“ Chloe ging mit Stella auf die großen, blauen Kühlboxen zu, die sich rund um die Tische und bei der Bar befanden. Sie suchte nach einem kalten, sprudelnden Getränk. Brautjungfer zu sein machte durstig.

Stella nahm eine Flasche Wasser, lehnte sich zu Chloe und nahm ihren Arm. „Ich glaube, Ted meint es ernst.“

„Tatsächlich?“ Chloe schüttete kalte Cola Light in sich hinein und rülpste versehentlich ihrer Freundin ins Ohr. Sie musste kichern. „Ich dachte, du findest ihn seltsam und langweilig.“

Stella zuckte die Schultern. „Ich habe ihn schätzen gelernt. Und übrigens bin ich bereit, weißt du? Ehefrau zu sein. Bereit für die Rechnungen und Hypotheken, einen weißen Gartenzaun, ein paar süße kleine Nervensägen.“

„Ooh, was für ein Paradies“, sagte Chloe. „Du weißt aber schon, dass du auf den richtigen Mann warten darfst, bevor ...“

„Schau mal, da drüben ist Ted.“ Stella machte viel Aufhebens und warf ihm eine Kusshand zu. Er tat so, als ob er den Kuss auffing und zu den Lippen führte. Liebe Zeit! Chloe ging Richtung Brauttisch zurück – ihre Füße taten höllisch weh –, aber Stella griff sie am Arm. „Wohin gehst du? Du hast versprochen, dich um Teds und Dylans Freund Jesse zu kümmern.“ Sie zeigte auf die Tanzfläche, wo Ted mit einem Mann stand, der eine schwarze Abendgarderobe trug. Er stand aufrecht und überragte Ted um Haupteslänge. Er hatte volles, schwarzes Haar und ein wohlgeformtes Profil. Stella fuhr sich durch die Haare. „Ted hat nichts davon gesagt, dass er so umwerfend aussieht.“

„Ganz ruhig, Tallulah. Hast du mir nicht eben noch gesagt, dass du ganz verrückt nach Ted bist?“

„Das heißt ja nicht, dass ich keine Optionen mehr offen habe.“ Stella schlenderte davon. Sie schwang ihre Hüften und strich ihre Haare gekonnt über die Schulter zurück. „Komm, lass uns sehen, welche von uns beiden die besseren Karten bei ihm hätte.“

Chloe hielt ihre Freundin am Arm zurück. „Wenn du ihn willst, nur zu! Aber rede erst mit Ted."

„Mit Ted reden? Bist du verrückt? Es geht doch nur um einen kleinen Flirt. Wo ist das Problem?"

„Es geht um das Herz eines Mannes, Stella. Wenn es Ted ernst ist mit euch beiden, dann wird ihn dein Flirten verletzen." Wenn Chloe etwas ganz genau kannte – abgesehen davon, wie man in drei verschiedenen Unterhaltungsmedien stirbt –, dann war es der Schmerz eines gebrochenen Herzens.

„Ach, Schätzchen, ich werde Ted nicht wehtun." Stella atmete aus und schüttelte den Kopf. „Diese Idioten haben dir echt schwer zugesetzt, was? Du kannst noch nicht einmal flirten, ohne an Schmerz und Demütigung zu denken."

Ja, allerdings! Sie hatten ihr schwer zugesetzt. Sie hatten sie vernichtet, verwüstet ... und sie verwundbar und ungeschützt zurückgelassen.

„Egal, vergiss es. Komm jetzt!" Chloe setzte ihr Glas auf dem Tisch ab und ging entschlossen über die Tanzfläche zu der Stelle, wo Ted und sein Freund standen. Sie würde auch diesen Abend irgendwie überstehen, in ihr verlassenes Zuhause zurückkehren und von dem Tag träumen, an dem sich endlich alles fügte und ihr Prinz auftauchte. Immerhin lebte sie in Hollywood, wo Träume wahr werden – oder etwa nicht?

„Hallo, Liebling!" Ted bog Stellas Kopf nach hinten, um ihr einen altmodischen Kuss zu geben, der die Aufmerksamkeit aller Umstehenden auf sich zog. Als die Show zu Ende war, schob Ted seinen Freund nach vorn. „Jesse, das ist Chloe. Chloe Daschle, Jesse Gates."

Er nickte und ihre Blicke trafen sich. In seinen Augen konnte sie lesen, dass ihm die Situation genauso unangenehm war wie ihr. Sie versuchte ein Lächeln und zuckte unmerklich mit den Schultern, als sie sich die Hand gaben.

„Daschle?", sagte Jesse. „Sind Sie irgendwie mit Raymond Daschle verwandt?"

„Er ist mein Vater. Sagen Sie nicht, Sie sind Schauspieler."

„Auf ganzer Linie schuldig. Obwohl ich kürzlich auf die Seite der Drehbuchautoren gewechselt habe. Eines meiner Drehbücher ist ..."

„*Bound by Love?*", fragte sie. „Sind Sie etwas *der* Jesse Gates?"

„Ja, der bin ich." Er schaute sie fragend an. „Sie haben mein Drehbuch gelesen?"

„Ja, ich mag es sehr. So sehr, dass ich zu Jeremiah gefahren bin und für die Rolle der Esther vorgesprochen habe."

„Tatsächlich?" Schock. Überraschung. Abneigung? „Haben sie nicht Sabrina Fox für die Rolle vorgesehen?"

„Sie haben ihr abgesagt. Sie ist zu schön für die Rolle."

Er schien enttäuscht zu sein. Natürlich. Sabrina war der Traum jedes Mannes – selbstsicher, talentiert, mit dem Namen und dem Aussehen, das sich jeder neue Drehbuchautor sehnlichst für seinen Film wünschte. „Jeremiah hat mir die Rolle angeboten."

„In dem Fall – herzlich willkommen im Film!" Er war gut, wirklich gut darin, seine Enttäuschung herunterzuspielen und sogar erfreut zu klingen.

„Wie bitte? Chloe, du hast eine neue Rolle?" Stella legte einen Arm um Jesse und sah mit einem Augenaufschlag zu ihm hoch: „Ted sagte, Sie seien Schauspieler ... aber Sie sind auch Drehbuchautor! Was für ein Talent! Und was für ein fantastisches Aussehen!"

„Stella, du sabberst noch auf sein Jackett." Chloe schob ihre Freundin sanft zur Seite. „Ich habe dir doch von *Bound by Love* erzählt, Jeremiahs neuem Film. Jesse hat das Drehbuch geschrieben."

„Bitte, Jesse ...", schmachtete Stella. „Sagen Sie mir, dass die Heldin leben wird. *Variety* hat die arme Chloe zur Königin des Sterbens gekürt."

„Ja, sie wird überleben." Er sah von Chloe zu Stella. „Es ist eine Liebesgeschichte."

„Es geschehen noch Zeichen und Wunder." Stella schlang ihre Arme um Jesse und drückte ihren Oberkörper an ihn. „Chloe hat endlich eine tragende, lebendige Rolle." Sie sah sich um. „Hi, alle miteinander, Chloe Daschle hat die Rolle in einem Film, in dem die Heldin ..."

„Bist du wohl still?" Chloe nahm ihren Arm und zog sie von Jesse fort. „Es ist noch nicht publik. Außerdem machst du gerade eine Szene. Was ist los mit dir?"

„Ich feiere doch nur dieses umwerfende Ereignis." Stella sah zu Jesse. „Dieser Prachtbursche hat vielleicht dein Leben umgekrempelt."

Sie hatte die Grenze des Erlaubten überschritten. Sie war frech und dreist – obwohl sie noch nichts Alkoholisches getrunken hatte. Ted flüsterte etwas in Jesses Ohr, und die beiden machten sich davon.

„Und fort sind sie", sagte Stella, wobei sie Ted zuwinkte und einen Handkuss schickte. Dann sagte sie an Chloe gewandt: „Sieh dich nur an, Miss Daschle, du hast einen neuen Film und einen attraktiven Mann."

„Er ist nicht *mein* Mann." Chloe ging zurück zu ihrem Platz, wo ihr Wasser immer wärmer wurde. Sie war immer noch durstig. „Übrigens gehe ich nicht mit Schauspielern aus."

„Seit wann?"

„Das weißt du genau. Jesse sieht viel zu gut aus, und er ist bestimmt der Typ, der stundenlang nur von sich selbst erzählt. Du weißt schon, die Art von Mann, die das Mädchen dazu bringt, sich mit der Gabel zu erdolchen, damit er endlich den Mund hält."

„Miss Zynisch hat gesprochen. Komm schon, Chloe, die Sache mit Haden ist drei Jahre her."

„Na ja, es ist erst ein Jahr her, dass dieses dumme Video wieder aufgetaucht ist." Im Internet ebbte nie etwas ab – außer vielleicht die Wahrheit.

„Ich bin keine Therapeutin, Chloe, aber irgendwann musst du dir selbst vergeben. Was ist eigentlich aus dieser Glaubenssache geworden – was auch immer es genau war?" Stella machte eine vage Handbewegung und rümpfte die Nase. „Ich dachte, das sollte dich zu einem neuen Menschen machen?"

„Neu, ja, aber nicht perfekt. Und verschone mich bitte mit deinem Sarkasmus."

„Sarkasmus? Ich amüsiere mich nur, Schätzchen." Sie blickte angestrengt in die Richtung, in die Ted mit Jesse verschwunden war.

„Dann amüsiere dich auf jemand anderes Kosten."

Ein lauter, von allen Instrumenten gleichzeitig gespielter Ton erklang vom Musikpodium her. „Meine Damen und Herren." Der Bandleader sprach ins Mikrofon: „Bitte begrüßen Sie die Braut und den Bräutigam, Mr. und Mrs. Dylan Stux."

Die Musik explodierte über dem Applaus der Gäste, als Violet am Arm ihres Mannes unter einem Dach aus weißen Lichtern schwebte. Dylan wirbelte sie auf der Tanzfläche herum, als die Band den Klassiker *It Had to Be You* spielte. Die Sängerin mit einer Figur wie Marylin Monroe trug ein eng anliegendes, schwarzes Kleid.

„Weißt du, Chloe", flüsterte Stella, „du wirst nie das finden, wonach du dich sehnst, wenn du jeden Mann mit Chris, Clark Davis, Finley Farmer und diesem erbärmlichen Haden Stuart vergleichst."

Chloe sah ihre Freundin an. „Das tue ich nicht."

Okay, ja, sie tat es doch. In gewisser Weise. Aber sie bemühte sich, diese Männer hinter sich zu lassen. Sie betete. Sie suchte einen besseren Weg.

„Zuerst wart ihr *das* Paar, du und Chris", sagte Stella und hielt einen Finger in die Höhe.

„Vor zehn Jahren."

„Von der Presse und den Paparazzi verfolgt! Ihr wart perfekt. Jeder Teenager wollte so sein wie ihr."

Auf der Tanzfläche legte Violet ihren Kopf auf Dylans Schulter, und er strich sanft über ihr Haar. Chloe sah die Zärtlichkeit und spürte ein Ziehen in der Brust.

„Dann war da Clark." Stellas zweiter Finger fuhr in die Höhe. „Der Betrüger. Wie oft hat er dich betrogen?"

„Warum müssen wir mein Liebesleben wieder aufwärmen?"

„Nach Clark kam Finley." Sie hielt drei Finger hoch. „Toller Mann, nur leider in seine Ex verliebt."

„Sie sind jetzt glücklich verheiratet. Ich freue mich für sie."

„Was uns zu Haden führt. Der vierte, letzte, fatale Mann. Er hat dich gebrochen, dieses Ekel."

„Oh, schau mal, Ted winkt dich herüber." Chloe schob ihre Freundin vorwärts. An diesem wundervollen Abend wollte sie nicht an ihre katastrophalen Fehlschläge in Sachen Liebe erinnert werden. Von der Bühne erklang die Aufforderung: „Violet und Dylan laden zum nächsten Tanz ein."

„Komm." Stella griff nach Chloe, aber sie weigerte sich.

„Ich kann nicht. Mein Brautführer tanzt mit seiner Freundin. Geh. Ted wartet auf dich."

Chloe zog sich zum Brauttisch zurück. Sie brauchte eine Dosis Cola Light, um sich nach Stellas deprimierendem Ausflug in ihre Vergangenheit zu stärken.

Auf der anderen Seite des Gartens sah Chloe ihre Eltern mit ihrer Schwester Kate und deren Freund Rob sitzen. Dads Blick traf ihren, er lächelte und winkte.

Er gehörte zu den guten Männern in ihrem Leben. So wie Smitty. Sie kannte ihn kaum, aber sie war dankbar dafür, dass er mit einem Wort der Hoffnung in ihr Leben getreten war.

„Darf ich Sie zum Tanz auffordern?" Jesse tauchte auf, verbeugte sich vor ihr und bot ihr seine kräftige Hand.

„Oh, ähm – ja, sehr gern." Als sie ihre Hand in seine legte, spürte sie ein leichtes Flattern in der Brust. Sie mochte ihn vom ersten Augenblick an. „Ich warne Sie, ich trete beim Tanzen auf die Füße meines Partners."

„Wie gut, dass ich das nicht mache. Schließlich haben Sie keine Schuhe an." Jesse bot ihr seinen Arm an und führte sie sanft zur Musik.

„Der Absatz ist abgebrochen."

„Wie ärgerlich."

Er bewegte sich gekonnt und leicht. Chloe sah zu ihm hoch. „Sie sind ein guter Tänzer."

„Dank Miss Irenes Tanzschule in Boston."

„Tanzstunden, wow!"

„Es war die einzige Möglichkeit für meinen Bruder und mich, die Erlaubnis zum Football-Spielen zu bekommen. Meine Mutter bestand darauf, dass wir Tanzstunden nehmen." Jesse führte Chloe in einen abgewandelten Walzer, als die Band ein romantisches Lied spielte.

„*You made me love you ...*"

„Du liebe Zeit. Ein Schauspieler, Drehbuchautor, Tänzer und Football-Spieler."

Er lächelte sie an. „Ich bin ein Mann vieler Talente. Das streite ich nicht ab."

„Dazu gehört wohl auch Bescheidenheit."

„Ja, aber ganz unten auf der Liste." Er runzelte die Stirn und schüttelte den Kopf. „Ganz unten."

Sie lachte und entspannte sich gegen seine Brust gelehnt. Sie spürte die Wärme seiner Haut durch sein weißes Smokinghemd. „Hat es sich gelohnt? Tanzstunden zu nehmen, um Football zu spielen?"

„Anfangs nicht. Aber als Dan und ich älter wurden, waren wir als gute Tänzer bekannt, und an der Highschool wurden wir von den Mädchen zum Tanz aufgefordert." Jesse schwang sie herum, sodass sie seine Hand fester fasste und über ihre eigenen Füße stolperte. Er korrigierte sie nicht und machte im gleichen Tempo weiter. „Folgen Sie einfach meiner Führung ... Nicht widerstehen. Ja, jetzt haben Sie es raus. Sie sind ein Naturtalent."

„Sie sind enttäuscht, stimmt's? Dass ich wahrscheinlich die Rolle der Esther spielen werde?"

„Ich kenne Sie nicht gut genug, um enttäuscht zu sein." Er sah mit einem ehrlichen, offenen Blick zu ihr herunter.

„Sie wissen, dass ich die Königin der Todesszenen bin."

„Ich vertraue Jeremiah. Wenn er meint, dass Sie die Richtige für die Rolle sind, dann stimmt es bestimmt."

„Aber Sie wollten Sabrina Fox für Ihren ersten Film. Und nun müssen Sie mit mir vorliebnehmen."

„Wissen Sie, Selbstherabsetzung ist keine gute Sache. Sie sollten an sich glauben."

„Ich glaube durchaus an mich. Aber ich mache mir um alle anderen Sorgen."

„Chloe, ich bin froh, dass Sie in dem Film mitspielen, wenn Sie die beste Esther sind. Nur darum geht es mir. Ich bin froh, in dieser Position zu sein. Ich nehme es nicht auf die leichte Schulter."

„Ich meinte nur ..." Wen wollte er auf den Arm nehmen? Er wusste, was sie meinte. „Ich habe mich in Esther und Hamilton verliebt, als ich das Drehbuch las. Ich habe ein unfassbares Glück, diese Rolle zu haben. Ich würde so gern wissen, was Sie dazu inspiriert hat."

Der Wind blies eine Strähne ihrer Hochsteckfrisur über ihre Augen, und Jesse strich sie sanft zurück. „Ein Brief."

„Was für ein Brief?"

„Ein Liebesbrief. Der Brief meines Großvaters. Besser gesagt: Meines Ur-Ur-Ur-Ur-Ur-Ur-Großvaters. Es ist sehr lange her." Er zog sie näher an sich, und sie ließ es instinktiv zu.

„Das muss ein ganz besonderer Brief gewesen sein."

Der Bandleader forderte alle Gäste zum Tanzen auf, indem er noch einmal den Refrain des Liedes spielte.

„You made me love you ..."

„Hallo, ihr Lieben." Mom kam in Dads Armen herbeigeschwebt, atemberaubend, majestätisch und elegant. „Wer ist dein Freund, Chloe?"

„Jesse Gates." Sie wand sich mit einem Blick in seine Augen aus seinen Armen. Würde er denselben Blick haben wie alle Männer, wenn sie ihre Mutter, diesen überwältigenden Star, zu Gesicht bekamen? „Das ist meine Mutter, Rachel Hayes. Mein Vater, Raymond Daschle."

Jesse nickte und hielt weiterhin den Arm um Chloes Taille geschlungen. „Es freut mich sehr, Sie beide kennenzulernen."

„Jesse Gates", sagte Dad. „Sie sind der Drehbuchautor. Jeremiah Gonda produziert Ihre Geschichte und führt Regie."

„Ist es der Film, für den du vorgesprochen hast, Chloe?", fragte Mom unbeschwert und gefühlvoll mit ihrem natürlichen Charme. „Wie schön. Sie ist eine fantastische Schauspielerin, Jesse. Man weiß es nur nicht, weil sie in jeder wichtigen Rolle stirbt. Dafür mache ich Raymond verantwortlich, ganz im Ernst."

„Schon gut, Rach", sagte Dad und drehte sie fort. „Bis später, Chloe. Jesse, schön, Sie kennengelernt zu haben." Dann flüsterte er Mom etwas ins Ohr, woraufhin sie ihren Kopf mit einem leisen, kontrollierten Lachen zurückwarf. Dann flüsterte sie ihrerseits Dad etwas zu und er küsste sie und drückte sie noch enger an sich.

Das war es, was Chloe sich wünschte. Intimität. Einen Ort, an dem nur zwei Liebende existierten. Nur Dad und Mom würden in alle Ewigkeit wissen und fühlen, was in diesem Moment geschah.

Doch Chloe wollte auch Verbindlichkeit. Einen Ring und ein Datum. Ihre Eltern hatten ihre Partnerschaft nie besiegelt. Nach fünfunddreißig Jahren lebten sie immer noch unverheiratet zusammen.

„Was hat es mit dieser Geschichte von Ihrem Vater als Übeltäter auf sich?", fragte Jesse. „Mit Ihrem Spitznamen *Königin des Sterbens*?"

Chloe tanzte und spürte seine Bewegungen, bevor er sie ausführte. „Er ist nicht wirklich der Übeltäter, aber Mom zieht ihn gerne damit auf. Als ich neun war, gab er mir die Rolle eines krebskranken Kindes in einem seiner größten Filme."

„Und irgendwie sind Sie in der Rolle stecken geblieben."

„Irgendwie. Ja."

Das Lied war zu Ende und die Gäste applaudierten. Chloe trat einen Schritt von Jesse zurück, als Ted auf die Bühne sprang.

„Guten Abend. Ich bin Dylans Bruder Ted, und sein Trauzeuge."

Jesse nahm zwei Champagnergläser vom Tablett eines vorbeigehenden Kellners und reichte Chloe eines davon. „Mit leeren Händen können wir nicht anstoßen."

„... ich zitiere den großen Dichter Christopher Marlowe: ‚Komm leb mit mir und liebe mich ...' "

Chloe sog das Prickeln des Champagner in sich auf und lauschte Teds modulierter Stimme beim Rezitieren der Strophen. Der Ärmel von Jesses Smokinghemd streifte ihren Arm, und sie spürte eine Welle berauschender Wärme.

„Erheben wir das Glas zu Ehren von Braut und Bräutigam, Dylan und Violet."

Chloe hob ihr Glas, doch bevor sie daraus trinken konnte, legte Jesse seinen Arm um ihre Taille. „Auf Bräutigam und Braut."

„Auf Bräutigam und Braut."

Chloe trank einen Schluck, dann wand sie sich aus Jesses Arm. „Sie müssen nicht bei mir bleiben."

„Versuchen Sie, mich loszuwerden?"

„Nein, ich will Sie nur vom Haken lassen. Ich weiß, dass Ted und Stella dachten, wir würden uns heute Abend zusammentun, aber ..."

„Aber nun, da ich weiß, wer Ihr Vater ist, bleibe ich dran." Er verbarg sein Grinsen hinter einem Schluck aus dem Champagnerglas.

„Endlich ein ehrlicher Schauspieler."

„Tatsächlich eine Seltenheit in L.A."

„Da wir gerade ehrlich miteinander sind: Ich gehe nicht mit Schauspielern aus. Sie sind arrogant und ichbezogen."

Er verzog das Gesicht. „Schauspielerinnen dagegen sind ...? Freundlich, authentisch und zu allen nett?"

„Nun ja, wir haben auch unsere Fehler, aber die sind nichts im Vergleich zu denen unserer männlichen Kollegen."

„Zur Kenntnis genommen, Miss Daschle."

Die Band spielte ein weiteres Lied. Jesse blieb neben ihr stehen und starrte vor sich hin.

„Sind Sie mir böse?"

Er sah sie von der Seite an. „Warum sollte ich?"

„Ich wollte nur sicher sein."

Er stellte sein Champagnerglas auf dem Brauttisch ab und streckte die Hand nach ihr aus. „Ich liebe dieses Lied. Meine Großmutter spielte es oft auf dem Klavier, als wir noch klein waren."

Der Sänger schmachtete: *„I love you, for sentimental reasons."*

„Nur zur Information: Ich gehe nicht mit Schauspielerinnen aus."

„Wirklich?" Chloe runzelte die Stirn. „Warum?"

„Sie sind launisch, ichbezogen, unsicher und denken nie daran, einen zum Pizzaessen einzuladen."

„Ich liebe Pizza."

Jesses Lachen perlte über sie hinweg, als er sie an sich zog. Ihr Gespräch verstummte und er drückte seine Wange an ihr Haar. Nach einer Weile sang eine weiche, leise Stimme in ihr Ohr – jede Note, jedes Wort traf sie direkt ins Herz.

„I love you for sentimental reasons."

Tränen kamen in ihr hoch. Reiß dich zusammen Chloe. Jesse sang nur ein Lied, das seine Großmutter oft gespielt hatte.

„I hope you do believe me, I'll give you my heart."

Sein Atem streifte ihre Haut, und einen Moment lang schien sie körperlos zu schweben. Gütiger Himmel – jedes Wort, das er sang, schien für sie bestimmt zu sein.

5.
Esther

Sie wartete unter der Trauerweide, während die Junisonne langsam hinter der dunklen Linie des westlichen Horizonts verschwand. Es war der fünfte Abend in Folge, an dem sie Hamilton hier treffen würde.

Jedes Treffen, wenn es auch kurz war, trug dazu bei, dass sie einander wieder näherkamen. Vielleicht würden sie heute einen Schritt weitergehen und nicht mehr über oberflächliche Dinge, sondern vertraulichere Themen sprechen. Wenn Hamilton dazu bereit war, würden sie vielleicht heute ihre Gefühle füreinander zum Ausdruck bringen. Bisher hatten sie über London, die Saisons, die Vorstellung bei Hof und Esthers Heimreise gesprochen. „Ich werde nie wieder aus *South Carolina* fortgehen!“

Hamilton hatte Einzelheiten wieder aufgewärmt, die er in seinen wenigen, kurzen Briefen erwähnt hatte. *Quill Farm* überlebte. Tante Mary und Onkel Laurence ging es gut, abgesehen von Onkel Laurences Gicht und der möglichen Zuckerkrankheit. Und Gott sei Dank verpflichtete er sich in keiner der Armeen.

Als sie gefragt hatte, warum Onkel Laurence und ihr Vater miteinander haderten, hatte er zugegeben, dass er es nicht genau wusste.

„Onkel Laurence ist ärgerlich auf deinen Vater, ich weiß nicht weshalb, abgesehen davon, dass der eine ein *Whig* und der andere ein *Tory* ist. Ich weiß, dass dein Vater die letzten Predigten meines Onkels nicht gutheißt. Aber er hat es mir nicht verboten, nach *Slathersby Hill* zu kommen, und er hat auch nicht verboten, dass du zur *Quill Farm* kommst. Nicht, dass ich ihm gehorchen müsste. Ich bin zweiundzwanzig.“

„Genau wie ich, aber ich versuche, mich nie gegen meinen Vater zu stellen. Er wird seine Gründe dafür haben, auf deinen Onkel böse zu sein."

„Und doch bist du gekommen."

Sie hatte geblinzelt und sich an ihn gelehnt. „Und doch bin ich gekommen."

Würde er sie sagen - die Worte, nach denen sie sich sehnte? *„Ich habe dich vermisst. Bitte geh nie wieder fort."*

Doch heute Abend war er spät dran. Esther spähte hinter dem Baum hervor auf die Landstraße. Bestimmt würde er kommen. Sonst hätte er eine Nachricht geschickt. Ein paar Meter hinter ihr floss der Bach mit der Kraft des Frühlingsregens, und dicke Forellen schwammen in seiner Strömung.

Esther kniete sich auf die Bank. Sie wünschte, sie hätte eine Angelrute mitgenommen. Forellen schmeckten köstlich. Doch wenn sie mit einer Angelrute zurückkehrte, würde Vater ihr Fragen über den Nachmittag stellen, und sie würde ihn nicht anlügen können. Sie hatte kein Talent zum Schwindeln. Sie hatte es einmal versucht und er hatte sie anschließend bestraft.

Sie machte sich keine Sorgen darüber, dass ihre Abwesenheit und ihre heimlichen Treffen mit Hamilton entdeckt werden könnten. Vater war nach wie vor zerstreut und hielt sich fast ständig in seiner Bibliothek auf, wo er über seinen Büchern brütete und Briefe an Lord Whatham schrieb, die Kitch nach *Nintey Six* zum Postreiter bringen musste. Er behauptete, wenn der Krieg vorbei wäre, würde er sich darum kümmern, einen organisierten Postdienst einzurichten - wie den, den der Besserwisser Ben Franklin für die Rebellen entwickelte.

Der Wind rüttelte an den Zweigen der Trauerweide, während die Sonne immer tiefer sank. Was hielt Hamilton auf? Zurück unter dem Baum lehnte sich Esther gegen den Stamm und lauschte dem Abendgesang der Vögel. Sie war nun seit einer Woche heimgekehrt und hatte ihre Stellung als Herrin von *Slathersby Hill* wiedergewonnen. Sie hatte die Haushaltsbücher wieder an sich genommen und würde bald mit Sassy in die Stadt reiten, um mit den Kaufleuten zu verhandeln. Die Hühner waren dieses Jahr sehr produktiv, genau wie die Kühe. Sie hatten Eier, Butter und Rahm aus eigener Erzeugung.

„Da bist du ja." Hamilton ließ sich schwer atmend neben ihr auf den Boden sinken und klatschte seinen Dreispitz gegen seine Beine. „Ich hatte schon Angst, du wärst es leid, auf mich zu warten."

Ein einziger Blick in seine Augen, die den goldenen Abendhimmel widerspiegelten, und sie wusste, dass sie ewig gewartet hätte.

„Ich hatte Angst, du hättest mich vergessen."

Er streichelte ihre Wange. Sie nahm seine Hand und führte sie zu ihren Lippen.

„Hamilton, ich muss dich etwas fragen. Hast du mich gar nicht vermisst? Deine seltenen Briefe enthielten wenig mehr als Grüße, eine Beschreibung deiner täglichen Arbeit und deine Unterschrift."

„Was hättest du gerne gehört?" Er ließ ihre Hand los und lehnte sich an den Baumstamm.

„Nun, dass du mich vermisst. Dass du befürchtest, ich könnte einen schicken englischen Edelmann heiraten."

„Und dass der Krieg dich dort drüben festhalten würde?" Er nahm erneut ihre Hand. „Du erwartest schwierige Dinge von mir, Esther. Die Geheimnisse meines Herzens."

„Hast du mich nun vermisst oder nicht?"

Er grinste. „Ich habe dich vermisst. Furchtbar vermisst."

Sie schob ihn lachend von sich und spottete: „Du bist mir ein feiner Verehrer, Hamilton Lightfoot. Wie willst du meine Gunst gewinnen, wenn du so wenige Worte machst? Wenn du sie nicht aussprechen kannst, dann schreibe sie halt auf. Einen Liebesbrief ..."

„Einen Liebesbrief?" Seine blauen Augen sahen sie prüfend an. „Den alle Welt sehen kann?"

„Nicht alle Welt – nur ich."

„Meine innersten Gefühle auszusprechen ist eine Sache, aber sie aufzuschreiben? Ich bin mir nicht sicher, ob ich das könnte." Er wurde rot. „Nur weil ich meine Gefühle nicht in einem Brief ausdrücke, heißt das nicht, dass ich keine habe."

„Das tröstet mich." Sie legte ihre Wange an seine Schulter.

„Enttäusche ich dich?" Er lehnte sich vor, um ihr Gesicht zu sehen und löste ein bekanntes und zugleich verstörendes Flattern bei ihr aus. Er hatte sie einmal geküsst. Auf die Wange, nach einem Fest in der Stadt. Sie war anschließend wie auf einer Wolke nach Hause geschwebt, war mit einem Lächeln eingeschlafen und genauso aufgewacht.

„Ich glaube nicht, dass du mich je enttäuschen könntest." Sie stand auf und sah ihm in die Augen. „Aber willst du mir nicht eines Tages sagen, was du wirklich fühlst?"

Sein Kuss war rasch und fest, die Berührung seiner warmen Lippen auf ihren wie eine Verheißung. Esther seufzte und schlang ihre Arme um seinen Nacken. Sie war so leicht wie der Wind, so leuchtend wie der Sonnenuntergang. Doch allzu schnell löste er sich von ihr.

„So", sagte er und drückte seine Stirn an ihre. „Jetzt weißt du, was ich fühle."

„Ja, ich glaube, ich weiß es."

Eines Tages würde er ihr seine Liebe erklären. Eines Tages.

Sie gehörte hierhin. Nicht in die Londoner Salons, um die Aufmerksamkeit eines Adligen zu wecken. Sie gehörte nach *South Carolina.* Sie gehörte in Hamiltons Arme.

Ich liebe dich, Hamilton Lightfoot. Sie schwebte – wie ein Adler, der im Aufwind seine Schwingen ausbreitet und sich forttragen lässt. Dieser Augenblick könnte ewig dauern.

„Eines Tages werde ich dir einen Liebesbrief schreiben“, sagte er und verschränkte seine Hand mit ihrer. „Ich verspreche es.“

„Wirklich? Wirst du das tun?“

„Würde dir das nicht gefallen?“

Esther setzte sich auf und drehte sich zu ihm. „Was kann ich tun, um dir zu gefallen, mein Liebster?“

„Heirate mich. Ich werde den Zwist zwischen deinem Vater und Onkel Laurence klären, und dann heiraten wir.“ Er küsste ihre Stirn mit warmen, süßen Lippen, die langsam weiter über ihre Wange wanderten.

Esther erschauerte vor Wonne. Davon sprachen also die Dichter, wenn sie die Liebe besangen.

„Miss Esther!“

Die laute Stimme von Kitch ließ Esther herumfahren. Sie fühlte sich wie zerrissen, einer wunderschönen Sache beraubt.

„Miss Esther? Sind Sie da? Sir Michael hat nach Ihnen gesucht.“ Kitchs dunkles Gesicht erschien hinter dem Stamm der Trauerweide. Er führte das Pferd Gulliver hinter sich. „Ich habe gesehen, wie Sie sich jeden Abend hierhergeschlichen haben. Wie geht es Ihnen, Mr. Hamilton?“

„Guten Abend, Kitch.“ Hamilton stand auf und klopfte ein paar Blätter von seiner Hose. „Esther, du musst zu deinem Vater gehen. Wir sollten ihn nicht verärgern.“ Er bot Esther die Hand.

„Du hast doch nichts verraten, nicht wahr, Kitch?“ Sie stand auf, strich Gras und Staub von ihrer Bluse und hielt noch immer Hamiltons Hand fest.

Der vierzehnjährige Kitch deutete mit einer Geste an, dass seine Lippen versiegelt seien. „Kein Wort, kein einziges.“

„Warum sucht Vater nach mir? Als ich aus dem Haus ging, war er mit den Depotbüchern beschäftigt.“

„In der Stadt ist etwas vorgefallen. Ein großer Tumult. Ein Reiter kam zum Haus hochgeprescht.“

Es hatte Gerüchte von Unruhen gegeben. Captain Hucks Dragoner setzten ihre zerstörerische Herrschaft in der Kolonie fort. Vater begrüßte diese Taten. Er sagte, die Presbyterianer müssten zum Schweigen gebracht werden.

Hamilton trat vor. „Was für Unruhen, Kitch?"

„Ich weiß es nicht genau. Ein Gerangel in der Stadt."

Hamilton fluchte leise. „Vermutlich Huck und seine Männer. Die Miliz vor Ort hat befürchtet, dass dieser Schwachkopf hierherkommen würde." Er nahm Tillys Zügel. „Kitch, bring Miss Esther nach Hause. Bleib nirgendwo und für niemanden stehen, hörst du?"

„Ja, Sir."

„Hamilton, warte." Sie griff seinen Ärmel. „Nimm mich mit. Wenn es Unruhen in der Stadt gibt, ist Vater vielleicht hingeritten, um nach Whathams Handelsposten oder seinem Pelzunternehmen zu sehen."

„Geh nach Hause, Esther." Er befreite sich aus ihrem Griff und schob sie sanft zu Kitch. „Wenn es Neuigkeiten gibt, werde ich nach *Slathersby* reiten. Jetzt beeile dich."

Gerade als er sein Pferd bestieg, kam ein anderer Reiter die Straße entlanggeprescht. Eine Laterne baumelte von seiner Hand.

„Hamilton! Schnell! Wir haben dich gesucht." Es war Ben Quincy.

„Was ist los?" Tilly tänzelte nervös und warf den Kopf zurück. Sie wieherte laut in die Nacht. „Was ist passiert?"

„Huck und seine Männer ... Sie haben die Kirche in Brand gesetzt. Hamilton, dein Onkel war in der Kirche."

„Hü!" Hamilton gab Tilly die Sporen und raste die Straße hinunter, ohne sich noch einmal umzublicken.

Ben sah auf Esther herab und hielt seine Laterne hoch. „Gehen Sie nach Hause, Esther. Es ist nicht sicher hier draußen."

„Haben sie das wirklich getan, Ben? Haben sie wirklich die Kirche angezündet, während Reverend Lightfoot darin war?"

„Wir hoffen, dass er durch die Seitentür hinauskommen konnte, aber als ich losritt, war nichts von ihm zu sehen. Ich hoffe für Sie, dass Ihr Vater den Dragonern nicht geholfen hat, sonst wird *Slathersby Hill* diese Nacht nicht überstehen", stieß Ben mit zusammengepresstem Kiefer hervor. „Heute Abend ist es besser, ein *Whig* als ein *Tory* zu sein."

„Vater würde so etwas nicht tun. Niemals." Aber welche Gewissheit hatte sie? Keine. Sie konnte nur darauf vertrauen, dass ihr Vater, auch wenn er treu zum König hielt, kein Mörder war.

„Es ist Krieg, Miss Esther. Sie sollten niemandem trauen." Mit diesen Worten war Ben fort.

„Miss Esther?" Kitchs Hand berührte sanft ihre Schulter. „Wir sollten nach Hause reiten." Er griff nach Gullivers Zügeln.

„Sicher wird niemand *Slathersby Hill* anzünden. Vater ist eine Säule in der Stadt." Sie setzte ihren Fuß in den Steigbügel, stemmte sich hoch und landete auf Gullivers Rücken. Kitch sprang auf und setzte sich hinter sie. „Wir werden in Sicherheit sein, nicht wahr?"

Kitch schnalzte und trieb das Pferd auf die Straße. Sie schlugen die der Stadt entgegengesetzte Richtung ein – fort von Hamilton und der Heimtücke des Krieges.

6.

Jesse

Die Band beendete einen weiteren Song. Er löste sich lange genug von Chloe, um zu applaudieren. Sie spähte zu ihrem Tisch hinüber, als ob sie für den Rest des Abends mit ihm fertig wäre.

Aber er war noch nicht bereit, sie gehen zu lassen. Er spürte Kälte an der Stelle, wo sie sich an ihn gelehnt hatte. Vielleicht war es nur die romantische Stimmung der Hochzeit, doch er hatte den Wunsch, in ihrer Nähe zu bleiben. Andererseits war eine Hochzeit ein wenig mit Dreharbeiten vergleichbar. Fern der Realität. Am nächsten Morgen würde die Normalität zurückkehren. Warum sollte er also nicht einen Abend mit einer schönen Frau genießen? Keine Bedingungen. Keine Erwartungen.

Der Sänger begann eine melodische, bezaubernde Interpretation von *„I've Grown Accustomed to Her Face"* zu singen, und Jesse griff nach Chloes Hand. „Noch einen Tanz?"

Wortlos bewegte sie sich mit ihm, als ob sie schon tausend Tänze miteinander geteilt hätten. Sie löste Wünsche in ihm aus, die er schon sehr lange nicht mehr zugelassen hatte.

„Du hast den Walzer an einem einzigen Abend gelernt", sagte er, während er sie zur Musik führte. „Das Tanzen steht dir gut."

„Sei nicht albern. Das liegt ganz allein an dir."

„I've grown accustomed to her face ..."

Dann gab der Trompetenspieler ein Solo, und die Töne woben sich um sie, als seien sie allein auf der Tanzfläche.

Obwohl Chloe ihn zum ersten Mal seit einer Ewigkeit wieder an Liebe denken ließ, gab es mit ihr kein Risiko. Sie war nicht sein Typ. Sie war ein vollschlanker Rotschopf mittlerer Größe. Er bevorzugte große, schlanke Frauen. Ja, sehr schlank. Und ... und ... blond. Eindeutig blond.

Als er so in seinem Kopf argumentiert hatte, entspannte er sich und drückte erneut seine Wange an ihr Haar, diesmal ohne die Worte mitzusingen. Es war eher peinlich, dass er ihr *„I love you for sentimental reasons"* ins Ohr gesungen hatte. Dennoch ließ er sich von der Musik treiben und hielt sie noch ein wenig fester an sich gedrückt.

Als der Song vorbei war, trat sie einen Schritt zurück, und erneut spürte er diese Kälte in der Brust.

„Ich hatte nicht vor, dich in Beschlag zu nehmen. Es sind ja noch viele andere Frauen da."

„Ich habe Ted versprochen, mit der Freundin seiner Freundin zu tanzen." Er zuckte die Schultern und schüttelte den Kopf. „Irgendjemand musste es schließlich tun."

Sie lachte und knuffte ihn in die Seite. „Stella hat mich bekniet, mit dem dämlichen Freund ihres Freundes zu tanzen. Einem Schauspieler!" Chloe verdrehte die Augen und verzog das Gesicht.

Jesse lachte, schlang die Arme um sie und küsste sie auf die Stirn. „Dann sind wir beide Heilige."

Was war nur los mit ihm? Das Lachen. Der Arm. Der Kuss. Jesse trat einen Schritt zur Seite. Sollte er etwas sagen? *Das war nur Spaß? Oh, Verzeihung, soll ich den Kuss wegwischen?*

„Ja, Heilige." Sie blickte zu Boden.

In solchen Momenten hätte er alles dafür gegeben, durch und durch Schauspieler zu sein. Jemand, der von den Gefühlen des Augenblicks gelenkt wurde und sich gehen lassen konnte. Stattdessen funktionierte er wie ein Ingenieur. Ständig. Er ging die Dinge der Reihe nach an, suchte die Logik, überdachte die Dinge, so wie jetzt. *Stop.*

„Ladies and gentlemen ..." Dylan hüpfte aufs Podium und bedeutete Violet, ihm zu folgen. „Meine wunderschöne Braut und ich möchten

euch etwas sagen." Der Geräuschpegel ebbte ab, nur leise Klaviermusik war zu hören. „Zunächst möchten wir euch danken, dass ihr gekommen seid, um diesen großen Tag mit uns gemeinsam zu feiern. Ohne euch wäre es nicht dasselbe gewesen. Wir danken ganz besonders unserer Familie und unseren Freunden, die es während der Godzilla-ähnlichen Vorbereitungen auf diese Hochzeit mit uns ausgehalten haben!" Violet knuffte ihn und zog gespielt einen Schmollmund, während die Gäste lachten. „Wir lieben euch alle." Sein Blick heftete sich auf Violet. „Aber wir haben beschlossen, unsere Feier mit jemandem zu teilen." Violet griff nach dem Mikrofon. „Wo ist Ted?"

„Was wird das jetzt?", fragte Chloe und stupste Jesse mit dem Ellbogen in die Seite. „Weißt du Bescheid? Was hat Ted vor?"

„Ich habe keine Ahnung." Er hob beide Hände. „Ehrlich. Aber als Bruder des Bräutigams und Trauzeuge hat er wohl irgendetwas Spezielles geplant."

„Stella, komm auch her", sagte Violet. „Wir möchten euch beiden ein besonderes Geschenk geben, weil ihr uns während der Hochzeitsvorbereitungen so wunderbar unterstützt habt." Sie lehnte sich zu Dylan, um ihn zu küssen.

In Jesses Brust explodierte etwas. Es war seltsam und fremd. Er drückte seine Hand gegen die Brust, um dieses Gefühl wegzupressen.

„Wir wollten euch dieses Geschenk als Zeichen unserer Wertschätzung geben." Dylan reichte Ted und Stella zwei Schachteln, die in dickes, weißes Papier eingewickelt und mit einer goldenen Schleife verschnürt waren.

„Oh nein ...!" Stella schlug ihre Hand vor den Mund. Ted hatte gesagt, sie sei Lehrerin, aber Jesse fragte sich, ob ihre wahre Berufung wohl woanders lag. „Das war doch wirklich nicht nötig. Wir lieben euch und wollten an eurem großen Tag für euch da sein."

„Öffnet die Schachteln." Violet bedeutete der Menge, die beiden anzufeuern. „Öffnen, öffnen, öffnen", erklang es von überallher.

„Du zuerst, Schatz“, sagte Ted und klemmte seine Schachtel unter seinen Arm.

„Ich habe keinen blassen Schimmer ...“ Stella zog an der Schleife, ließ sie auf den Boden fallen und entfernte das Papier. Sie sah die Gäste an. „Was meint ihr, was es ist?“

„Eine Million Dollar!“, rief jemand.

„Das wäre fantastisch.“ Stella kicherte und hob den Deckel von der Schachtel. Mit einem Keuchen holte sie eine kleinere Schachtel hervor und sah die Braut an.

„Der alte Trick mit der Schachtel in der Schachtel“, flüsterte Chloe. „Klassisch. Nun brauchen wir nur noch eine Torte im Gesicht von irgendjemandem, und der Abend ist perfekt.“

„Oooh, wie herzlos, Miss Daschle, wirklich herzlos.“

Sie zuckte zusammen. „Ich mache nur Spaß.“

Jesse stupste sie an. „Genau wie ich. Entspann dich.“

Stella öffnete die kleine Schachtel und wich einen Schritt zurück. Ihre langen Finger bedeckten ihre roten Lippen. „Ted, was hast du getan?“

Langsam ließ er sich auf ein Knie nieder und nahm ihre Hände. Unzählige Blitzlichter durchzogen die Terrasse. „Stella Eva Epstein, willst du mich heiraten?“

„Im Ernst?“ Stella zog ihn auf die Füße und sah zum Brautpaar. „Wusstet ihr Bescheid?“ Dann drehte sie sich wieder zu Ted. „Dich heiraten? Im Ernst?“

„Ja, im Ernst.“

Neben Jesse stöhnte Chloe: „Unglaublich.“

„Was?“, fragte Jesse. „Dass ein Mann während der Hochzeitsfeier eines anderen seiner Freundin einen Antrag macht? Ein wenig kitschig, zugegeben, aber immerhin sind die beiden Brüder. Wenn mein Bruder das auf meiner Hochzeit tun wollte, würde ich es ihm erlauben.“ Nicht, dass er jemals heiraten würde. Jesse hatte jeden Gedanken an eine Heirat über Bord geschmissen, als Loxley starb.

„Schatz", sagte Ted und drückte Stellas Hand. „Du machst mich nervös. Willst du?"

„Oh, sorry. Ja, natürlich will ich dich heiraten. Ja!" Sie warf sich in seine Arme, und sie zitterte erkennbar, als er ihr den Ring über den Finger streifte.

Die Gäste der Hochzeit von Dylan und Violet klatschten Beifall für Ted und Stella.

Die Band begann *„Blue Suede Shoes"* zu spielen, als sich die beiden Paare umarmten, und die applaudierenden Gäste kehrten zur Tanzfläche zurück.

„Den Walzer beherrschst du. Willst du jetzt Swing lernen?" Jesse beugte sich herunter, um ihr ins Gesicht zu sehen. „Chloe?"

„Sie liebt ihn nicht wirklich."

Jesse beugte sich näher zu ihr. „Wie bitte?"

„Sie liebt ihn nicht wirklich." Sie stach mit ihrem Finger in seine Brust. „Im Ernst, du hast nichts gewusst?"

„Er hat kein Wort davon erwähnt. Was meinst du damit, dass sie ihn nicht liebt. Hat sie es dir gesagt?"

„Nicht direkt, aber es ist aus ihren Worten herauszulesen. Hast du nicht gesehen, wie sie mit dir geflirtet hat, als du hereinkamst?" Chloe hastete an ihm vorbei zu ihrem Tisch. „Heirat ... Liebe ... das ist kein Spiel, das man verliert oder gewinnt oder zur Seite legen kann, wenn man genug davon hat und etwas anderes spielen will." Sie griff nach ihren Schuhen und der Handtasche.

Irgendetwas bedrückte sie. Aber was? „Wer sagt, dass sie spielen?"

„Ich kenne Frauen, die über heiße Kohlen laufen würden, um einen Mann wie Ted zu bekommen. Aber für Stella ist er nur der nächste Punkt auf ihrer To-do-Liste. Ich meine es ernst. Sie hat absichtlich mit dir geflirtet, um zu sehen, wen von uns beiden du vorziehen würdest. Sie sagte, sie wollte sich ihre *Optionen* offenhalten."

„Sie hat einen Scherz gemacht."

„Nein, hat sie nicht." Chloe atmete tief durch und presste ihre Hände an ihre Stirn. „Entschuldigung ... das geht mich eigentlich gar nichts an. Es war ein langer Tag, und ich bin müde und hungrig." Sie blickte auf die Rückseite der Villa. „Ich weiß nicht, wann das Dinner serviert wird, und ich glaube, ich habe für heute Abend genug von Tanz und Romantik."

„Ich kenne einen wundervollen Platz am Strand." Jesse bot ihr seine Hand und zeigte mit dem Kopf zum Parkplatz. „Kennst du vielleicht ein Mädchen, das gerne Pizza essen würde?"

Sie gluckste, schüttelte den Kopf und zeigte auf sich selbst. „Das Mädchen mit der Torte im Gesicht."

„Warum bist du diejenige mit der Torte im Gesicht?"

„Weil ich die Einzige bin, die ..." Sie brach ab und presste die Lippen zusammen. „Pizza klingt fantastisch."

„Hier geht's lang." Jesse nahm ihre Hand und zog sie zurück, um ein tanzendes Paar zu umrunden. Als sie gemeinsam *Greystone Mansion* verließen, zwang er sich, das Gefühl in seiner Brust zu ignorieren. Ein kleines, unwillkommenes Sehnen nach Liebe.

7.
Chloe

Ich bin nicht eifersüchtig, weißt du."

„Aha." Jesse legte eine große vegetarische Pizza zwischen sich und Chloe auf die Sitzbank, als er hinter das Lenkrad schlüpfte. Er lockerte seine Krawatte und fuhr den *Santa Monica Boulevard* hinunter Richtung *Ocean Avenue*. Es gefiel ihr, dass er einen Truck fuhr. Kein Statussymbol, wie jener Angeber mit den falschen Zähnen neulich.

„Sorry, ich musste vorhin nachdenken." Sie hatte geschwiegen, seit sie von der Hochzeit aufgebrochen waren. Jesse hatte die Zeit genutzt, um die Pizza zu bestellen.

„Glaubst du wirklich, dass sie ihn nicht liebt?" Jesse stellte das Radio an und wählte einen Sender, der dieselben Klassiker spielte wie die Band auf dem Hochzeitsempfang. Dann stellte er den Ton leiser, damit sie sich unterhalten konnten.

„Du bist ein Nostalgiker, stimmt's?"

Er lachte, wobei das Licht des Armaturenbretts seine ausgeprägten Gesichtszüge hervorhob. „Meine Mutter behauptet das." Er sah sie an. „Wie kommst du darauf? Wegen der Musik?"

„Ja, aber auch ... einfach wie du bist. Meine Mutter sagt von mir übrigens dasselbe. Etwas angestaubt."

„Tatsächlich? Wie charmant." Er fuhr um die Kurve vom Ozean fort auf den Highway 1.

„Du kennst wirklich einen Platz am Strand?"

„Ich würde dich nicht belügen. Nun, was kam bei deinem Grübeln heraus?"

„Keine Ahnung." Sie veränderte ihren Sitz. „Ich sollte nicht urteilen. Stella ist dafür bekannt, eine Sache zu sagen und eine andere zu tun. Vielleicht liebt sie ihn wirklich, aber sie verhält sich nicht so. Sie zeigt nicht, wie viel er ihr bedeutet. Ich denke, wir werden sehen, ob die Beziehung auf Dauer hält."

„Man weiß doch nie, ob eine Beziehung auf Dauer hält. Haben deine Eltern es anfangs gewusst?"

„Nein. Sie haben sich bei Dreharbeiten kennengelernt. Es war der erste Job meines Vaters als Regisseur, und für meine Mutter war es die erste Hauptrolle. Sie beschlossen, dass es nur eine Romanze auf dem Set sein würde. Nach den Dreharbeiten wollten sie jeder für sich nach Hause zurückkehren und die Beziehung beenden. Stattdessen haben sie sich so sehr verliebt, dass ihre Beziehung seit fünfunddreißig Jahren anhält."

„Liebe kann also funktionieren, wenn man am wenigstens damit rechnet."

„Für manche ja." Vermutlich nicht für sie, wenn man ihre katastrophale Beziehungslaufbahn in Betracht zog. „Wie steht es mit dir? Gibt es für den Nostalgiker Jesse Gates Platz für die Liebe? Für den Mann, der eine Liebesgeschichte schrieb, die auf dem Brief seines Urahnen basiert?"

„Ich glaube, ich halte mich tatsächlich besser ans *Schreiben* von Liebesgeschichten."

„Aha, man weicht der Frage mit einer sicheren, nichtssagenden Antwort aus."

„Wir sind da." Jesse bog in die enge Auffahrt zu einem dreigeschossigen Haus mit Glasfront am Strand.

Sie stieg aus dem Wagen und lehnte sich zurück, um alle drei Etagen in Augenschein zu nehmen. „Wahnsinn! Ich sollte beginnen, Drehbücher zu schreiben."

„Komm, drinnen ist es schöner." Jesse strich sanft über ihren Arm, und der Duft von überbackenem Käse und warmer Tomatensauce lockte sie zum Weitergehen.

Nachdem sie durch die Küche gegangen waren, wo Jesse Teller und Servietten holte, stiegen sie drei Treppen hoch und gingen durch das Wohnzimmer mit den hohen Decken und den Glaswänden auf die Dachterrasse.

„Unglaublich. Im Ernst, dein erstes Drehbuch ist offenbar fürstlich entlohnt worden."

„Es ist ein Studio-Projekt. Und ja, es wurde sehr gut bezahlt." Jesse zündete den Gaskamin an, obwohl es August war, und brachte eine quer über die Terrasse gespannte Schnur voller weißer, runder Glühbirnen zum Leuchten.

„Wie schön." Chloe lehnte sich gegen das Geländer und hob ihr Gesicht dem Meer entgegen. „Ich glaube, die Torte schmilzt gerade von meinem Gesicht weg."

„Ich weiß immer noch nicht, warum du diejenige mit der Torte im Gesicht bist." Jesse stellte die Pizza auf einem Tisch aus Glas und Teakholz ab.

„Weil ich so überrascht auf Teds Antrag reagiert habe. Nun, sehr gut bezahlt? Schön für dich."

„Allerdings muss das Geld lange vorhalten. Wer weiß, wann der nächste Job kommt. In der Zwischenzeit wohne ich hier zur Miete. Der Eigentümer ist für mindestens ein Jahr außer Landes und wollte, dass sich jemand um sein Haus kümmert. Mein Freund Smitty hat den Deal arrangiert. Der Mietpreis war einfach zu attraktiv, um die Sache auszuschlagen."

„Du hast einen Freund namens Smitty?"

„Ja, warum?" Jesse legte ein Stück Pizza auf einen der blauen Porzellanteller, die er aus der Küche geholt hatte, und reichte ihn ihr.

Chloe saß auf dem gepolsterten Zweisitzer. „Ich habe auch einen Freund namens Smitty."

„Das ist kein so seltener Name. Pizza! Heiß und lecker."

Jesse legte ein Stück auf seinen eigenen Teller und setzte sich neben sie.

„Schläfst du mit offenen Türen?", fragte sie. „Ich liebe das Meer, aber nachts ist es so schwarz und unheimlich. Ein mysteriöser Abgrund jenseits des Horizonts, mit den kalten, weit entfernten Sternen als einzigen Lichtpunkten."

„Ich schlafe nicht mit offenen Türen. Ich versuche nicht daran zu denken, wie schwarz und tief es da draußen ist." Jesse sprang auf und ging zur Bar der Dachterrasse. „Was möchtest du trinken?"

„Egal. Wasser. Cola. Eistee." Irgendwann im Laufe des Abends hatte sie ihre Lust auf Alkohol überwunden.

Er kam mit einer Flasche Wasser zurück und sie widmeten sich wieder der Pizza.

Eine Weile lang war nichts anderes zu hören als das Rauschen der Wellen, das Klirren von Windspielen in der Ferne und das wohlige Seufzen der beiden, die endlich ihren Hunger stillten.

Chloe griff nach einem dritten Stück Pizza. Morgen würde sie Diät halten. Sie wollte sich auf die Rolle der Esther King vorbereiten. Wie schlank waren die Frauen im Landesinneren von *South Carolina* im Jahr 1781?

„So", sagte sie, wobei sie einen Klecks Tomatensauce von ihrem Daumen abwischte. „Was geschah mit deinem Urahn und dieser Frau, die er liebte?"

„Keine Ahnung." Jesse aß seine Pizza nach New Yorker Vorbild zur Hälfte zusammengerollt.

„Keine Ahnung? Warum hast du dann ein Drehbuch darüber geschrieben?"

Er schluckte, lehnte sich zurück und spülte den Bissen mit einem langen Schluck Wasser hinunter. „Nun, du weißt schon, wenn die Großeltern oder Ur-Großeltern nicht studierten, dann arbeiten die Nachfahren besonders hart, um die Ersten in der Familie zu sein, die einen Universitätsabschluss haben. Oder um die Ersten zu sein, die aus der Armut ausbrechen. Die Vergangenheit hat etwas an sich, das man klären, ändern oder auf das man antworten möchte."

„Glaubst du, dein Urahn und Esther benötigten eine Antwort?"

„Er bat sie in seinem Brief, sie zu heiraten, doch der Brief wurde nie abgeschickt. Er heiratete in den Achtzigerjahren des achtzehnten Jahrhunderts und ..."

„Also kennst du einen Teil der Geschichte?"

„Meine Tante Pat ist die Historikerin der Familie. Sie gab mir den Brief. Sie suchte selbst nach Antworten. Hamilton heiratete eine Frau namens Lydia, aber wir wissen nicht viel über sie. Sie hatten einen Sohn. Der einzige Beleg, den wir haben, ist dieser nicht abgeschickte Brief an eine Frau namens Esther, in dem er ihr seine Liebe erklärte und sie bat, ihn zu heiraten."

Chloe sah ihn kauend an. „Nicht abgeschickt?"

„Ja, tatsächlich ist der Brief noch nicht einmal signiert. Hamilton begann etwas, das er nicht zu Ende führte."

„Und deine Tante Pat hat keine Antworten?"

„Noch nicht, aber ich bin sicher, dass sie eine Spur verfolgt."

„Wie seltsam, dass er den Brief nie abgeschickt hat."

„Vielleicht hatte er Angst ..."

„Wovor?" Chloe schluckte ihr letztes Stück Pizza hinunter und wischte sich die Finger an der Serviette ab, die Jesse ihr gereicht hatte.

„Davor, dass die Frau, die er von Jugend an liebte, ihm eine Abfuhr erteilen würde. Oder davor, dass seine Gefühle nicht echt, sondern reine Sentimentalität waren."

„Geht es hier um mehr als um deinen Urahn, Jesse? Willst du etwas für ihn zu Ende bringen und gleichzeitig auch für dich selbst?"

Er hielt inne, die Hand mit der Pizza verharrte vor dem geöffneten Mund. Dann sagte er: „Nein ... wie meinst du das?"

Sie beugte sich zu ihm, davon überzeugt, dass etwas Tieferes dahintersteckte. Sie hätte eine gute Journalistin abgegeben, wenn ihr die Schauspielerei nicht so im Blut gelegen hätte. „Du hast gehört, was ich gesagt habe. Gibt es da etwas, auf das du selbst eine Antwort suchst?"

„Nein." Er hielt ihrem Blick stand. „Dies ist ihre Geschichte. Ich stelle mir vor, was passiert wäre, wenn er den Brief abgeschickt hätte. Ich stelle mir eine Antwort auf seine Frage vor ... *Liebe ich sie wirklich noch?*"

„Hat er sich denn diese Frage gestellt?"

„Ich weiß es nicht. Vielleicht. Es muss einen Grund dafür geben, dass er den Brief nie abgeschickt hat."

Chloe ließ sich in das Sofakissen zurücksinken und legte ihre nackten Füße auf den Couchtisch. Die Säume ihres Kleides berührten die Terrassenfliesen. „Tatsache ist, dass wir nie das Wie und Warum der Entscheidungen unserer Vorfahren kennen. Wir kennen nur unsere gegenwärtige Realität."

„Es ist beängstigend, oder? Zu wissen, dass eine Entscheidung, die ich heute treffe, künftige Generationen beeinflussen, dass sie über mein eigenes Leben hinausgehen wird. Wenn dieser Film Erfolg hat, könnte mein Leben davon verändert werden und damit auch das Leben meiner Nachkommen ... sollte ich welche haben."

„Warum solltest du keine Nachkommen haben?", fragte Chloe. „Erzähl mir nicht, du hättest mit der Liebe abgeschlossen, Jesse Gates."

„Nein, habe ich nicht."

Warum nur glaubte sie ihm nicht? Chloe setzte sich auf die Kante des Sofas.

„Nun, was gibt's zum Nachtisch?"

„Nachtisch? Gute Frage." Er aß die letzte Kruste seiner Pizza und nahm den leeren Karton hoch. „Wenn ich an den Film denke, sehe ich einen jungen Mann vor mir, der ein Mädchen zum ersten Mal ausführt, um *Bound by Love* zu sehen – du weißt schon, *Avengers Fünfundzwanzig* ist ausverkauft –, und die beiden kommen ins Gespräch, stellen fest, dass sie vieles gemeinsam haben, verlieben sich ... Als Nachtisch hätte ich ein paar M&Ms, die von letzter Woche übrig geblieben sind." Jesse tätschelte seinen Bauch. „Allerdings versuche ich gerade, eine Filmfigur zu erreichen."

„Sagte er nach dem vierten Stück Pizza."

„Niemand ist perfekt.“

Während Jesse mit dem Pizzakarton und den Tellern im Haus verschwand, ging Chloe zum Ende der Terrasse und lehnte sich an das Geländer. Sie mochte ihn. Sehr sogar. Er war lustig und man fühlte sich in seiner Gegenwart wohl. Und sie beide hatten eine Vorliebe für die vergangenen Zeiten.

„Gefunden.“ Sie drehte sich um und sah, wie Jesse einen Beutel mit M&Ms in der Hand hielt. Er sah süß aus, wie er mit den Augenbrauen zuckte, mit offenem Kragen und ohne Krawatte, mit nackten Füßen über die Terrasse huschend.

„Du bist das beste Rendezvous, das ich je hatte“, lachte sie.

Jesse nahm ihre Hand und schüttete ein paar M&Ms auf ihren Handteller. Chloe schob ein M&M in ihren Mund und ließ es schmelzen. Schokolade war gut für die Seele.

„Ich weiß gar nichts über unsere Vorfahren“, sagte sie. „Mein Vater hat ein Wappen an der Wand seines Büros, aber er kann nichts darüber erzählen. Es ist irisch oder walisisch, ich weiß es nicht mehr. Es ist gelb und schwarz mit dem Namen Hobart darunter.“

„Wer ist Hobart?“

„Unsere Vorfahren, nehme ich an. Vor langer, langer Zeit.“

„Seltsam, unsere Nachfahren werden sich in hundert Jahren auch nicht mehr an uns erinnern. Es sei denn, sie hätten so jemanden wie meine Tante Pat.“

Chloe schob ein weiteres M&M in ihren Mund. Der süße Geschmack, die salzige Brise und Jesses Gegenwart gruben sich in ihr Gedächtnis. Diese Details würden sie stets an Violets und Dylans Hochzeit erinnern.

„Ich frage mich, warum die Leute unbedingt unsterblich sein wollen. Auf dieser Erde haben mehr Menschen gelebt, als man je aufzeichnen könnte.“

„Genau deshalb sehnen sich die Leute danach“, sagte er. „Sie wollen nicht zu den Milliarden Vergessenen gehören.“

„Ich sehne mich nicht danach. Ich möchte nur arbeiten, eine Familie haben, leben ..." Sie hielt inne, schaute auf die Lichter der Anlegestelle, dann zurück zu Jesse. Sie hatte beinahe zu viel gesagt. Sie fühlte sich wohl in seiner Gegenwart, aber es war nicht nötig, dass er ihre geheimsten Gedanken kannte. Wenn sie zusammenarbeiten würden, musste sie eine professionelle Beziehung zu ihm herstellen, nicht eine, die ihre intimsten Gefühle offenlegte.

„Hier, ich habe genug gegessen." Sie gab ihm die drei letzten M&Ms zurück und rieb ihre Hände sauber. „Erzähl mal, welche Rollen du bisher gespielt hast."

„Romantische Komödien. Werbespots." Jesse warf die Süßigkeiten in den Abfall. „Ungefähr zehn Sitcom-Pilotsendungen. Ich habe beim Remake der Seifenoper *Dark Shadows* mitgewirkt, während des einzigen Jahres ihres Bestehens. Ich habe damit genug verdient, um immer etwas zu essen im Kühlschrank zu haben und meine Stromrechnung zu bezahlen. Meine Eltern haben es schließlich aufgegeben, mir damit in den Ohren zu liegen, ich sollte die Schauspielerei aufgeben."

„Sie wollen also keinen darbenden Schauspieler zum Sohn?"

„Sie wollen, dass ich das mache, was ich mag, aber das bedeutet nicht, dass sie es verstehen. Sie dachten, ich würde einen anderen Weg einschlagen." Er trank den letzten Schluck Wasser und warf die Flasche weg. „Was ist mit dir? Wie war es, als Tochter von Raymond Daschle und Rachel Hayes in Hollywood aufzuwachsen?"

„Großartig – und gleichzeitig furchtbar. Vor allem als Schauspielerin. Man könnte annehmen, man würde mich besonders berücksichtigen, ein wenig begünstigen, aber weit gefehlt. Meiner Schwester ergeht es nicht besser. Wir müssen sogar härter arbeiten als die anderen. Müssen uns beweisen. Aber als ich dein Skript gelesen und mich in Esther verliebt habe, hatte ich die Möglichkeit, Jeremiah Gonda anzurufen und für die Rolle vorzusprechen."

Er drehte sich zu ihr, sein Arm ruhte auf dem Geländer. „Findest du wirklich, dass das Drehbuch gut ist?“

„Ja, absolut. Ich habe nie zuvor einen Regisseur angerufen und aus eigener Initiative um eine Rolle gebeten.“

Er nickte, und sein fröhliches, jungenhaftes Grinsen machte ihn ihr noch sympathischer. Freunde. Ja, sie würde seine Freundin sein, nicht mehr. Sie wollte ihre ganze Kraft in diese Rolle legen und sich nicht verlieben.

Darüber hinaus führten Romanzen neben der Kamera immer zu Dramen *hinter* der Kamera.

„Komm, setzen wir uns. Lass uns die Sterne anschauen.“ Jesse nahm ihre Hand und führte sie zum Sofa.

Chloe zog ihre Beine an und steckte den Saum ihres Kleides um ihre Füße. Jesse stellte die Sofalehne nach hinten, und der Nachthimmel voller Sterne entfaltete sich vor ihren Augen.

„Wunderschön“, flüsterte sie. „Und so friedlich.“

Sie legte ihre Hand auf den Sitz und streifte dabei Jesses Hand. Ein Stromschlag fuhr durch ihren Arm. Sie zuckte leicht zusammen und legte ihre Hand auf ihren Bauch, bevor sie sie vorsichtig, verschämt auf das Kissen zurücklegte.

Jesse legte seine Hand unter seinen Kopf. „Welche Hollywood-Legenden kamen durch eure Haustür, als du Kind warst?“

„Wie lustig ... Diese Frage hat mir noch niemand gestellt.“

„Das meinst du nicht ernst, oder?“

„Niemand interviewt die Schauspielerin, die ständig stirbt. Lass mich überlegen ... Newman, Redford, Cruise, Smith, Coppola, Ford, Fonda, Sinatra, Reynolds, Reagan.“

„Sinatra? Frank oder Tina?“

„Frank. Aber ich war noch klein, ich begriff nicht wirklich, wer er war. Mein Vater arbeitete in den Achtzigerjahren an seinem letzten Film mit ihm. Jahre später begegneten sie sich bei einer TV-Show, und Frank nahm meinen Vater gewissermaßen unter seine Fittiche. Sie wurden gute Freunde. Manchmal stellt Dad spätabends die alte Hi-Fi-Anlage an und legt einige von Franks Originalplatten auf."

Nun, da ihr Hunger gestillt war und die Schokolade ihre Nerven beruhigt hatte, kam es ihr albern vor, wie sie auf Teds und Stellas Verlobung reagiert hatte. Sie hatte abgestritten, eifersüchtig zu sein, doch vielleicht war sie es tatsächlich. Nicht auf Stella – sondern auf den Antrag.

„Und was ist mit dir? Warum bist du Schauspieler? Sind deine Eltern im Künstlermilieu?"

Er drehte sich auf eine Seite, stützte sich auf den Ellbogen und sah zu ihr herunter. „Meine Eltern sind Anwälte. Mein Bruder ist ein Technikfreak. Er ist Unternehmer."

„Und man hat von dir erwartet, dass du auch Anwalt wirst?"

„Nein, ich war eher auf der Technik-Seite, wie mein Bruder. Naturwissenschaften, Mathematik, Physik, Computer."

„Ein Superhirn!" Chloe richtete sich auf, stützte sich auf ihren Ellbogen und sah ihm in die Augen. „Du könntest der nächste Bill Gates sein. Du hast sogar denselben Nachnamen." Sie rang nach Luft und berührte ihre Lippen mit den Fingern. „Vielleicht bist du sein Sohn und hast dich verstellt."

Jesse lachte, nahm ihre Hand und legte sie auf das Kissen, ohne sie loszulassen. „Keinerlei Verwandtschaft. Übrigens ist Bill Gates noch immer damit beschäftigt herauszufinden, wie er der nächste Bill Gates sein kann." Das Licht aus dem Haus legte einen Schimmer hinter sein Profil. „Ich bin durch eine Pause vom College an die Schauspielerei geraten. Es begann ... einfach so. Ich habe nie damit gerechnet, wirklich gut darin zu sein oder es mehr zu mögen als Mathematik oder Computer."

„Ein Mensch, bei dem die rechte und die linke Hirnhälfte gleichermaßen ausgeprägt sind. Was für ein seltenes Exemplar!" Chloe ließ sich wieder zurücksinken und beobachtete die Sterne. „Hast du deshalb so viel Selbstvertrauen? Weil du klug bist? Mein Vater mag selbstbewusste Schauspieler, nur für den Fall, dass du je mit ihm arbeiten solltest."

„Danke für den Tipp." Er lehnte sich ebenfalls zurück, streckte sich und hob die Arme über den Kopf. „Sag mir, was dich so sehr an Ted und Stella stört."

„Können wir über etwas anderes reden? Ich komme mir ziemlich albern vor."

„Manchmal mag ich Albernes ganz gern."

Sie gab ihm einen spielerischen Klaps, setzte sich aufrecht hin und schlug die Arme um ihre angezogenen Beine. Die Rüschen ihres cremefarbenen Kleides klebten an ihrer warmen Haut. Die Flügelärmel rutschten von ihrer Schulter, und Jesse schob sie sanft zurück.

„Ich weiß nicht, ob ich es dir erklären soll."

„Du musst es nicht tun, Chloe. Ich bin einfach nur neugierig."

„Ich habe gesagt, dass ich nicht eifersüchtig bin, aber ich bin es doch. Nicht auf Ted und auch nicht auf Stella. Aber auf das, was sie haben. Etwas, das ich für mein eigenes Leben offenbar nicht finde."

„Liebe? Du kannst keine Liebe finden?", fragte Jesse. „Das klingt nach einem langen, einsamen Leben. Besser, man hat geliebt und die Liebe verloren, als nie geliebt zu haben."

„Oh, ich habe geliebt! Und verloren. Glaub mir." Sie blickte ihn prüfend an. „Hast du nichts davon mitbekommen?"

„Wovon?"

„Na, über meine große Liebe? Allerdings war es alles andere als das."

„Sollte ich darüber Bescheid wissen?"

„Machst du dich über mich lustig? Jeder in den gesamten USA, in Europa und selbst im hintersten Winkel Südostasiens weiß Bescheid." Sie stand auf und machte ein paar Schritte. Die Meeresluft wirbelte über die Terrasse. „Seit wann bist du in Los Angeles?"

„Seit acht Jahren."

„Dann weißt du Bescheid. Du *musst* Bescheid wissen. Ich glaube übrigens, dass eine Zeile deines Skripts auf ... diese Sache Bezug nimmt." Sie hasste es, über das Video zu sprechen. Wäre es nicht wundervoll, wenn wenigstens *eine* Person, und noch dazu ausgerechnet dieser tolle, sympathische Mann, nicht Bescheid wüsste?

„Sollte ich es je gewusst haben – ich kann mich nicht daran erinnern."

Sie konnte Unschuld und Ehrlichkeit in seinen blauen Augen lesen.

„Sagen wir, ich habe einfach bisher kein Glück mit Männern gehabt. Wenn man noch mein Etikett als Königin der Todesszenen bedenkt ..." Sie ließ sich wieder aufs Sofa sinken „Manchmal denke ich, es läge ein Fluch auf mir."

„Ein Fluch?" Jesse glitt neben sie. „Flüche geschehen nicht ohne Zustimmung. Stimme dem nicht zu, Chloe." Er berührte ihr Kinn und drehte ihr Gesicht zu sich. „Was die Liebe betrifft – du bist viel zu liebenswert, viel zu süß, um allein zu sein. Ja, Liebe kann wehtun, das streite ich nicht ab." Seine Worte schienen schwer zu wiegen. „Aber es lohnt sich bestimmt, es erneut zu versuchen."

„Versuchst du mich oder dich selbst zu überzeugen?"

Er grinste. „Wir reden hier nicht über mich."

„Aber irgendwie tun wir es trotzdem, oder?"

„Vielleicht. Ein bisschen."

„Wenn ich zu liebenswert und zu süß bin, um allein zu sein, dann bist *du* zu liebenswert und zu warmherzig, und ja ..." – sie zeigte mit dem Finger in Richtung seines Gesichts – „ ... zu umwerfend, um allein zu sein. Wie kommt es, dass dich noch niemand eingefangen hat?"

„Nun, man muss es wollen – ich meine, eingefangen zu werden."

„Du hast es gut. Du bist ein Mann. Du hast die Wahl. Frauen müssen auch heute noch darauf warten, dass ein Mann sie auswählt. Ich glaube nicht, dass irgendjemand mich will."

„Oh, Chloe, es gibt jede Menge Männer, die dir widersprechen würden. Männer suchen und werden nicht fündig. Aber glaub mir, irgendwo da draußen ist ein Mann, der auf dich wartet."

„Wenn du es sagst." Sie stand auf und ging zum Geländer zurück. Sie brauchte den Wind, um ihr Herz zu kühlen. Ihre Haut fröstelte in der Meeresbrise, und sie fühlte sich beinahe von ihren Ängsten befreit.

Jesse stellte sich neben sie, schweigend. Er hörte ihr zu.

„Ich will dir sagen, was mich stört", begann Chloe langsam, als würde sie zu sich selbst sprechen. „Die Ehe ist eine heilige, eine sakrale Angelegenheit. Jedenfalls in meinen Augen. So habe ich es in der Kirche gelernt. Und so empfinde ich es in meinem Herzen. Aber irgendwie ist das Heiraten zu einer Millionen-Dollar-Industrie geworden. Jeder will eine große, protzige Hochzeit mit allem Drum und Dran, bei der die Braut für einen Tag die Prinzessin ist. Aber wenn der Alltag kommt und der erste Glanz verblasst, trennen sich die Leute einfach wieder."

„Ganz schön zynisch."

„Tut mir leid, aber ich habe es zu oft gesehen."

„Und was fasziniert dich persönlich am Heiraten?" Jesse drehte sich so, dass er ihr Gesicht sehen konnte. „Was wünschst du dir, Chloe? Wahre Liebe? *Und sie lebten glücklich bis ans Ende ihrer Tage?*"

„Ja, genau. Genau das." Sie schlug leicht mit der Hand aufs Geländer. „Ich wünsche mir das Märchen und die Romantik, aber ich will auch das Tagein und Tagaus. Ich möchte den zehnten, zwanzigsten, fünfzigsten Hochzeitstag mit dem Mann feiern, dem ich Liebe gelobt habe, bis dass der Tod uns scheidet. Die Ehe ist der einzige Ort, an dem niemand außer dir selbst und dein Ehepartner sind. Ein Mann. Eine Frau. In einer Verbindung, die die Menschheit von jeher fasziniert hat. Es ist ein Schatz, den man mit jeder Faser seines Seins bewahren muss. Man darf keinen Freund oder Kollegen, keinen anderen Liebenden hineinlassen. Wie heißt es vor dem Altar? *Was Gott zusammengefügt hat, soll der Mensch nicht scheiden.*

Wahnsinn! Von Gott zusammengefügt!" Ihre Stimme schwoll mit jedem Satz an. Jesse schien amüsiert, aber auch berührt zu sein. „Die Verbindung ist persönlich, intim. Ein Ort des Schutzes, des Dienens, wo man gegenseitig die Lasten des anderen trägt." Tränen traten in ihre Augen. „In der Ehe ist man Teil eines Ganzen, und genau das wünsche ich mir. Eine solche Beziehung ist mehr als ein Engagement, sie ist ein Bund. Meine Eltern haben sich füreinander entschieden, niemand zieht das in Zweifel. Aber wo ist der Bund? Die Zeremonie, das Feiern dieser Entscheidung, das Besiegeln, um sie vor allen anderen festzumachen – und dafür Segen zu empfangen? Das wünsche ich mir. Es geht über die Liebe hinaus, in das Innerste unseres Menschseins." Sie schritt zum Sofa zurück und setzte sich, die Ellbogen auf die Knie gestützt. „Ich klinge verrückt, ich weiß."

Sie war erschöpft, ausgelaugt. Jesse blieb am Geländer stehen und sah aufs Meer.

„Ich habe diese Dinge noch nie so offen vor einem Fremden ausgesprochen. Bitte sag mir, dass ich meine Worte nicht nächste Woche in einer Boulevardzeitung lesen werde."

Noch immer keine Reaktion von Jesse. Was mochte er denken? War sie zu weit gegangen? Hatte ihr Bekenntnis ihn verschreckt? Er sagte überhaupt nichts ... Als die Stille zu lange anhielt, schaute sie auf. Seine Augen ruhten auf ihr.

„Ich dachte schon, du wärst geflüchtet." Eine Locke stahl sich aus ihrer Hochsteckfrisur und kringelte sich über ihrem Auge.

„So ein Quatsch." Jesse kam herüber und setzte sich neben sie. Er legte einen Arm um ihre Taille und zog sie an sich. „Ich dachte die ganze Zeit, wie toll es wäre, deine Gedanken lesen zu können und das alles mit deinen Augen zu sehen."

„Oh, du wärest entsetzt, glaub mir." Sie zitterte, unfähig, ihm ins Gesicht zu sehen. Er strahlte eine solche Wärme aus, dass sie sich danach sehnte, ihren Kopf an seine Brust zu legen.

„Woher hast du diese Überzeugung?"

Sie klopfte auf ihre Brust. „Von hier drinnen."

„Dann hoffe ich, dass es genau so für dich wird", sagte er. „Nicht, dass das hier etwas mit Liebe oder Heirat zu tun hätte, aber du bist wunderschön, Chloe. Mehr noch: Du bist bezaubernd und tiefsinnig. Die Geliebte eines Liebenden."

„Die Geliebte eines Liebenden?"

„Ja, die Art von Frau, nach der sich ein hungriges Herz sehnt." Jesse lehnte sich zu ihr, und sein Blick wanderte über ihr Gesicht. Sie sehnte sich nach seinem Kuss. Doch dann zog er sich zurück. „Ich ... ich sollte dich nach Hause bringen."

Sie stand auf und wollte gehen, doch Jesse griff nach ihrem Arm. Als sie sich umdrehte, küsste er sie – sanft und süß, vorsichtig. Dann atmete er tief ein und drückte sie gegen seinen Körper, und Chloe spürte nur noch seine Lippen, die ihre Lippen suchten, zärtlich, ohne zu fordern oder zu drängen. Einfach ...

Liebe. Ja, hallo Liebe. Genau so fühlte es sich an.

8.

Hamilton

„Wir können ihn nicht finden, Hamilton. Vielleicht ist er noch drinnen."

Er rannte durch die Eingangstür und durch den Hauptgang; Rauch brannte in seiner Nase und den Augen. Ascheflocken wirbelten auf, und die Hitze schien sich durch die Sohlen seiner Stiefel zu bohren.

„Onkel Laurence! Onkel!" Er riss sich sein Hemd herunter und hielt es sich vor das Gesicht. „Onkel!" Über ihm brannte das Dach lichterloh, und die Kirche stöhnte unter der Last. Die Balken aus Holz krachten in der Hitze und berieselten Hamilton mit glühender Asche.

„Hamilton. Sie müssen hier raus!" Mr. Holliman vom Gemischtwarenladen packte ihn mit einem festen Griff an der Schulter. „Die Kirche wird zusammenbrechen."

„Aber Onkel Laurence ..." Der Rauch schnürte ihm die Luft ab, während die Flammen wütend um sich schlugen und seiner Verzweiflung spotteten. Ein Balken über der Kanzel barst und fiel krachend zu Boden. „Sie sagen, er war im Altarraum." Als er eingetroffen war, hatte Tante Mary draußen mit ihren Freunden gestanden und weinend nach ihrem Mann gerufen.

„Ja ... aber die Flammen sind zu heftig, Hamilton. Soll Ihre Tante ihren Mann *und* ihren Neffen begraben? Das würde ihr das Herz brechen."

„Sie wird mir dankbar sein, dass ich ihren Mann nicht in diesem Schutt verbrennen lasse." Hamilton befreite sich aus seinem Griff. Er blinzelte und rang nach Luft. Der Altarraum war einfach gehalten, lang und eng ohne Seitenräume. Es dürfte nicht schwer sein, Onkel Laurence zu finden.

Er duckte sich, als ein weiterer Balken vom Dach herunterfiel, und stürmte nach vorn. *Onkel, wo bist du?*

„Hamilton. Kommen Sie sofort raus!"

Ein letztes Mal ließ Hamilton den Blick umherschweifen, ehe er sich zum Rückzug entschloss. Dann sah er plötzlich einen Fuß links vom Altar hervorragen.

„Er ist hier. Hier." Hamilton stürmte um eine brennende Kirchenbank herum und beugte sich nach unten, um ein Bein seines Onkels zu fassen. Er drückte sein Hemd gegen sein Gesicht und versuchte genug Luft einzuatmen, um den großen Mann ohne weiteres Atmen durch das Seitenschiff zu ziehen, doch seine Lungen füllten sich mit Rauch.

„Helfen Sie mir."

Mr. Holliman stieß mit einem Taschentuch vor dem Gesicht zu ihm, sein Verkäufer folgte ihm. Als der erste Querbalken nachgab und die vordere Ecke der Kirche zusammenbrach, zogen sie Onkel Laurence zu dritt aus der Kirche. Hamilton warf sein Hemd auf den Boden und keuchte nach Luft. Sein Gesicht war von Ruß geschwärzt. Seine Hose schwelte an mehreren Stellen, wo sich kleine Glutfunken durch das Tuch gebrannt hatten.

Die Leute aus der Stadt standen fassungslos da und drängten sich aneinander, der Feuerschein brachte ihre Gesichter zum Glühen. Zu Hamiltons Füßen lag der reglose, verkohlte Körper von Onkel Laurence.

„Hier ..." Eine Frau reichte Hamilton mit kühlen Händen eine Kelle Wasser und ein dampfendes Tuch. „Drückt das Tuch auf die Augen."

Hamilton ließ sich auf den Boden sinken, schüttete sich das Wasser übers Gesicht und hielt das Tuch in der Faust. Dann stand er auf und hämmerte vor Trauer brüllend gegen seine Brust.

Tante Mary brach im Staub zusammen und fiel über den Leichnam ihres Mannes.

„Laurence, nein, Laurence ... nein, nein, nein!"

Seine Hände und Vorderarme waren verkohlt, sein Gesicht von roten Verbrennungen und Blasen entstellt. Einer der Trapper, Burt Newton, warf eine Pferdedecke über Onkel Laurence, während Hamilton seinen Arm um Tante Mary legte.

Hinter ihm erscholl eine Stimme: „Ist es das, was ihr wollt, ihr Männer aus *Ninety Six*? Wollt ihr, dass die Männer des Königs uns unter ihren Füßen zertrampeln? Pfarrer Lightfoot war ein Mann Gottes. Seht nur, was Huck und seine Dragoner angerichtet haben!"

Hamilton sah dem Sprecher in die Augen. Es war Captain Irwin, der unter den verängstigten, wütenden, weinenden und zitternden Leuten herumging.

„Wir sind Nachbarn und Freunde. Wir haben einander beim Säen und Ernten geholfen. Wir haben den Armen und Kranken Brot gegeben und Geld geborgt. Und nun sind wir der Willkür von Leuten ausgeliefert, die keine Gnade kennen. Wir sind nicht länger ihre Brüder." Captain Irwin schritt umher. „Wer ist auf unserer Seite? Wer will sich unserer Sache anschließen? Für die Unabhängigkeit und die Freiheit?" Er zeigte auf das Gebäude gegenüber dem Platz. „Wenn ihr Mut habt, was ich hoffe, dann kommt zu mir in die Taverne."

Der Captain schlug Hamilton auf die Schulter. „Schließen Sie sich uns an. Rächen Sie den Tod Ihres Onkels."

Ein paar Frauen knieten sich neben Tante Mary und trauerten mit ihr. Langsam stand Hamilton auf, sein Hemd baumelte von seiner Hand.

Er spuckte auf den Boden und sah die Leute an. „Captain Irwin hat recht. Dies ist unsere Stadt, unser Land, unsere Kolonie, und wir lassen uns nicht von einem gierigen König unterdrücken, der viertausend Meilen entfernt wohnt."

Esther brach durch die Menge. Ihre Haare flogen wild um ihre Schulten, ihre Wangen glühten. Kitch begleitete sie, seine Augen verrieten Angst. Doch Hamilton achtete nicht auf sie. Jegliche Leidenschaft und

Zärtlichkeit, die er in ihrer Gegenwart empfand, waren mit dem Tod seines Onkels gestorben.

„Wenn nicht König George, dann wird es der Kontinentalkongress sein", ertönte eine Stimme aus der Menge. „Gott schütze den König."

Die Menge geriet in Aufruhr.

„Lang lebe die Unabhängigkeitserklärung!"

Ben Quincy und John Brown kamen nach vorn, ihre Hände ruhten auf den Pistolen in ihrem Gürtel.

Hinter ihnen begannen die Balken der Kirche zusammenzukrachen. Die Menge schrie auf und wich zurück.

Hamilton sah sich im Kreis um. „Kann mir jemand seinen Wagen leihen? Ich muss Tante Mary und Onkel Laurence nach Hause bringen."

„Nimm meinen Wagen." Jacob Broadway, ein gläubiger Mann und Diakon in Onkel Laurences Gemeinde, nahm Tante Mary beim Arm. „Frank, Burt, helft Hamilton mit dem Leichnam."

Als sie den Wagen beluden, brach die Kirche vollständig zusammen. Hamiltons Blick fiel auf Esther. Sie ging einen Schritt auf ihn zu, doch dann legte sich eine Hand auf ihre Schulter. Es war ihr Vater, Sir Michael. Zuerst wehrte sie sich, doch er flüsterte ihr etwas ins Ohr. Sie gehorchte, drehte sich um und ging mit ihrem Vater fort. Bevor sie in der Menschenmenge und den Schatten verschwand, drehte sie sich um und hob ihre Hand, um Hamilton ihr Beileid auszudrücken. Natürlich musste sie mit ihrem Vater gehen. Er war Loyalist. Der Gutsverwalter eines mächtigen, reichen Aristokraten.

„Hamilton, wir sind bereit", sagte Jacob.

Er kletterte auf die offene Kutsche. Seine Hände, seine Füße, sein Herz fühlten sich taub an. Er sah eine Reihe von Trappern, Jägern und Farmern auf die Taverne zugehen. Tante Mary klammerte sich schwach und klagend an ihn. „Oh, Hamilton ... oh, Hamilton."

Er nahm die Zügel und die Kutsche stob vorwärts. Als er an der Taverne vorbeifuhr, stand Captain Irwin am Straßenrand. Mit dem Hut auf seinem Herzen schienen seine Augen Hamilton zu bitten, sich dem Kampf anzuschließen.

Esther

Bei der Beerdigung hatte man den Eindruck, als ob jeder einzelne Einwohner des Umlandes nach *Ninety Six* gereist war, um Laurence Lightfoot die letzte Ehre zu erweisen. Während Esther mit den Trauernden unter einem dunklen, schweren Himmel zum Friedhof ging, vorbei an den Trümmern der Kirche, wusste sie, dass sich ihre Welt für immer verändert hatte. Ein scharfer Windstoß zerrte an dem Pompadour, der von ihren behandschuhten Händen herabbaumelte. Ein Blitz zuckte über eine blauschwarze Wolke. Esther zog ihren Hut bis zu den Augenbrauen hinab, um sich vor dem drohenden Regen zu schützen und ihre Tränen zu verbergen.

Ninety Six wirkte ohne Pfarrer Lightfoot leer und verloren. Er war ein guter Mann gewesen, der Gnade, nicht den Tod verdient hätte. Sie war die Politik der Kolonien und den daraus entstehenden Hass leid. Männer kämpften gegen Männer, Brüder gegen Brüder. Wofür? Für Geld? Für Macht? Für Steuern und Tee? Wollten nicht alle dasselbe? Ein Heim, eine Familie, Lebensmittelvorräte in ihren Schränken und ein besseres Leben für ihre Kinder?

Seit dem Kirchenbrand hatte sich Angst in *Slathersby Hill* breitgemacht. Drei Tage und drei Nächte lang hatten Vater, Isaac und Kitch mit geladener Flinte Wache gehalten, damit keine streunenden Patrioten Rache übten und das Haus eines Loyalisten anzündeten.

Leutnant Twimball hatte sie besucht und zusätzliche Sicherheit angeboten. Vater hatte ihn mit einem Klaps auf den Rücken und einem Glas Portwein in die Bibliothek geführt.

Seine Anwesenheit war Esther unangenehm. Trotz seiner Uniform, seiner Flinte und seiner angebotenen Hilfe sah sie etwas in seinen Augen, das sie schaudern ließ.

Doch was sie wirklich belastete, war ihre Freundschaft mit Hamilton. Sie fürchtete das Ende der Beziehung. Wie sollte er ihr vertrauen, wenn ihr Vater diejenigen willkommen hieß, die für den Tod seines Onkels verantwortlich waren?

Sie stieß mit dem Fuß an einen Stein und stolperte. Pippa Farthing stützte sie. Tatsächlich gab es kaum Platz, sich zu bewegen oder Luft zum Atmen, so dicht gedrängt war die Menge.

Vorneweg gingen sechs Männer, die Pfarrer Lightfoot zu seiner letzten Ruhestätte trugen. Hinter dem Sarg ging Hamilton, ganz in Schwarz, neben seiner Tante. Wie zerbrechlich sie seit dem Tod ihres Mannes vor drei Tagen geworden war. Alle paar Minuten durchdrang ihr kummervolles Klagen die stürmische Atmosphäre und ließ Esther frösteln. Und doch hielt sie sich fest an dem, was Pfarrer Lightfoot immer gepredigt hatte: „Wir sind nicht wie solche, die keine Hoffnung haben. Denn wir glauben, dass Jesus starb und auferstand."

Ein Lied erklang aus den Reihen der Trauernden. „*When I survey the wondrous cross ...*" Esther liefen die Tränen über die Wangen, als sie in das Lied einstimmte. *Wie viel Unglück hatte dieser Konflikt schon hervorgerufen.*

Die Sargträger hielten vor dem tiefen, schwarzen Loch an. Donner grollte, und Esther zuckte zusammen, als ein Blitz nicht weit enfernt von der Menge die Wolken durchschnitt. Pfarrer Potts, ein temperamentvoller Mann aus *Charles Town*, schritt nach vorn, eine abgegriffene Bibel in der Hand.

„Wir haben uns hier zu einem traurigen Anlass zusammengefunden. Unsere Herzen sind mit Trauer erfüllt. Unseren Freund, unseren hingebungsvollen Ehemann, Onkel und Mann Gottes hat ein vorzeitiger und grausamer Tod ereilt."

Die Menge wurde unruhig. Rufe gingen hin und her.

„Liebe Freunde, was können wir in dieser dunklen Stunde tun?" Ein Donnergrollen antwortete. Die Trauernden riefen „Oh" und „Ah" und drängten sich dichter aneinander. Der Pfarrer räusperte sich und fuhr fort. „Wir müssen vergeben, meine Freunde. Betet zu Gott, dass wir unseren Nächsten lieben ..."

„Das ist verrückt!" Eine andere männliche Stimme erscholl aus der Menge. „Wenn ihr das Blut dieses Unschuldigen rächen wollt, dann schließt euch der Miliz von *Ninety Six* an und kämpft gegen unsere Feinde. Seid ihr Feiglinge oder wahre Männer?"

„Hört auf den Pfarrer." Richard Sloan, ein Farmer und der Vater von Esthers Freundin Maggie, wandte sich an die Menge. „Er weiß, wovon er spricht."

„Sei still, Sloan. *Du* weißt nicht, wovon du sprichst. Verdammter Loyalist!"

„Ihr guten Männer!" Pfarrer Potts hob sein dickes, schwarzes Buch in die Höhe. „Handelt, wie ihr es vor eurem Schöpfer für richtig haltet, aber egal ob Loyalisten oder Rebellen, ihr müsst vergeben! Ohne Vergebung sind wir nichts."

Die Menge wurde immer unruhiger und war nicht bereit, sich auf Worte der Vergebung und Liebe einzulassen. Die Männer begannen sich zu streiten und auseinanderzugehen – *Torys* gegen *Whigs*. Esther hielt sich nah an Mrs. Farthing, die mehr von Trauer als von Rache erfüllt war und Gebete für Mrs. Lightfoot flüsterte.

„Wir müssen vergeben, ja, aber es gibt kein Gesetz dagegen, unseren Unterdrückern zu widerstehen." Das kam von John oder Jacob Brown. Esther war sich nicht sicher. „Der Pfarrer stand für die Sache, für eine neue Nation: Amerika. Warum sollten wir nun zurückweichen, während sein Blut vom Boden schreit?"

„Gott schütze den König!“

Die Männer bewegten sich heftiger, der Donner grollte, die Spaltung vertiefte sich. Mr. Farthing nahm seine Frau. „Komm, lass uns fortgehen.“ Mit gesenkten Köpfen entkamen sie und eilten die breite Straße hinunter. Esther stand allein, ungeschützt, während die Leute mit Rebellion oder Zustimmung auf den Pfarrer reagierten.

Sie ging auf Hamilton zu. Sie sehnte sich danach, ihm ihr Mitgefühl auszudrücken. Seit dem Kirchenbrand hatte ihr Vater sie nicht mehr aus den Augen gelassen. Er hatte sogar ihre Absicht vereitelt, durch Kitch einen Brief nach *Quill Farm* zu schicken. Sie zögerte, als Captain Irwin zuerst bei Hamilton ankam.

„Wollen Sie sich uns nicht anschließen? Zum Andenken an Ihren Onkel?“

Hamilton schüttelte den Kopf. Seine Schultern waren unter der Last der Trauer und Verzweiflung gebeugt. Esther drückte ihren Pompadour an ihre Brust.

„Tun Sie, was Sie tun müssen“, sagte Hamilton. „Was mich betrifft - ich will mich jetzt nicht dazu äußern. Bitte zeigen Sie Respekt für den Toten.“ Er drehte dem Captain den Rücken zu und stützte seine Tante. Captain Irwin schüttelte den Kopf und unterhielt sich mit mehreren anderen Männern. Vielleicht könnte sie nun mit ihm sprechen.

Eine laute Stimme erscholl: „Auf zum Kampf!“

Captain Irwin und die Männer wirbelten herum. Esther zog sich in die Menge zurück, als Männer auf den Milizführer zuströmten. Dann kam ein Stoß von hinten, und sie stolperte vorwärts. Noch mehr Schreie. Noch mehr Männer mit Musketen und Pistolen in den Händen an der Ecke des Friedhofs, wo der strenge Geruch verkohlter Balken noch immer aus der verbrannten Kirche strömte. Patrioten und Loyalisten traten gegeneinander - Freunde gegen Freunde. Riley Hough unter den Patrioten stellte sich gegen seinen Bruder Eric, der ein Loyalist war.

„Nein, nein, das darf nicht sein.“ Esther wirbelte herum, sie war von beiden Seiten eingeklemmt.

„Miss Esther.“ Mrs. Trenwith stand neben der Eiche des Kirchhofs. „Kommen Sie heraus, es ist gefährlich.“

Plötzlich fühlte sie sich wie auf dem sturmgepeitschten Meer, in dem Schiff kauernd, das hin- und hergeworfen wurde, nach ihrer Mutter rufend, die nicht kam. Das hämmernde Geräusch nahender Pferde trommelte auf sie ein, und vom Boden spritzte Erde zu allen Seiten, als britische Soldaten durch die streitenden Männer ritten. Das Schnauben eines Wallachs streifte ihr Ohr. Sie bedeckte ihren Kopf und rief laut: „Hamilton!“

Eine Hand griff nach ihrem Arm und zog sie zur Seite. Als sie aufblickte, sah sie Leutnant Twimball über sich.

„Weiß Ihr Vater, dass Sie hier sind?“ Er brachte sie zur Eiche. „Sie haben sich in Gefahr gebracht. Diese Rebellen scheren sich nicht um unsereiner.“

„Unsereiner? Werfen Sie mich nicht in Ihren Topf. *Sie* haben auch keinen Respekt für die andere Seite. Sie haben Pfarrer Lightfoot getötet.“

Leutnant Twimball beugte sich zu ihr. „Es war nicht vorgesehen, dass er im Innern der Kirche war.“

Esther entzog sich seinem Schatten. „Sie wussten von dem Plan? Und haben es zugelassen?“

„Ich hatte Befehle von Captain Huck. Nun seien Sie ein braves englisches Mädchen und halten Sie sich aus dieser Schlägerei heraus.“ Twimball wirbelte herum und feuerte einen Pistolenschuss in die Luft ab. „Diese Zusammenkunft ist gesetzeswidrig. Auf Befehl von Major Ferguson muss sich dieser Auflauf sofort auflösen.“

„Haben Sie ein Einsehen, Mann.“ Captain Irwin kam nach vorn. „Wir begraben unseren Freund und Nachbarn. Es ist keine gesetzeswidrige Zusammenkunft, sich zu einer Beerdigung zu versammeln. Seine Witwe trauert nur wenige Meter von hier entfernt.“

„Ich habe gesagt: Auflösen!“ Twimball sah Irwin unverwandt an. „Tun Sie, was ich sage.“

Doch der Captain ließ sich nicht einschüchtern. Er ging auf die gespannt wartenden Patrioten zu. „Seht ihr, was er tut? Er versucht eine Autorität auszuüben, die er nicht besitzt. Heute ist es Mary Lightfoots Ehemann, morgen ist es vielleicht ein anderer.“ Er sah Twimball und die berittenen Soldaten abschätzend an. „Herr Pfarrer? Steht nicht in der Heiligen Schrift, dass es eine Zeit für Krieg und eine Zeit für Frieden gibt? Nun, dank unserem König und Unterdrücker befinden wir, dass dies eine Zeit des Krieges ist.“ Seine Worte trafen Esther, die zu Hamilton hinüberspähte. „Tretet der *Ninety Six* Miliz bei“, sagte Irwin. „Wehrt euch gegen die Tyrannei! Seid mutig, Männer!“

„Captain, Sie werben Männer auf dem Marktplatz an, während wir zusehen? Das ist ein Akt der Aggression.“ Twimball schob seine Pistole in sein Halfter und nahm eine Muskete von seinem wartenden Pferd. „Ich fordere Sie auf, sich von diesem Platz zu entfernen.“

Die Hälfte der Männer scharte sich um den Captain. Die übrigen blieben im Hintergrund, murrend und Beleidigungen ausstoßend. Sie starrten angespannt auf den Leutnant. Es waren Loyalisten, voller Furcht und darauf bedacht, ihre Haut zu retten. Feiglinge! Aber was war mit Vater? Er war Loyalist. Und doch war er mutig und freundlich, ein Ehrenmann. Er war für seine Verdienste während des Siebenjährigen Krieges ausgezeichnet worden ...

Von ihrem Platz neben der Eiche konnte sie Hamilton deutlich sehen. Er neigte seinen Hut in ihre Richtung, und diese langsame, bewusste Geste war wie Balsam für ihr Herz. Sie verstand ihn ohne Worte.

Danke, dass du gekommen bist.

„Männer von *Ninety Six.*“ Twimball bestieg sein Pferd und ritt zu den Männern hinüber, die sich um Captain Irwin scharten. „Wenn ihr euch nicht der Krone anschließt, werdet ihr den Tod von Verrätern sterben. Ist der Tod eures Pfarrers nicht Warnung genug? Was braucht ihr noch?“

„Hört nicht auf ihn, Männer. Er benutzt die Taktik der Angst und Einschüchterung.“ Captain Irwin zeigte keine Furcht. „Er ist der Teufel im Rotrock.“ Das Grollen aus den Wolken klang wie Applaus.

„Genug!“ Hamilton ließ Tante Mary stehen und bahnte sich achtlos einen Weg durch die Menge. „Lasst uns für heute aufhören. Leutnant Twimball, mit Verlaub, können Sie nicht sehen, dass Sie sich zurückziehen sollten? Sie sind ein Fremder hier und ...“

„Ich bin kein Fremder, wenn es um die Befehle meines Majors geht. Ich kann mich nicht zurückziehen, wenn sich wütende Feinde der Krone versammeln.“

Eine Muskete donnerte. Frauen schrien, und Befehle zum Kampf erklangen. Twimball hob seine Muskete. „Feuer!“

„Nein, halt! Hört auf!“ Esther rannte ohne zu überlegen mit fliegenden Armen nach vorn. Sie rief verzweifelt. „Ihr könnt nicht ... Halt! Sofort!“

„Esther!“ Hamilton rannte auf sie zu.

„Hamilton!“

Musketenfeuer zerriss die Luft, Esther drehte sich um und erblickte Leutnant Twimball auf seinem Pferd, die Muskete erhoben ... Ein heftiger Schmerz durchfuhr ihren Arm. Sie schrie auf und hielt ihre Schulter.

Sie konnte nicht atmen. Über ihr stießen die Wolken einen gewaltigen Blitz aus, gefolgt von einem Regentropfen, einer himmlischen Träne, die auf ihr Gesicht fiel.

Hamilton ...

9.
Hamilton

Er trug sie die hohen Steinstufen von *Slathersby* hinauf, völlig durchnässt. Esthers Blut rann über seine Hand und tränkte seinen weißen Hemdsärmel. Er stieß die Tür mit dem Fuß auf.

„Sir Michael!"

Die Tür schwang auf und Sassy erschien. „Barmherziger Gott, was ist passiert?" Sie atmete heftig und zeigte auf das Treppenhaus. „Kommen Sie hier lang, Mr. Hamilton. Isaac! Bring das Verbandszeug. Kitch? Bring Wasser zum Kochen!"

„Twimball hat auf sie geschossen."

Sassy blieb auf den Stufen stehen. „Absichtlich? Sir Michael! Kommen Sie schnell!" Sie eilte zum zweiten Stock hoch. „Mr. Hamilton, kommen Sie hierher, legen Sie sie aufs Bett."

Esthers Augen flatterten, dann schloss sie sie wieder, während ein Stöhnen aus ihrer Brust drang.

„Sassy, was um alles in der Welt soll dieser Aufruhr bedeuten?" Sir Michael stürmte in den Raum. „Lightfoot, was tun Sie da ... Esther!" Er schob Hamilton zur Seite und setzte sich auf die Bettkante neben seine Tochter. „Was ist passiert? Wer hat das getan?" Er wirbelte zu Hamilton und griff seinen Kragen mit seinen großen Fäusten. „Sie! Waren Sie das?"

Hamilton atmete tief ein, zuckte jedoch nicht zusammen. „Wäre ich dann hier?"

„Wer war es dann? Welcher Rebell hat auf meine Tochter geschossen?"

Isaac kam mit dem Verbandszeug in den Raum geeilt. „Lieber Herr Jesus, hilf uns."

Sassy nahm ihm den Lederbeutel ab „Hinaus! Alle! Ich will sie ausziehen und verarzten. Sir Michael, Sie wissen genau, dass Mr. Hamilton Esther niemals ein Leid zufügen würde! Und jetzt hinaus!"

Sir Michael ließ Hamilton los und ging aus dem Zimmer. „Ich werde nach Dr. Rocourt schicken."

„Er kümmert sich um andere Patienten", sagte Hamilton. Er sprach leise und kontrolliert, obwohl in seinem Innern ein Feuer brannte. „Twimball und seine Truppen haben auf die Trauergemeinde von Onkel Laurence geschossen."

„Niemals. Britische Soldaten sind Gentlemen."

„Fragen Sie, wen Sie wollen, Sir Michael. Männer, die Sie seit Jahren kennen." Hamilton ging mit einem letzten Blick auf Esther zur Tür. Sie sah so schwach und bleich aus. „Leutnant Twimball hat auf sie geschossen. Ich habe es mit eigenen Augen gesehen."

„Vielleicht hat er auf Sie gezielt? Haben Sie Esther in Gefahr gebracht?"

„Möglich, dass seine Kugel für mich bestimmt war, aber ich habe versucht, Esther zu schützen."

„Wollen Sie, dass sie verblutet?" Sassy schob die Männer aus dem Zimmer und schlug die Tür hinter ihnen zu.

Hamilton ging die Treppe hinunter. Sein Schrecken über Esthers Verletzung vermischte sich mit Wut.

„Lightfoot! Gehen Sie nicht einfach fort."

Die britischen Rotröcke waren keine Gentlemen. Er wusste aus erster Hand, welche Gräueltaten sie auszuführen imstande waren, und innerhalb von dreizehn Jahren hatte sich nichts daran geändert.

Hamilton schob sich durch die Eingangstür. Er würde Twimball mit bloßen Händen töten, sollte er ihm noch einmal begegnen. Der Mann war ohne jeden Zweifel ein Verbrecher.

„Lightfoot!" Sir Michael ließ nicht von ihm ab. „Ich verlange eine Erklärung!"

Hamilton rutschte auf dem nassen Stein aus, während der dichte Regen weiter herabfiel, und hielt sich gerade noch an dem breiten, eckigen Verandapfeiler fest.

„Eine Erklärung? Nein, Sie wollen das hören, was Ihnen passt. Meine Erklärung hat Ihnen nicht gefallen, und deshalb glauben Sie mir nicht ... Aber ich gebe Ihnen mein Wort ..."

„Das Wort eines Lightfoot ist Torheit."

„ ... Leutnant Twimball hat die Muskete erhoben und abgefeuert, als Ihre Tochter deutlich zu sehen war. Wie loyal sind Sie nun, Sir?" Hamilton trat neben den Mann, den er geliebt hatte, als er und Esther noch Kinder gewesen waren. Den Mann, der ihn, Onkel Laurence und Tante Mary eingeladen hatte, an Winterabenden bei ihnen am Kamin zu sitzen, Spiele zu spielen und Apfelmost zu trinken. „Sie glauben, die Männer des Königs seien die einzigen ehrenhaften Männer? Sie haben keine Ahnung. Für jeden ehrenwerten Soldaten auf Ihrer Seite gibt es zwei auf unserer. Und unter den Unehrenhaften findet sich das Rot des Königs genauso wie das Grün der Dragoner."

„Sie erzählen mir Lügen, damit ich glaube, was Sie mich glauben machen wollen, Lightfoot. Kommen Sie, geben Sie es zu: Sie haben auf meine Tochter geschossen."

„Auf sie schießen? Wie könnte ich? Ich liebe Esther! Ich möchte sie heiraten!"

Sein inneres Feuer hatte ihn zu den Worten hingerissen, die er besser für sich behalten hätte. Nun wusste Sir Michael Bescheid und hatte die Oberhand.

Sir Michael grinste langsam, boshaft. „Sie lieben meine Tochter? Sie wollen sie heiraten?"

„Ist das eine Überraschung für Sie? Ich dachte, Sie seien so ein genauer Beobachter der menschlichen Natur."

„Allerdings. Ich bin ein guter Beobachter. Warum, glauben Sie, habe ich meine Tochter nach London geschickt? Nicht nur, um sie in die

Gesellschaft einzuführen und bei Hof vorzustellen, sondern auch, um sie von Ihnen abzulenken. Sie hat das Zeug zu einer Herzogin oder Gräfin." Sir Michael spielte mit seinem Schnurrbart. „Sie ist für Besseres bestimmt als für jemanden wie Sie."

„Warum haben Sie sie dann über ein Jahrzehnt im Hinterland von *South Carolina* aufwachsen lassen? Warum haben Sie ihr erlaubt, hierher zurückzukommen? Damit Sie Gesellschaft haben? Aus Eigennutz?" Hamilton wandte sich ab. „Gehen Sie. Kümmern Sie sich um Ihre Tochter. Wenn Sie auch nur ein wenig Milde in Ihrem Herzen haben, dann beten Sie für sie."

„Sie wissen, dass Ihr Onkel und ich ein Zerwürfnis hatten."

„Worüber, wenn ich fragen darf?" Hamilton blieb auf dem Weg unter dem Ahornbaum stehen, wo sich der Regen in den Blättern sammelte. „Ich bin nicht in die Einzelheiten eingeweiht."

„Er besitzt einen Landstrich, von dem Lord Whatham glaubt, ich hätte ihn vor einiger Zeit erworben, was ich aber nicht tat."

„Haben Sie das Geld Ihres Arbeitgebers verprasst? Fordert er nun Rechenschaft?"

Sir Michael lachte. „Das geht Sie nichts an. Aber ich könnte mich von einer Verbindung zwischen Ihnen und Esther überzeugen lassen, wenn Sie mir dieses Land geben."

„Geben? Sehen Sie Geld aus meinen Taschen fallen? Geben, nein, aber verkaufen ... Dann müssen Sie Ihren Arbeitgeber über Ihre üblen Taten informieren." Hamilton stellte einen Fuß auf die Steintreppe. „Welcher Teil von *Quill Farm* könnte Sie interessieren, Sir?"

Wenn Onkel Laurence Land erworben hatte, so hatte er Hamilton jedenfalls nichts davon gesagt. Und er war sicher, dass die weniger betuchten Lightfoots kein Land unter den reicheren Longfellows mit ihren Whatham-Ressourcen gekauft hätten.

„Kein Teil, sondern alles. Das gesamte Grundstück, das ihr *Quill Farm* nennt."

Hamilton lachte. Ein Regentropfen kullerte von einem grünen Blatt auf sein Kinn. „Sind Sie verrückt geworden? Onkel Laurence besitzt das Land seit fast fünfzehn Jahren."

Sir Michael zeigte eine drohende Haltung. Seine Wangen waren gerötet und seine Augen weit geöffnet. „Ihr Onkel hat das Land von mir gestohlen, als ich nicht zugegen war. Ich versuche seit fünfzehn Jahren, es zurückzubekommen."

„Also war Ihre Freundschaft zu uns nur aufgesetzt?" Hamilton stand noch immer selbstbewusst und aufrecht, während ihm der Regen über den Kragen in den Nacken lief.

„Ein Geschäftsmann muss gute Beziehungen zu seinen Nachbarn unterhalten." Sir Michael kam die Stufen hinunter auf Hamilton zu. „Ich war geduldig ... viel zu lange. Ich hätte seinen Kredit vor sechs Jahren kündigen sollen, als er krank wurde und nicht zahlen konnte."

„Ich habe die Schuld bezahlt." Als Onkel Laurence krank wurde, war dem siebzehnjährigen Hamilton die tägliche Belastung der Farm aufgebürdet worden. „Aus Respekt für Sie. Doch nun sehe ich, dass Sie vorhatten, uns zu schaden."

„Ich werde das Land bekommen, Hamilton. Auf die eine oder die andere Weise."

„Die Farm gehört jetzt mir und Tante Mary." Hamilton tippte sich an den Hut und wandte sich ab. Das Gespräch war für ihn beendet. „Ihr Zerwürfnis betrifft einen toten Mann."

„Dann können Sie Ihre Zuneigung für meine Esther vergessen", rief Sir Michael ihm nach. „Und ich mache Sie, Lightfoot, dafür verantwortlich, dass sie angeschossen wurde. Sie war nur um Ihretwillen in der Stadt. Halten Sie sich von ihr fern. Haben Sie mich verstanden?"

Hamilton ging weiter. Der Regen kühlte seine Wut. Sir Michael hatte recht. Er musste die Verantwortung übernehmen, denn er hatte sie nicht beschützt und war ihr nicht zu Hilfe geeilt, als die Beerdigung in einen

Kampf ausartete. Er hatte sich nur um seine eigene Trauer gekümmert. Nun waren seine Hände vom Blut gefärbt. Von ihrem Blut. Twimball und seine Männer würden sich vor dem Allmächtigen verantworten müssen, so viel stand fest, doch auch er selbst würde dem Gericht nicht entgehen.

Als er an der Straße ankam, machte er eine Pause. Zu seiner Linken lagen *Ninety Six* und die Taverne, wo Captain Irwin Männer für seine Sache anwarb. Zu seiner Rechten lag *Quill Farm*, wo Onkel Laurence und Tante Mary ihn wie ihr eigenes Kind aufgenommen hatten. Es war ein Ort, um nachzudenken und zu beten, wenn er es wagte. Seufzend blickte er zurück nach *Slathersby Hill*, dann ging er nach Hause.

***

Das Haus war dunkel und still. Die Leere war von Kummer erfüllt.

„Tante Mary?"

Zwei Stufen auf einmal nehmend lief er die Treppe hoch. Sie war noch nicht nach Hause gekommen. Zurück in der Küche füllte Hamilton das Waschbecken mit kaltem Wasser aus dem Brunnen und zog sein Hemd aus. Mit Seife aus dem Zuber schrubbte er seine Hände, sein Gesicht und seinen Hals, seine Arme, dann seine Haare. Er musste den Kummer und das Blut des Tages abwaschen.

Erinnerungen aus seiner Kindheit kamen hoch. Szenen des Streits zwischen seinem Vater und einem arroganten Engländer im Rotrock.

Er nahm ein Handtuch von der Stange und trocknete sich ab. Er ging hin und her und hörte die Worte in seinem Kopf widerhallen, die zwischen ihm und Sir Michael gefallen waren. Musste jeder, den er liebte, getötet werden? Oder verwundet? Lag vielleicht ein Fluch auf ihm? Erst starb Vater durch ein Bajonett, dann starben Mutter und seine kleine Schwester Betsy durch ein Feuer. Und Onkel Laurence, auch er kam bei einem Feuer um. Und nun lag Esther verwundet da, angeschossen, blutend.

Er setzte sich an den Küchentisch. „Wirst du mich ständig verfolgen, Tod? Was muss ich tun, um deinen Klauen zu entgehen?"

Er hörte ein Geräusch vor dem Haus, sprang auf die Füße und sah den jungen James Carter mit seinen großen, blauen Augen im Unterstand stehen.

„In der Taverne findet eine Versammlung statt. Mein Vater hat mich geschickt, Sie zu holen."

„Wofür?"

„Ich weiß nicht, Sir." Damit war der Junge verschwunden. Die Hufe seines Ponys, das über die schlammige Straße davongaloppierte, hinterließen ein dumpfes Echo im Wind.

Hamilton stand gegen die Tür gelehnt und starrte zur Scheune. Wenn er nur ein wenig Energie hätte, würde er Tilly satteln und zur Taverne reiten. Doch sein Körper fühlte sich an, als sei er aus Blei – als habe sich eine Kette der Verzweiflung um ihn gelegt und halte ihn fest.

„Ich habe gesehen, dass sie den Carter-Jungen nach dir geschickt haben." Tante Mary betrat die Küche. Ihr Gesicht war kreidebleich, ihr völlig durchnässtes Kleid hing schlaff an ihrem zerbrechlichen Körper. Ihr goldenes, mit silbernen Fäden durchzogenes Haar hatte sich aus den Spangen gelöst und fiel in kleinen Locken über ihr Gesicht. Der Saum ihres Rocks war voller Schlamm.

„Ja, aber ich werde nicht hingehen." Hamilton führte sie zu ihrem Stuhl. „Wie geht es dir?"

„Er ist fort, Hamilton." Ihre Augen waren vor Kummer schwarz umrandet. Sie versuchte zu lächeln, aber es war nicht echt. „Ich kann mich an keine Zeit ohne ihn erinnern." Sie stand auf und nahm eine Fleischpastete aus dem Vorratsschrank. „Wir waren wie du und Esther, Freunde seit unserer Kindheit."

„Du musst keine Mahlzeit zubereiten. Du hast doch gerade erst deinen Mann beerdigt."

„Wir müssen essen. Es wird ihn nicht zurückbringen, wenn wir hungern. Ich habe den Trauergästen kein Essen vorgesetzt. Wenigstens meinen Neffen will ich versorgen.“ Sie drückte ihre Hand gegen seine Wange. „Du solltest zur Taverne gehen.“

Er sah die Schatten in ihren Augen. Er sah dieselben Schatten, wenn er in den Spiegel sah.

„Ich werde nicht zu ihnen gehen.“ Seine Worte klangen vertraut, aber nicht vollkommen überzeugend. War er einfach nur stur? Verhielt er sich wie ein Kind statt wie ein Mann? Respektierte er die Sache? Würde er mit Ehre kämpfen können?

„Hältst du dich wegen deines Vaters vom Krieg fern? Und wegen deines Onkels? Die beiden würden wollen, dass du kämpfst. Laurence hat mir kurz vor seinem Tod gesagt, dass er mit dir darüber sprechen wollte, Irwin und seiner Miliz beizutreten. Er war, genau wie dein Vater, ein glühender Patriot.“

„Wie soll ich das machen? Soll ich dich, eine Witwe, allein lassen? Wer wird sich um die Farm kümmern?“

„Das sind Ausflüchte, mein Junge. Ich bin stark und arbeitsfähig. Ich habe Ox und Moses. Sie sind zu alt zum Kämpfen und sie haben ihre Freiheit.“ Die Mulatten-Brüder hatten unten beim Bach eine Hütte, und über ihrem Kamin hingen ihre Freilassungsbriefe. „Mrs. Reed wird kommen und mir helfen. Ich werde nicht allein sein.“

„Du klingst, als wolltest du, dass ich fortgehe.“

„Willst du etwa dasitzen und zuschauen, während deine Freunde und Nachbarn die Waffen nehmen und für dich und mich kämpfen?“

„Ich habe schon zuvor die Waffen genommen.“

„Damals warst du ein Junge, der seine Familie verteidigt.“ Tante Mary streute Mehl auf ihre Arbeitsfläche und griff nach dem Krug mit dem Sauerteig. Ihre Stimme schwoll an und wurde leidenschaftlich. „Nun bist du ein Mann, und du musst alle Familien verteidigen. Du musst deine

Nation verteidigen. Der Krieg ist nicht länger nur in Massachusetts und Virginia. Er ist hier, in unserem Garten, auf unseren Feldern."

„Ich befürchte, ich würde allein aus Rache töten."

„Sprich mit dem Allmächtigen. Er wird dich Demut und Ehre lehren. Selbst im Krieg."

„Und Gott soll richten zwischen mir und den Männern, die durch meine Kugeln sterben?" Er verließ die Küche und ging zur Stube hinüber.

„Dann wirst du also gehen?", fragte sie und wischte sich die Hände an der Schürze ab. „Ich hole dir ein sauberes Hemd."

Am Gewehrständer nahm sich Hamilton die Pistole seines Vaters und Onkel Laurences *Brown Bess*, zusammen mit seiner eigenen Pistole und seinem Gewehr. Er holte seinen Beutel mit Schießpulver und seine Schachtel mit den Kugeln und sprach ein letztes Mal zu Tante Mary.

„Was wirst du tun, wenn ich getötet werde?"

„Ich werde tun, was wir alle täglich tun müssen: Dem Allmächtigen vertrauen."

***

Er fand Captain Irwin im Privatzimmer des Tavernenbesitzers, wo er mit alten und neuen Rekruten zusammenhockte. Ben Quincy stand auf, als Hamilton eintrat. „Endlich."

Einer nach dem anderen stand auf und begrüßte ihn mit Applaus. Captain Irwin hieß ihn mit einem düsteren Handschütteln willkommen. „Kommen Sie, lernen Sie die Männer von der *Upper Ninety Six Miliz* kennen."

10.

Jesse

Der Kuss war innig. Es war noch nie so gut, jemandem Auf Wiedersehen zu sagen. Schließlich schob Jesse Chloe sanft von sich und sah ihr prüfend ins Gesicht – er sah die Gefühle in ihren Augen und auf ihren Wangen.

Fühlte sie, was er fühlte? Etwas Altes. Etwas Neues. Er wollte bereits mehr. Nicht nur einen Kuss, auch wenn er ihre Lippen jederzeit dazu einladen würde; nein, er wollte die Frau, die darunter verborgen lag. Wollte alles von ihr wissen: ihre Gedanken, ihre Gefühle, ihre Vorlieben und Abneigungen. Er wollte den Grund für das einzigartige Funkeln ihrer grünen Augen und das leichte Schmunzeln ihrer Lippen kennen.

Es ging alles so schnell. Viel zu schnell. Er drehte sich zur Terrassentür. „Es ist spät geworden."

Sie nickte, schob eine Haarlocke aus ihrem Gesicht und seufzte unmerklich. „Ja, stimmt. Aber es ist ja kein Abschied für immer."

„Ich werde dich fahren." Jesse griff nach ihrer Handtasche auf dem Glastisch.

„Du brauchst mich nicht zu fahren." Sie holte ihr Handy aus der kleinen, perlenbesetzten Tasche. „Ich werde ein Taxi rufen."

„Ein Taxi? – Nein, Chloe, ich fahre dich."

„Mein Dad bekommt Sonderkonditionen bei einem Unternehmen hier. Es ist wirklich kein Problem." – „Hallo, Chloe Daschle hier." – „Jesse, wie lautet die Adresse?"

Er nannte die Hausnummer und wartete, bis sie das Gespräch beendete. Ein Gentleman hätte sie nach Hause gefahren. Er wollte ein

Gentleman sein. Ehrenhaft. Ritterlich. Er sehnte sich danach, wollte hier und jetzt damit beginnen.

„Der Wagen wird in ein paar Minuten hier sein." Sie ging um ihn herum zur Tür, und Jesse musste sich schwer beherrschen, um sie nicht erneut in die Arme zu nehmen.

„Danke", sagte sie. „Für alles. Dafür, dass du diese verrückte Brautjungfer gerettet hast, und für den schönen Abend. Für die Pizza und fürs Zuhören."

„Danke, dass du mir all das anvertraut hast." Er nahm ihre Hand und führte sie zum Terrassengeländer. „Wir können von hier oben nach dem Wagen Ausschau halten. Bis dahin können wir noch die Sterne bewundern. Wenigstens diejenigen, die wir neben den Lichtern ausmachen können."

„Meine allererste Rolle war die eines Sterns. Von Anfang an war ich sozusagen ein Star." Chloe legte die Arme aufs Geländer und lehnte sich in die Brise. „Ironisch, hm? Ich war das brennende Licht über Bethlehem in meinem Kindergarten-Theaterstück. Ich habe wie verrückt geprobt und meine Mutter über methodische Schauspielerei ausgefragt, und am Eröffnungsabend habe ich mit aller Kraft geleuchtet."

„A Star was born."

„Nein, kein Star, vielmehr eine Fünfjährige, die vom Schauspielvirus angesteckt wurde. Und wie war es bei dir, dem Technikfreak, der zum Schauspieler wurde?"

„Ich hatte meinen ersten Auftritt am College. Ein Freund hatte ein Skript für einen Kurs geschrieben und wollte sich als Regisseur versuchen. Er sah seinen Film als den nächsten *Napoleon Dynamite*. Ich spielte die Hauptrolle – einen dümmlichen College-Studenten, der sich durch das MIT durchzumogeln versuchte. Es war schrecklich. Einfach furchtbar."

„Warst du das tatsächlich? Ein dümmlicher College-Student am MIT?"

„Nicht wirklich."

„Also musstest du die Rolle wirklich *spielen*."

„Ja, aber ich hatte mehr Ahnung davon, wie man Einsen und Nullen in hübsche Muster auf dem Bildschirm verwandelt als davon, wie man eine Rolle spielt. Das ganze Ding war ein einziges Klischee. Eine schräge Mischung aus Teenie-Komödie, Shakespeare und einem Schuss Muppet-Show."

„Den Film muss ich unbedingt sehen." Lachend warf sie den Kopf zurück. „Du hast doch bestimmt noch eine Kopie davon."

„Ich habe sie verbrannt." Jesse schlug mit der Hand gegen die Brust. „Bitte ... lass uns das Thema wechseln. Sonst bekomme ich eine Panikattacke."

„Wie hieß der Film?"

Er lachte. „Nichts zu machen!"

„Aber es gibt ihn im Internet?"

„Vermutlich."

Sie drehte sich zu ihm. „Sagen Sie mir, Mr. Gates, können Sie im Internet Dinge ... sagen wir Videos finden und sie daraus entfernen?"

„Wenn ich das könnte, würde ich besagten Film ganz sicher entfernen."

„Also kannst du es nicht."

Er zeigte nach oben. „Siehst du die Sterne? Es sind so viele, und ihr Licht scheint Milliarden von Meilen entfernt."

„Und ...?"

„Man kann das Licht der Sterne nicht einfangen, und leider kann man genauso wenig ein Video aus dem Internet entfernen." Er sah sie an. „Insbesondere, wenn man berühmt ist."

„Berühmt? Wer hat etwas von berühmt gesagt? Ich frage für eine Freundin."

„Es gibt Gesetze, um solche Dinge zu unterbinden, weißt du."

„Sie weiß es."

„Aber sie haben nicht geholfen?"

„Nicht wirklich."

„Sie könnte die Gegenpartei verklagen."

Chloe zitterte. „Sie will die Publicity vermeiden."

„Seit wann befindet sich ... deine Freundin in dieser Situation?"

Sie zuckte mit den Schultern. „Seit einigen Jahren. Die Situation hat sich auf gewisse Weise selbst gelöst, doch dann und wann ... Oh, da ist der Wagen." Sie nahm seine Hände. „Nochmals danke für diesen Abend, Jesse."

„Es war mir eine Freude." Er begleitete sie nach unten, wo der Fahrer vor der geöffneten Wagentür auf sie wartete. „Chloe, deine Schuhe." Jesse öffnete seinen Truck und holte die pinkfarbenen Stöckelschuhe heraus.

„Ach ja." Ihre Hand streifte seine, als sie ihre Finger um die Riemen legte. Ihre Augen trafen sich. „Gute Nacht."

„Gute Nacht." Mit den Händen in den Taschen sah er zu, wie sie auf den Rücksitz kletterte. Als sie das Fenster herunterließ, schritt er zum Rand der Einfahrt. „Ich hatte eine sehr schöne Zeit."

„Ich auch."

Als die Rücklichter hinter der Kurve verschwanden, lief Jesse über die Straße zum Strand, hin zum Gesang der Wellen. Chloes Eindruck blieb an ihm haften. Vielleicht, nur vielleicht, begann er allmählich zu heilen.

Esther

Rufe erklangen von unten aus der Bibliothek. Esther versuchte sich im Bett aufzusetzen, doch der Schmerz, der durch ihre Schulter zuckte, ließ sie wieder zurück aufs Kissen sinken.

„Vater? Sassy?"

Sassy erschien neben ihrem Bett. „Sie sind aufgewacht. Dem Herrn sei Dank. Ich werde Ihnen ein wenig Fleischbrühe holen. Dr. Rocourt war hier und hat gesagt, dass Sie den Arm stillhalten müssen."

Das schwach beleuchtete Zimmer war warm. Zu warm. Esthers Nachthemd klebte an ihrem dampfenden Körper, und die Decken waren zu fest um ihre Beine gesteckt. Durch die zugezogenen Vorhänge kroch ein wenig Tageslicht ins Zimmer. Erneut erklangen Stimmen aus der Bibliothek.

„... Das ist absurd! Sie haben auf uns gefeuert. Ich schwöre ..."

„Gute Leute ... Loyalisten ... die Krone ... meine Tochter mitten unter ihnen."

„Rebellen ... kann man nicht trauen."

„Wer hat auf meine Tochter geschossen?"

„... habe ihn ... mit eigenen Augen gesehen."

„... werde Sie zur Verantwortung ziehen ..."

Schritte hallten über den Flur. Die Haustür wurde zugeschlagen.

„Wer redet mit Vater?" Esther versuchte erneut, sich aufzurichten. „Bitte, Sassy, öffne ein Fenster. Und blas diese Kerzen aus." Winzige Flammen flackerten aus jeder Ecke des Zimmers und von jeder Oberfläche. „Bin ich etwa ein Brotlaib, der im Ofen gebacken wird?"

„Ihr Vater befürchtet, Sie könnten eine Sommererkältung bekommen. Er hat die Decken und die Kerzen angeordnet." Sassy öffnete die Vorhänge und legte die Schärpe herum.

„Wer streitet sich da mit Vater?“

„Leutnant Twimball.“

„Leutnant Twimball.“ Eine verschwommene Erinnerung kam in Esther hoch. Ja, die Beerdigung. Der Kampf. „In der Stadt gab es einen Aufruhr.“

„Vor drei Tagen.“

Esther drückte ihre Hand auf ihre Schulter. „Ich ... ich wurde angeschossen.“

Sassy blies die letzte Kerze aus und schob Esthers Decken zurecht. „Mr. Lightfoot sagt, Lieutenant Twimball hätte auf Sie geschossen, aber Twimball behauptet, Lightfoot hätte Sie als Deckung genommen.“

„So etwas würde Hamilton niemals tun. Er würde mir nie irgendeinen Schaden zufügen.“ Der sanfte Juni-Wind vertrieb die Hitze aus dem Zimmer und machte Esthers Kopf wieder frei. Ihre Schulter und ihr Rücken klopften heftig.

„Das sehe ich auch so.“ Sassy reichte Esther ein Glas Wasser. „Aber niemand fragt mich nach meiner Meinung. Twimball kam, um Lightfoot zu belasten, aber Ihr Vater hat ihm zunächst die Leviten gelesen, weil ein Kampf in der Stadt ausbrechen konnte. Und dann auch noch bei einer Beerdigung.“ Sassy überprüfte Esthers Verband. „Wir müssen den Verband bald wechseln.“

„War er da, um nach mir zu sehen? Hamilton?“ Esther schob die Decken mit den Füßen zur Seite. Sie spürte die Unruhe in ihren Knochen. „Sassy, ich bin völlig verschwitzt. Könnte ich ein frisches Nachthemd haben?“

„Sie schwitzen, weil Sie von einer Kugel getroffen wurden. Keine Sorge, ich habe die Kugel herausgeholt. Dr. Rocourt sagte, ich würde einen guten Chirurgen abgeben.“ Sassy füllte das Wasserglas erneut. „Stellen Sie sich vor, ich, eine farbige Frau, als Ärztin.“

Während Esther trank, zogen bruchstückhafte Bilder an ihrem inneren Auge vorüber. Die Beerdigung von Pfarrer Lightfoot. Das Donnern der

Musketen. Der Geruch von verbranntem Schießpulver. Wie sie kopflos mitten in alles hineinlief. Hamilton rief ihren Namen. Dann der Schuss und das Brennen einer Musketenkugel, die durch ihren Körper fuhr.

„Ich muss mit Vater sprechen." Esther reichte Sassy ihr Glas und warf die Beine über die Seite des Bettes.

„Langsam, junge Frau." Sassy schob sie sanft zurück. „Sie gehen nirgendwohin. Sie müssen im Bett bleiben, bis Sie das Fieber überwunden haben. Ich werde Sir Michael bitten, zu Ihnen zu kommen." Sie klopfte die Kissen auf und legte ein Laken über Esthers dünnes Nachthemd. „Ich werde die Fleischbrühe hochbringen. Sie müssen etwas zu sich nehmen."

Als Sassy fort war, stand Esther auf und wollte zum Fenster gehen, doch sie war zu schwach. Punkte tanzten vor ihren Augen, und sie griff nach dem Bett, als sie zusammenbrach.

„Esther, was macht du denn?" Vater betrat das Zimmer, begleitet von dem Duft seines Pfeifentabaks, und half ihr sanft, sich aufs Kissen zurückzulegen.

„Ich wollte nach draußen sehen." Esther schloss die Augen und atmete tief durch, als der Schmerz in der Schulter durch den ganzen Körper strömte.

„Meine Liebe, du wirst noch genug Zeit haben, nach draußen zu sehen. Erst musst du dich erholen." Vater zog einen Stuhl heran und setzte sich neben ihr Bett, die Pfeife mit dem Mundwinkel haltend. „Mein Schatz, du hast mir einen solchen Schrecken eingejagt!" Er nahm ihre Hand. „Was wäre ich ohne dich?"

„Ich bin ja noch da." Sie sah prüfend in sein Gesicht und sog die Hingabe auf, die sie darin sah. „Du brauchst nicht so besorgt auszusehen. Ich habe gehört, wie du mit Leutnant Twimball gestritten hast."

„Er hat sich nachlässig verhalten."

„Er hat auf mich geschossen, Vater!"

„Hast du ihn gesehen? Er behauptet, Lightfoot hätte dich als Deckung genommen."

„Ich hörte einen Schuss, drehte mich um, und vor meinen Augen richtete Twimball seine Muskete auf mich. Hamilton kam mir zu Hilfe." Sie erinnerte sich schwach daran, wie er sie angesprochen und vom Boden aufgehoben hatte.

„Denk nicht mehr daran, Liebling. Ruhe dich einfach nur aus. Wir können diese Sache klären, wenn es dir wieder gut geht."

„Aber du bist wütend auf Hamilton."

„Ich bin wütend auf das ganze Rebellen-Gesindel."

„Was ist zwischen uns und den Lightfoots geschehen? Können wir die Dinge nicht in Ordnung bringen?"

„Da bin ich", sagte Sassy und betrat das Zimmer mit einem Tablett. „Haben Sie ihr gesagt, Sir Michael, dass Mr. Lightfoot sie nach Hause getragen hat?" Sie stellte das Tablett auf Esthers Beinen ab. „Er hat Sie den ganzen Weg hierher in seinen Armen getragen. Wie ein Held."

„Sassy, bitte, du malst ein zu helles Bild von diesem jungen Mann", sagte Vater.

Esther versuchte sich aufzusetzen. „Ja, ich erinnere mich daran."

„Aber nun bist du zu Hause bei mir, in Sicherheit." Vater klopfte auf seine Brust. „Vater, Tochter, die besten Freunde. Bleib bei mir, mein Mädchen, und meine *Brown Bess* wird sich um jeden kümmern, der versucht dir zu schaden." Vaters Augen funkelten. „Ich bin vielleicht zu alt für diesen Krieg, aber nicht zu alt, um für dich zu kämpfen."

„Vater, natürlich wirst du immer für mich kämpfen." Esther zögerte, dann sagte sie: „Aber wenn Hamilton kommt, darf ich ihn dann bitte sehen? Er hat mich gerettet."

Vater beugte sich zurück. Er zündete seine Pfeife an und zog mehrmals tief daran. „Wir sollten im Moment nicht darüber sprechen. Du musst zuerst essen und dich ausruhen. Du hast viel Blut verloren, und wir müssen sehen, dass du wieder gesund wirst." Er küsste sie auf die Stirn. „Ich habe noch Arbeit zu erledigen."

„Vater?" Er drehte sich an der Tür zu ihr um. „Was ist passiert? Du verbringst Stunde um Stunde in der Bibliothek, über deine Bücher gebeugt und Briefe schreibend. Gibt es ein Problem?"

„Es geht einfach nur um Landeigentum und Geschäftsrisiken. Du musst dich nicht damit belasten ..."

„Du siehst müde aus. Sieh selbst in den Spiegel. Die Falte zwischen deinen Augen hat sich vertieft. Du brauchst Urlaub, Vater. Und Ruhe. Das würde dir guttun. Vielleicht eine Woche in *Charles Town* ..."

„Was mir guttun würde, wäre arbeiten und zu sehen, wie du wieder zu Kräften kommst. Jetzt iss und ich komme später, um dir Gute Nacht zu sagen."

Esther war gerade mit ihrer Fleischbrühe fertig, als Sassy hereinkam, um ihren Verband zu wechseln. „Wenn Hamilton kommt, lass ihn bitte herein, Sassy."

„Ich glaube nicht, dass ich das tun darf." Sie holte ein gefaltetes Blatt Papier aus ihrer Tasche. „Aber ich kann Ihnen sicherlich dies hier geben."

11.
Chloe

Chloe ging die Stufen von ihrem Schlafzimmer zu ihrer kleinen Küche hinunter. Sie trug ein Strandkleid und Flip-Flops und hatte die Haare zu einem losen Zopf gebunden. Sie goss sich ein Glas Tomatensaft ein und schlenderte zum Erkerfenster hinüber, das auf den hinteren Garten hinausging.

Was war bloß in sie gefahren? Noch zwei Wochen nach der Hochzeit schalt sie sich selbst dafür, dass sie Jesse gegenüber so viel von sich preisgegeben hatte. Zunächst mal kannte sie ihn gar nicht. Zweitens kannte sie ihn nicht! Hatte sie ihre Lektion noch immer nicht gelernt? Wie viele Männer würden noch ihr Vertrauen missbrauchen, bevor sie endlich begriff, dass Liebe und alles damit verbundene Glück für sie offenbar nicht vorgesehen war? Sie hatte es versucht und war gescheitert. Mehrfach! Dabei war sie doch eigentlich eine kluge Frau. Wie konnte es sein, dass sie immer wieder den gleichen Fehler machte, ohne daraus zu lernen?

Sie hatte die Hälfte des Weges von Jesses Strandhaus zurückgelegt, als ihr bewusst geworden war, dass er sie nicht nach ihrer Telefonnummer gefragt hatte. Sie betrachtete es als ein Zeichen. Eine heilsame Unterbrechung in dem immer wiederkehrenden Zyklus aus Schwärmerei, Liebe und gebrochenem Herzen.

Sie hatten sich gut verstanden. Sie hatten sich geküsst. Ende der Geschichte. Wenn man ihre romantische Erfolgsbilanz bedachte – die öffentlich dokumentiert war, dank der Berühmtheit ihrer Eltern und ihrer eigenen Dummheit –, wäre eine Romanze mit einem Filmkollegen sicher keine gute Idee. Solche Beziehungen endeten selten gut, und in der Regel wurde jemand verletzt. Meistens war es Chloe.

Die Gäste würden bald eintreffen. Jeden Samstag gaben die Daschles einen Brunch – von 10 Uhr morgens bis etwa zwölf Uhr mittags. Ganz ungezwungen. Offene Tür. Solange sie sich erinnern konnte, waren die Samstage immer lustig und voller Überraschungen. Alle möglichen Leute, von legendären Schauspielern bis zu den unbedeutendsten Mitarbeitern, Autoren, Sänger, Studioleiter, Stilisten, Fotografen, Nachbarn, Senatoren, Athleten und Supermarkt-Kassierer waren durch die Haustür der Daschles gekommen. Ihre Schwester Kate hatte Rob, einen britischen Schauspieler, bei einem dieser Brunchs kennengelernt. Er war mit Clive Boston auf Promotionstour in LA gewesen. Clive war mit ihm hereingekommen, und es hatte augenblicklich gefunkt.

Liebe. Würde sie eines Tages auch für sie durch die Tür kommen? Eigentlich wollte sie sich gar nicht so darauf versteifen. Immerhin war man mit neunundzwanzig noch nicht alt. Doch seit sie sich erinnern konnte, hatte sie ein Gespür für das Schicksal in Sachen Liebe und Heiraten. Ihre eigenen Bemühungen waren dennoch kläglich gescheitert.

Durch das Fenster konnte Chloe beobachten, wie der Gärtner am Pool entlangschritt und mit dem Netz einige verstreute Blätter aus dem Wasser holte. Von der Veranda her eilte das Hausmädchen mit einem Stapel Wäsche zum Gästehaus. Vielleicht würde Mr. Crumbly zurückkehren. Dads alter Freund aus High-School-Tagen, ein Missionar, wohnte in dem Gästehaus, wenn er sich in den Staaten aufhielt. Nach Smitty, der sie mit dem Glauben vertraut gemacht hatte, war Mr. Crumbly derjenige, der auf Chloes geistliche Entwicklung den größten Einfluss hatte.

„Weißt du was, schlag einfach deine Bibel auf", hatte er sie einst herausgefordert. „Lies und bete. Du wirst Schätze darin finden. Vertrau mir. Dein Herz wird sich verändern."

Auf demütige und einfache Weise machte er ihr klar, dass Gott für sie erreichbar war, ja dass er sich sogar danach sehnte, eine Beziehung zu ihr zu haben. Sie war so menschlich in ihren Bemühungen, so schwach, voller Scham und Schuld. Wie konnte Gott sie lieben?

Ein Krächzen kam durch das Haustelefon; Mom bestand darauf, dieses alte Gerät noch immer zu benutzen.

„Chloe, Kate und Rob sind hier. Kommst du nicht zum Brunch?"

Chloe schluckte ihren Tomatensaft hinunter und drückte auf den Sprechknopf: „Bin schon unterwegs." Es war eine Minute nach zehn, und Mom machte sich Sorgen, sie würde nicht kommen. Dabei hatte sie nie einen Brunch versäumt, es sei denn, sie war durch Dreharbeiten verhindert. Abgesehen von der Tatsache, dass ihre Eltern nie geheiratet und ein Ehegelöbnis abgelegt hatten, waren sie echte Familienmenschen.

Als sie ihre Wohnung verließ und den kleinen Rasen überquerte, der sie vom Hauptgebäude trennte, sah sie Dad in der Auffahrt zum Gästehaus mit einem kleinen, schlanken Mann mit schwarzem Haar sprechen. Cloe hielt an und sah genauer hin. Sie blinzelte durch die kalifornische Vormittagssonne. Smitty?

„Hey, da bist du ja." Chloes Schwester Kate begrüßte sie auf der Veranda. „Rob und ich wollten dich fragen, ob du später mit uns zu Abend essen möchtest? Wir haben ..."

„Vielleicht. Mit wem unterhält sich Dad?"

„Keine Ahnung. Hör mal. Rob hat einen Freund zu Besuch ..."

„Oh nein, bitte nicht." Chloe ging an ihrer Schwester vorbei. Sie hatte den Duft des gebratenen *French Toast* gerochen, den die Köchin Glenda zubereitet hatte.

„Wie, bitte nicht? Wir wollen nur eine gerade Anzahl beim Dinner."

„Ha!" Chloe begrüßte Becky, die Assistentin ihres Vaters, mit einem flüchtigen Kuss auf die Wange. „Hältst du mich für blöd, Kate? Du willst mich verkuppeln, streite es nicht ab!"

„Okay, stimmt, aber er ist wirklich ein netter Kerl. Umwerfend!" Kate nahm einen Teller und stellte sich hinter Chloe in die Schlange am Buffet. „Genauso umwerfend wie der Mann, mit dem du auf der Hochzeit zusammen warst. Wer war das? Rob, Glenda hat *French Toast* gemacht."

„Er ist der Drehbuchautor von *Bound by Love*."

„Der neue Film, in dem du spielst? Dann ist es also beschlossene Sache? Rob, Chloe wird eine lebende Rolle spielen!"

Rob häufte sich *French Toast* auf den Teller. „Prima, Liebes."

„Ich habe den Vertrag noch nicht unterschrieben, aber Chip arbeitet daran." Chloe nahm sich eine dicke Scheibe Hickory-Räucherschinken, den Glenda bei einem Farmer in der Nähe von Bakersfield kaufte. „Kate, glaubst du, auf mir liegt ein Fluch?"

„Bist du verrückt? Nein. Ich glaube nicht an Flüche."

„Aber du musst doch zugeben, dass beinahe mit allen meinen Filmen etwas schiefgeht. Die Person, die ich darstelle, stirbt – und wenn nicht, dann stirbt der Film."

„Du hast einfach eine ... weniger glückliche Serie gehabt."

„Verflucht." Chloe begoss ihren *French Toast* und – was soll's – ihren Schinken mit Sirup. Sie glaubte nicht wirklich, dass ein Fluch auf ihr lag. Es fühlte sich nur manchmal so an. Ihr Glaube lud sie dazu ein, etwas anderes zu denken.

„Chloe." Dad durchbrach die Schlange am Buffet und küsste sie auf die Wange. „Freust du dich auf dein neues Projekt?"

„Mit wem hast du vorhin gesprochen? Kommt Mr. Crumbly zurück?"

„Raymond!"

Chloe spähte zur Tür, von wo Claude Durance auftauchte und mit ausgestreckten Armen um den langen, beladenen Tisch auf sie zukam.

„Claude!" Dad lachte und schlüpfte um Chloe herum, um seinen alten Freund zu umarmen. „Warum hast du nicht angerufen? Was bringt dich in die Stadt?"

„Die Magie des Films, natürlich."

Chloe grinste. Wie zwei Jungs unterhielten sich die beiden über Filme.

„Dein Dad ist so froh, wenn Claude in der Stadt ist", sagte Mom, die nur Eier und Obst auf ihrem Teller hatte. „Wir werden die beiden für den Rest des Tages nicht mehr zu Gesicht bekommen. Du bist also in Jers Film? Ich bin so stolz auf dich, Liebes."

„Ich drücke die Daumen. Wenn ich den Vertrag unterzeichnet habe, werde ich mich besser fühlen, Mom. Aber ich glaube, es wird klappen."

„Und deine Filmfigur lebt! Endlich widerfährt dir Gerechtigkeit." Mom hasste ihre Filmbilanz beinahe genauso sehr wie sie selbst.

„Was hältst du von Stellas und Teds Verlobung?" Mom rollte die Augen und ging mit Chloe zur Veranda, wo ihre Freundin Nicolette Carson mit einem großen Glas Fruchtsaft wartete. „Ihre Mutter war schockiert. Sie hatte nicht den Eindruck, dass Stella so sehr von Ted angetan ist. Hallo, Nicky, wir haben dich vermisst."

„Ich ... ich finde es toll." Chloe setzte sich neben ihre Mutter und sah zu der Stelle hinüber, wo Dad vorhin mit dem Mann gesprochen hatte, der wie Smitty aussah.

„Mom", sagte Kate, die sich neben Chloe setzte. „Sag Chloe bitte, sie soll heute Abend mit Rob und mir zu Abend essen. Sein Freund aus England ist hier und ..."

„Du machst wohl Witze", sagte Chloe. Sie schnitt sich ein Stück *French Toast* ab und tunkte es in den Sirup. Sie würde das später bereuen, aber jetzt wollte sie es nur genießen. „Du versuchst Mom für deine Pläne einzuspannen?"

„Chloe, warum gehst du nicht hin?" Mom aß behutsam von ihrem Ei. „Du solltest ... Es ist ..."

„Mom, bitte. Ich weiß, wie lange es her ist. Aber ich habe keine Lust, verkuppelt zu werden, okay?"

„Du bist das einzige Mädchen, das ich kenne, das sich nach wahrer Liebe sehnt, aber jede Gelegenheit dazu ausschlägt."

„Was soll das heißen? Ich schlage Gelegenheiten aus? Hast du nicht immer wieder gesehen, wie ich in jeder meiner Beziehungen auf die Nase gefallen bin?“ Chloe knabberte an ihrem *French Toast* und bearbeitete Moms Porzellanteller heftig mit der Gabel. „Und wie macht man das überhaupt, eine Gelegenheit ausschlagen?“

„Okay, dann komm halt nicht“, sagte Kate. „Weißt du, diese fromme Ansicht von der *wahren Liebe*, was auch immer das heißen mag, muss ja nicht für jeden Menschen auf diesem Planeten gelten. Du könntest einfach kommen, um dich zu amüsieren.“

„Ich könnte schon, aber dann, wenn und wann ich es so will. Und nur, weil du nie an die wahre Liebe geglaubt hast und trotzdem Rob gefunden hast, bist du noch lange keine Expertin ...“

„Kommt schon ihr beiden, hört auf damit“, sagte Mom mit leisem Tadel. „Nicky ist nicht gekommen, um euch streiten zu sehen.“

„Lass nur, ich finde das sehr inspirierend.“ Nicolette schraubte den Verschluss ihrer Wasserflasche ab. „In meinem nächsten Film geht es um Schwestern. Also, Chloe, du hast einen festen Grundsatz bezüglich wahrer Liebe?“

„Grundsatz ist ein starkes Wort. Ich glaube einfach, dass es ... dass es jemanden, *einen* Jemanden, für mich gibt.“

„Tatsächlich?“ Nicolette setzte sich mit einem verschlagenen Grinsen aufrecht hin. „Und wie klappt das bis jetzt?“

„Genau das ist der Punkt!“ Kate schnippte mit ihrer Hand Richtung Chloe und hielt ihre Nase hoch in die Luft. „Es klappt eben nicht. Hat noch nie geklappt. Aber sie hofft immer noch. Auf der Suche nach dem ‚einen Wahren‘ ist ihr Liebesleben zur Vollkatastrophe mutiert.“ Die große Schwester stopfte sich einen Bissen *French Toast* in den Mund. „Ich würde sterben, wenn ich durchmachen müsste, was sie ...“

„Kate.“ Diesmal benutzte Mom ihre mütterliche Autorität, und Kate schwieg sofort.

„Nur Mut, Chloe. Ich habe das Gleiche durchgemacht wie du, sogar Schlimmeres." Nicolette hob eine Augenbraue. „Sei froh, dass du das nicht erlebt hast." Der Megastar hatte kurz nach seinem Debüt beim Film einen Sex-Video-Skandal durchgemacht. „Du wirst es überleben. Und, Liebes ..." Sie drückte ihre Hand auf Chloes Hand. „... du wirst wahre Liebe finden, denn ich sehe in deinen Augen, dass du das wirklich willst. Vertraue deinem Karma oder dem Schicksal, oder ..."

„Gott?"

„Ja, wenn du willst. Bist du religiös?"

Und so plätscherte das Gespräch weiter, über Religion, Filme, Liebe und Hunde. Ja, Nicolette hatte eine Weile jede Romantik abgelehnt, nachdem sie eine sehr hässliche Trennung von einem Drehbuchautor namens Holt Armstrong durchgemacht hatte.

„Damals habe ich einen Hund gekauft. Die süßeste Kreatur, die du dir vorstellen kannst."

„Da siehst du, Chloe, du solltest dir einen Hund zulegen." Kate konnte sich diese letzte Stichelei nicht verkneifen.

Chloe wischte den letzten Rest Sirup mit ihrem Schinken auf und ging zur Küche. War sie töricht, immer noch auf die wahre Liebe zu hoffen? Auf den *einen* Mann? Sie hatte durchaus Beispiele dafür gesehen, aber vielleicht waren das die berühmten Ausnahmen. War Liebe einfach nur Glückssache?

Sie stellte ihr Geschirr ins Spülbecken und sah durchs Fenster zum Gästehaus hinüber. Sosehr sie sich auch bemühte, die Sehnsucht in ihrem Herzen zu verdrängen, sie blieb da. Seit ihrer Kindheit wusste sie, dass sie für eine besondere Liebe bestimmt war. Eine Stimme in ihrem Innern flüsterte: *Warte.* In ihrer Jugend hatte sie diese Stimme ignoriert, sie ausgeblendet. Und die Auswirkungen ihrer Torheit lebten in ihrer Seele und im Internet weiter. Doch nun hatte sie die Richtung geändert. Sie war entschlossen zu warten, zu hören, zu vertrauen – und nicht so leicht dem Charme und den Küssen eines zum Schauspieler mutierten Geeks namens Jesse Gates nachzugeben.

Hamilton

Eine Woche war vergangen, seit Hamilton eine Nachricht nach *Slathersby* geschickt hatte. Er hatte Kitch auf den Feldern getroffen und ihn überredet, Esther die Nachricht zu bringen.

Wie geht es dir? Ich bete, dass es dir gut geht und deine Wunde heilt. Wenn du kannst, schicke mir bitte eine Nachricht durch Kitch. Hamilton

Vielleicht bewies ihr Schweigen, dass sein Vorhaben gescheitert war. Glaubte sie, er habe auf sie geschossen? War es Sir Michael gelungen, sie davon zu überzeugen, er hätte gelogen?

Er saß am Schreibtisch und die Kerze flackerte leicht, als seine Hand mit dem Federkiel über einem blütenweißen Blatt Papier schwebte. Schwarze Tinte tropfte auf den Rand der Seite und hinterließ einen Fleck. Doch er nahm kein neues Blatt. Er wollte schreiben, was er schreiben musste, und es anschließend sauber abschreiben.

Obwohl er in seiner Jugend viele Stunden auf den Feldern verbracht hatte, hatten seine Mutter und später Tante Mary darauf bestanden, dass er lernte. So hatte er abends beim Feuerschein Mathematik studiert, Bücher über Biologie und Naturwissenschaften gelesen und seine Schreibkunst trainiert.

Meine liebste Esther.

Hamilton stützte seine Stirn mit der Hand und starrte auf das Papier. Tausend Worte rasten durch seinen Kopf. Und dann waren da plötzlich gar keine Worte mehr.

Sie wünschte sich einen Liebesbrief. Er wollte ihr diesen Wunsch gern erfüllen, aber wie? Mit welchen Worten? Er öffnete das obere Fach des Schreibpultes und nahm ein Buch mit Shakespeare-Sonetten heraus. Er blätterte durch die Seiten. Eine solche Wortgewandtheit besaß er nicht.

Die Nachricht, die er durch Kitch nach *Slathersby* geschickt hatte, war knapp gehalten und sagte nur das Nötigste.

Tatsächlich hatte er es nicht gewagt, mehr zu schreiben. Wer wusste schon, ob Kitch die Nachricht nicht lesen würde? Oder ob er sie statt Esther Sir Michael aushändigen würde?

Meine liebste Esther.

Hamilton legte den Federkiel hin und stieß sich vom Schreibtisch ab. Er starrte durch das Fenster in den Nachthimmel, an dem die Sterne funkelten. Er musste eine Möglichkeit finden, sie zu sehen und mit ihr zu sprechen, statt ihr zu schreiben. Er wollte ihr von seinen Plänen erzählen und ihr seine Liebe versichern. Schließlich wusste ihr Vater nun Bescheid.

Seine Liebe mit den Lippen auszusprechen, fiel ihm nicht schwer, aber sie mit Feder und Papier auszudrücken, kam ihm albern vor. Er fühlte sich damit verwundbar.

In *Ninety Six* ging das Gerücht um, er habe auf Esther geschossen. Doch nur die niederträchtigen Loyalisten schenkten diesem Gerücht Glauben. Sie lag verwundet im Haus ihres Vaters, weil sie versucht hatte, ihn zu retten.

In ruhigen Momenten wusste Hamilton, dass er Sir Michael seine väterliche Wut nicht vorwerfen konnte. Wenn er doch nur auf ihn hören wollte ...

Ein leises Klopfen an der Tür schreckte ihn auf.

„Du bist noch wach." Tante Mary spähte ins Zimmer. Sie war bereits im Nachthemd, ihr langer Zopf hing ihr über die Schulter.

„Ich muss mich noch um ein paar Details kümmern." Hamilton stand neben dem Schreibpult und verdeckte den Brief.

„Du brichst am Morgen auf?"

„Mit dem ersten Tageslicht."

Tränen quollen in ihren Augen, und ihr schwaches Lächeln bewirkte, dass er sich innerlich kalt und beschämt fühlte. Konnte er wirklich in den Krieg ziehen, während seine Tante ihn brauchte?

„Tante Mary, vielleicht sollte ich die Sache aufschieben ..."

„Keine Sorge, mein Junge, ich bin aus einem harten Holz geschnitzt. Mrs. Reed wird jeden Tag kommen, und Ox und Moses sind ganz in der Nähe. Wenn ich pfeife, hören sie mich."

„Ich werde nur drei Monate lang fort sein und rechtzeitig zur Ernte nach Hause kommen."

„Drei Monate." Sie lehnte sich gegen die verputzte Wand. Onkel Laurence hatte einen großen Teil der letzten zwanzig Jahre damit zugebracht, ihr Zuhause zu gestalten. Er hatte sein Versprechen einlösen wollen, er würde ihr einen „Palast" bauen, wenn sie Virginia gegen die Wildnis von *South Carolina* eintauschen würde. „Ist das lange genug, um deinen Wunsch nach Rache zu befriedigen?"

„Rache?" Seufzend lehnte er sich gegen eine Seite des Schreibtischs. „Nein, ich kämpfe für die Sache. Captain Irwin hat mich von seinen Ansichten überzeugt."

„Dann werden dein Vater und Onkel stolz auf dich sein."

„Esther wird nicht stolz sein."

„Hamilton, darf ich dir einen Rat geben? Lass dich nicht von Dingen ablenken, die du nicht ändern kannst. Sie ist eine Lady von edler Herkunft."

„Sie wuchs nur zwei Meilen von hier entfernt auf."

„Ich bin überrascht, dass sie von ihrer Einführung in die Gesellschaft in London zurückgekehrt ist."

„Vielleicht liebt sie mich."

Tante Mary durchquerte das Zimmer, um ihn zu umarmen. „Bewahre dein Herz. Das ist alles, worum ich dich bitte." Sie holte ein gefaltetes Papier aus der Tasche ihres Morgenrocks. „Dies hier ist aus Laurences Bibel herausgefallen, als ich sie heute Morgen während meiner Andacht öffnete."

Hamilton griff nach dem Papier. Es war eine Kopie der Unabhängigkeitserklärung.

Wenn im Gange menschlicher Ereignisse es für ein Volk notwendig wird ...

„Ich werde es in Ehren halten." Hamilton steckte das Papier in seinen Rucksack. Neben der Tür standen seine Feldflasche und seine Patronenschachtel sowie sein Gewehr und seine Muskete, sein Schlafsack und Papier und Stift, um nach Hause schreiben zu können, wenn sich die Gelegenheit ergeben würde. Und um Esther zu schreiben, sollte er heute Abend keine Worte mehr finden.

„Ich bin stolz auf dich." Tante Mary strich mit den Händen über seine Schultern, dann trat sie zurück und wischte sich über die Augen. „Aber ich erinnere dich trotzdem daran, dass du alles bist, was mir in dieser Welt bleibt. Ich habe keine eigenen Kinder. Keine Eltern. Keinen Ehemann." Ihre Tränen glänzten im Kerzenlicht. „Ich liebe dich so, als hätte ich dir das Leben geschenkt."

„Du warst gut zu mir, Tante Mary. Du bist mir zur Mutter geworden, als ich keine mehr hatte." Er küsste sie auf die Wange. „Ich werde zu dir zurückkommen, das verspreche ich dir."

„Ich werde für dich beten. Dieser Konflikt hat uns beide beraubt. Doch es ist nur eine Wendung in der unermesslichen Weite menschlicher Ereignisse. Der Widerstreit wird enden, und es wird wieder Frieden geben. Kämpfe in der Zeit des Krieges wie der Mann, der du in der Zeit des Friedens sein willst."

Hamilton nickte und sog ihre weisen Worte tief in sich ein. „Ich werde ehrenvoll kämpfen. Du hast mein Wort."

Sie drehte sich zur Tür, dann hielt sie inne. „Oh, ich habe das Messer gefunden, das dein Urgroßvater während des *Queen Anne's War* bekam. Laurence hatte es in seiner Truhe versteckt. Ich glaube, er hat es dort vor sehr langer Zeit vor deinem Vater verborgen."

Hamilton lachte. „Da hast du sicher recht."

„Ich habe es für dich auf den Küchentisch gelegt."

Als sie fort war, kehrte Hamilton zu seinem Brief zurück, doch er hatte keine Inspiration mehr. Er blies die Kerze aus und streckte sich auf seinem Bett aus. Er dachte über die bevorstehenden Tage nach. Würde er wahrhaftig ehrenvoll kämpfen können? Oder würde er nur versuchen, seinen Vater oder Onkel oder sogar Esther zu rächen?

Ein Stück des Mondscheins fiel über seinen Schreibtisch und den leeren Brief. Unruhig ging er auf Strümpfen die Treppe hinunter und aus dem Haus. Draußen war es genauso dunkel wie tief in seinem Innern. Nur dass hier bald die Sonne aufgehen und die Dämmerung mit sich bringen würde. Würde auch er selbst je wieder das Licht spüren – das Licht in seinem Herzen? Onkel Laurence würde das bejahen. Er würde sagen, das Licht ist Jesus selbst, unsere Hoffnung auf Erlösung, aber wenn ...

Hamilton hörte einen Reiter herankommen und spannte seinen Körper an. Als der Reiter näher kam, zog er sich in den Schatten der Veranda zurück und drückte seinen Rücken an die Hauswand. Er wünschte, er hätte das auf dem Küchentisch liegende Messer bei sich.

Am Tor erschien ein großer Wallach im Mondlicht, sein Reiter beugte sich nach vorn.

„Wer ist da?" Hamilton blinzelte, sein Puls raste. „Zeigen Sie sich. Freund oder Feind?"

Der Reiter taumelte von dem rotbraunen Ross auf die Erde. Hamilton eilte die Stufen hinunter und rannte auf den Verwundeten zu. Ein ihm vertrauter Duft vermischte sich mit dem aufwirbelnden Staub.

„Esther!" Er nahm sie in die Arme und trug sie ins Haus, wo er sie auf Tante Marys Sofa niederlegte. Er zündete eine Lampe an und breitete eine Wolldecke über ihren zitternden Körper. Unter den Strähnen ihres glatten Haares war ihre Stirn von Schweiß getränkt.

„Hamilton", sagte sie und hob ihre Hand zu seinem Hemd. „Ich muss dir sagen ..."

„Schsch, ruh dich aus. Ich hole dir einen Becher Wasser." In der Küche suchte er im Dunkeln nach einem sauberen Becher, dann schöpfte er

Wasser aus dem Eimer neben dem Ofen. „Hier, Liebste, trink." Er hob ihren Kopf an und hielt den Becher an ihre Lippen.

Mit geschlossenen Augen und flachem Atem trank Esther, bis sie genug hatte. Dann ließ sie den Kopf auf das Sofa zurücksinken. Hamilton schob ihr ein Kissen unter den Kopf und strich die losen Haarsträhnen aus ihrem Gesicht. Ihre Haut glühte vor Fieber.

„Ich muss dich nach Hause bringen." Sie war so bleich, so zerbrechlich. Blut sickerte durch ihr Schultertuch, und als er es sanft zurückschob, sah er, dass auch ihr Kleid voller Blut war. „Deine Wunde ist aufgebrochen." Er sah zur Treppe hinüber. Sollte er Tante Mary aufwecken? Doch sein Kragen wurde von einer festen Hand umklammert. „Ich muss ... dir ... etwas sagen."

„Esther, was ist so wichtig, dass du deine Gesundheit riskierst, um hierherzukommen? Mitten in der Nacht? Ich muss dich in die Obhut deines Vaters zurückbringen."

„Vater, Twimball – sie sagen, du hättest auf mich geschossen, aber ich weiß ..." Ihr Griff wurde noch fester „Du hast es nicht getan."

„Es war Twimball. Er hat auf mich gezielt. Ich versuchte dich zu schützen."

„Vater will das nicht glauben. Er hat Angst, Hamilton. Wegen irgendeiner Sache in Lord Whathams Briefen. Du musst ihm vergeben. Er ... er versucht, tapfer zu sein, aber er ist ein gewöhnlicher Sterblicher."

„Ich habe ihm vergeben, aber seine Wut auf uns ist unbegründet. Er behauptet, Onkel Laurence hätte ihm *Quill Farm* gestohlen, während er abwesend war. Vor fünfzehn Jahren."

„Du musst etwas missverstanden haben. Vater würde nie ... aber er will unbedingt Lord Whatham zufriedenstellen." Ihre Worte waren kaum mehr als ein Flüstern. „Er will seinen Besitz vermehren ..."

„Sicherlich, aber zu unserem Nachteil?" Hamilton nahm ihre Hand in seine. „Ich vergebe ihm, was immer zwischen ihm und seinem Arbeitgeber abläuft, aber ich kann ihm nicht vergeben, dass er sich auf die Seite der *Torys* gegen die Lightfoots stellt. Ich muss dich nun nach Hause bringen."

„Komm morgen nach *Slathersby Hill.* Ich werde ihn bitten ..."

„Ich kann nicht kommen." Hamilton setzte sich auf seine Fersen und ließ ihre Hand los. „Ich werde am frühen Morgen mit der *Ninety Six* Miliz aufbrechen."

Esther öffnete die Augen und versuchte mühsam, sich aufzusetzen. „Du bist der Miliz beigetreten?"

„Ich konnte nicht länger nur zusehen."

„Dann ... muss ich dir sagen ..." Sie zwang sich in eine sitzende Position.

„Was immer du sagen willst, Esther, es kann warten, bis ich in drei Monaten zurückkomme."

„Ich ... liebe dich." Das Licht der Lampe flackerte gegen ihr schwaches Lächeln und erleuchtete ihre Augen. Trotz ihrer Schwäche und der Schmerzen waren sie blau und klar. „Ich konnte nicht länger warten, es dir zu sagen. Und dir auch zu sagen, dass ich nicht glaube, dass du auf mich geschossen hast."

Auf Knien nahm er ihr Gesicht in seine Hände. „Du liebst mich? Bist du sicher? Ich bin nicht wie die Männer, die du bei Hof oder während der Londoner Saison triffst."

„Ich habe mich von meinem Vater fortgestohlen, bin durch die Nacht geritten, habe riskiert, dass meine Wunde aufbricht, und du stellst meine Liebe infrage?"

Er drückte seine Stirn gegen ihre Stirn. „Meine Frau, meine tapfere Frau!"

„Du bist nicht wie ... die Männer in London ... und sie ... sind nicht wie du."

Er strich über ihre Haare. „Und doch bin ich ein Feigling im Vergleich zu dir."

„Nein, nein, du bist so mutig. Ich bin so stolz auf dich."

„Ich bin deinem Vater aus dem Weg gegangen, um ihn nicht zu verärgern. Ich habe deshalb Kitch mit einer Nachricht zu dir geschickt, statt selbst zu kommen. Du dagegen hast eine große Anstrengung auf dich genommen, um mich deiner Liebe und Treue zu versichern."

Sie legte ihre gesunde Hand um seinen Nacken. „Wirst du den Mut haben, mir deine Gefühle zu sagen?"

Hamilton strich mit dem Daumen über ihre Wangen, hielt sie zärtlich in den Armen und berührte schließlich ihre Lippen mit seinen.

Er wollte sie nur kurz küssen, doch als sie seine Hand gegen seinen Nacken presste, küsste er sie wie ein verliebter Mann. Hungrig, gierig, leidenschaftlich.

Über ihnen wurde eine Tür geöffnet und geschlossen. „Hamilton?"

Er ließ von ihr ab, sprang auf die Füße und sah zur Treppe.

„Tante Mary, bist du wach?"

„Ich habe Stimmen gehört."

Er ging zur Treppe hinüber. „Esther Longfellow kam hierher geritten. Ich fürchte, ihre Wunde ist aufgebrochen. Kannst du uns helfen?"

„Liebe Güte. Esther?" Tante Mary eilte entschlossen die Treppe herunter. „Hole mir mein Verbandszeug." Die Kerze in ihrer Hand warf einen langen, schmalen Schatten über den Raum, als sie herbeikam. „Was hat dich dazu gebracht, mitten in der Nacht zu kommen, mein Mädchen?"

Esther zitterte, unfähig zu antworten.

Hamilton nahm ihre Hand in seine. „Sie wollte mir versichern, dass sie weiß, dass ich nicht auf sie geschossen habe."

„Ich liebe dich", flüsterte sie erneut und griff nach seiner Hand.

Hamilton beugte sich zu ihr und wollte ihr dasselbe ins Ohr flüstern, als Tante Mary ihn zur Seite schob. „Hamilton, zünde die restlichen Kerzen an. Meine Augen sind nicht mehr die besten. Ich habe saubere Bandagen. Aber wir sollten dich anschließend nach Hause bringen. Sassy kennt sich mit medizinischer Pflege weit besser aus als ich."

Hamilton wartete in der Küche, während Tante Mary sich um Esthers Schulter kümmerte. Sie liebte ihn. So einfach war das. So wundervoll.

Die ganze Zeit über hatte er versucht, wortgewandt zu sein, geschwollene Worte zu finden – doch sie hatte sein Herz mit einem klaren und direkten „Ich liebe dich" gefesselt. Sie liebte ihn. Und er liebte sie ebenfalls. Was konnte ein Mann leisten, der ein solches Wissen besaß!

Er würde Sir Michael vergeben. Herr im Himmel, vielleicht würde er sogar Twimball und allen Rotröcken vergeben können.

Tante Mary kam mit einer Schüssel voll blutigen Wassers in die Küche. „Sei vorsichtig. Ihre Wunde ist noch sehr empfindlich. Ich bin mir nicht sicher, aber sie könnte infiziert sein."

„Ich werde den Karren anspannen und sie nach Hause bringen."

Tante Mary nahm seinen Arm. „Gib gut acht. Sir Michael ist nicht in der Stimmung, uns Nachsicht oder Wohlwollen entgegenzubringen. Wenn er dich sieht ..."

„Wusstest du Bescheid über die Farm? Dass Onkel Laurence das Land kaufte, als Sir Michael abwesend war?"

„Laurence hatte nie die Absicht, Sir Michael zu schaden."

„Und doch wusste er, dass Sir Michael vorhatte, das Land für Lord Whatham zu erwerben."

Tante Mary nickte. „Ich habe ein kleines Erbe von meiner Großtante erhalten. Wie hätten wir die Gelegenheit ausschlagen können, unsere eigene Farm zu besitzen? Um nicht länger von Sir Michael oder den Gemeindemitgliedern abhängig zu sein? Wir dachten, er hätte uns vergeben, doch vor Kurzem kam er und verlangte von uns, dass wir das Land an ihn verkaufen. Er bedrohte uns sogar. Er warf uns auch vor, dass wir Presbyterianer und *Whigs* sind. Wie auch immer ..." Sie schob Hamilton zur Tür. „Es ist spät, und du musst Esther nach Hause bringen, aber sei bitte vorsichtig. Lass dich nicht von Sir Michael erwischen."

„Ich kann sie wohl kaum auf der Veranda abliefern. Soll ich klopfen und wegrennen? So feige werde ich nicht sein. Vielleicht werden wir nach dem Krieg wieder in Frieden mit den Longfellows leben."

„Darum bete ich. Jetzt geh und spann den Wagen an."

Hamilton fuhr den Wagen vor das Haus, und im Licht der Leuchtkäfer setzten er und Tante Mary Esther auf den Sitz und banden Gulliver hinten an. Hamilton setzte sich neben Esther, nahm die Zügel und schnalzte, damit Tilly loszog.

„Ich habe Angst", flüstert Esther gegen ihn gelehnt. „Der Krieg könnte dich mir fortnehmen."

„Nichts wird mich dir fortnehmen." Er küsste sie auf den Kopf. *Ich liebe dich.*

In *Slathersby* angekommen trug Hamilton Esther einmal mehr die breite Steintreppe hoch und klopfte mit dem Fuß gegen die Haustür.

„Sir Michael."

„Mr. Hamilton." Sassy rannte hinter ihm die Treppe hoch, ihr Schultertuch fest umklammernd. „Ich habe Sie von meiner Hütte aus gesehen, wie Sie die Straße heraufkamen. Sir Michael hat Kitch zu einer Besorgung geschickt, und ich saß da und habe gewartet ... Esther! Gütiger Himmel." Sassy steckte einen Schlüssel ins Schloss und öffnete die Haustür. „Was hat sie getan?"

„Sie ist zur *Quill Farm* geritten." Er trug Esther die Stufen hinauf, ohne die Erlaubnis dafür abzuwarten, und legte sie auf ihr Bett. „Ihre Wunde ist wieder aufgebrochen, aber Tante Mary hat sie so gut sie konnte verarztet. Sie sagte, Sie sollten nun Ihre eigene Pflege anwenden. Sie befürchtet eine Infektion."

„Bin ich zu Hause?", fragte Esther. Ihre Stimme klang schwach und zittrig durch den Raum.

„Ja, und Sassy wird sich um Sie kümmern." Die schwarze Frau schob Hamilton durch die Schlafzimmertür in den Flur. „Was hat sie draußen gemacht? Belügen Sie mich nicht!"

„Sie wollte mir etwas sagen."

„Ihnen etwas sagen? Um diese Uhrzeit?" Sassy wartete ungeduldig.

„Sie wollte ..." Er konnte ihr nicht anvertrauen, was sie gesagt hatte. Am liebsten würde er seine Liebe zu Esther laut bekennen. Doch er wollte nicht, dass Sassy eingeweiht war. „Sie wollte mir sagen, dass sie weiß, dass ich nicht auf sie geschossen habe."

„Was ist hier los?" Der breite, dunkle Schatten Sir Michaels füllte den engen Türrahmen des gegenüberliegenden Zimmers aus. Kerzenlicht flackerte von seiner Muskete. „Erst schießen Sie auf meine Tochter, und jetzt locken Sie sie mitten in der Nacht aus ihrem Bett? Machen Sie sich gar keine Gedanken um ihren Ruf? Um ihren Platz in unserer Gesellschaft? Was haben Sie getan ..."

„Sie kam nach *Quill Farm*. Ich fand sie im Vorgarten, wo sie vom Pferd gefallen war. Wäre es Ihnen lieber gewesen, ich hätte sie dortbehalten?"

„Aus welchem Grund kam sie zu Ihnen geritten?" Sir Michael hielt seine Muskete auf Hamiltons Brust gerichtet.

„Um mir zu sagen, dass sie weiß, dass ich nicht auf sie geschossen habe." Hamilton nickte dem älteren Gentleman zu und begann die Stufen hinabzugehen. „Sie hatte sich Sorgen gemacht, ich könnte den Gerüchten glauben."

„Ich warne Sie ..." Sir Michael legte die Muskete gegen seinen Arm. Sein Gesichtsausdruck war hart und finster. „Lassen Sie sie in Ruhe, Ligthfoot."

Hamilton wollte sich nicht auf eine Diskussion einlassen. „Ich habe mich der *Ninety Six* Miliz angeschlossen. Ich werde am Morgen aufbrechen."

„Dann sind Sie, Sir, ein Feind in meinem Haus." Sir Michael verlagerte die Muskete, als ob er auf ihn zielen wollte. „Ich zähle bis zehn. Verlassen Sie sofort mein Haus. Ein, zwei ..."

Hamilton schlug die Haustür zu, bevor der alte Mann bis vier gezählt hatte.

12.
Jesse

Er wachte von einem stürmischen Klopfen an der Tür auf. Die über dem Strand aufgehende Augustsonne fiel durchs Fenster, sodass er blinzelte. Dann tastete er nach seinem Telefon: sieben Uhr, Sonntagmorgen! Wieder klopfte es.

„Ich schlafe noch!“ Stöhnend rollte er sich auf die Seite und vergrub seinen Kopf unter dem Kissen.

Doch das Hämmern, Klopfen und gedämpfte Rufen hielt an.

„Schon gut, schon gut.“ Jesse taumelte aus dem Bett und ging schlaftrunken die Treppe hinunter.

Als er die Tür öffnete, stürmte Smitty herein. „Ich habe Kaffee mitgebracht.“ Er hob einen Pappbecher mit Kaffee aus dem Laden hoch und reichte ihn Jesse. Dann stellte er eine Papiertüte auf die Küchentheke und ging geradewegs auf das Wohnzimmer zu. Er wirkte unruhig wie ein Tiger im Käfig.

„Es ist ein bisschen früh, findest du nicht, Smitty?“ Jesse nahm den Deckel vom Kaffee und ließ den Duft des Kaffees entweichen.

„Nur keine Müdigkeit vortäuschen!“ Er zeigte auf die Papiertüte. „Ich habe auch einen Donut mitgebracht.“

Jesse spähte in die Tüte. Ein Apfelbeignet. Sein Lieblingsdonut. „Was ist los? Geht es um den Film? Ich habe dir schon gesagt, Drehbuchautoren haben keinen Einfluss ...“

„Der Film?“ Smitty hielt inne. „Nein, nein, es geht nicht um den Film, obwohl du da gern ein Wort für mich einlegen kannst, Kumpel.“ Wieder ging er nervös hin und her. Er wirkte aufgewühlt und zerzaust. Dabei kam es äußerst selten vor, dass er aus dem Haus ging, ohne sich sorgfältig frisiert und großzügig parfümiert zu haben. Doch heute Morgen standen ihm die Haare in alle Richtungen ab, und sein Hemd hing über dem Hosenbund heraus. „Ich habe Neuigkeiten für dich ..." Er schüttelte den Kopf. „Ich habe das absolut nicht kommen sehen."

„Smitty, setz dich, du machst mich ganz verrückt." Jesse schnappte sich die Tüte mit den Donuts und ließ sich auf den S-förmigen Stuhl fallen.

Sein Freund setzte sich eine Sekunde hin, dann sprang er wieder auf. „Ich weiß einfach nicht, wie ich es dir beibringen soll ... Du musst hier raus. Es tut mir leid, aber so ist es nun mal." Er hörte auf, hin und her zu gehen, und stemmte die Hände in die Hüften. Jesse starrte ihn an, während er herzhaft in den Apfelbeignet biss. „Ich wusste, dass es passieren würde. Ich wusste es, verdammt noch mal. Aber hat der alte Smitty auf seine innere Stimme gehört? Leider nein."

Jesse kaute auf einem Stück Apfelbeignet und spülte es mit heißem Kaffee hinunter. „Wovon sprichst du? Wo muss ich raus?"

„Hier!" Smitty öffnete weit seine Arme. „Archer kommt zurück. Am Montag, also morgen Abend. Ich brauche Zeit, um hier alles durchzulüften. Es riecht ziemlich streng nach dir und Mr. Hugo Boss."

„Archer Doyle kommt nach Hause? Hierhin?"

„Spreche ich Chinesisch? Ja. Morgen."

„Du hast mir erzählt, er sei für *ein* Jahr in Asien, Smitty. Ich habe einen Mietvertrag unterschrieben." Jesse stand auf und knallte seinen Kaffeebecher auf den Wohnzimmertisch.

„Oh nein, nicht dahin. Ohne Untersetzer!" Smitty nahm den Becher hoch und rieb mit seiner Handfläche über die polierte Holzoberfläche des Tisches. „Sonst bleiben Ringe zurück." Er schaute sich nach einem Platz um, wo er den Becher hinstellen konnte. „Schau mal, Kumpel, du hast keinen Mietvertrag."

„Oh doch, Kumpel, den habe ich", sagte Jesse, der immer noch den Apfelbeignet in der Hand hielt. „Ich habe dort drüben gesessen und den Vertrag mit deinem goldenen Füller unterschrieben."

„Nein, nein, hast du nicht." Smitty seufzte und schüttelte die Fäuste in Richtung Zimmerdecke. „Ich und meine tollen Ideen. Hör mal, es war ein falscher Mietvertrag. Ich habe mir die ganze Sache aus den Fingern gesogen."

„Wie bitte?" Jesse legte den Apfelbeignet auf den Tisch. Smitty schrie auf und nahm ihn weg. Er blies über die Zuckerkrümel und platzierte den Beignet oben auf den Kaffeebecher.

„Ich muss eine Putzkolonne organisieren ... an einem Sonntag. Wo soll ich denn an einem Sonntag eine Putzkolonne finden?" Er ging zur Küche hinüber und stellte den Kaffeebecher und den Beignet in den Spülstein. „Oh Mann, ich bin am Ende. Am Ende, sage ich dir! Ich werde meine Lizenz verlieren! Ich bin ein furchtbarer Schauspieler und ein noch schlechterer Immobilienmakler. Wie ist das überhaupt möglich?" Er kam ins Wohnzimmer zurück und ließ sich auf die Ledercouch fallen, den Kopf in die Hände gestützt.

„Smitty, was ist los?" Jesse verschränkte die Arme vor seiner nackten Brust und bemühte sich, ruhig zu bleiben und die Sache zu klären. Es wäre nicht das erste Mal, dass Smitty grundlos die Nerven verlor.

„Ich bin ein Schuft, ein Betrüger, die mieseste Sorte Freund."

„Stimmt. Also, was hat es mit dem Ausziehen auf sich?"

„Sieh mal, Jesse, als Archer mir erzählte, er würde nach Asien gehen, sagte ich ihm, ich würde ein Auge auf sein Haus haben. Er war einverstanden und gab mir die Schlüssel. Und da kam mir die glänzende Idee, das Haus an jemanden zu vermieten ..." Er ließ sich gegen die Sofalehne sinken, den Arm über die Augen gelegt. „Du brauchtest eine Wohnung, etwas, das deinem neuesten Erfolg gerecht wird, und da dachte ich: Warum sollte Jesse nicht Archers Haus mieten? Und ich könnte ein paar Dollar nebenbei verdienen."

„Du hast mich ausgenutzt ... und Archer?"

„Nicht absichtlich."

„Oh doch, absichtlich." Nun ging Jesse hin und her. Der herrliche Sonnenaufgang hinter den Glasscheiben schien die Situation zu verspotten. „Wohin soll ich denn gehen? Ich habe eine Kaution für dieses Haus hinterlegt."

„Geld ist kein Problem. Ich gebe es dir zurück. Nun ja, die Hälfte. Ich musste die Elektrizitäts- und Wasserrechnung bezahlen. Und ein paar Dollar für neue Kleider ausgeben. Und für Porträt-Fotos. Mann, sind diese Sachen teuer."

„Smitty? Du hast mich betrogen! Ich dachte, wir wären Freunde."

„Nein, ich habe dich nicht betrogen. Ich habe ein Haus für dich gefunden, nicht wahr? Archer habe ich allerdings betrogen."

„Du hast uns beide betrogen. Wo soll ich ab morgen wohnen?"

„Du meinst ab heute. Vergiss nicht, ich muss hier noch alles durchlüften."

„Ich möchte mein ganzes Geld zurück."

„Natürlich, natürlich. Nimmst du Schecks?"

Unglaublich.

Smitty lehnte sich zu ihm herüber. „Du wirst mich nicht bei der Maklerinnung anzeigen, nicht wahr?"

„Finde noch heute eine Wohnung für mich, und ich denke darüber nach."

„Du bist ein Heiliger. Und ob du es glaubst oder nicht, ich habe bereits eine Wohnung für dich, glaube ich. Nochmals, Jesse, es tut mir leid ... Was ist das denn? Ein Fleck?" Er ließ sich auf den Hartholzboden sinken und drückte seine Finger gegen eine kleine, weiße Stelle. „Hast du das gemacht? Oder war es schon da? Archer wird mich umbringen."

„Smitty." Jesse seufzte und klopfte seinem Freund auf die Schulter. „Entspann dich. Der Fleck war schon da."

„Ich krieg bald einen Herzinfarkt." Er drückte seine Hand auf die Brust, während er zur Glasschiebetür ging, die zur unteren Terrasse und zum Strand führte. Er öffnete die Tür. „Betrug macht sich nie bezahlt. Nie!" Er schüttelte die Fäuste in die Luft. „Man sollte meinen, ich hätte diese Lektion gelernt."

„Gelernt? Hast du schon eine Karriere in Sachen Betrug hinter dir?"

Smitty ging wieder hin und her und geriet in Panik. „Ich bin Abschaum, ein Betrüger, die schlimmste Sorte Freund."

„Smitty, hör auf und erzähl mir lieber von der anderen Wohnung. Und erzähl mir nicht wieder, irgendein Bekannter sei nicht in der Stadt. Übrigens nehme ich Schecks. Du solltest übrigens auch Archer reinen Wein einschenken." Jesse schlug seinem Freund auf den Rücken. „Hör mal, heute kann ich unmöglich ausziehen. Ich treffe mich mit Jeremiah Gonda, um noch einmal über das Skript zu sprechen. Keine Ahnung, wie lange das dauert. Ich kann also frühestens morgen umziehen. *Wenn* ich beschließen sollte, dir zu vertrauen."

„Gonda? Die neue Wohnung ist in *Bel Air*. Bist du sicher, dass du heute keine Zeit hast?"

„Ja, ich bin mir sicher, und selbst wenn ich es möglich machen könnte – du sollst ruhig ein bisschen schwitzen."

„Du bist ein echter Kumpel! Glaub mir, diese neue Wohnung ist ganz und gar in Ordnung. Wie ich schon sagte, Betrügen macht sich nicht bezahlt." Er fasste sich an die Stirn. „Ich kann nicht ins Gefängnis gehen. Ich sehe furchtbar aus in Streifen."

„Ich glaube, heutzutage trägt man einfarbige Kleidung im Gefängnis. Orange."

„Orange, noch schlimmer. Mit meinem Teint würde ich darin wie ein Halloween-Bonbon aussehen. Und für die hungrigen Insassen ..."

Trotz seines Ärgers musste Jesse lachen. Er müsste eigentlich wütend sein, aber Smitty war halt Smitty. „Komm heute Abend her", sagte er und zog ihn mit sich ins Haus. „Wir packen alles und organisieren meinen Umzug. Aber das ist deine letzte Chance. Wenn es wieder in die Hose geht, werde ich mir einen neuen Makler suchen. Und vielleicht auch einen neuen Freund."

Er würde dieses Haus vermissen. Die Aussicht, das Rauschen des Ozeans, die Erinnerung an Chloe. Es war sehr lange her, dass er die Erinnerung an den Ozean mit einer schönen Frau verband, mit ihrer Haut und dem Geschmack ihrer Lippen.

„Und, was war mit dem Mädchen von der Hochzeit?" Smitty ließ sich auf den S-förmigen Stuhl fallen und spähte in die Donut-Tüte. Er hatte sich beruhigt.

„Chloe? Wann habe ich dir von Chloe erzählt?"

Smitty wurde rot, während er einen Apfelbeignet aus der Tüte holte. „Letzte Woche."

„Habe ich dich letzte Woche gesehen?"

„Nein. Vielleicht habe ich es von jemandem gehört."

„Von wem?"

„Ted?"

„Du hast es von Ted Stux gehört? Von Ted und Stella? Ich wusste gar nicht, dass ihr euch kennt."

Smitty atmete auf und verputzte lächelnd seinen Beignet. „Ja, wir kennen uns schon eine Weile."

„Er hat dir von Chloe erzählt?" Jesse lehnte sich auf die Kante des Holztisches.

„Er sagte, ihr beiden seid zusammen abgehauen."

„Ja, das stimmt."

„Im Ernst. Das ist romantischer als alles, was ich je von dir gehört habe."

„Ich hatte Beziehungen."

„Ein Flirt bei Dreharbeiten oder auf einer Party ist keine Beziehung. Das hat doch nichts zu tun mit wahrer Liebe."

Jesse stand auf. „Wahre Liebe? Wer spricht denn hier von Liebe? Chloe ist fantastisch, das stimmt. Und sie spielt die Esther in meinem Film, aber wir haben nichts miteinander." Nein, sie hatten bestimmt nichts miteinander. „Ich habe seit der Hochzeit nicht mehr mit ihr gesprochen. Und das ist gut so. Wir sind ... wir sind beide in dem Film, und es ist am besten ... Und überhaupt, ich glaube nicht ..."

„Kannst du dir selbst vergeben?"

Jesse sah auf Smitty hinab. „Was ... was meinst du damit?" Er hatte nie über seine Vergangenheit mit Loxley gesprochen. Mit niemandem in Los Angeles.

Er war hierhergeflohen, um alles zu vergessen, um sich in die Welt des Scheins zu versenken. Warum musste Smitty nun damit anfangen?

„Weißt du, Kumpel, seit ich dich getroffen habe, spüre ich, dass etwas an dir nagt. Und ich nehme an, dass es mit einer Frau zu tun hat. Wenn das stimmt, dann vergib dir selbst. Es dauert nun schon mindestens acht Jahre ..."

„Du hast keine Ahnung, Smitty."

„Nein, sicher nicht, aber es tut der Seele gut, sich auszusprechen." Er sah auf seine Uhr, sprang mit einem kleinen Schrei hoch und ging zur Tür. „Ich werde dir eine Nachricht mit der Adresse schicken. Ich komme heute Abend, um dir packen zu helfen." In der Küche hielt Smitty an. „Wenn du es nicht mir erzählst, dann erzähl es jemand anderem."

Als er fort war, ging Jesse zur Terrasse auf der dritten Etage, trank seinen Kaffee und genoss ein letztes Mal die wundervolle Aussicht. Wie hatte Smitty ahnen können, wie es ihm ging und dass es mit Vergebung zu tun hatte? Neben der ganzen Mietangelegenheit schien es, als habe sich Smitty in seinen Kopf geschlichen und Notizen gemacht. Ted hatte ihm von Chloe erzählt? Eine Vermutung über ein Mädchen in seiner Vergangenheit? Wenn grad nicht alles so hektisch gewesen wäre, hätte Jesse ihn so lange bearbeitet, bis er zugegeben hätte, woher er seine Informationen hatte. Vielleicht von seinem Bruder? Seiner Mutter? Beide waren manchmal etwas zu gesprächig. Doch Smitty hatte keinerlei Grund, mit ihnen in Kontakt zu treten.

Der Sonnenaufgang malte einen goldenen Streifen auf die Oberfläche des Ozeans. Er war so glänzend und breit, als ob Jesse darüber bis zum Horizont gehen könnte. Möwen segelten durch die Luft und riefen einander Laute zu, und in diesem friedlichen Moment wünschte sich Jesse, er wäre kein Mann der Wissenschaft, sondern des Glaubens. Vergebung klang nach Heilung. Das war zu schön, um wahr zu sein. Er hatte acht Jahre lang versucht, alles hinter sich zu lassen. Aber Smitty hatte ihn durchschaut.

Er würde gern seine Fehler bekennen und Vergebung suchen, wenn er dadurch Heilung finden könnte. Sofern derjenige, dem er seine Schuld bekannte, ihn nicht verachtete. Doch wie könnte irgendjemand das nicht tun, wenn doch Jesse selbst sich schon so sehr verachtete?

Während er den wundervollen Himmel über Santa Monica betrachtete, konnte Jesse den Gedanken an einen Schöpfer nicht ignorieren. Es war einfach zu perfekt, dieses Universum, diese Welt, in der er lebte, alles so fein aufeinander abgestimmt, vom Makro- bis in den Mikrokosmos. Jeder vernünftige Mensch musste zumindest in Betracht ziehen, hinter all dem stünde jemand, der das ins Dasein gerufen hatte. Aber sah dieser Schöpfer ihn? Kannte er ihn? Kümmerte er sich um ihn? Wenn ja, wo war er dann an jenem Tag am Strand gewesen?

In seinem Schlafzimmer klingelte das Telefon. Jesse unterbrach seine Betrachtung auf der Terrasse und ging hinein, um zu antworten. Es war sein Bruder.

„Hey Dan, wie geht's dir?" Jesse ließ sich in die Kissen am Kopfende fallen und ließ die kleine, lächerliche Hoffnung fahren, Smitty könnte anrufen und ihm sagen, dass alles nur ein Scherz war. Und noch tiefer in seinem Innern hatte er gehofft, dass Chloe irgendwie seine Telefonnummer herausbekommen hatte und ihn anrief.

Das Gespräch mit Dan verlief wie üblich. *Wie geht es dir? Mir geht's gut. Wann kommt der Film heraus? Keine Ahnung, die Dreharbeiten haben noch nicht mal begonnen.*

„Hör mal", sagte Dan. „Könntest du dir vorstellen, im Herbst nach Hause zu kommen? Dad spricht von einem waschechten Oktoberfest. Ich wollte dir schon mal Bescheid sagen, damit du die Zeit einplanen kannst. Und, Junge, du solltest Grans neuen Pool sehen! Natürlich ist es im Oktober zu kalt zum Schwimmen, aber Dad ist total ausgerastet, als sie den Vertrag abgeschlossen hat. Sie hat mindestens vierzig Riesen dafür hingeblättert. Erinnerst du dich an den Pool, den wir auf den Bahamas gesehen haben?"

„Ich war nicht auf den Bahamas."

„Nein? Ja, stimmt ... das hatte ich vergessen." Dan senkte die Stimme. „Sorry. Aber noch mal zum Oktoberfest: Was hältst du davon? Ich weiß, dass Mom dich sehr vermisst."

„Sie war doch vor Kurzem noch hier."

„Das war letzten Sommer, Bruderherz."

War das wirklich so lange her?

„Und du hast auch noch nicht unser neues Büro gesehen. *DiamondBros* befindet sich genau im Zentrum von Boston. Ich kann auf den Hafen sehen."

„Davon hast du ja immer geträumt."

„*Wir* haben immer davon geträumt. Ich vermisse dich, Jess. *DiamondBros* ist ohne dich nicht dasselbe."

Diamond Brothers. Das war ihr Spitzname in ihren Teenagerjahren gewesen, als sie Sport trieben und Mädchen anbaggerten. Diamanten waren robust, aber edel. So wie die Gates-Jungen.

Dann hatte Jesse entdeckt, dass er nicht so robust war, wie er geglaubt hatte. Seine überdurchschnittliche Intelligenz und seine mathematischen Kenntnisse waren nichts im Vergleich zu dem, wozu Gefühle, wozu sein Herz fähig waren.

„Du vermisst mich? Dan, ich war nie wirklich da."

„Aber du hättest da sein sollen ... solltest da sein."

„Fang nicht davon an."

„Okay, schon gut, aber du sollst wissen, dass ich ein Eckbüro für dich reserviert habe. Paul hat deswegen einen Wutanfall bekommen, aber du und ich, wir sind die *Diamond Brothers.*"

„Dann sollst du wissen, dass ich schließlich Erfolg habe hier in Los Angeles. Halte kein Büro für mich frei. Bitte. Gib es Paul."

„Er hat sein eigenes Eckbüro. Vergiss das alles und komm einfach nach Hause. Wir würden dich so gern sehen. Oktoberfest. Zweites Wochenende im Oktober. Und ..." Dan zögerte. „Hat Mom dir von Melanie und mir erzählt?"

„Melanie Trainer?" Loxleys beste Freundin.

„Wir sind uns auf einer Party begegnet, vor sechs Monaten. Sie arbeitet im Design-Team bei *Hartman Electronics.* Wir unterhielten uns übers Geschäft und ..."

„Eines führte zum anderen."

„Ungefähr so. Jess, ich habe gerade einen Ring gekauft." Aus der gemessenen Stimme seines Bruders war Aufregung herauszuhören.

„Tatsächlich?" Jesse ging zum Fenster und presste seine Stirn gegen die Scheibe. Sein Bruder ging voran. Melanie ging voran. Vielleicht waren sie auch nie zum Stillstand gekommen. Er spürte einen jähen Schmerz in seinem Innern. „Das ist großartig, Dan. Ich freue mich für dich."

„Ich wollte es dir persönlich sagen. Aber es fühlt sich richtig an, dass ich es dir jetzt am Telefon gesagt habe. Das war der eigentliche Grund für meinen Anruf. Geht es dir gut? Ich weiß, wir haben lange nicht mehr darüber gesprochen ..."

„Dan, mir geht es gut. Es ist acht Jahre her." Jesse fuhr mit der Hand durch die Luft, schloss die Augen und versuchte aufkommende Bilder zu vertreiben. Theoretisch hatte er begriffen, dass die Zeit alle Wunden heilt, aber wie würden die Narben verschwinden? Die Erinnerungen? Er lachte leise. „Du verdienst sie nicht."

„Das klingt nach meinem kleinen Bruder. Und du hast recht, aber ich werde sie nicht mehr gehen lassen. Hör mal, wenn du nicht nach Hause kommst, wird Mom vielleicht denken, es hätte mit unserer Verlobung zu tun, und sie würde mir befehlen, mich von Mel zu trennen.“ Dans Lachen klang hohl.

„Dann werde ich versuchen zu kommen. Wenn es im Herbst nicht klappen sollte, dann auf jeden Fall nach den Dreharbeiten. Im Frühling. Sag Mom, sie soll mich anrufen, wenn sie irgendwelche Zweifel hat. Mir geht es gut.“

„Jess, ich vermisse dich, aber ich bin wirklich stolz auf dich. Dass dein Drehbuch verfilmt wird, ist wirklich eine große Sache. Du warst schon immer herausragend. Du sollst einfach wissen, dass hier immer eine Tür für dich offen steht.“

„Ich glaube nicht, dass ich nach acht Jahren zum Engineering zurückkehren werde.“

„Lass mir meine Seifenblase. Ich bin glücklich heute. Wir sollten übrigens unsere Terminkalender abstimmen. Ich möchte meine Hochzeit nicht für das Wochenende planen, an dem die Premiere stattfindet.“

„Dann gehst du also davon aus, dass sie Ja sagen wird?“ Jesse wandte sich von dem Ausblick aufs Meer ab und drückte seinen Rücken gegen die warme Fensterscheibe.

„Daumen drücken. Ich sage dir in ein paar Tagen Bescheid.“

„Schick mir ein Foto.“

„Und was ist mir dir? Hast du jemanden kennengelernt?“

„Nein, ich konzentriere mich im Moment ganz auf die Arbeit.“

„Jesse, du kannst nicht ...“

„Bruderherz, lass es gut sein.“

Nach etwas weiterem Geplänkel legten die beiden Brüder auf. Jesse kehrte zur Terrasse zurück, das Handy in der Hand, und betrachtete die Wellen, die über den von der Sonne gebahnten goldenen Streifen glitten, der schmal geworden war und im aufkommenden Tageslicht verblasste.

Chloe

Am Sonntagabend saß Chloe im Wohnzimmer und ging mit ihrem Filmpartner, Chris Painter, der die Seiten des Skripts von *Bound by Love* auf dem Schoß liegen hatte, ihre Rolle durch. Chris sah zum zehnten Mal in zehn Minuten auf seine Armbanduhr.

„Nun geh schon." Sie klatschte ihr Skript gegen sein Bein.

„Was? Ich habe doch nur auf die Uhr gesehen." Doch er ließ sein Skript in seine Umhängetasche gleiten und schüttete den Rest seines Wassers hinunter. „Was hältst du von dieser Figur, Hamilton Lightfoot?"

„Ich liebe ihn. Er ist ehrenhaft und mutig. Er sorgt sich um seine Familie, und auch ganz bestimmt um Esther." Chloe sammelte ihre leeren Wasserflaschen und Cola Light-Dosen ein. „Hast du eine Verabredung, oder was ist los?"

„Ginger wartet auf mich." Chris grinste, als im selben Moment eine Nachricht auf seiner Smartwatch einging. „Wir gehen mit ihrer Familie essen, aber ich habe ihr gesagt, dass wir erst gemeinsam das Skript durchgehen müssen."

„Ihre Familie? Wow, das klingt ernst."

Chris schrieb mit dem Eingabestift seine Antwort auf die kleine Oberfläche der Smartwatch. „Nun ja, relativ ernst. Ich weiß nicht ... ihre Eltern kommen in die Stadt und ich dachte, warum nicht? Ich stimme dir übrigens zu, Hamilton ist eine tolle Figur. Kaum zu glauben, dass ein Neuling dieses Skript zustande gebracht hat."

„Was gefällt dir an ihm?"

„An wem? Jesse? Warum? Bist du scharf auf ihn?"

„Nein, ich meine Hamilton. Übrigens sagt man nicht mehr *auf jemanden scharf sein.* Du solltest dich auf dem Laufenden halten, Painter!"

„Mein Fehler." Der Superstar lachte. Chloe hätte sich nie träumen lassen, nach ihrer Trennung eines Tages mit ihm in ihrem Wohnzimmer zu sitzen, gemeinsam ein Skript durchzugehen und locker über seine Beziehung zu einer anderen Frau zu plaudern. Aber so war es, und es fühlte sich gut an – nach Heilung. „Hamilton bringt mich zum Nachdenken."

„Worüber?"

„Über Liebe, nehme ich an. Gibt es die perfekte Person für jeden von uns?"

„Einen Seelengefährten?"

„Ich weiß, dass du früher daran geglaubt hast." Chris bohrte seinen Blick in Chloes Augen. „Glaubst du noch immer daran?"

„Ich kann nicht anders."

„Nach allem, was passiert ist?"

„Es ist einfach so. Ich kann nicht anders. Es gehört wohl zu meiner DNA. Ich bin dazu geboren zu glauben, dass es die eine richtige Person für mich gibt."

„Wird es seltsam sein, wenn wir beide zusammenarbeiten?"

„Nein, gar nicht." Sie stopfte die Flaschen und Dosen in den Abfalleimer. „Wir sind viel länger Freunde als Geliebte gewesen."

Er kam auf Chloe zu und sprach wie Hamilton: *„Ich bitte dich nur um Barmherzigkeit, und dass du in deinen Gebeten an mich denkst. Du bist der Grund dafür, dass ich kämpfen und mein Leben riskieren will."* Eine leichte Röte war auf seinen Wangen zu sehen, als er in ihrem Küchenlicht zu Hamilton Lightfoot wurde. „Ich glaube nicht, dass ich je eine solche Leidenschaft gekannt habe. Du könntest recht haben, Chloe, so etwas gibt es nur im Film."

„Ich bete, dass ich mich irre."

Er legte ihr den Arm um die Schulter, und sie brachte ihn zur Tür.

„Grüß Ginger von mir."

„Mach ich.“ Chris blieb an der Tür stehen. „Du wirst diese Rolle ganz ausfüllen, Chloe, das spüre ich. Du spielst Esther mit deinem Herzen.“ Er zeigte sein berühmtes Lächeln und küsste sie auf die Wange. „Bis dann.“

Chloe kehrte zum Skript zurück, starrte auf den Dialog und dachte über Esther nach. Diese Frau war stark und fähig zu lieben. Mitten im mühevollen Leben im Hinterland und mit dem Krieg in unmittelbarer Nähe entschied sie sich für die Liebe, und zwar mit wilder Entschlossenheit. Zumindest sah Jesse es so. Sie fragte sich, ob ihn etwas Göttliches berührt hatte.

Sie hörte eine Tür zuschlagen. Stimmen erklangen hinter ihrer Wohnung.

„Ist das alles, was du hast?“

„Ich habe dir doch gesagt, dass ich mit wenig Gepäck reise.“

Chloe ging zum Fenster. War Mr. Crumbly zurückgekehrt? Wenn ja, dann würde sie ihm gern ein paar Fragen bezüglich der morgendlichen Predigt ihres Pastors über Heilung stellen. Sie war noch jung im Glauben, und Mr. Crumblys Weisheit half ihr, die Wahrheiten zu begreifen, die sie nicht immer sah oder fühlte.

Am Fenster stehend spähte sie zum Gästehaus hinüber. Ein Schatten bewegte sich im Abendlicht. Zwei männliche Gestalten trugen Kisten aus einem Auto in das kleine Haus. In wenigen Sekunden leuchtete hinter allen Fenstern Licht. Chloe griff nach ihrem Handy und schrieb ihrem Vater eine SMS.

„Zieht jemand ins Gästehaus?“

Einer der Männer ging noch einmal zum Auto, um die letzten Sachen zu holen. Eine Antwort von ihrem Vater ging ein:

„Ja.“

„Wer? Mr. Crumbly?“

„Der ist für ein Jahr fort.“

Sie wartete. Als ihr Vater keine weiteren Erklärungen schrieb, ging Chloe zum Gästehaus, um sich selbst zu informieren. Ihr Vater war sehr großzügig. Er öffnete sein Haus häufig für Leute, aber das Gästehaus war besonders für Mr. Crumbly reserviert. Chloe zog ihren Vater oft damit auf, er hoffe, der freundliche Missionar würde beim Allmächtigen ein gutes Wort für ihn einlegen. „Es schadet nie, gute Verbindungen zu haben", erwiderte er dann stets.

Als sie an die halb geöffnete Tür des Gästehauses klopfte, waren im Innern Stimmen zu hören. Chloe wartete kurz, dann schob sie die Tür auf.

„Hallo? Ist hier jemand?"

Eine vertraute Gestalt kam aus dem Schlafzimmer. Jesse!

Er hielt inne und starrte sie an, die blauen Augen weit geöffnet. Sie atmete hörbar aus und ließ sich gegen die Tür fallen. Dann sagten beide gleichzeitig: „Was machst du denn hier?"

Esther

August 1780

„Esther." Ihr Vater weckte sie auf. Er hielt die *Brown Bess* unter dem Arm geklemmt, während das Mondlicht ins Zimmer fiel. „Wach auf."

„W-was ist denn los?" Esther schob ihre dünne Decke beiseite und griff nach ihrem Morgenmantel. Der Wundverband spannte sich über ihrer langsam verheilenden Wunde.

„Rebellen nähern sich dem Haus." Er bot ihr die Hand und führte sie leise durch den Flur. „Nimm die Hintertreppe zum Keller. Schaffst du das, Liebes?"

„Rebellen? Sie kommen hierher?"

Vater ließ sie einen Moment los, um durch ein Fenster im zweiten Stock zu spähen.

„Zünde kein Licht an. Und bewege dich vorsichtig." Erneut nahm er ihre Hand. „Isaac ist gewarnt, und ich sehe kein Licht in ihrer Hütte. Wahrscheinlich sind sie in den Keller gegangen."

Esther blieb auf der ersten Stufe stehen. „Wie kannst du weiter zu den Loyalisten halten, nachdem sie Pfarrer Lightfoot getötet haben? Und nachdem Leutnant Twimball auf mich geschossen hat?"

„Bitte, Esther, ich kann mich jetzt nicht mit dir streiten. Beeile dich, mein Liebling. Die Rebellenmiliz aus dem *Lowcountry* ist angekommen, und wir müssen mit Sicherheit annehmen, dass sie nicht unsere Freunde sind."

Von der vorderen Wiese erklangen raue, männliche Rufe. Ein Frösteln durchfuhr Esther, als der gespenstische Schein von Fackeln durch die Fenster fiel. Waren sie gekommen, um die Häuser von Loyalisten in *Ninety Six* niederzubrennen? Um *Slathersby Hill* anzuzünden? Als Rache für das, was Pfarrer Lightfoot angetan worden war?

Esther klammerte sich an das Geländer und bewegte sich Zentimeter für Zentimeter das enge Treppenhaus hinunter. Von der Veranda her waren schwere Schritte zu hören. Sie erstarrte und hielt den Atem an, um nicht laut zu schreien.

„Seht in der Küche nach. Nehmt alles Essbare mit“, sagte ein Mann. „Du, Soldat, sieh nach Waffen und Schießpulver. Das Haus eines *Torys* muss einen Waffenvorrat haben.“

Nein ... nein, wir haben keinen Waffenvorrat. Lebensmittel, ja, doch Leutnant Twimball hatte vor Kurzem sämtliche Munition ihres Vaters an sich genommen. Er hatte darum bitten müssen, genug Munition für seine *Brown Bess* behalten zu dürfen.

Vater schlich auf Zehenspitzen an ihr vorbei und bedeutete ihr mit dem Finger auf den Lippen, ihm zu folgen. Es gab einen Kellereingang vom Wohnzimmer direkt neben der Hintertreppe. Doch tatsächlich würde es nur eine Frage der Zeit sein, bis man sie entdeckte. Sicherlich würden die Soldaten den Keller durchsuchen. Esther zog am Ärmel ihres Vaters und zeigte nach oben. In ihrem Zimmer wäre sie vielleicht sicherer. Doch er schüttelte den Kopf, tätschelte seine *Brown Bess* und ging weiter nach unten. Eine Stufe knarrte unter seinem Gewicht.

„Vater ...“ Er sollte diesen Soldaten nicht entgegentreten. Er war nicht mehr der junge, männliche Kämpfer von einst. Esther drückte ihre Hände gegen die dicke, verputzte Wand mit der goldroten Tapete. Sie hatte das Muster selbst ausgesucht, als sie fünfzehn Jahre alt war. Am liebsten würde sie nun hinter der Tapete verschwinden.

„Vater.“ Sie grub ihre Finger in seinen Ärmel. „Wir sitzen in der Falle. Wir müssen nach oben ...“

„Wohin?“ Sein heißer Atem strich über ihr Gesicht. „Sie werden uns finden.“ Vater hob seine Muskete an und stürmte die verbleibenden Stufen hinunter und in die Küche. „Stehen bleiben, oder ich schieße! Sie dringen hier unrechtmäßig ein.“

Ein Chor von Musketen-Klicks antwortete. Esther drückte sich gegen die Wand. Schweiß rann ihr über die Augenbrauen und den Nacken hinunter. Sollte sie nach oben laufen? Und Vater allein lassen? Wenn sie doch nur eine Waffe hätte. Vater hatte ihr das Schießen beigebracht, und Hamilton hatte sie im Sommer nach dem Pflanzen noch weiter geschult.

„Nehmen Sie die Waffe herunter, Sir. Wir wollen nur Lebensmittel und Munition."

„Meine Vorräte gehören den Männern der königlichen Armee. Sie dringen hier unrechtmäßig ein. Ich fordere Sie auf, sofort zu gehen."

Noch mehr Schritte erklangen, noch mehr Soldaten gingen durch das Haus. Vater war übermannt! Esther zog ihren Morgenrock enger zusammen, schlich auf Zehenspitzen die restliche Treppe hinunter und ging auf die Küche zu. Sie sollte rennen und Isaac und Kitch holen, sofern sie noch nicht auf dem Weg waren. Wenn sie zu lange wartete, könnte es Vater das Leben kosten. Wenn sie die Dinge überstürzte, könnte sie selbst verwundet werden. Ihr Puls raste und ihre Nerven waren zum Zerreißen gespannt, als sie vorsichtig um die Küchentür herumging. Das Klicken eines Musketenhahns ließ sie in die Küche stürmen, hinein in das silberne, gespenstische Licht des Mondes.

„Bitte", sagte sie, die Arme um ihren Vater geschlungen. „Nehmen Sie, was Sie wollen, aber lassen Sie uns leben." In der Dunkelheit sah sie die Gestalten von vier Soldaten der Patrioten-Miliz – Eindringlinge in ihrem Heim.

„Esther!" Vater drückte sie hinter seinen Rücken, bevor er den Kolben seines Gewehrs dem am nächsten stehenden Mann in die Brust rammte. Es war noch ein Junge. Er taumelte zurück und hatte Mühe, sein Gleichgewicht wiederzufinden. „Meine Tochter wurde durch eine Rebellen-Kugel verwundet. Haben Sie nicht schon genug Schaden angerichtet und Ihre Sache entehrt?"

„Wir haben gehört, ein Rotrock hätte Ihre Tochter angeschossen." Der führende Soldat stellte sich neben Vater. Er überragte ihn um Hauptes-länge. Einen Moment lang glaubte Esther, ihr starker, stolzer, kämpferischer Vater würde klein beigeben. „Nehmen Sie die Waffe herunter."

„Vater, lass sie nehmen, was sie wollen, und dann verschwinden." Esther drückte sich gegen die Wand. Die Wunde in ihrer Schulter pochte.

„Sie nehmen nichts mit", sagte Vater, „und Sie verschwinden!"

Von draußen erklang ein Laut, dann wurde die Küchentür aufgerissen und ein frischer Schwall Nachtluft kam herein, gefolgt vom Klatschen einer Faust, dem Stöhnen eines Mannes und dem dumpfen Aufprall eines Körpers auf dem Boden.

Die vier Milizsoldaten schwangen herum, die Waffen erhoben. Dort stand Leutnant Twimball, flankiert von je einem britischen Soldaten, alle bewaffnet. „Sieh an, wir haben also Rebellen-Kämpfer als Gefangene, ohne einen einzigen Schuss abgegeben zu haben."

„Wir sind nur gekommen, um Lebensmittel ..."

„Wir haben Gefangene ohne einen einzigen Schuss gemacht", wiederholte Twimball.

Sofort griffen die Milizsoldaten, bekleidet mit ihrer Hirschlederuniform, ihren Mokassins und dem Dreispitz, Twimball und seine Männer an. Vater wurde gegen den Schrank gedrückt. Die Küche wurde ein einziges Handgemenge, ein Schlachtfeld.

Esther sank auf den Boden und hielt sich die Ohren zu, um das Krachen der Holzstühle und das Scheppern des Geschirrs nicht zu hören. „Aufhören! Sofort aufhören!"

Ein Schuss fiel, und sofort hörte das Handgemenge auf. Schritte kamen über die Holzdielen, gefolgt vom Klicken einer Muskete, deren Hahn gespannt wurde.

Esther konnte nicht atmen. Würde es noch mehr Kämpfe und sogar Tote in ihrem Haus geben?

„Nehmen Sie die Waffe herunter, Twimball."

Esther hob den Kopf und sah das flackernde Licht einer Laterne über den Boden gleiten. Hamilton? Seine schlanke, hoch aufragende Gestalt erschien mitten in dem Gemenge. Von der Stahltonne seines Gewehrs blitzte ein Lichtstrahl auf. Es ging ihm gut. Er war zu Hause!

„Nehmen Sie Ihre Waffe herunter", erwiderte Twimball und kam auf ihn zu.

„Schießen Sie, Leutnant", befahl Vater. „Schießen Sie auf ihn und all diese Rebellen."

Eine bleischwere Stille legte sich über den Raum.

„Nun", sagte Hamilton, während er seine Laterne auf den Tisch stellte. „Schießen Sie auf mich, wenn Sie den Mut dazu haben."

Esther sprang auf die Füße und stellte sich zwischen die beiden Männer. Ihre Gesichter waren streng und düster. „Nein! In meinem Haus wird es kein Töten geben!"

Twimball höhnte mit kehligem Lachen: „Und wieder einmal bringt sie sich selbst in Gefahr."

„Nehmen Sie die Waffe herunter", wiederholte Hamilton.

„Nach Ihnen."

Hamilton nahm seine Waffe herunter und sah Esther von der Seite an. „Geht es dir gut?", fragte er.

„Ja." Sie wollte zuversichtlich klingen, doch ihre Stimme zitterte.

„Die Truppen brauchen Lebensmittel. Hätte ich gewusst, dass sie *Slathersby* zum Ziel hatten, dann hätte ich sie umgelenkt."

„Essen oder Spionage?", sagte Twimball. „Vielleicht wollte Ihr Befehlshaber Sir Michael ausspionieren." Der Leutnant drehte sich zu Vater, der immer noch in die Ecke gedrückt wurde, während weitere Rebellen hinter Hamilton hereinkamen. „Es sei denn, Sir Michael hätte seine Meinung geändert und hätte sich auf die Seite der Rebellen geschlagen."

„Ganz bestimmt nicht. Dieses Haus ist England und der Krone geweiht", schoss Vater zurück. „Wir helfen keinen Rebellen."

„Sie bleiben immer noch denen treu, die beinahe Ihre Tochter getötet hätten." Hamilton durchquerte den Raum, schied die streitenden Männer und stellte sich ganz nah vor Leutnant Twimball hin.

„Sie hat sich töricht verhalten", erklärte Twimball. „Sie ist in die Schlägerei hineingelaufen. Vielleicht um Sie zu retten? Benötigen Sie die Hilfe einer Frau?"

„Ist Ihr Generalinspekteur, Major Ferguson, über Ihre hinterlistigen Taktiken informiert?", fragte Hamilton zurück. „Eine Beerdigung unterbrechen? Auf eine unschuldige Frau schießen? Vielleicht müssen die Briten Frauen und Kinder töten, um siegreich zu sein."

Twimball hob sein Kinn. „Sollen wir draußen gegeneinander kämpfen?"

„Ein Duell?"

„Duell? Seid ihr völlig verrückt geworden?" Esther schob sich zwischen die beiden Männer, am ganzen Körper zitternd. „Geht fort, jeder für sich. Hebt euch für das richtige Schlachtfeld auf."

Hamilton nahm seine Laterne vom Tisch. Sie sah in seinem Gesicht, was er nie offen ausgesprochen hatte: Liebe. Und Furcht. „Bitte", flehte sie, „geht fort, dahin zurück, wo ihr herkamt. Lasst die Nacht in Frieden zu Ende gehen."

Er lächelte kaum merklich. In seinen Augen war Stolz zu sehen, als er ihr zunickte. „Du siehst gut aus. Ist deine Schulter verheilt?"

„Ja, ja, aber versprich mir, Hamilton, dass du nicht ..."

„Ja, versprechen Sie es, Hamilton", äffte Twimball sie nach. „Hören Sie auf die Wüsche einer Frau."

Hamilton drehte sich langsam um. „Wir sehen uns auf dem Schlachtfeld."

Die beiden Männer gingen aufeinander zu, die Schultern zurückgenommen, das Kinn erhoben. Esther entschlüpfte ein Seufzer.

„Bitte, ich flehe euch an, geht fort. Lasst meinen Vater und mich in Frieden."

Außer Hamilton, er konnte bleiben. Sie wollte ihn im Licht betrachten, sichergehen, dass es ihm gut ging, dass er keine Wunden oder Narben hatte – dass er in diesem wahnsinnigen Krieg keinen Schaden genommen hatte.

„Wir wollen tun, was sie sagt." Hamilton nahm Vaters *Brown Bess* in die Hand. Er hielt sie dicht vor seine Augen und untersuchte im flackernden Licht die Batterie. „Wenn Sie dieses Haus verteidigen wollen, sollten Sie beim nächsten Mal Ihre Muskete laden." Er gab Vater die Waffe zurück und berührte Twimball mit dem Lauf seines Gewehrs. „Bis dann, Leutnant."

„... wenn Sie das Ende eines Feiglings erleben werden, seien Sie versichert!" Twimball stieß das Gewehr zur Seite und ließ seine Männer antreten. „Wir gehen einzig und allein, weil Sir Michael mit diesem ganzen Haushalt der Krone treu ist."

Hamilton nahm seine Laterne und verschwand im Schatten. Die Milizsoldaten folgten ihm.

„Lightfoot!" Vater sprang vor und lief ihm durch den Flur hinterher. „Halten Sie sich von *Slathersby Hill* fern. Sie sind hier nicht willkommen! Haben Sie verstanden? Sie und Ihresgleichen sind Verräter!"

Esther lauschte auf seine Antwort. Sie hörte nichts als das Zuschlagen der Haustür.

Als Vater in die Küche zurückkam, waren Twimball und seine Männer ebenfalls abgezogen. Vater zündete eine Kerze an und half Esther auf die Füße.

„Er hat uns gerettet, Vater. Du solltest dankbarer sein."

„Soweit ich weiß, hat er diese Männer hierhergeschickt."

„Soweit du weißt, hat er das nicht getan." Esther hakte sich bei ihrem Vater unter, ihr Puls beruhigte sich und die Woge kalter Angst ebbte langsam ab.

„Sag mir die Wahrheit", sagte Vater. „Was geht zwischen dir und Lightfoot vor? Er sagt, er liebt dich."

„Und ich liebe ihn, Vater. Auch wenn er ein *Whig* und ein Rebell ist, ich kann meine Gefühle für ihn nicht verleugnen."

„Dann wünsche ich dir Kraft, meine Tochter, denn du wirst keinen Lightfoot heiraten. Nicht, solange ich lebe."

„Warum? Ich kann tun, was ich will. Ich bin alt genug und ..."

„Esther!" Vaters Stimme klang wie Kanonendonner. „Sei still. Du wirst niemals meine Zustimmung oder meinen Segen haben."

Sie zog ihren Arm zurück und trat einen Schritt nach hinten. „Nie? Die Longfellows waren zwanzig Jahre lang mit den Lightfoods befreundet. Du hast ihnen Arbeit gegeben, mit ihnen gegessen, mit ihnen den Gottesdienst besucht. Der Schweiß von Laurence Lightfoot steckt in diesem Haus."

„Lass es gut sein, Esther." Vater wollte die Treppe hochgehen. „Glaube mir, Laurence und ich waren schon lange wegen politischer Differenzen und Ländereien zerstritten."

„Ländereien? Was meinst du damit? Hat es damit zu tun, dass du stundenlang über deinen Depotbüchern grübelst?" Esthers Frust wurde von Milde abgelöst, als Vater auf dem Treppenabsatz zur oberen Etage anhielt und die Schultern hängen ließ. „Ist alles in Ordnung mit Lord Whatham?"

Vater seufzte, tätschelte ihre Hand. Seine Hand war warm und fest. „Ich bin plötzlich ganz erschöpft. Haben wir nicht genug Aufregung gehabt?"

Esther küsste ihren Vater. „Du sollst wissen, dass du mein Papa und mein bester Freund bist. Ich würde nie etwas ohne deinen Segen tun." Sie wollte ihn beruhigen, ihm seine Angst nehmen.

„Davon bin ich überzeugt, mein Liebes." Seine Augen glitzerten, als er nach Worten suchte. „Deine Mutter schrieb mir, bevor du aus England zurückkamst. Sie hatte gehofft, du würdest am *Grosvenor Square* bleiben und deinen Platz in der Gesellschaft einnehmen. Aber ich habe ihren Vorschlag abgelehnt. Du hast mir schrecklich gefehlt, als du fort warst. Aber nun frage ich mich, ob es nicht besser gewesen wäre, ich hätte dich dort gelassen."

„Weder sie noch du hättest mich dazu bringen können, in London zu bleiben. Ich hatte vor, mit oder ohne irgendjemandes Zustimmung nach Hause zu segeln."

Er hob das Kinn und starrte durch das dunkle Fenster. Das Kerzenlicht reflektierte sich im Glas. „Doch du bist in ein Land zurückgekehrt, in dem Krieg herrscht. Und was können wir einer jungen Frau mit deiner Erziehung und Position schon anbieten? Hinterwäldler, Farmer, Pelzjäger und Händler? Mischlinge und Verräter. In London wärest du unter deinesgleichen, vielleicht würde dir ein Mann mit einem Titel und einem Cambridge-Diplom wie dein lieber Papa den Hof machen."

„Auch wenn ich Britin und Loyalistin bin – ich bin ebenso eine Bewohnerin von *South Carolina*, Vater. Ich liebe das Land, die Hügel, die Flüsse – das alles ist mein Zuhause. London ist ein Dschungel, den ich nicht kenne und auch nicht kennen möchte."

Und ja, *South Carolina* gab ihr Hamilton. Sie würde den rechten Augenblick mit Vater abwarten, den Krieg vorüberziehen lassen und dann Hamilton Lightfoot heiraten. Was wäre ihre Zukunft ohne ihn?

„Dann habe ich dir gegenüber versagt. Es war nie geplant, dass du hierbleibst."

„Aber ich bin nun mal hier. Du kannst mich nicht zwingen, nach London zurückzukehren." Ihre forschen Worte waren von Mut erfüllt, doch Esther wusste sehr gut, dass sie sich Vater und seinen Wünschen unterordnen würde. „Was Mutter betrifft – sie muss ihre eigenen Entscheidungen treffen. Sie war diejenige, die beschloss, mich hierherzuschicken, als ich zehn war, während sie in England blieb."

„Ihre Mutter war krank."

„Großmutter hatte nur eine kleine Sommergrippe. Wenn es Mutter wirklich um meine Stellung in der Gesellschaft und eine standesgemäße

Heirat ging, dann hätte sie mich nie wegschicken dürfen." Es war nicht das erste Mal, dass sie mit Vater über Mutters Distanz zu ihnen sprach.

„Ich dachte, du würdest ihre Liebe zu dir entdecken, während du bei ihr bist", erwiderte Vater. „Du darfst nicht an ihrer Liebe zweifeln. Doch sie wurde mit einem gewissen Komfort und gewissen Privilegien erzogen, die sie im Hinterland der amerikanischen Kolonien nie finden würde."

„Sie hat sich selbst mehr geliebt als uns. Wie kannst du sie nur verteidigen?" Esther wandte sich in Richtung ihres Zimmers, erhaschte aber etwas Ungewöhnliches in Vaters Blick. Ein sentimentales Lächeln. Ein heiteres Funkeln. „Vater, was ist los? Habe ich etwas Seltsames gesagt?"

„Ich habe nie mit dir darüber gesprochen, Esther, aber ich liebe deine Mutter. Von ganzem Herzen."

„Du bist noch immer verheiratet, aber, Vater, sicherlich ... du hast sie seit sieben Jahren nicht mehr gesehen!"

„Nein, und ich werde mein Bestes tun, diesen Zustand zu ändern, sobald dieser Krieg vorbei ist. Das Land hier hat mehr von mir verlangt, als ich ursprünglich erwartet hatte. Aber deine Mutter und ich, wir ... korrespondieren."

„Korrespondieren?"

Vater nickte und wandte das Gesicht ab. „Du bist nun erwachsen, wie du mir vorhin deutlich gesagt hast, also nehme ich an, dass du das verstehst. Wir schreiben uns Liebesbriefe. Oft bekomme ich mehr als ein Dutzend von ihr, wenn die Post eintrifft."

„Liebesbriefe?" Esther trat einen Schritt zurück, als habe sie eine verbotene Intimsphäre betreten. „Dann verstehe ich nicht, warum ..."

„Gute Nacht, Esther." Vater gab ihr die Kerze, legte die *Brown Bess* in die Armbeuge und schlüpfte fort. „Ich werde dieses Gewehr laden, bevor Hamilton zurückkommt."

„Wie sollte er? Du hast es ihm verboten."

Vater blieb im Mondschein stehen. „Er liebt dich, und ich nehme an, dass er weiß, dass du ihn liebst. Ein Mann mit einem solchen Wissen ist stark und entschlossen. Er wird wiederkommen."

„Wirst du also deine Meinung ändern?"

„Nein, mein Liebes, ich bin nach wie vor gegen eine Verbindung zwischen euch. Tatsächlich beginne ich wie deine Mutter zu denken. Ich sollte dich für immer nach Hause schicken."

„Gute Nacht, Vater." Esther schlug die Tür zu und stellte die Kerze heftig auf ihren Nachttisch.

Sie nach Hause schicken? Ganz sicher nicht. Sie würde sich weigern. Sie würde davonlaufen. Mit Hamilton.

Sie nahm das Briefpapier auf dem Schreibtisch, tauchte ihre Feder in die Tinte und schrieb eine kurze Nachricht an den Mann, den sie liebte.

Bist du für länger zu Hause? Können wir uns an der Trauerweide treffen?

Sie ließ die Tinte trocknen, dann legte sie das Blatt unter ihr Kopfkissen. Sie würde Kitch am darauffolgenden Tag bitten, die Nachricht zu überbringen.

Sie blies die Kerze aus und flüsterte ihre Gebete. Die Erinnerung an die Ereignisse der Nacht wurde schwächer und der Schlummer holte sie ein. In ihren Träumen hörte sie die Stimme ihres Geliebten.

14.
Hamilton

15. Oktober 1780

Er trug die Schlacht von *King's Mountain* wie einen Mühlstein mit sich, schwer und erdrückend. Hamilton bemühte sich krampfhaft, den Kopf oben zu halten, und trieb Tilly an, nach Hause zu laufen. Nach der Kurve fiel die Stute vom Trab in den Galopp. Doch er hielt sie im Zaum und tätschelte sanft ihren Hals. „Ruhig, altes Mädchen, wir kommen noch früh genug nach Hause."

Seit jener Nacht, in der er die Gefahr von *Slathersby Hill* abgewendet hatte, hatte er *Quill Farm* nicht mehr gesehen. Er hatte geplant, eine kleine Weile bei Tante Mary zu bleiben, sich um die Belange der Farm zu kümmern, Esther an der Trauerweide zu treffen ... doch Captain Irwin hatte ihn bedrängt, bei der *Upper Ninety Six* zu bleiben, und so war er mit ihnen nordwärts geritten – beschäftigt mit Erkundung und Vorbereitung, in Erwartung weiterer Befehle. Er hatte Esthers Nachricht nach seinem Fortgang erhalten und mit einem kurzen Brief beantwortet.

Ich hoffe, dass es dir gut geht. Ich bin mit der Upper Ninety Six weitergezogen. Sag deinem Vater, er soll seine Muskete geladen halten und pass auf dich auf, meine Freundin. Hamilton

Doch heute Abend kam er nach Hause. Das Licht der Oktoberdämmerung warf einen purpurnen Schleier über die Landschaft, während die Wärme des Tages langsam abkühlte.

Hamilton holte tief Luft und konnte beinahe Tante Marys selbst gebackenes Brot und ihren Hühnerbraten riechen.

Nach der Schlacht bei *King's Mountain* war er verletzt, erschöpft und zerrissen. Sein rechter Arm hatte einen Säbelhieb abbekommen, der vom Feldarzt versorgt worden war, obwohl er schon genug mit den Toten und Sterbenden zu tun hatte.

Er brauchte einen sauberen Verband und einen von Tante Marys Umschlägen, und auch eine kräftige Mahlzeit.

King's Mountain. Ein blutiges Gemetzel, das er am liebsten vergessen würde, doch er befürchtete, dass seine Taten auf diesem Schlachtfeld ihn für immer verfolgen würden. Nach der Niederlage der Feinde machte sich reine Brutalität breit, verübt von seinen patriotischen Brüdern, nicht von den britischen grünen Dragonern, die sich mordend und plündernd ihren Weg durch den Süden gebahnt hatten. Nein, diese Verwüstung wurde von seinen Landsleuten ausgeführt – eine wütende Rache für die Zerstörung bei *Hill's Ironworks* und die vielen Kirchen, die verbrannt worden waren. Und Hamilton, der bis dahin ehrenhaft gekämpft hatte, verlor sich beinahe selbst in dieser Grausamkeit seiner Waffenbrüder.

Als sie um die Kurve bogen, warf Tilly wiehernd den Kopf zurück. Tante Marys Wallach Achilles streckte den Kopf zum Stallfenster heraus und erwiderte ihr Wiehern.

„Ich bete zu Gott, dass es genug Heu für dich gibt, altes Mädchen."
Und Vergebung für mich. Und eine gründliche Reinigung – für Körper und Seele.

Hamilton zügelte Tilly, als sie an der Abkürzung zur Trauerweide vorbeikamen. Esther. Wie sehr vermisste er sie, wie sehr sehnte er sich danach, sie zu sehen.

Er hatte nach jener Nacht in *Slathersby Hill* erneut versucht, ihr einen Liebesbrief zu schreiben, aber er fand einfach nicht die richtigen Worte. Der Gedanke daran, seine tiefsten Gefühle auf Papier zu bringen und so sein Herz für jeden ersichtlich zu offenbaren, weckte eine zu große Verwundbarkeit in ihm.

Und überhaupt: Wie sollte er ihr nun, da er sich seinem Land verpflichtet hatte, ein Versprechen geben? Captain Irwin hatte sich erneut durchgesetzt, und so war Hamilton bei der *Upper Ninety Six* geblieben. Er musste zu Ende bringen, was er begonnen hatte.

Doch nun, in diesem Augenblick, kam er nach Hause. Tilly begann erneut zu galoppieren, und Hamilton schmiegte sich enger an sie und duckte sich, als sie geradewegs auf die Scheune zuhielt und in ihren Stall lief, wo sie Achilles Nase berührte.

Er fand den Hafersack und schaufelte daraus eine kräftige Portion für Tilly. Er war froh, dass die Scheune gut bestückt war. Moses und Ox waren geschickte Arbeiter mit Fähigkeiten, die selbst Hamilton nicht hatte. Sie sorgten dafür, dass der Heutrog und die Hafersäcke gut gefüllt waren. Sein Magen knurrte, während er sein Pferd trocken rieb, doch zuerst würde er sich waschen, bevor er Tante Marys sauberes Haus betrat.

Hamilton überquerte den Hof, wo die Hühner bei seinem Erscheinen auseinanderstoben, dann legte er sein Gewehr, seinen Dolch und den Patronengürtel am Brunnenrand ab. Sein Rucksack rutschte ihm von der Schulter.

Vorsichtig zog er sein Hemd aus, während ein sanfter Herbstwind wehte und die roten, goldenen und orangen Blätter bewegte – eine Schönheit, die er einst wertgeschätzt hatte. Doch nun war alles mit dem Blut von Männern besudelt und mit dem, was er beinahe getan hätte.

Er fuhr zusammen, als er an jenen Loyalisten denken musste – ein Mann, der ihm nicht unähnlich war, aus der Gegend von York, der auf den Knien lag und um sein Leben bettelte.

„Bitte ... ich habe Familie.“

„Hamilton!“

Er schwang herum – Esther kam auf Gulliver auf den Hof geritten. Sie sprang aus dem Sattel und lief auf ihn zu, dann warf sie sich an seine Brust. „Meine Gebete sind erhört worden. Du bist nach Hause gekommen!“

Ihre weiche, feminine Art stand in scharfem Kontrast zu der Härte des Schlachtfelds. Ganz zu schweigen von den vier Monate dauernden Nächten auf dem harten Boden, neben seinen Waffenkameraden, ernährt von Militärzwieback, verfaultem Gemüse und dann und wann von Obst, wenn sie welches finden konnten.

„Was tust du hier?" Er schob sie von sich und hielt sie auf Armeslänge. Ihre Umarmung hatte ein Verlangen in seinen Lenden geweckt.

„Nun, ich komme, um dich zu sehen!"

Hamilton zog einen Eimer mit kaltem Wasser aus dem Brunnen hoch. „Hat Kitch mich ausspioniert?"

„Spioniert? Nein. Er hat gesehen, wie du um die Kurve geritten kamst." Sie beugte sich vor, um sein Gesicht zu sehen. Ihre Stimme und ihr Gesichtsausdruck waren zärtlich und wundervoll. „Wie geht es dir?"

„Ich komme aus dem Kampf zurück. Wie soll es mir da gehen?" Er wollte ihre Zärtlichkeit, ihre Freundlichkeit nicht. Er verdiente sie nicht. Nicht, nachdem er in die Tiefen seiner eigenen Verdorbenheit eingetaucht war. „Wie ich sehe, ist deine Schulter verheilt?"

„Ja, sie ist gut verheilt. Sassy ist sehr zufrieden. Es tut noch weh, wenn ich meinen Arm hebe." Sie zeigte es ihm, indem sie vorsichtig ihren Arm über den Kopf hielt. „Und du, bist du gesund? Dein Arm." Sie berührte seinen Verband. „Wir hörten, dass die Loyalisten, die sich ergaben, kaltblütig getötet wurden. Ist das wahr?"

Er wirbelte herum, um ihr ins Gesicht zu sehen. Er fühlte sich schmutzig und verdorben in ihrer sauberen, lieblichen Gegenwart. „Bist du gekommen, um mich anzuklagen?"

„Dich anklagen? Aber nein, warum sollte ich – Hamilton, ich will dich nur willkommen heißen."

„Weiß dein Loyalisten-Vater, dass du hier bist? Hat er dir nicht verboten, mich zu sehen?"

„Ich bin ihm nicht für jede meiner Handlungen Rechenschaft schuldig." Ihre Stimme zitterte, als stünde sie kurz davor zu weinen. „Ich habe ihm gesagt, dass ich dich liebe. In jener Nacht, als du uns gerettet hast."

„Ich nehme an, er hat herzlich über deine Torheit gelacht." Hamilton ließ den leeren Eimer in den Brunnen hinab und versuchte sich dagegen zu wehren, dass Esthers Gegenwart seine harte Schale ins Wanken zu bringen drohte. Er war wütend und voller Scham, und er wollte so bleiben. Er brauchte die Schärfe für den nächsten Kampf. Und auch, um mit sich selbst leben zu können.

„W-wie lange bleibst du hier? Vielleicht können wir uns bei der Trauerweide treffen."

„Ich bin heimgekommen, um bei der Ernte zu helfen." Er zuckte zusammen, als er den Eimer wieder hochzog. Die Wunde an seinem Arm war noch nicht gut verheilt. Neben dem Säbelhieb war auch irgendetwas mit seiner rechten Schulter passiert, die bei jeder Bewegung schmerzte.

Er stellte den Eimer auf den Brunnenrand und nahm ein Stück von Tante Marys Seife, um sich das Gesicht zu waschen, während Esther zuschaute. Als er fertig war, stellte er fest, dass er kein Handtuch hatte.

„Entschuldige mich", sagte er und griff nach seinem Hemd. Ursprünglich war es weiß gewesen, doch nun starrte es vor Schmutz – dem Schmutz, in dem er lebte. Und zu dem er geworden war. „Ich kann dich nicht an der Trauerweide treffen." Er rubbelte sich sein Gesicht ab und sah sie an.

„Auch nicht ein einziges Mal?"

Ihre Augen wanderten über sein Gesicht, seine Brust und zur Wunde an seinem Arm. Er fühlte sich bloßgestellt. Konnte sie sehen, wie sein Herz schlug? Konnte sie die Hitze seines Verlangens spüren? Konnte sie erkennen, wie tief er sich schämte?

Warum war er nicht aufgestanden und hatte die sich ergebenden Loyalisten verteidigt? Stattdessen ...

„Ich habe hier Arbeit zu erledigen. Und ich bin immer noch der Miliz verpflichtet."

„Deine Hingabe ehrt dich." Sie kam einen Schritt auf ihn zu. „Dein Arm. Was ist passiert?"

Er zuckte zurück, als sie ihn berührte. „Was ist wohl deiner Meinung nach passiert?" Es klang in seinen eigenen Ohren grob und unhöflich.

„Du bist von einem Schwert oder Messer verletzt worden."

Er schwieg, als er einen weiteren Eimer Wasser heraufzog und seinen Kopf nass machte „Es ist nichts", sagte er und seifte sich die Haare ein. Als er die Arme hob, fuhr ein stechender Schmerz durch seine Schulter, und er krümmte sich stöhnend.

„Hamilton, lass mich dir helfen." Esthers weiche Hände strichen über seine nackten Schultern, und er wandte sich ab. Sie half ihm nicht. Ganz und gar nicht.

„Bitte, knie dich hin." Esther nahm die Seife in die Hände.

„Esther, ich kann nicht ..."

„Ich sagte, knie dich hin. Hat die Miliz dir nicht beigebracht zu gehorchen?"

„Nein, nicht den Befehlen einer Frau." Doch er war von ihrem Charme geschwächt und ließ sich auf ein Knie fallen, dann – mit einem Seufzen – auf das andere.

Zunächst konnte er ihre Berührung nicht spüren, doch als sie mehr Wasser über seine Haare schüttete, massierten ihre Finger seine Kopfhaut. Ihre sanften, aber festen Berührungen trieben ihn in den Wahnsinn.

Tränen brannten in seinen Augen, und er hustete, um seine Gefühle zu verbergen. Ihre Hände massierten weiter seine Kopfhaut und säuberten seine Haare. Sie säuberten auch seine Seele. Ein Schauer lief von seinem Hals den Rücken hinunter.

Als sie noch mehr Wasser über seinen Kopf schüttete, sang Esther eine leise Melodie, dann spülte sie die Seife, den Schmutz, den Schlamm und das Blut ab, bis nur noch klares Wasser herunterlief.

„Die schweren Stunden sind bald vorbei, die mich von meiner Liebsten trennen.“

Er war dabei nachzugeben, zu kapitulieren, während die Tränen immer heftiger in seinen Augen brannten.

Sie begann eine andere Melodie zu singen, sie war fröhlich und dynamisch. „*Blühe, meine Rose, meine Chloe.* Ich liebe diesen Namen - Chloe. Was meinst du? Ein schöner Name für ein Mädchen.“

Er hörte zu, versuchte ihrer weichen, femininen Ausstrahlung zu widerstehen. Sie nahm ihr Halstuch und begann sein Haar damit zu trocknen.

Als sie fertig war, stand er auf und griff nach seinem Hemd, das nun feucht und dunkel war. „I-ich sollte ...“ Er zeigte zum Haus. „... gehen. Tante Mary ...“

Esther ging auf ihn zu, ihr tropfendes Halstuch in den Händen. „Hamilton, willst du nicht ...“

„Nein. Ich will nicht ... Ich kann nicht ... Wenn du wüsstest, was ich getan habe. Was ich beinahe getan hätte.“ Hamilton fasste ihre beiden Arme und suchte nach einem Weg, um es ihr zu sagen, nein, um sie dazu anzuhalten, ihm zu vergeben. Doch er sah die Zuneigungen in ihren blauen Augen. Bevor er über die Folgen nachdenken konnte, presste er seine Lippen auf ihren Mund.

Sie lehnte sich an ihn und strich mit ihren Händen von seiner Brust über seinen Rücken.

Er ließ sein Hemd in den Schmutz fallen und zog sie an sich. Gierig trank er ihre reine Seele. Als sie ein leises Stöhnen von sich gab, kehrte er in die Wirklichkeit zurück. Hamilton fuhr zurück.

„Esther, wir können das nicht tun.“ Er strich seine Haare zurück und nahm seinen Rucksack und den Patronengurt hoch.

„Was können wir nicht tun? Einander unsere Liebe bekennen?“ Sie war nass und voller Seife, ihre Augen vor Gefühl dunkel. Einzelne Haarlocken kringelten sich über ihr Gesicht. Ihr feuchtes Halstuch schwang in ihrer Hand.

„Du kannst nicht hierherkommen, duftend und betörend, und mir Lieder vorsingen. Nein, ich ertrage es nicht." Er ging fort, das schmutzige Hemd über sein Haar reibend. Ein kühler Luftzug streifte seinen Oberkörper.

„Wann kann ich dich wiedersehen? Oder soll ich warten, bis du mich besuchst? Muss ich dich daran erinnern, dass ich ..."

„Dass du mich liebst?" Er zeigte zum Haus. „Was auch immer wir einander sagten, als du halb ohnmächtig auf dem Sofa lagst, es war ... war ... verrückt. Wir sind nicht füreinander geschaffen, Esther. Du verdienst einen viel besseren Mann. Einen, der während der Londoner Saison mit dir in den Salons eines britischen Adeligen tanzt."

„In den Salons eines Adeligen? Weißt du, was ich gelernt habe, als ich mit solchen Leuten Tee getrunken habe?"

Er drehte ihr den Rücken zu. Er musste sich ihre Vorwürfe nicht anhören. Doch seine Füße waren wie verwachsen mit dem Lehmboden vor dem Brunnen.

„Ich habe gelernt, dass niemand dir das Wasser reichen kann, Hamilton. Warum, glaubst du, bin ich zurückgekommen? Und du kannst die Worte, die ich in jener Nacht sagte, nicht einfach ungeschehen machen. Ich werde nicht zulassen, dass du mich zur Seite stößt. Ich werde weiter hoffen. Deine Zurückweisung ist törichtes Gerede, entstanden aus der Erschöpfung des Kampfes." Sie bohrte ihren Finger in ihre Brust. „Ich weiß, dass du mich liebst. Und nichts, was du sagst, kann mich vom Gegenteil überzeugen. Sei wütend, aber nicht auf mich!"

„Ich hätte beinahe einen Mann getötet, Esther. Kaltblütig!" Er breitete die Arme aus und bog den Rücken nach hinten, das Gesicht zum Himmel erhoben. „Soll ich es bekennen? Hörst du mich, Herr? Ich wollte Rache." Wütend blickte er Esther an. „Die Ehre des Schlachtfeldes war lange vorüber, als die Männer anfingen, die sich ergebenden Loyalisten zu töten. Ich habe meinen Dolch genommen und einen Mann auf die Knie gestoßen, und Gott helfe mir, ich hatte die Absicht ..."

„Hamilton!“ Mit weit aufgerissenen Augen wich sie einen Schritt zurück, ihre Finger berührten ihre Lippen.

„Bist du schockiert? Nun, da du das Dunkel in meinem Herzen kennst? Jetzt weißt du, warum wir nicht zusammenkommen können. Für mich war dieser Soldat von der gleichen Sorte wie der, der meinen Vater umbrachte. Kaltblütig, auf dem Marktplatz der Stadt. Was hatte mein Vater verbrochen? Er hatte Pamphlete ohne Stempel gedruckt, weil er sich gegen das unterdrückende Gesetz stellte.“

Sie ließ die Hand sinken. „Du hast mir nie erzählt, wie er starb.“

Mit den Händen in der Hüfte sah er zu den Hügeln hinüber, deren Ruhe ihm so weit, weit entfernt zu sein schien. „Er war Drucker. Als der König die Stempelsteuer einführte, druckte er, ohne den Stempel anzubringen, aus Protest. Ein Rotrock, ein Leutnant ähnlich wie Twimball, forderte ihn auf, den Stempel zu zeigen. Mein Vater weigerte sich, und der Rotrock schoss ihn nieder, einfach so, ohne Richter und Geschworene.“

„Und du hast das mitangesehen?“

„Ich war sieben Jahre alt.“ Blut rann seinen Arm hinunter, wo die Wunde aufgebrochen war. „Ich schrie und rannte zu ihm. Der Leutnant stieß mich in die Rippen und schleifte mich zum Schandpfahl. Er sagte, wenn ich der Sohn dieses Mannes sei, wäre ich sein Komplize. Er wollte ein Exempel statuieren.“

„Nein ...“

„Der Partner meines Vaters griff ein. Er gab dem Soldaten Geld, damit er mich in Ruhe ließ.“ Er sah in ihre blauen Augen, die von Trauer erfüllt waren. „Der Mann hat meinen Vater völlig grundlos getötet. Für Geld. Der Bürgermeister versuchte, Anklage zu erheben, doch das schürte noch mehr Zwietracht. Meine Mutter bestand schließlich darauf, die Kontroverse beizulegen.“

„Das ist unvorstellbar, Hamilton.“ Esther legte ihr Halstuch beiseite und griff nach seinem Hemd, um es im Eimer auszuwaschen.

„Sie haben meinen Vater getötet!" Er ballte seine Hand zur Faust. „Meine Mutter, Betsy und ich mussten uns allein durchschlagen. Meine Mutter hat sich nie davon erholt. Ich war neun, als das Haus Feuer fing. Sie und Betsy starben in den Flammen." Er nahm ihr das Hemd aus der Hand, wrang es aus und breitete es auf dem kleinen Grasstück vor der Hintertreppe aus. „Ich frage mich, ob es nicht besser gewesen wäre, ich wäre auch gestorben."

„Das meinst du nicht ernst, Hamilton."

„*King's Mountain* hat gezeigt, wozu ich in der Lage bin, und ich bin von Schande umhüllt."

„Aber du hast deinen Dolch nicht benutzt."

„Ich habe die anderen nicht am Töten gehindert. Ich bin genauso schuldig wie sie."

„Dann kehre um. Bereue, wie dein Onkel es dich gelehrt hat. Du wurdest für einen Zweck geboren, um Gutes zu tun. Gott hat sicherlich ..."

„... die Geduld mit mir verloren", sagte er. „Mit meiner Art, meinen Zweifeln, meinem Stolz und meiner Schlechtigkeit."

„Er ist aber auch freundlich und gütig, langsam zum Zorn und bereit, zu vergeben. Du hast doch diese Dinge in den Predigten deines Onkels gehört."

„Esther, hör auf mit deinem leeren Gerede von Freundlichkeit und Vergebung." Er nahm den Dolch aus seinem Stiefel. Er würde ihr die Wahrheit begreiflich machen, sie vertreiben. „Ich stand mit diesem hier über einem Mann. Seine Arme waren zum Zeichen der Ergebung erhoben." Er wedelte mit dem Dolch vor ihren Augen. „Ich hätte dieses Messer beinahe in sein Herz gestoßen. Wie kannst du einen solchen Mann lieben? Du musst es nicht tun." Er rammte den Dolch in den Boden. „Ich bin genauso wie der Rotrock, der meinen Vater erschoss."

„Aber du *hast* ihn doch nicht erstochen. Du hast ihn verschont. Das ist der Mann, den ich liebe. Ein Mann der Vernunft und der Barmherzigkeit."

Sein Herz schlug heftig und die innere Anspannung war kaum zu ertragen, als er den Hof überquerte und auf die Bäume zuging. „Geh nach Hause, Esther. Geh nach Hause."

„Hamilton, warte ..."

Doch er floh in den Wald, wo er ihre Stimme nicht mehr hören konnte. Als er am anderen Ende des Waldes herauskam, folgte er einem Viehpfad zum Fluss. Er warf sich in den Strom und sank in den Schlick ein. Wie konnte er noch mit sich selbst leben, seitdem er wusste, wozu er fähig war? Mord. Er hatte Twimball verurteilt, aber er war nicht besser als er.

Mittlerweile begann seine Wunde zu eitern. Hamilton spritzte das kalte Wasser über seinen Arm und wusch die Wunde aus. Er brauchte einen neuen Verband.

Als er aufsah, gewahrte er am Ufer einen Mann, der in braunes Tuch gekleidet war. Er hielt ihn für einen Bettler.

„Gehen Sie woanders betteln. Ich habe nichts für Sie", rief Hamilton.

„Ich bin gekommen, um dich zu sehen." Der Mann hob den Arm und winkte Hamilton heran. „Komm, folge mir."

„Ihnen folgen?", wiederholte Hamilton mit spöttischem Ton. Das Wasser floss über seine Stiefel, als er tiefer in den Schlick einsank. „Wohin? In die Stadt? Sind Sie ein Patriot oder ein Loyalist?"

„Beides."

Er keuchte. „Haben Sie es noch nicht mitgekriegt, Mann? Wir befinden uns im Krieg. Man kann nicht beides sein."

„Komm, Hamilton, folge mir."

„Auf keinen Fall! Wer sind Sie? Ich kann Ihnen nicht folgen, wenn Sie mir nicht sagen, wohin." Als er sich dem Mann näherte, brannte ein seltsames Feuer in seiner Brust. Wo er zuvor von Wut zerrissen war, spürte er nun etwas wie einen kühlenden Balsam. Die Augen des Mannes strahlten in einer Farbe, die Hamilton noch nie zuvor gesehen hatte.

„Ich kann dir nicht sagen, wohin, bevor du mir folgst."

„Dann befinden wir uns in einer Pattsituation."

Das kastanienbraune Haar des Mannes fiel ihm auf die Schultern. Er trug keine Tasche und keine Waffen.

„Ich habe gehört, wie du sagtest, du könntest keine Vergebung finden. Doch tatsächlich ist das bereits geschehen."

Die Flamme in Hamiltons Brust wirbelte, bis seine Wut und Angst sich wie ein umherirrendes Kind fügten.

„Sind Sie ein Prediger?"

„Hamilton, komm, folge mir." Der Mann beugte sich nieder und schrieb mit seinem Finger etwas in den Staub neben den Kieselsteinen. Die Abendsonne wanderte hinter die Bäume, doch eine gold glänzende Klinge blitzte zwischen den Blättern auf und blendete Hamilton einen Augenblick lang. Als er die Augen öffnete, war der Mann verschwunden.

„Mann, wo sind Sie?" Hamilton lief zu der Stelle, wo der Mann gestanden hatte, und spähte umher. „Ist das ein Zaubertrick? Sie können doch nicht einfach so verschwinden."

Die Sonne zog weiter westwärts und sandte einen breiten Strahl über sein Gesicht. Hamilton schirmte die Augen ab und ging zum Flussufer. Dort fand er ein einziges Wort im Lehm geschrieben:

Vergeben.

Esther

Esther saß mit einer Stickerei am Fenster der Bibliothek in *Slathersby Hall*. Sie bemühte sich mit jedem Muskel ihres Körpers, ihrem Vater ein Bild der Gelassenheit zu bieten, obwohl sie innerlich aufgewühlt war wie das Meer in tobendem Sturm.

Hamilton hatte sie zurückgewiesen. Einfach so, als ob sie ihm überhaupt nichts bedeutete. Nun, sie weigerte sich, sich so einfach abweisen zu lassen. Immerhin gehörten zwei Personen zu einer Beziehung, und auch wenn Hamilton ein Mann war, hatte er nicht das absolute Sagen.

Sie hatte ihm eine Woche Zeit gegeben, um sich zu sammeln und über das, was er gesagt hatte, nachzudenken. Als er keine Nachricht schickte, dass er sie bei der Trauerweide treffen wollte, schickte sie selbst Kitch mit einer Nachricht nach *Quill Farm*.

Können wir uns bei der Trauerweide treffen? Bei Sonnenuntergang?

Als sie von England zurückgesegelt war, hatte die Vorfreude darauf, ihn wiederzusehen, ihr inmitten des Sturms auf dem Meer Kraft gegeben. Wenn er glaubte, dass seine Taten in der Schlacht von *King's Mountain* genug waren, um sie abzuschrecken, dann würde er bald lernen, dass er sich irrte.

Ihr Blick wurde unscharf, während sie auf die Nadel starrte. Kitch war vor zwei Stunden aufgebrochen. Was war nur los?

Endlich kam der Junge auf Gulliver herangetrabt. Esther legte ihre Stickerei beiseite und griff nach ihrem Schultertuch. „Liebe Zeit, ich schlafe noch ein, wenn ich so sitzen bleibe. Ich gehe ein wenig nach draußen und schnappe frische Luft."

„Gute Idee." Vater legte seine Feder hin. „Ich werde dich begleiten."

„Ich weiß nicht, wie weit ich gehen werde. Hält dein Knie einen längeren Spaziergang aus?"

Vater schmunzelte und tätschelte sein rechtes Knie, das im Siebenjährigen Krieg verletzt worden war. „Mein Knie tut alles, was ich ihm befehle. Ich bin zu jung, um wie ein alter Mann zu sein. Ich bin doch erst neunundvierzig."

Er trat zu ihr auf die Veranda, und Esther sah keine Möglichkeit, ihm zu entkommen, keine stichhaltige Ausrede, um ihn daran zu hindern, sie zu begleiten. Doch dann sah sie, wie Kitch Gulliver in den Stall führte.

„Ich würde gern ein wenig ausreiten. Gulliver muss mehr bewegt werden."

„Reiten?" Vater klopfte sich auf die Brust und atmete tief ein. „Was für eine glänzende Idee. Ich bin schon lange nicht mehr ausgeritten." Er bot Esther den Arm. „Wollen wir? Wir brauchen uns nicht extra umzuziehen."

Sie zog eine Grimasse und hakte ihn unter. Es würde heute kein Entkommen geben. Im Stall angekommen warf Kitch ihr einen Blick zu, während er Gullivers Sattel abnahm.

„Bitte sattle Barnabas und Gulliver, Kitch", sagte Vater. „Wir reiten aus."

Kitch nickte, als er an Esther vorbeisah. „Ja, Sir. Sofort."

„Ich helfe dir", sagte Esther und ging über den Steinboden auf ihn zu.

„Helfen? Lass den Jungen nur machen, mein Schatz. Er braucht dich nicht, um zu wissen, wie er seine Arbeit zu tun hat."

„D-das ist schon in Ordnung, Sir. Miss Esther kennt sich sehr gut mit Pferden aus."

„Nun gut." Vater nahm eine Zigarre aus seiner Manteltasche. „Ich werde eine Zigarre rauchen gehen. Aber brich nicht ohne mich auf, Esther."

Als Vater fort war, übergab Kitch Esther einen kleinen, gefalteten Zettel.

„Warum hat das so lange gedauert?"

„Er war nicht zu Hause. Ich musste unter dem Ahornbaum warten." Kitch legte Gulliver erneut den Sattel auf und gab ihm ein Stück getrockneten Apfel.

Mit zitternden Fingern entfaltete Esther den Zettel und wandte sich ab, während Kitch die Pferde sattelte.

Esther, wie ich schon sagte, kann ich dich nicht treffen. Die Ernte nimmt meine ganze Zeit in Anspruch. Gruß, Hamilton

Sie knüllte das Papier zusammen und wirbelte herum, die Hand gegen die Stirn gepresst. „Gruß, Hamilton ... Als ob ich ein lästiges Schulmädchen mit einer albernen Schwärmerei wäre. Hat er irgendetwas gesagt?"

„Zu mir?" Kitch verzog das Gesicht. „Worüber?"

„Oh, ich weiß nicht ..., dass er leidenschaftlich in mich verliebt ist und nur Angst vor der Stärke seiner Gefühle hat."

Kitch vergrub sein Gesicht im Rücken des Pferdes, konnte aber sein Lachen nicht gut genug verbergen.

„Was ist so lustig?"

„Ich kenne mich ja nicht so gut mit Frauen aus ..."

Esther seufzte. „Sag schon."

„Aber wenn ein Mann eine Frau will, dann kann ihn keine Furcht zurückhalten, Miss Esther."

„Oh, wirklich?" Sie stemmte die Hände in die Hüften und lehnte sich nach vorn. „Und woher weißt du solche Dinge?"

Kitch schnitt eine Grimasse und führte Barnabas aus dem Stall. „Wie schon gesagt, ich habe nicht viel Erfahrung, aber ..."

„Wenn ein Mann eine Frau liebt, kann ihn nichts zurückhalten?"

„Nach dem, was ich bisher gesehen habe, ist das so."

Esther schwang sich auf Gullivers Rücken. „Für Frauen gilt genau das Gleiche! Wenn eine Frau verliebt ist, gibt es keine größere Kraft als ihre Liebe." Sie spornte den Wallach an, aus dem Stall zu laufen. Vater würde es verstehen müssen.

15.

Jesse

Smitty!", rief Jesse über die Schulter, wobei er Chloe weiter ansah. „Du hast mir nicht gesagt, dass das Gästehaus sich auf dem Besitz der Familie Daschle befindet."

Sein Freund rief vom Schlafzimmer her zurück: „Du hast mich nicht gefragt."

Jesse verdrehte die Augen. „Wie hätte ich es auch wissen sollen? Aber, oh, natürlich." Er schlug sich mit der Hand vor die Stirn. „Schließlich hast du den Deal eingefädelt." An Chloe gewandt sagte er: „Ich wusste nicht, dass wir auf dem Grundstück deines Vaters sind."

„Was ist mit deinem Haus am Strand passiert?"

„Es hat sich herausgestellt, dass der Eigentümer doch nicht für ein Jahr fort ist. Und Smitty, mein *ehemaliger* guter Freund, hatte gar keine Berechtigung, es mir zu vermieten."

„Smitty?", rief Chloe.

„Chloe, schön dich zu sehen." Smitty tauchte aus dem Schlafzimmer auf, die Arme weit ausgestreckt.

„Du kennst sie?"

„Du kennst ihn?"

„Wir kennen uns seit ... drei Jahren?" Smitty nickte Chloe zu.

„Ja, ungefähr." Chloe hatte ein ausdruckstarkes Gesicht, und in diesem Augenblick schien es zu sagen: *Ich glaub das einfach nicht.*

„Ja, sicher, wir haben uns bei Dreharbeiten kennengelernt. Ein Fernsehfilm. Ich lud sie zum Gottesdienst ein."

Jesse drehte sich zu Smitty. „Du gehst in die Kirche?"

„Ja, *Expresion58. Shawn Bolz.* Großartiger Pastor."

„Ich kenne dich seit acht Jahren, und du hast nie etwas davon erwähnt."

„Es schien für dich kein Thema zu sein." Smitty ließ sich auf das vornehme Ledersofa fallen und legte die Arme um die Rückenlehne.

„Nun, ich hätte nicht gedacht, dass du in Sachen Kirche der richtige Ansprechpartner bist." Er hatte nach Loxleys Tod über Glaube und Religion nachgedacht und sich ein paar Gemeinden in Los Angeles angesehen. Doch jedes Mal, wenn er eine Kirche betrat, hatte er die Verurteilung der anderen gespürt, die sich für moralisch überlegen hielten.

„Tja, jetzt weißt du Bescheid." Smitty stand auf. „Ich bin völlig ausgehungert. Möchte jemand Pizza?"

„Ich bin etwas durcheinander." Chloe stellte sich zwischen die beiden. „Smitty, warst du gestern Morgen hier und hast mit meinem Dad gesprochen?"

„Du hast mich gesehen und nicht begrüßt?" Er sah ehrlich enttäuscht aus. „Ich wollte mich erkundigen, ob Jess hier einziehen kann. Ich musste ihn so schnell wie möglich aus Archers Haus raubekommen."

„Woher kennst du meinen Dad?"

„Ja", fragte Jesse. „Woher kennst du Raymond Daschle?"

„Das ist schon lange her. Ich habe vor ein paar Jahren für eine Rolle vorgesprochen."

„Du hast bei Raymond Daschle für eine Rolle vorgesprochen?"

„Habe ich dir das nicht erzählt?"

„Nein, aber ich nehme an, ich hätte fragen sollen."

Chloe schmunzelte und schüttelte den Kopf. „War Dad einverstanden, dir Mr. Crumblys Wohnung zu borgen?"

„Ja, sicher. Warum nicht? Mr. Crumbly fand das in Ordnung."

„Nein, nein", lachte Chloe, „du kennst doch sicher nicht auch noch Mr. Crumbly?" Sie sah Jesse an. „Das ist ein alter Freund meines Vaters.

Ein Missionar. Er wohnt hier, wenn er nicht in den Staaten ist. Aber er ist gerade für ein Jahr in Südamerika."

„Bist du dir sicher?" Jesse warf Smitty einen kühlen Blick zu. „Er sagte, Archer sei auch für ein Jahr außer Landes."

„Er ist wirklich in Südamerika." Smitty saß selbstbewusst und großspurig da, die Arme ausgestreckt, als sei er der Besitzer. „Ich habe es überprüft. Habe Crumbly selbst angerufen."

„Ich hätte gerne ein Schaubild, um das alles zu kapieren." Jesse setzte sich auf die nächste Sitzgelegenheit, einen bequemen Lehnstuhl aus goldfarbenem Leder.

„Wartet mal", sagte Chloe. „Smitty, du kennst Dad, Mr. Crumbly, Jesse und mich? Wusstest du, dass wir einander kennen?" Sie zeigte auf Jesse und dann auf sich.

„Ich dachte es mir."

„Wie meinst du das?"

Smitty stand auf und tätschelte seinen Bauch. „Wie steht's jetzt mit Pizza?"

„Ich kann es immer noch nicht fassen." Chloe sah Jesse an. „Wir beide kennen Smitty? Wie kommt es, dass wir uns nicht früher begegnet sind?"

„Timing ist alles, Freunde", sagte Smitty. „Nun, zurück zur Pizza."

„Gib uns einen Moment, um das zu verdauen, Smitty", sagte Jesse. „Ich lerne Chloe auf einer Hochzeit kennen, am selben Tag, an dem sie für eine Rolle in dem Film vorgesprochen hat, für den ich das Drehbuch geschrieben habe. Und schließlich lande ich hier, im Gästehaus ihres Vaters. Und du hast mich wegen Archer angelogen und ich finde heraus, dass du religiös bist!"

„Nun ja, wenn du es so ausdrücken willst. Ich habe nie behauptet, perfekt zu sein." Smitty ging in die Küche und öffnete den Kühlschrank. „Leer. Du musst einkaufen gehen." Er kam ins Wohnzimmer zurück. „Du solltest dich lieber fragen, warum du nie den Fuß in eine Kirche setzt."

„Ich bin kein Kirchgänger." Er spähte zu Chloe hinüber. „Ist es für dich in Ordnung, wenn ich hier wohne? Wenn nicht, kann ich für ein oder zwei Nächte in einem Hotel schlafen, bis ich etwas Passendes finde." Er schnitt eine Grimasse. „Ohne deine Hilfe, Smitty. Du bist ein fürchterlicher Makler."

„Wie bitte? Ich habe einen großartigen Deal für dich gefunden. Zweimal. Nur, weil der erste nicht funktioniert hat ..."

Ein leises Klopfen erklang an der Tür. Jesse, Smitty und Chloe riefen im Chor: „Herein."

Meine Güte! Wem gehörte diese Wohnung eigentlich?

Raymond Daschle kam herein. Nicht wie eine bedeutende Hollywood-Persönlichkeit, sondern wie ein ganz normaler Mann – wie ein Vater, mit einem warmen Lächeln auf dem Gesicht.

„Wie läuft es denn hier? Sie richten sich gerade ein? Ich sehe, dass Sie Chloe kennengelernt haben."

„Dad, das ist Jesse. Du bist ihm auf Violets Hochzeit begegnet."

„Ja, richtig, stimmt!" Raymond kam herüber und schüttelte Jesse die Hand. „Herzlich willkommen auf dem Grundstück der Daschles."

„Es ist sehr freundlich von Ihnen, mir diese Wohnung zu vermieten."

„Kein Problem. George Crumbly ist für ein Jahr fort. Ich habe es gern, wenn das Gästehaus bewohnt ist. Chloe wohnt in der Wohnung an der Nordseite des Haupthauses, aber Kate lebt in West-Hollywood. Es gibt keinen Grund, das Gästehaus leer stehen zu lassen." Raymond ging zu der Kiste auf dem Küchentisch. „Sie haben mit dem Einzug begonnen. Gut."

„Nun, um ehrlich zu sein, bin ich schon fertig." Jesse sah zu den Kisten. Diesmal waren es insgesamt fünf. „Ich reise mit leichtem Gepäck."

„Das gefällt mir. Besitz belastet einen."

„Sagt der Mann mit dem 930 Quadratmeter großen Wohnsitz", spottete Chloe.

Jesse lachte. Sie sah hübsch aus heute Abend, ganz leger in Shorts und Top. Wie die Art Frau, mit der ein Mann sich ein Leben aufbauen kann.

„Ich sprach nicht von *mir*", erwiderte Raymond. „Ich mag meine Sachen."

Jesse stimmte dem zu: Besitz belastete einen. Und er wollte nicht noch mehr Ballast in seinem Leben. Auch nicht, wenn sie mit grünen Augen und dem Duft des Sommers daherkam.

„Na dann, euch allen eine Gute Nacht!" Raymond ging zur Tür und zeigte auf das Telefon an der Küchenwand. „Wenn Sie die Neun wählen, haben Sie das Dienstpersonal am Apparat. Wenn sich niemand meldet, können Sie eine Nachricht hinterlassen. Das Hausmädchen kümmert sich darum."

„Danke, Ramyond. Ich weiß das zu schätzen."

„Wie ich schon sagte, ich mag es, wenn jemand hier wohnt. Wenn ich nachts aus dem Schlafzimmerfenster schaue und hier Licht sehe, tröstet mich das." Er blieb an der Türschwelle stehen. „Es vermittelt ein bisschen heile Welt. Licht kann so ein Gefühl bewirken, wissen Sie."

Als Raymond fort war, schlich sich auch Smitty zur Tür. „Wisst ihr was, mir ist gerade eingefallen, dass ich eine Verabredung habe. Chloe, wir sehen uns in der Kirche. Jesse?" Er hob die Hand zum Gruß. „Wir sehen uns im Kino."

Die Tür schlug zu, und Jesse war mit Chloe allein.

„Das fühlt sich merkwürdig an."

„Warum?", fragte sie. „Wir haben uns getroffen, wir hatten eine gute Zeit ..."

„Haben uns geküsst." Was für ein Kuss!

„Wir sind erwachsen. Wir können mit ein oder zwei Küssen umgehen, oder?" Sie klopfte auf den Rand der Kiste auf dem Wohnzimmertisch und spähte hinein. „Wusstest du wirklich nicht, dass dies unser Grundstück ist?"

„Nein." Jesse hob die Arme, als ob er seine Unschuld bestätigen müsste.

„Du scheinst ihm wirklich zu vertrauen." Sie spähte in eine andere Kiste. Jesse war es egal. Er hatte nichts zu verbergen. Zumindest nichts, was in eine Kiste gepasst hätte.

„Ich habe ihm vertraut, bis ich erfuhr, dass er mich wegen dieses Hauses am Strand angelogen hatte. Aber er versicherte mir, er habe die perfekte Lösung für mich gefunden."

Chloe sah ihn über die Schulter hinweg an. „Und? Hast du die perfekte Wohnung gefunden?"

Eine seltsame Sehnsucht zog seine Brust zusammen. „Ich weiß es nicht. Wir werden sehen."

Sie sah in die letzte Kiste, zuckte verlegen mit den Schultern und ging zur Tür. „Ich lasse dich jetzt besser auspacken."

Jesse berührte ihren Arm. „Bitte geh nicht."

„Warum nicht?" Doch sie bewegte sich nicht, versuchte nicht zurückzuweichen. „Ich bin heute zum Abendessen mit meiner Schwester verabredet."

„Ist das wichtig?" Es klang nicht wichtig, eher wie ein Vorwand.

„Naja, nicht wirklich."

„Wie wäre es dann mit einem Abendessen mit mir?" Sie berührte ihn innerlich, löste Gefühle in ihm aus, die er lange nicht mehr gefühlt hatte, wenn überhaupt. „Smitty hat mir einen Stapel Restaurant-Flyer gegeben." Er holte die Flyer von der Kücheninsel und ließ sich auf einen Barhocker fallen. „Was würde Ihnen gefallen, Miss Daschle?"

Als er aufsah, schaute sie zur Seite.

„Ich weiß nicht."

Er wühlte sich durch die Flyer und zählte Pizzerien, chinesische Restaurants, Italiener, Inder und Sandwich-Restaurants auf. Dann legte er die Flyer zur Seite.

„Ich muss immer noch an unseren Kuss auf der Terrasse denken."

„Wir sollten ihn beide vergessen. Wir werden bald die ersten Proben haben und dann gehen die Dreharbeiten los. Jesse, es ist wirklich wichtig für mich, dass dieser Film gut läuft. Ich werde mein Bestes geben. Nicht nur für Jeremiah, sondern für meine eigene Zukunft. Ich habe das Gefühl, dieser Film könnte mein Leben verändern."

„Einverstanden. Auch mir liegt viel daran, dass dieser Film Erfolg hat, denn das könnte mir jede Menge Möglichkeiten eröffnen ..."

„Es könnte? Nein, Jesse, es *wird*! Dieser Film wird dir neue Türen öffnen – zu Regisseuren und Produzenten und Direktoren von Filmgesellschaften."

„... und ich will auch vermeiden, dass Jeremiah nervös wird. Ich werde ihm ständig über die Schulter schauen, wenn ich nicht in einer Szene spiele."

„Du wirst so viel von ihm lernen."

„Also sollten wir dieses ... dieses *Etwas* zwischen uns ignorieren." Er sah sie aufmerksam an, hoffte auf einen zustimmenden Gesichtsausdruck. „Für Jeremiah und für den Film. Im Übrigen will keiner von uns beiden etwas beginnen."

„Für Jeremiah, ja. Aber dieses *Etwas*? Was meinst du damit?" Sie sah ihn fragend an. „Ich wollte nur sagen, wie schön es sein wird, bei den Dreharbeiten einen Freund zu haben."

„Freunde? Ja, genau." Dann war der Funke, den er spürte, also einseitig? „Freunde sein ist doch *etwas*, oder?"

Egal, wie sie sich in jener Nacht beim Tanzen an ihn geschmiegt hatte, wie gut sie sich beim Küssen zusammengefügt hatten, wie zwei Teile eines Puzzles. Und das Funkeln in ihren Augen danach, das Feuer in seinem Herzen ...

Schau nach vorn, Mann. Jesse hielt die Flyer hoch. „Du suchst aus. Ich bin neu hier im Viertel, das *New Kid on the Block*."

Sie zögerte, dann griff sie nach den Flyern. „Ich mochte diese Gruppe – *New Kids on the Block*. Sie haben immer hier gewohnt, wenn sie nach Los Angeles kamen."

„Im Ernst? Ich habe mal eine Szene mit Donnie Wahlberg gedreht. In Boston."

„Sieh mal an, da haben wir etwas gemeinsam. *New Kids on the Block*." Chloe entschied sich für eine Pizzeria. „*800 Degrees*."

Jesse sprang von seinem Barhocker herunter. „Ok, gehen wir. Ich lade dich ein."

Sie zögerte, dann sagte sie: „Chris und ich haben miteinander geprobt, Jesse. Ich mag es sehr, wie du über Hamilton und Esther und ihre Liebe geschrieben hast. Aber ich habe jedes Mal das Gefühl, dass noch mehr hinter dieser Geschichte steckt. Was hast du gedacht oder erlebt, als du das Drehbuch schriebst? Ich würde so gern den Brief lesen, der das Ganze inspiriert hat."

„Alle möglichen Dinge."

„Wirst du mir je den Rest der Geschichte erzählen?"

Er sah sie einen Moment lang prüfend an. Auch sie hatte eine Geschichte, die sie ihm nie erzählt hatte. „Wirst du mir je deine Geschichte erzählen?"

„Ich wundere mich, dass du nicht im Internet nachgesehen hast. Du brauchst nur Chloe Daschle einzugeben und der erste Eintrag wird dir alles sagen."

„Ich würde es lieber von dir hören."

Sie spähte in die letzte Kiste auf dem Tisch neben der Tür. Die Kiste von Tante Pat. Der Original-Brief lag darin, zusammen mit den Zeitungsartikeln über Loxley.

„Ist der Brief da drin?" Chloe zog die Hand zurück, als Jesse die Kiste an sich nahm. „Ja oder nein?"

„Ja." Er schloss die Lasche und stellte die Kiste beiseite. Es war ihm egal, dass sie über Grandpa Hamilton und Esther Longfellow Bescheid wusste. Aber im Moment wollte er nicht, dass sie über Loxley Bescheid wusste. „Wer hat Hunger auf Pizza?"

„Die Leute werden über den Brief Bescheid wissen wollen, Jesse", sagte sie. „Das wird zur Filmpromotion gehören."

„Ich weiß. Und es ist nicht der Brief. Bist du bereit? Ich sterbe vor Hunger."

„Wenn es nicht der Brief ist, was ist es dann?“ Sie holte ihr Smartphone aus der Hosentasche. „Ich bin bereit. Ich will nur schnell Kate eine SMS schicken ... und übrigens: Wenn wir Freunde sind, sollten wir bald ehrlich zueinander sein.“

„In Ordnung, aber wer von uns wird den ersten Schritt tun?“

Chloe

Oktober

„Bin ich zu spät?“ Die erste gemeinsame Leseprobe von *Bound by Love* fand im Haus von Jeremiah und Laura statt. Die Dreharbeiten würden in zwei Monaten am Originalschauplatz in *Chesne, South Carolina* beginnen, wo ein Teil der Crew bereits mit Vorbereitungen beschäftigt war.

„Chris ist noch nicht da, du bist also nicht zu spät.“ Laura begrüßte Chloe mit einer Umarmung und führte sie durchs Haus. Verlockende Düfte drangen aus der Küche.

Laura kündigte das Abendessen an: „Hohe Rippe und Ente. Ich habe Jeremiah gesagt, dass dies wohl die kürzeste Leseprobe aller Zeiten werden wird.“

„Lass uns die Probe vergessen und lieber essen.“ Chloe schritt auf die Veranda und wurde von einem Chor aus Hallos und Zuneigungsbekundungen empfangen. Leute, denen sie während ihres Hollywood-Lebens auf die eine oder andere Weise begegnet war, standen auf, um sie zu begrüßen.

Derrick Hall, ein Freund ihres Vaters, spielte ihren Leinwand-Vater. „Meine Tochter“, sagte er und nahm sie in seine Arme. „Ich wusste, dass die Wahrheit eines Tages ans Licht kommen würde. Du bist das Kind der Liebe von Rachel und mir."

Sir Craig Townsend, der durch und durch Brite war und General Cornwell spielte, lachte. „In deinen Träumen, Derrick, mein Guter. In deinen Träumen." Der gefeierte Schauspieler war in den frühen Neunzigerjahren bei den Feierlichkeiten zum Geburtstag der Queen zum *Commander of the British Empire* ernannt worden und gehörte damit einem Ritterorden an. Er war freundlich und ein echter Gentleman, die perfekte Besetzung für die Rolle von General Cornwell, ein Charakter wie der von General Cornwallis. „Ich bin entzückt, dich in einer lebenden Rolle zu sehen, meine Liebe." Er küsste Chloe auf beide Wangen.

„Ja, ich auch."

Sie ging weiter zu Milka Hardaway, einer aufstrebenden schwarzen Schauspielerin, die die Rolle der Hausangestellten Millie spielen würde. „Ich freue mich, mit dir zu arbeiten", sagte Chloe.

„Gleichfalls! Und wer kann schon einem Film von Jeremiah Gonda widerstehen?"

„Allerdings."

Sie machte die gesamte Runde, begrüßte jeden und wechselte ein paar Worte mit jedem. Sie fühlte sich wie zu Hause. Jesse saß am Ende des Tisches. Er beobachtete sie und nickte ihr zu, als ihre Blicke sich trafen.

Seit dem Pizza-Abend hatte sie ihn kaum noch gesehen. Sie waren sich an einem Samstagnachmittag am Pool begegnet. Er hatte drei Wochen in Vancouver verbracht, wo er eine kleine Rolle in einer romantischen Komödie spielte.

„Man muss die Arbeit nehmen, die man kriegen kann."

„Du kannst deinen Erfolg genießen, Jesse", sagte sie eines Samstagmorgens über die Wiese.

„Ich möchte weiterarbeiten. Man weiß nie, wann alles zu Ende ist."

„Hast du Angst davor, dass Dinge zu Ende gehen?"

„Du etwa nicht?“

Es war der ehrlichste Moment gewesen, den sie bisher mit ihrem neuen Freund geteilt hatte.

Jesse stand auf, als sie am Tischende ankam. „Schön, dich zu sehen.“

„Ich freu mich auch.“ Sie lächelte ihn scheu an.

Jeremiah schlug mit einer Gabel gegen sein Glas und zog die Aufmerksamkeit aller auf sich. Chloe setzte sich auf den freien Stuhl neben Jesse und sah ihren Regisseur an.

„Wenn Chris uns mit seiner Anwesenheit beehrt, werden wir beginnen. Hat jeder hier im Raum Jesse kennengelernt? Chloe, willst du ihn vorstellen?“

„Ich?“ Sie sah umher. Aller Augen waren auf sie gerichtet. „*Du* hast ihn entdeckt, Jeremiah.“

„Ja, aber er ist dein Nachbar.“

Chloe sah auf den Drehbuchautor/Schauspieler/MIT-Absolventen. Was sollte sie sagen? Mit seinen breiten Schultern, seiner Jeans und dem grauen T-Shirt, dem modischen Kurzhaarschnitt sah er wirklich gut aus. Umwerfend, um ehrlich zu sein.

Sie schluckte. „Nun, er ist ...“ Ruhig, ausgeglichen – und irgendwie ständig in ihren Gedanken. Sie hatte heute Morgen gebetet: *Bitte hilf mir, nicht mehr an ihn zu denken.* Ein Kuss und ein gemeinsamer Pizza-Abend waren eigentlich kein Grund dafür, dass er so viel Platz in ihren Gedanken einnahm. „Intelligent.“ Der Rest der Tischrunde sah sie an und wartete.

„Er hat am MIT ein Ingenieurdiplom erworben.“

„Hervorragend.“ Sir Craig versuchte ihr beizustehen.

„Er schrieb *Bound by Love* auf der Grundlage eines Briefes, den sein Ur-Ur-Ur-Ur-Ur-Ur-Großvater geschrieben hatte.“

„Liebe Güte, wie viele Urs waren das jetzt?“ Erneut Sir Craig.

„Sechs“, sagte Jesse und zwinkerte Chloe zu.

„Er schrieb das Drehbuch, um eine Liebesgeschichte abzuschließen, die seine Vorfahren nicht abschließen konnten.“ Er nickte ihr zu, und die warme Vertrautheit, die sie jedes Mal spürte, wenn sie mit ihm zusammen war, durchströmte sie auch jetzt.

„Dies ist sein erster Film, und ich fühle mich geehrt, darin mitzuspielen.“

Zustimmendes Murmeln erklang rund um den Tisch.

Jesse drückte ihre Hand unter dem Tisch.

Jeremiah stand auf und hielt sein Smartphone hoch. „Painter ist noch nicht hier, was uns nicht weiter überrascht, und er antwortet nicht auf meine Anrufe und Textnachrichten. Lasst uns trotzdem anfangen. Jesse, würdest du den Part von Hamilton übernehmen? Kann jemand Chloe die neuen Seiten geben? Wir haben die erste Szene ein wenig umgeschrieben.“

„Willst du nicht auf Chris warten?“

„Nein. Und wenn du nicht anfangen willst, für ihn zu lesen, dann werde ich über seine Rolle in dieser Sache neu nachdenken. Lasst uns anfangen.“ Jeremiah schlug sein Skript auf und las die Szeneneinleitung vor: *„South Carolina, Kingsley Estate*, 1780. Esther sitzt mit einem Buch und einem Mikroskop an ihrem Schreibtisch in der Bibliothek.“ Er sah über den Tisch zu Chloe und Jesse. *„Action.“*

Esther: Hamilton, hast du mich erschreckt! Wie bist du hereingekommen?

Hamilton: Millie. Obwohl sie mir versichert hat, dass du nicht gestört werden willst. (Geht zum Schreibtisch und nimmt ein Buch hoch). Isaac Newton, *Method of Fluxions*. Du liest offenbar zwanglose Lektüre.

Esther: Du machst dich über mich lustig.

Hamilton: Nein, ich versuche eher meine Ignoranz zu verbergen. Was hast du da unter deinem Mikroskop?

Esther: Einen armen, toten Schmetterling. Schau durch die Linse. Solch eine Schönheit, und so viele Details. Auch der größte Wissenschaftler könnte niemals eine solche Kreatur gestalten.

Hamilton (späht kurz durch das Mikroskop): Er ist so wunderschön wie die Person, die ihn betrachtet. Esther, ich muss mit dir reden.

Esther (geht zum Sessel vor dem Kamin): Du klingst so ernst, Hamilton.

Hamilton: Du weißt über die letzten Ereignisse Bescheid, nicht wahr? Die Verbrennungen von Kirchen. Die Angriffe auf Frauen und Kinder. Ich habe mich der Sache angeschlossen. Ich kann nicht ...

Esther: Was? Du hast mir versprochen, es nicht zu tun. Was ist mit uns, mit unseren Plänen und unserer Zukunft? Der Krieg ist keine Spielerei. Es ist nicht wie in unserer Kindheit, als du mit Flanders über die Hügel liefst und mit Stöcken und Steinen spieltest, als seien es Gewehre und Kugeln.

Hamilton (nimmt ihren Arm): Ich würde alles geben, um diese Revolution gegen jenes Kinderspiel zu tauschen, aber das ist nicht möglich. Es geht hier um ausgebildete, fähige Soldaten der Regierung. Da sind Milizsoldaten, die darum kämpfen, die Früchte ihrer Mühe zu bewahren. Ich bin der beste Scharfschütze in der Gegend. Möge Gott mir meine Anmaßung vergeben. Sie baten mich, ihnen beizutreten, mich nützlich zu machen, die Briten weit hinter der Linie anzugreifen. Es könnte das Geschick zu unseren Gunsten wenden. Ich gehe, um dich zu beschützen, Esther. Kannst du mir zusichern, dass du für mich beten und hinter mir stehen wirst?

Esther: Was ist mit deinem Versprechen? Ich gebe dir mein Wort, nicht zu gehen. Das hast du hier, in diesem Raum, gesagt. Soll ich Millie als Zeugin holen? Ich bin sicher, dass sie vor der Tür mitgehört hat.

Millie: Nein, das habe ich nicht. (Sie läuft durch den Flur weg)

Hamilton: Es war ein törichtes Versprechen. Eines, das ich unmöglich halten kann. Ich muss mit meinen Brüdern gehen. Ich muss dem folgen, was mein Herz mir sagt.

Esther: Und was ist mit meinem Herzen? Habe ich gar nichts zu sagen? Hamilton, ich würde lieber den Rest meines Lebens damit zubringen, dir zu versichern, dass du kein Feigling warst, als das Leben und die Liebe zu betrauern, die wir nie teilen konnten, weil du durch eine britische Kugel ums Leben kamst.

Hamilton (fällt auf ein Knie): Mein Liebling, wir werden alle Wünsche unseres Herzens miteinander teilen, wenn dieser Konflikt vorbei ist. Ich werde nicht sterben. Ich werde nicht auf dich verzichten.

Esther (entzieht ihm ihre Hände): Gib nicht erneut ein Versprechen, das du nicht halten kannst. Ob wir frei oder unter der Herrschaft des Königs leben, mein Leben ist nur ein kurzer Atemzug in der großen Geschichte der Menschheit. Niemand wird sich an unsere Namen erinnern. Du wirst dein Blut auf dem Schlachtfeld vergießen, nur um vergessen zu werden. Man wird dort später Getreide anbauen. Ich möchte dich heiraten, Hamilton. Bist du schockiert über meine Kühnheit? Ich möchte deine Kinder tragen und deinen Namen, unsere Namen, in menschlichen Herzen hinterlassen. Nicht auf einem Schlachtfeld.

Hamilton: Deine Worte ermutigen mich, Esther. Ich verspreche dir: Ich werde zurückkommen. Dein Traum wird sich erfüllen.

Esther: Du sagst das, was du dir wünschst. Aber wenn du in den Krieg ziehst, gibt es keine Garantien. Wenn du gehen musst, dann geh. Aber ich kann dir weder mein Herz noch meine Unterstützung geben.

Hamilton: Das kannst du nicht ernst meinen. Sag mir, dass du mich unterstützt.

Esther: Du musst deinem Herzen folgen, Hamilton, und ich dem meinen. (Sie dreht sich um, um die Bibliothek zu verlassen)

Hamilton: Was ist mit unserer Liebe? Mit unserem Schwur?
(Abblenden)

Ein ruhiger Nachhall war im Raum zu spüren, als Chloe das letzte Wort sprach. Sie spähte zu Jesse, der sich zurückgelehnt hatte und sich hinter dem Skript verbarg. Seine Finger lagen auf seinen Lippen, er schien in tiefes Nachdenken versunken.

Ihr Instinkt hatte sie nicht getrogen. In diesem Skript ging es um mehr als um den Urahnen von Jesse.

Es ging um ihn selbst.

Sir Craig stand auf und klatschte in die Hände. „Bravo!“ Einer nach dem anderen standen auch die anderen auf und spendeten Beifall.

„Jesse, ich denke ernsthaft darüber nach, ob ich nicht *dir* die Rolle des Hamilton geben sollte“, sagte Jeremiah, während er zwischen Chloe und Jesse hin- und hersah. „Gut gemacht. Chloe, du erweckst tatsächlich Esther zum Leben. Okay, nächste Szene ...“

Die Glastür schwang auf und Chris Painter betrat mit einem schiefen Grinsen im Gesicht und Ginger Winters am Arm den Raum.

„Hallooo. Die ganze Truppe ist da." Er machte die Runde und begrüßte alle, wobei er lallte und bedenklich schwankte, als er versuchte, Sir Craigs Akzent nachzuahmen.

Jeremiah nahm ihn beim Arm. „Entschuldigt uns", sagte er und zog Chris zu einer Ecke beim Pool. Ihre Unterhaltung war kurz und angespannt.

Zwei Kellner huschten mit kalten Wasserflaschen und Diät-Softgetränken um den Tisch herum.

„... zeigst dich hier ... betrunken ..."

„Nur beschwipst, Mann. Betrunken ... so negativ ..."

„Ich werfe dich raus ..."

Chloe drehte sich zu Jesse. „Du kennst Hamilton so gut. Es war eine großartige erste Probe."

„Danke, aber ... was ist da drüben los?" Er warf einen finsteren Blick Richtung Pool. „Wir brauchen Chris. *Er* ist Hamilton. Die Macht des Stars. Ohne ihn ..."

„Das zwischen Jeremiah und Chris ist eine Art Hass-Liebe. Sie streiten sich wie ein unglückliches Ehepaar, aber dann spielen sie am nächsten Tag zusammen Golf. Mach dir keine Sorgen."

Er lehnte sich zurück, sein Gesichtsausdruck noch immer angespannt. „Ich hoffe, du hast recht. Hey, du warst großartig. Jeremiah hat die Rolle der Esther mit der richtigen Frau besetzt."

„Jesse, du glaubst, du brauchst Chris. Aber ich habe schon einmal mit ihm geprobt, und glaub mir ... *du* bist Hamilton." Sie nahm ein eisgekühltes Wasser vom Kellner entgegen. „Aber ich frage mich: Welche Geschichte verbirgt sich zwischen den Zeilen, Jesse Gates? Du versuchst der Welt – oder jemandem – etwas zu erzählen. Was ist es?"

„Du lässt einfach nicht locker, was?"

„Wird sie es wissen? Was auch immer es ist, was du ihr sagen willst?“ Nein, sie würde nicht locker lassen. Nicht, bis sie wusste, um was es hier eigentlich ging.

„Das kommt darauf an“, sagte Jesse. „Aber ganz realistisch gesehen: Nein, sie wird es nie wissen.“

16.
Esther

Weihnachten 1780

Die Bibliothek war angefüllt mit Männern in Rotröcken, die ihre Kristallgläser hochhielten und sich gegenseitig zuprosteten. Vater zog an seiner Pfeife und wünschte den Männern Frohe Weihnachten. „Und im neuen Jahr einen Sieg für die Krone."

Esther ging zwischen den Gästen umher und sorgte als Gastgeberin von *Slathersby Hill* für ihr Wohl, wobei sie darauf achtete, Twimball und seinen Männern aus dem Weg zu gehen.

Seit der Schlacht von *King's Mountain* und dem Tod von Major Ferguson kamen allabendlich Soldaten in das Haus ihres Vaters, um über nichts anders als Sieg und Rache zu reden. Oder davon, die Rebellen zu vernichten.

Zurzeit waren vier Offiziere in ihrem Haus einquartiert, die den spärlichen Raum und – nach Esthers Dafürhalten – die spärliche Luft beschlagnahmten.

„Esther, meine liebe Tochter, würdest du für uns ein Lied auf dem Klavier spielen?", fragte Vater. „Sie ist eine begeisterte Pianistin, Gentlemen."

„Können Sie *Joy to the World* spielen?", bat Captain Lark, ein neuer Soldat in ihrer Gegend. „Ich habe es letztes Weihnachten in London gehört, und es war wirklich sehr passend."

„Ja, *Joy to the World*." Vater stellte sich neben Esther ans Klavier. Er war stolz auf ihre Klavierkünste, hatte er doch einen Klavierlehrer aus *Charles Town* kommen lassen, als sie noch ein Kind war.

Esther saß am Klavier und blätterte durch ihre Noten. Im vergangenen Monat hatte sie Veränderungen bei ihrem Vater festgestellt. Er verbrachte weniger Zeit an seinem Schreibtisch über Briefen und Depotbüchern, und seine blauen Augen hatten ihren früheren Glanz wiedergefunden. Er sprach von einem britischen Sieg und davon, dass das Leben wieder zur Normalität zurückkehren würde. Was auch immer ihn während des Sommers und Herbstes bezüglich Lord Whatham beunruhigt hatte, schien vorüber zu sein.

Als sie zu spielen begann, stellten die Engländer sich rund ums Klavier und besangen fröhlich die Geburt des Herrn. Wenn es je einen Zeitpunkt gegeben hatte, an dem Jesus kommen sollte, nicht als Baby, sondern als König, dann war jetzt dieser Zeitpunkt gekommen. Der Krieg wütete auf den offenen Feldern und in den kleinen Städten von *South Carolina*. Nation kämpfte gegen Nation, Bruder gegen Bruder.

„*Lasst die Erde ihren König empfangen ...*"

Als das Lied zu Ende ging, klopften sich die Männer gegenseitig auf den Rücken, und Wohlwollen sprudelte aus ihren müden Seelen.

„Kennen Sie dieses neue Lied, *God Rest Ye Merry Gentlemen*?", fragte ein junger Leutnant mit rosigen Wangen.

„Gewiss." Esther fand das Blatt und schlug die fröhliche Melodie an.

Die Männer hakten einander unter und schaukelten hin und her. Die Frauen standen auf der anderen Seite des Klaviers zusammen und sangen mit weichen, harmonischen Stimmen: „*God rest ye merry gentlemen ...*"

Die letzte Note wurde laut und lange angehalten. Dann erschien Isaac an der Tür, prächtig in seiner Livree. „Das Buffet ist bereit, Sir Michael."

„Ah, meine Herrschaften, wollen wir ins Speisezimmer gehen? Esther, meine Liebe, du hast ein wundervolles Talent. Komm und führe uns."

Während die Gäste vom Wohnzimmer zum Speisezimmer hinübergingen, erklangen Schritte auf der Veranda. Dann wurde die Tür aufgerissen.

„Sir Michael!“ Hamilton, in seine Hirschlederuniform gekleidet, füllte den Türrahmen aus. Seine schwarzen Haare hingen ihm ins Gesicht. Ein Feuer brannte in seinen Augen.

„Hamilton“, flüsterte Esther und wollte auf ihn zugehen. Vater hielt sie zurück.

„Sie dringen hier unerlaubt ein, Lightfoot. Verlassen Sie mein Haus. Sie können von Glück sagen, dass es Weihnachten ist, sonst würde ich einen dieser loyalen Engländer auffordern, Sie hinauszuwerfen.“

Hamilton hielt eine zerknitterte Schriftrolle hoch. „Was haben Sie getan? Eine Witwe ausgeraubt? Gestohlen, was ihr rechtmäßig gehörte?“

Vater wandte sich zu seinen Gästen um. „Bitte, gehen Sie schon ins Speisezimmer. Ich komme gleich nach. Dieser junge Bursche ist offenbar falsch informiert.“

Die Gäste zögerten, insbesondere die britischen Offiziere, dann gingen sie langsam ins Speisezimmer hinüber.

„Du auch, Esther“, sagte Vater und schob sie sanft in den Rücken.

„Ich möchte lieber bleiben, wenn es dir nichts ausmacht.“ Hamilton. Wären die Gäste nicht da, würde sie sich jetzt in seine Arme werfen. Endlich war er gekommen, wenn auch voller Wut.

Seit jenem Tag, an dem er von *King's Mountain* zurückgekehrt war und sie seine Haare gewaschen hatte, hatte sie ihn nicht mehr zu Gesicht bekommen.

Er hatte ihre Einladung, sich bei der Trauerweide zu treffen, abgelehnt. Als sie dann eines Tages auf Gulliver nach *Quill Farm* geritten war, war er bereits mit der *Upper Ninety Six* losgezogen.

„Geben Sie uns unsere Farm zurück, Sir Michael, sonst ...“

„Sonst *was*? Wollen Sie mein Haus anzünden? Hier im Haus sind lauter britische Offiziere mit einem Bataillon von Männern auf Abruf. Ihre Drohungen haben keinen Wert.“

„Sie haben Tante Mary angelogen. Haben Sie aufgefordert, ein Dokument zu unterschreiben, das angeblich ihre Farm und sie selbst beschützen würde. Aber es war alles eine einzige Lüge. Sie haben ihre Trauer und ihren Kummer ausgenutzt."

„Es war eine rein geschäftliche Angelegenheit. Ich habe den Erwartungen meines Arbeitgebers, Lord Whatham, Genüge getan. Ihm gehörte das Land ursprünglich."

„Dann müssen Sie sie auszahlen. Dreihundert Pfund, nicht einen Penny weniger."

„Ich werde kein gutes Kapital verschwenden, indem ich Land kaufe, das mir bereits gehört."

„Was haben Sie getan?" Hamilton fauchte. „Haben Sie Lord Whathams Geld für Ihr eigenes Vergnügen vergeudet? Vielleicht für eine Mätresse in *Charles Town*?"

Esther hielt den Atem an, als Vaters Gesicht vor Wut in Flammen stand. „Wie können Sie es wagen! Verschwinden Sie aus meinem Haus. Sofort."

„Vater, bitte, ich bin sicher, Hamilton wollte nicht ..."

„Was weißt du schon? Hast du dich hinter meinem Rücken mit ihm abgesprochen?" Seine Augen loderten vor Wut. „Bist du diesem Heiden gegenüber treuer als mir?"

„Vater, nein." Esther senkte die Stimme. Da aus dem Speisezimmer nichts zu hören war, wusste sie, dass alle Gäste dem Streit zuhörten. „Bitte, ich sorge mich nur um deine Gesundheit. Aber hast du wirklich Mrs. Lightfoots Land genommen?" Vater war gewiss ein strenger, aber auch ein gerechter Mann.

„Ich habe getan, was ich tun musste." Vater hustete und presste seine Hand gegen die Brust, dann krümmte er sich keuchend und fiel auf ein Knie.

„Sir Michael!" Hamilton kniete sich neben ihn, während mehrere Männer aus dem Speisezimmer angelaufen kamen. „Esther, lass Dr. Rocourt holen. Gehört er nicht zu den Gästen?"

„Trage ihn in die Bibliothek", sagte Esther. „Dr. Rocourt, Vater braucht Sie."

Als der Arzt half, Vater hinzulegen, ging Esther mit Hamilton aus dem Raum.

„Er wird sich erholen, Esther."

„Das muss er auch. Unbedingt." Sie drückte ihre Hand auf ihr Herz. „Ich kann mir ein Leben ohne ihn nicht vorstellen."

„Es tut mir leid, dass ich euren Abend unterbrochen habe. Aber ich konnte nicht an mich halten, als ich erfuhr, was passiert ist."

„Ist es wahr? Hat Vater wirklich das Land von deiner Tante gestohlen?"

„Ja."

Leutnant Twimball und mehrere Männer des Königs warteten im Flur. „So, so, da treffen wir uns also wieder, Ligthfoot."

„In der Tat. Es tut mir nur leid, dass ich Ihnen nicht in der Schlacht von *King's Mountain* begegnet bin."

„Oder Sie mir."

Die Spannung unter dem äußerlich ruhig geführten Gespräch nahm zu. Hamilton sah Esther an.

„Leutnant Twimball, Captain Blyth, bitte kommen Sie zurück ins Speisezimmer. Ich komme gleich nach. Bitte, das Essen ist warm, und Sassy hat sich so viel Mühe gemacht."

„Es tut mir leid, dass ich euren Abend gestört habe, Esther." Er holte ein Schriftstück aus seiner Schultertasche. „Dies hier ist die gültige Besitzurkunde von *Quill Farm*. Egal, was Tante Mary unterschrieben hat ..."

„Sind Sie immer noch da, Hamilton?" Vater erschien hinter dem Treppenhaus, Dr. Rocourt folgte ihm auf dem Fuß.

„Ich rate Ihnen, sich auszuruhen, Sir Michael."

„Ich muss mich um meine Gäste kümmern. Guten Abend, Hamilton." Vater hielt die Tür auf.

„Ich habe die Urkunde." Er wedelte mit dem Schriftstück vor Vater herum. „Sie haben kein Anrecht auf *Quill Farm*. Ich werde herausfinden, was Sie getan haben."

„Dieses Papier wurde unterzeichnet, gesiegelt und von keinem Geringeren als Cornelius Jones, einem Loyalisten und Freund von Lord Whatham, zugestellt." Vaters Atem rasselte bei jedem Wort. Dr. Rocourt blieb dicht an seiner Seite und ermahnte ihn, sich hinzulegen.

Hamilton verengte die Augen. „Sie sind ein Dieb, Sir Michael. Nichts als ein gewöhnlicher Dieb, ein Schurke."

„Hamilton." Esther trat neben ihren Vater. „Bitte verabschiede dich jetzt. Es ist nicht der richtige Zeitpunkt, um deinem Unmut Luft zu machen."

Er wollte etwas erwidern, ging dann jedoch mit wütenden Schritten zur Tür und aus dem Haus. „Frohe Weihnachten, Hamilton."

Er sah mit einem Nicken zurück, seine Augen voller Trauer. „Frohe Weihnachten, Esther."

17.

Jesse

Dezember

In seinem Gästehaus neben dem Pool der Daschles erledigte Jesse den Abwasch; viel zu lange schon hatte das benutzte Geschirr im Spülbecken gestanden. Sein Magen knurrte, er hatte das Mittagessen ausgelassen und auch für das Abendessen war noch nichts geplant.

Die Proben für *Bound of Love* und von den Schauspielern in letzter Minute initiierte Skriptänderungen hatten seit Mitte Oktober seine Zeit voll in Anspruch genommen.

Morgens schrieb er und nachmittags übte er die choreografierten Kampfszenen, um die Rolle eines Soldaten des Revolutionskrieges glaubwürdig darzustellen. Eine einzelne Kampfszene musste fast drei Wochen lang geübt werden. Jeremiah bestand darauf, dass die Geschichte authentisch und real wirkte. Und so kam es, dass Jesse Chloe nicht sehr oft sah. Sie spielten nur in einigen wenigen Szenen zusammen, und da Jeremiah loslegen wollte, sobald sie alle in *South Carolina* eintrafen, legte er mehr Gewicht auf die physischen Aspekte von Jesses Rolle als auf die emotionalen.

Jesse räumte den letzten Teller ein und spähte über den Rasen zur Rückseite des Anwesens – okay, in Richtung Chloes Eingangstür –, in der Hoffnung, sie zu sehen.

Er hatte es nicht geschafft, zum Oktoberfest in Boston zu sein, und so würde er für Weihnachten heimfliegen. Er würde in drei Tagen aufbrechen.

Sein Telefon auf dem Tisch klingelte. Jeremiahs Nummer erschien auf dem Display.

„Ich habe gute und schlechte Neuigkeiten."

„Muss ich mich setzen?"

„Du weißt ja, dass es bei *Premier Studios* Gerüchte gab, der Job von Prescott White sei auf der Abschussliste."

Jesses Herz machte einen Sprung. „Oh. Wird das Auswirkungen für uns haben?"

„Ich habe einen Anruf von einem Freund bekommen, der eingeweiht ist. Es wird wirklich so kommen."

„Bitte sag mir, dass das die schlechten Neuigkeiten sind."

„Ja. Die gute Nachricht lautet: Wir werden am Drehort sein, bevor das Fallbeil niedersaust. Wir werden mit den Dreharbeiten begonnen haben, wenn der neue Direktor die Zügel in die Hand nimmt. Übrigens sind wir budgetmäßig im grünen Bereich, also wird er sich nicht direkt mit unserem Projekt befassen. Es geht jetzt nur noch um Geld, weißt du."

„Ich vertraue auf deinen Einfluss, Jeremiah, aber wir wissen beide, dass der neue Direktor *jedes* Projekt seines Vorgängers stilllegen kann." Jesse war schon mehrmals das Opfer von annullierten Projekten geworden.

„Ich mache mir keine Sorgen. Aber diese Dreharbeiten müssen gut funktionieren, und rechtzeitig. Ich wollte dich nur informieren."

„Und der Rest der Truppe?"

„Bitte sag ihnen nichts. Painter verursacht mir schon genug Kopfschmerzen ohne dieses Problem." Jeremiahs Ärger war deutlich herauszuhören. „Wenn er auch nur *ahnt*, das Projekt könnte zurückgenommen werden, wird er vorzeitig von Bord gehen. Und das kann ich mir einfach nicht leisten. Wir brauchen den Einfluss seiner Berühmtheit für diesen Film. Wenn ich alles noch einmal nachdrehen müsste, würde uns das Millionen kosten."

Jesse hörte auch das, was Jeremiah nicht aussprach. *Bei einem Film von einem unbekannten Drehbuchautor brauchen wir jede Hilfe.* Er wollte etwas sagen, musste sich aber erst räuspern, um den Knoten in seiner Kehle zu lösen. „Wir haben dich, Jer. Du hast jede Menge Stareinfluss."

„Chris ist ein echter Magnet. Wir haben bereits Anfragen von der Presse für ein Interview. Er hat nie zuvor eine solche Rolle gespielt, mit so viel Gefühl und Tiefe. Die Leute wollen herausfinden, ob er das Zeug dazu hat."

Jesse ging in dem kastenförmigen Wohnzimmer auf und ab und blieb am Fenster stehen, als er sah, wie Chloe einen Weihnachtsbaum durch das schmiedeeiserne Tor zum Gästehaus trug, eine Schachtel unter dem anderen Arm.

„Mach dir keine Sorgen", sagte Jeremiah.

„Nein, natürlich nicht."

„Ich habe diesen Film im Kasten, bevor der neue Studio-Direktor seinen Sessel angewärmt hat."

Jeremiahs Zuversicht wirkte ansteckend. „Okay. Und danke für den Anruf, Jer."

„Kein Problem. Ich bin wirklich stolz auf dich und auf dieses Projekt, und ich möchte, dass alles klappt. Übrigens bat mich Laura, dich zu fragen, ob du schon Pläne für Weihnachten hast. Wenn nicht, bist du herzlich eingeladen, dich unserer verrückten Brut anzuschließen."

„Danke, das ist echt nett von euch. Aber ich werde nach Hause fliegen." Jesse beobachtete, wie Chloe über den Weg gestapft kam, und tief aus seinem Innern bahnte sich ein Lächeln an die Oberfläche.

„Schöne Ferien also. Wir sehen uns dann in *South Carolina*. Hast du Becky deine Reisepläne geschickt? Wir kümmern uns darum, dass du am Flughafen abgeholt wirst."

„Bereits geschehen."

„Prima. Frohe Weihnachten, Jesse."

„Frohe Weihnachten, Jeremiah."

Ein leises Klopfen erklang an der Tür. Er öffnete und Chloe kam herein, und mit ihr die Freude der Weihnachtszeit und der betörende Duft von Blumen und Kiefer.

„Frohe Weihnachten." Sie hob den Weihnachtsbaum auf den Tisch am vorderen Fenster, das zur Auffahrt hinausging. „Ich habe diesen Bäumchen vom Straßenrand gerettet." Sie schritt zurück und bewunderte ihr Werk. „Wie findest du ihn? Ist er nicht absolut perfekt?"

„Woher hast du den Christbaumständer?" Jesse kniete sich hin, um die Stabilität des Ständers zu überprüfen. Bei den Gates war es Tradition, dass der Weihnachtsbaum mindestens einmal während der Weihnachtszeit umfiel.

„Unser Gärtner hat ihn im Schuppen gefunden."

Jesse stand auf, nachdem der Ständer von ihm für gut befunden wurde. „Brauche ich denn einen Weihnachtsbaum?"

„Ja, es sei denn, du wärest *Grinch.*" Sie stellte die Schachtel auf den Boden und öffnete sie. „Komm, hilf mir, die Lichter anzubringen."

„Ich fliege in drei Tagen nach Boston."

„Das heißt ja nicht, dass du nicht ein paar Tage lang Weihnachtslicht in deinem Leben haben kannst." Sie schüttelte eine alte Lichterkette, um die Knoten zu entfernen.

„Die Lichterkette gehört Mr. Crumbly, aber da er zurzeit woanders ist ..." Sie reichte Jesse den Stecker. „Die Steckdose ist unter der Fensterbank."

Er sah sie einen Moment lang an, wobei ihn das Gefühl beschlich, wie ein grinsender Idiot dazustehen, dann kniete er sich hin und kam ihrem Wunsch nach.

Rote, grüne und goldene Lämpchen leuchteten auf und tauchten den Raum in warmes Licht.

„Hier." Chloe reichte ihm ein Ende der Lichterkette. „Du kümmerst dich um diese Seite und ich um die andere."

Gemeinsam schmückten sie den Baum mit der Lichterkette. Chloe sang leise *Oh Tannenbaum*. Die kurzen Strähnen ihres rot-goldenen Haares, die sich aus ihrem Zopf gelöst hatten, wippten im Rhythmus ihrer Melodie. Jesse sah sie durch die Zweige hindurch an. Ihre Stimme löste ein Gefühl inneren Friedens in ihm aus. Sie war eine Mischung aus Selbstvertrauen und Schüchternheit, Klugheit und Unschuld, Zwanglosigkeit und Eleganz, und bewegte sich mit einer Schönheit, die sie weder zur Schau stellte noch ignorierte. Und diese Jeans – wow! Ziemlich sexy.

„Schling den Rest hier noch um die Spitze", sagte sie und gab ihm das Ende der Kette. Ihre Finger berührten flüchtig seine Hand, und der Augenblick grub sich tief in sein Bewusstsein ein. Wenn er mit dem Finger schnippen und seine Vergangenheit ungeschehen machen, sein blockiertes Herz befreien könnte, dann würde er den Rest seines Lebens damit verbringen, Erinnerungen wie diese mit Chloe Daschle zu schaffen.

Aber er hatte nun mal keinen Zauberstab, keine Möglichkeit, die Vergangenheit auszulöschen. Das Recht auf eine glückliche Beziehung war ihm verwehrt und würde es bleiben.

„Perfekt." Chloe bewunderte ihr Werk. Jesse stand neben ihr, und plötzlich sah er sie beide als Ehepaar, wie sie vor dem ersten gemeinsamen Weihnachtsbaum standen. Die Szene spielte sich wie ein Film vor seinem inneren Auge ab. Wie ein Leben, das noch vor ihm lag. Das Gefühl brannte in seiner Brust und sandte einen Schauer über seinen Rücken. Der Film, der bevorstehende Flug nach Boston und die gerade überbrachten Neuigkeiten von Jeremiah schienen Millionen Jahre entfernt zu sein. Doch so plötzlich wie dieses Gefühl gekommen war, so schnell verging es wieder. Im nächsten Augenblick war er wieder der von Makeln behaftete Jesse, mit beiden Beinen auf dem Boden des Gästehauses stehend, der Frau neben ihm nicht würdig.

„Du magst wohl Weihnachten?", fragte er und lenkte sich von seiner albernen Träumerei ab.

„Absolut! Sag bloß nicht, du siehst das anders! Ich habe gerade begonnen, dich zu mögen." Sie holte ein paar Kugeln aus der Schachtel. „Ich konnte Mr. Crumblys Baumschmuck nicht finden. Diese hier sollten reichen, bis ich ein paar neue kaufe."

„Du brauchst keine neuen zu kaufen."

„Soll ich dich etwa mit einem ungeschmückten Christbaum hier sitzen lassen? Das würde ich selbst meinem ärgsten Feind nicht wünschen."

Jesse lachte. „Du bist wirklich etwas Besonderes, Chloe Daschle."

„Bin ich das?"

Sein Kompliment und sein Ton berührten sie in ihrem Innern. Ihr Blick blieb auf ihm haften.

„Ich glaube, das weißt du." Er griff nach einer Kugel und hängte sie an einen dünnen Zweig. Die Kugel war zu schwer und der Zweig hing schlaff herunter.

„Ich versuche, es zu glauben, aber ..." Chloe nahm die Kugel herunter und hängte sie an einen stärkeren Zweig, wo sie fröhlich hin- und herschwang. „Vielleicht ist das nur ein schönes Märchen in meinem Kopf. Aber seit ich ... nun ..." Sie sah zu ihm hoch. „Seit ich errettet bin, habe ich mich verändert."

„Ach ja? Es fällt mir schwer, mir das vorzustellen, aber wahrscheinlich hilft der Glaube." Er nahm eine weitere Kugel und hängte sie an einen dazu passenden Zweig. „Du bist also ein echter Weihnachtsfan? Von Jesus und seiner Geburt?"

Chloe zögerte und befestigte eine altmodische, goldene Kugel an einem Zweig. „Ja, das stimmt." Sie sah Jesse mit glänzenden Augen an. „Er hat mich wirklich gerettet. Wortwörtlich gerettet."

Früher hätte er eine Debatte angefangen, einfach so. Auch wenn sein wissenschaftlicher Verstand wusste, dass das Universum sich unter der Hand eines unsichtbaren Schöpfers bewegte. Doch der Ton ihrer Stimme, die Gefühle in ihren Augen, machten ihn neugierig. „Eines Tages musst du mir diese Geschichte erzählen."

„Wir haben einander einige Geschichten zu erzählen."

Als die sechs Kugeln alle am Baum hingen und Chloe zufrieden war, zeigte sie auf das Haupthaus. „Mom und Dad sind ausgegangen. Auf der Veranda brennt der Kamin und der Christbaum ist erleuchtet. Glenda hat ihr berühmtes Hühnchen mit Reis gekocht." Sie steckte die Hände in die Hosentaschen. „Wenn du nichts vorhast ..."

„Hühnchen und Reis? Das ist eines meiner Lieblingsgerichte."

Jesse ging mit ihr über den Rasen durch die kühle Luft zur Veranda, die in ein Weihnachtsmärchen verwandelt worden war. Weiße Lichterketten liefen um die Pfosten und an der Decke entlang. Ein großer Weihnachtsbaum schmückte die Ecke am Kamin. Die Zweige waren mit Glaskugeln behängt und eine fließende, goldene Girlande war um den Baum geschlungen. Aus unsichtbaren Lautsprechern klang Musik. *„O Come, O Come, Emmanuel."*

„Hast du alle Geschenke gekauft?", fragte Chloe und öffnete die Tür zur Küche, sodass die Wärme entwich.

„Nein."

„Jesse Gates, du bist ein *Scrooge*." Sie nahm zwei Teller aus dem Glasschrank.

„Ich werde in Boston einkaufen."

„Was? Zwei Tage vor Weihnachten?"

Er schmunzelte und lachte leise. „Ich nehme an, dass du deine Geschenke schon Wochen im Voraus planst."

„Monate!" Sie hob den Deckel des Schongarers an. Der Duft von geröstetem Hühnchen und Reis füllte die Küche, als sie zwei Teller füllte und einen davon Jesse reichte. „Das Besteck ist in dieser Schublade. Kannst du mir bitte Messer und Gabel geben?" Aus einer anderen Schublade holte sie Leinenservietten. „Die Getränke sind im Außenkühlschrank."

Er folgte ihr. Wie hätte er es nicht tun können? Mit jeder Begegnung fesselte sie ihn mehr, und eines Tages wäre er vielleicht nicht mehr in der

Lage, ihrer Anziehungskraft zu entkommen. Doch in diesem Moment setzten sie sich aufs Sofa. Chloe setzte sich im Schneidersitz hin, balancierte den Teller auf den Knien und machte eine Dose Cola Light auf.

Jesse beugte sich vor, den Teller auf dem Handteller. „Warum planst du das so lange im Voraus?"

„Weihnachten ist etwas sehr Persönliches. Die Geschenke sollen wirklich eine Bedeutung haben." Sie steckte sich einen großen Bissen Hühnchen und Reis in den Mund. „Alles an Weihnachten spricht von Vertrautheit und Nähe."

Er runzelte die Stirn. „Findest du?" Warum beunruhigten ihn ihre Worte?

„Hast du nie darüber nachgedacht? Gott wurde Mensch. Nein, ein *Baby*. Um die Welt zu retten, ja – aber auch um dich und mich zu retten. Es ist persönlich. Es ist die absolut gewaltigste Geschichte, eines Mel Gibson würdig."

Jesse nickte, obwohl die Unruhe zu Unbehagen wurde. „Du hast Glück, diese Geschichte gefunden zu haben."

Sie legte ihre Gabel hin und griff nach ihrem Getränk. „Glück ist ein schwaches Wort dafür. Ich war so furchtbar verloren ... so ausgehungert. Oh! Dein Geschenk." Sie sprang auf.

„Was? Geschenk? Chloe, warte ..."

Sie lief von der Veranda über das Wintergras und verschwand in der Galerie.

Jesse stellte seinen Teller hin und nahm seinen Eistee. Ein Geschenk? Sie hatte ihm ein Geschenk gekauft? Seine Gedanken rasten. Er verdiente kein Geschenk. Hatte er irgendetwas im Gästehaus, das er als Geschenk verpacken könnte?

Chloe kam atemlos und mit rosigen Wangen zurück. Sie gab ihm eine große quadratische Schachtel, die in grün-goldenes Papier eingewickelt war.

„Mach es auf."

„Chloe, du musst das nicht tun. Ich habe kein Geschenk ..."

„Nun sei schon still. Jesse, ein Geschenk ist dazu da, angenommen zu werden. Übrigens hast du mir ein Geschenk gemacht. Dein Drehbuch."

„Kaum. Ich kannte dich ja noch gar nicht, als ich es schrieb." Er zog an der Schleife. Ihre Großzügigkeit beschämte ihn.

„Aber *Er* kannte mich." Sie zeigte nach oben. „Du hast es geschrieben, um die Liebesgeschichte deines Urahnen zu vervollständigen, oder um auf bestimmte Fragen in deinem Herzen zu antworten, aber ich glaube, Jesus hat dir zugeflüstert: *Schreib es auch für Chloe.*" Sie hatte ihre Hände wie einen Trichter vor den Mund gehalten und geflüstert, als ob die Stimme des Erlösers zu hören wäre. „Los, mach es auf!" Sie nahm wieder ihren Teller und lehnte sich lächelnd und kauend zurück, die nackten Füße zwischen die Sofakissen gekuschelt.

Jesse zog die Schleife auf, entfernte das Papier und nahm den Deckel der Schachtel hoch. In rotes Seidenpapier eingeschlagen kam ein heller, silberfarbener Holzbildrahmen zum Vorschein. Das Glas war leer, doch unten am Rand war eine kleine goldene Tafel angebracht:

Bound by Love von JESSE GATES
Seinem Vorfahren Hamilton Lightfoot gewidmet

Als er näher hinsah, entdeckte er Zeilen des Drehbuchs, die in das Glas eingraviert worden waren. Teile seiner Geschichte. Teile von ihm selbst.

Er hatte seit Jahren nicht mehr geweint. Als er nun Chloe ansah, konnte er seine Tränen nicht verbergen.

„Das ist unglaublich. Aber warum? Wie ...?"

Sie stellte ihren Teller hin und lehnte sich zu ihm herüber. „Ich dachte, du könntest den Brief einrahmen, wenn du willst. Erst wollte ich ins Gästehaus schleichen, wenn du nicht da wärst, aber dann schien es mir ein bisschen übertrieben, wegen eines Weihnachtsgeschenkes unbefugt bei dir einzudringen." Sie berührte den Rahmen. „Ein Freund von mir hat ihn kreiert. Es ist Zedernholz, denn dieses Holz ist zeitlos und duftet. Das Silber steht für Rettung. Du hast die Geschichte deines Vorfahren gerettet."

„Und die Gravur?"

„Die Geschichte selbst. Transparent, und dennoch durch dich sichtbar."

Jesse räusperte sich. Das war einfach zu viel für ihn. „Das ist überwältigend, Chloe. V-vielen Dank." Die Intimität des Geschenks zog ihn noch stärker in ihren Bann. „Das ist das tollste Geschenk, das ich je bekommen habe. Ich habe den Eindruck, dass ich es nicht verdiene."

„So geht es uns doch allen. Darum geht es an Weihnachten." Sie legte ihre Hand auf sein Bein. „Frohe Weihnachten, Jesse."

„Frohe Weihnachten, Chloe." Er nahm ihre Hand und zog sie an sich.

„Frohe Weihnachten, Jesse."

Die Berührung mit ihren Lippen löste etwas in ihm aus. Liebe – nein nicht Liebe, es war bloß tiefe Zuneigung. Sie war dabei, ihn zu verändern. Noch einige weitere Momente wie diesen und er würde die Kontrolle verlieren. Sein Kuss war eine oberflächliche Antwort auf die Dankbarkeit und die Freude, die ihr Geschenk ihn ihm bewirkte.

Als er sie losließ, berührte sie mit ihrer Stirn seine Stirn. „Das hier wird langsam kompliziert."

„Deinetwegen", sagte er und legte die Hand um ihren Nacken, um sie erneut zu küssen.

„Vielleicht können wir nach dem Film ..."

„Chloe ..." Jesse legte den Rahmen in die Schachtel zurück. Er war verwirrt, hin- und hergerissen. Er sehnte sich danach, frei zu sein, zu lieben, doch die Furcht hielt ihn gefangen. „Ich weiß nicht ... ich glaube ... ich bin nur ..."

„Wenn du mir sagst, was du so verzweifelt zu verbergen suchst, dann kann ich dir vielleicht helfen. Vielleicht ist es gar nicht so schlimm, wie du glaubst."

Jesse stand auf und ging zum Kamin hinüber, hinein in das Licht der Weihnachtsbeleuchtung, dann kam er zurück zum Sofa. *Okay, okay, sag es ihr. Tu es einfach.*

„In der Kiste, in der du Hamiltons Brief gesehen hast, befand sich noch etwas anderes. Etwas sehr viel weniger Angenehmes."

Sie nahm ihren Teller und stellte ihn auf ihren Schoß. Sie sah ihn an und wartete.

„Ich fühle mich wie betäubt wegen dieser Sache ... es ist Vergangenheit ... aber es verfolgt mich noch heute und ich fürchte, das wird auch in Zukunft so sein."

„Es gehört wohl zu diesen Dingen, die man nie komplett abschütteln kann?"

„Genau."

„Das verstehe ich, Jesse, sogar sehr gut." Chloe rührte nachdenklich in ihrem Hühnchen mit Reis, nahm einen kleinen Bissen und starrte auf den Kamin. „Gerade, wenn ich glaube, die Vergangenheit hinter mir gelassen zu haben, kommt sie wieder hoch und verspottet mich."

Jesse setzte sich wieder neben sie und nahm seinen Teller. „Wir waren ein Jahr lang zusammen", sagte er.

„Ah, es ist immer eine Liebesgeschichte, nicht wahr? Nicht so wie im Film, sondern wie im richtigen Leben. Schmerzlich. Traurig."

„Wie lange hat deine traurige Liebesgeschichte gedauert?"

„Drei Jahre. Drei verflixte Jahre", sagte sie.

„Wir haben uns in meinem Abschlussjahr am MIT kennengelernt. Sie war intelligent, geistreich, wunderschön ..."

„Natürlich."

„... und verrückt." Er sah sie mit einem schiefen Lächeln an. „Wir waren ... nun, es ging heiß her zwischen uns."

„Lieber Himmel, so war es bei uns auch. Wir haben uns bei Dreharbeiten kennengelernt."

„Wo auch sonst." Jesse schob sich ein Stück Hühnchen in den Mund.

„Er war umwerfend, talentiert, charmant. Ich meine – wow! Ich konnte es kaum glauben, dass er von mir Notiz nahm. Aber er war ein bisschen verrückt, und ich meine das nicht positiv."

„Mein Bruder versuchte mich zu warnen. Wir waren zu schnell."

„Niemand hat mich gewarnt. Das hätte auch nichts genutzt", sagte sie. „Er war mein Seelengefährte, und jeder, der etwas anderes behauptete, war nicht länger mein Freund."

Begleitet von Weihnachtsmusik, der südkalifornischen Dezemberbrise und dem Leuchten des Weihnachtsbaums erzählten Jesse und Chloe einander ihre Geschichte. Abwechselnd, wie in einem gut einstudierten Theaterstück. Jesse hätte seine Geschichte anders wohl nie zur Sprache gebracht. Er liebte den Rhythmus ihrer ungewöhnlichen Unterhaltung.

„Dann kamen die Frühlingsferien", sagte er. „Sie lud uns alle in das Haus ihres Onkels in *Melbourne Beach*, Florida, ein."

„Wir standen kurz vor unserem dritten Jahrestag. Ich dachte, er würde mir einen Heiratsantrag machen."

„Loxley wollte, dass ich ihr einen Heiratsantrag mache. Sie ging sogar einen Monat vor den Frühlingsferien mit mir Ringe aussuchen. Aber ich war erst zwanzig. Sehr clever, aber völlig unreif. Plötzlich hatte ich das Gefühl, dass das Mädchen, das ich zu lieben glaubte, mir die Luft zum Atmen nahm."

„Zwanzig?", sagte sie und hielt die Gabel voller Reis und Hühnchen in die Luft. „Du hast mit zwanzig deinen Bachelor am MIT gemacht?"

„Nein." Er schlürfte an seinem Eistee. „Meinen Master."

„Ich fass es nicht", flüsterte sie. „Jetzt bin ich eingeschüchtert."

„Lieber nicht. ... Du hast noch nicht den Rest der Geschichte gehört. Und du? Was passierte als Nächstes?"

„Ich war sechsundzwanzig, darauf fixiert, meine wahre Liebe zu finden, und damals war ich davon überzeugt, dass Haden *der* Mann für mich war. Und ich war auch entschlossen, eine bedeutsame Karriere zu machen." Sie mimte eine Explosion. „Bumm!"

„Aber du hast eine bedeutsame Karriere, Chloe."

„Du hast auch noch nicht den Rest meiner Geschichte gehört. Wie ging es bei dir weiter?"

„Mein Bruder und ich hatten bereits ein Technologie-Unternehmen gestartet. *DiamondBros*. Das meiste passierte auf dem Papier, wir planten, worauf wir uns spezialisieren wollten. Mom half uns bei der Gründung und Dad stellte uns einer Reihe von Investoren vor."

„Ich meinerseits hatte bereits zwanzig Jahre im Filmgeschäft auf dem Buckel, und ich schien nicht über Nebenrollen und Todesszenen hinauszukommen. Haden sollte die Rolle in ..."

„Haden." Es dämmerte ihm. „Stuart. Du warst mit dem Star von *Space Avengers* zusammen?"

„Verurteile mich nicht."

Jesse lehnte sich zurück und hielt die Hände in die Höhe. „Das tue ich nicht. Ich liebe deine Offenheit. Aber Haden Stuart ..." Er war ihm mehrmals begegnet. Er war ein Vollidiot.

„Was du nicht sagst. Aber ich war verliebt. Und ich sollte die Rolle von Twist spielen, seiner Handlangerin und gelegentlichen Geliebten."

„Echt? Du wärest eine tolle Twist gewesen."

„Aber ich habe es vermasselt."

Jesse runzelte die Stirn. „Wie hast du ..."

„Erst bist du dran. Wir waren an der Stelle, wo das junge Genie Jesse Gates die Frühlingsferien in Florida verbrachte."

„Richtig, also – an unserem letzten Abend dort machte Loxley ständig Andeutungen."

„Über den Ring? Über *die* Frage?"

„Ja. Aber ich wusste: Ich liebe sie nicht. Nicht so, wie ein Mann eine Frau lieben sollte, die er heiraten wird. Vergiss nicht, ich war *zwanzig*. Ich war noch nicht bereit für die Ehe. Aber Lox hatte immer genau formulierte Ziele. *Graduate School* und die Verlobung standen als Nächstes auf ihrer Liste. Ich wollte jedoch kein Kontrollkästchen auf ihrer Liste sein. Auch wenn sie ..." Er schüttelte den Kopf. Die Härte seines Bekenntnisses brachte seinen inneren Frieden ins Wanken. „Sagen wir mal so: Wenn jemand intelligent ist, heißt das noch lange nicht, dass auch sein Herz klug ist."

„Glaub mir, das weiß ich sehr gut. Ich bin zwar kein Genie wie eine bestimmte Person, die mit mir auf dem Sofa sitzt ..."

„Stop."

„... aber ich war eine Einser-Studentin. Sogar in Mathe und Naturwissenschaften."

Jesse klatschte Chloe ab. „Erzähl weiter. Zuletzt war unsere Heldin heiß verliebt in Captain Steel Jones."

„Ha! Sehr lustig. Okay, nun, eine Freundin lud mich zum Dinner bei E.P. & L.P. ein. Wir hatten auf der Dachterrasse reserviert, mit entsprechendem Ausblick und Sonnenuntergang. Der perfekte Rahmen für einen Heiratsantrag. *Haden hat das hier ausgeheckt,* dachte ich. *Er hat mich hierhergelockt, um mich mit unserer Verlobungsfeier zu überraschen.*" Sie hob die Augenbrauen. „Ich bin eine ausgemachte Träumerin. Ich malte mir die ganze Szene aus, wie Kathy und ich ankommen und die Dachterrasse für den besonderen Anlass eingedeckt vorfinden würden. Wie sie vorgeben würde, nach unserem Tisch zu suchen, um zu sehen, was vor sich ging, und mich dann auffordern würde, mit ihr hochzugehen. Und natürlich würde Haden auf Knien auf mich warten und einen dicken Diamantring hochhalten."

„Ich habe einmal so eine Filmszene gespielt. Da war ich der Trauzeuge."

„Aus solchen Filmen habe ich wahrscheinlich meine Fantasie genährt."

„Ich nehme an, er war nicht dort oben mit dem Ring."

„Oh, er war da, das schon." Chloe lehnte sich zurück, nahm eine Gabel von ihrem Reis und bedeutete Jesse, fortzufahren.

„Ich fand einen Plastikring in einem Kaugummiautomaten und gab fünf Dollar aus, bis ich ihn endlich hatte. Es war grässlich. Ich dachte: *Das wird ein Spaß, wenn ich ihr einen falschen Verlobungsring gebe.* Ich stellte mir vor, sie würde wütend werden, mir sagen, dass ich erwachsen werden soll und hoffentlich zu dem Schluss kommen, dass ich geschmacklos war und dass sie mit mir Schluss machen wollte. Nach dem Motto: *Du bist einfach unreif.*"

Chloe stellte ihren Teller auf den Tisch und nahm ihre Cola-Dose hoch. „Meine Freundin und ich gingen zu unserem Tisch – dabei erzählte sie mir ohne Punkt und Komma von einer neuen Rolle, für die sie vorgesprochen hatte – und bumm! Da war er. Haden!"

„Er war also da?"

„Ja, in seiner ganzen Pracht. Perfekt. Ich lief auf ihn zu, und in dem Moment beugte er sich vor und küsste die Frau, die neben ihm saß. Marylin West."

„Marylin West? Er hat dich wegen Marylin West sitzen lassen? Wow ... Er hat ein seltenes Juwel gegen einen Typ Frau ausgetauscht, den es wie Sand am Meer gibt. Der Mann hat keinen Geschmack."

„Mag sein, aber dieser Moment hat mir das Herz gebrochen." Ihre Augen glänzten.

„Das tut mir so leid, Baby." Der Kosename kam ihm ohne nachzudenken über die Lippen. „Das muss furchtbar wehgetan haben."

„Oh, es kam noch schlimmer. Du bist wieder dran."

Jesse stellte seinen Teller zur Seite und ließ sich gegen die Kissen fallen, um sich für die schmerzlichen Erinnerungen zu wappnen.

„Wir gingen zum Strand, um *Football* zu spielen und noch ein spätes Bad im Meer zu nehmen. Musik wurde gespielt, die Jungen rannten hinter dem Ball her und die Mädchen stolzierten in ihren Bikinis herum. Da kam mir die Idee, meinen falschen Antrag vor aller Augen zu machen. *Ich* wäre der Angeschmierte gewesen."

„In meinem Fall war ich die Angeschmierte", sagte Chloe. „Ich war so schockiert, dass ich direkt auf Haden zuging und sagte: *Haden, was machst du da?*" Sie zuckte zusammen und ließ sich wie Jesse in die Kissen sinken. „*Spielt ihr eine Filmszene?* Ich blickte sogar umher, um die Kameras und die Crew zu sehen. Die beiden drehten zusammen eine Seifenoper, aber ich hatte nicht gewusst, dass darin auch eine Dachterrassen-Szene vorkam."

„Oh, er hat in *Slap Happy* mit Marylin gespielt, stimmt's? Aber an diesem Abend waren keine Kameras da?"

„Doch, es waren Kameras da – leider ...." Chloe trank von ihrer Cola. „Du bist dran."

„Wir haben das *Football*-Spiel beendet, alle Essensreste zusammengetragen, ein Lagerfeuer angezündet und den Sonnenuntergang beobachtet. Und dann habe ich meine Wahnsinnstat begangen. Ich habe meinen Bruder angesehen, nach dem Motto *Pass gut auf,* und dann bin ich vor Loxley in die Knie gegangen. Dan wurde ganz aufgeregt und schüttelte den Kopf. Er rief Jess. Aber ich beachtete ihn nicht, nahm den Ring aus meiner Hosentasche und sagte: *Loxley, willst du mich heiraten?*"

„Als Haden mich sah, sprang er auf wie von der Tarantel gestochen. *Chloe?* sagte er. *Was machst du denn hier?* Ich antwortete: *Das wollte ich dich auch gerade fragen.* Marilyn wurde rot wie die untergehende Sonne und sagte: *Du hast mir erzählt, ihr hättet Schluss gemacht.* Sie stand auf und ging, und er lief ihr hinterher. Da habe ich völlig die Beherrschung verloren. *Du triffst dich mit Marylin? Du betrügst mich?* Ich war zuvor mit Clark Davis liiert gewesen, der mich ständig betrogen hatte, und ich sah wirklich rot. Ich trat auf Hadens Fuß und schlug ihm ins Gesicht. Ich schrie und stieß die wüstesten Beschimpfungen aus. Dann mischte sich Marylin ein. *Kein Wunder, dass er mit dir Schluss gemacht hat.* Und dann ging es erst richtig los. Ein Kampf zwischen zwei Katzen, wie du ihn noch nie gesehen hast. Ich war so wütend und verletzt, dass ich gar nicht mitbekam, wie die Leute um uns herum ihre Smartphones hervorholten."

„Es waren also Kameras da."

„Ungefähr fünfzig."

„Oh Mann." Jesse schüttelte den Kopf und streckte seine Beine lang aus. „Ich war schrecklich zu Loxley. Als ich auf die Knie fiel, hielt sie die Luft an und schaute umher. Alle ihre Freundinnen hielten ebenfalls die Luft an. Dann nahm sie den Ring. Sie starrte einen Augenblick darauf, mit gerunzelter Stirn. Und die ganze Zeit lachte ich innerlich und wartete darauf, dass der Groschen fällt." Er verspottete sich selbst, die Wut in seiner Stimme war real. „Dann sah sie mich mit einem Blick an, der mich hätte töten können. *Was ist das?* Ich kicherte: *Dein Ring, Mylady.* Sie erdolchte mich mit ihrem Blick. *Jesse Gates, was geht hier vor? Machst du mir einen Antrag oder nicht? Wo ist der Ring, den ich ausgesucht habe?* In dem Moment begriff ich, dass ich einen schweren Fehler gemacht hatte. Sie rastete aus. *Glaubst du allen Ernstes, mir mit diesem billigen, kitschigen Dingsda einen Antrag machen zu können?* Und plötzlich gefror mein Lächeln."

„Haden machte dem Kampf zwischen Marylin und mir ein Ende und begann mich aufs Übelste zu beschimpfen." Tränen kamen in ihr hoch. „Ich hätte es lieber gehabt, er hätte mich geschlagen. Selbst jetzt noch, zwei Jahre später, kann ich mich an jeden Schimpfnamen und an den Klang seiner Stimmen erinnern."

„Lox beschimpfte mich als albern und hirnverbrannt und stürmte wutschnaubend davon. Ich lief ihr nach und versuchte, mich zu entschuldigen, aber sie war fuchsteufelswild. *Willst du mich heiraten oder nicht?* Ich musste ehrlich sein. *Nein, jedenfalls nicht jetzt. Ich bin erst zwanzig. Dan und ich beginnen gerade unser Unternehmen.* Sie spuckte mir ins Gesicht und wollte wissen, ob ich sie liebe. *Nicht auf diese Weise*, sagte ich. *Ich wünschte, es wäre so, Lox, aber es ist nicht so. Ich glaube, es gibt jemand anderen für mich.*" Er schnaubte. „Bis heute weiß ich nicht, warum ich das gesagt habe."

„Weil du ehrlich sein wolltest."

„Ja, aber ich hatte gar nicht die Idee, dass es da jemand anderen geben würde. Die Worte kamen einfach so heraus." Er setzte sich aufrecht hin, um die Last seiner Vergangenheit zu tragen.

„Ich griff Haden an und schlug ihn immer wieder, und ich hörte nicht auf zu fluchen." Sie boxte mit den Händen in die Luft, um ihre Worte zu unterstreichen. „Schließlich hielt er meinen Arm fest und sagte: *Chloe, es ist vorbei. Du bist so besessen von der Idee der echten Liebe, dass du blind bist. Ich liebe dich nicht. Du bist keine Geliebte, sondern eine Klette.*"

„Eine Klette?" Er konnte es kaum glauben. Niemals. Sie war so großzügig und freundlich. Und wunderschön. Das perfekte Gegenmittel für jeden Junggesellen. „Chloe, glaub mir, du bist keine Klette."

„Sei froh, dass du nie mein Partner warst." Sie lachte, aber er wusste, dass es kein echtes Lachen war. „Aber es reichte mir nicht, dass er mir vor fünfzig Zeugen sagte, es sei aus mit uns. Neiiiin. Ich musste anfangen zu weinen, zu jammern und ihn anzuflehen, bei mir zu bleiben." Chloe drückte sich ein Kissen vors Gesicht. „Es macht mich ganz krank, daran zu denken."

„Loxley rannte weg, den Strand hinunter. Sie brüllte, ich sollte sie allein lassen. Ich wusste, dass sie Zeit brauchte, um alles zu verarbeiten, also ging ich zum Haus und zu unseren fassungslosen Freunden zurück. Ich war davon überzeugt, dass sie nach einigem Nachdenken zu dem Schluss kommen würde, dass auch sie mich nicht liebte. Jedenfalls nicht genug, um mich zu heiraten. Sie wollte doch nur ihre Liste abhaken, dachte ich. Ihr Vater war Polizist, ihre Mutter Krankenschwester, ihr Bruder Lehrer, ihre Schwester Bankangestellte."

„Aber kein Mensch sollte je diese Worte hören müssen – *Ich liebe dich nicht.*"

„Ich bereue meine Worte, glaube mir. Aber wenn ich es nicht gesagt hätte ..."

„Hadens Worte brachten meine rosarote Luftblase zum Platzen."

„Warum war es so wichtig für dich, verheiratet zu sein? Abgesehen von der erstaunlichen Auffassung, die du von der Ehe hast." Er grübelte noch immer über ihre Worte nach, die sie an jenem Abend auf der Dachterrasse im Strandhaus von *Santa Monica* gesagt hatte.

„Ich kann es nicht erklären." Ihre Tränen flossen ungehindert. „Ich wollte es schon, solange ich mich erinnern kann. Ich glaube, ich bin mit dieser Sehnsucht zur Welt gekommen."

„Was die Ehe betrifft, weiß ich nicht ... aber ... dies hier habe ich noch keinem Menschen gesagt ... Ich wusste schon, als ich noch ganz jung war, dass es jemand Besonderen für mich geben würde. Manchmal konnte ich diese Frau praktisch vor mir sehen." Sein Blick verweilte auf Chloes Gesicht, und als sein Herz zu klopfen begann, schaute er fort.

„Ich war mit vier Männern zusammen, und jedes Mal dachte ich, es sei der Richtige. Ich war sicher, sie würden mich lieben, weil ich sie liebte. Aber alles, was ich stattdessen bekam, waren Trennung und Schmerz."

„Ich war viel zu sehr Geek, um vor Loxley eine Beziehung gehabt zu haben."

„Geek oder nicht, Jesse – hast du schon mal in den Spiegel geschaut?"

Er grinste. „Ich habe mich verändert, seit ich in Hollywood bin."

„Hast du ein neues Gesicht? Haar-Implantate?"

„Nein, aber ... Sagen wir, ein Stylist kann Wunder bewirken."

„Aber Loxley sah hinter das Äußere des ungelenken, schlecht gestylten Mannes?"

„Sagen wir eher ungelenker, schlecht gestylter Junge. Aber ansonsten hast du recht." Er schüttelte den Kopf bei der Erinnerung an diese Zeit seines Lebens. „Sie war das genaue Gegenteil von mir. Extrovertiert und schlagfertig. Als sie sich für mich zu interessieren begann, war ich einfach überwältigt."

„In jener Nacht habe ich mich in den Schlaf geweint. Nach Haden. Ich verkroch mich das ganze Wochenende in meiner Wohnung. Meine Freundin Stella – nun, du kennst sie ja – rief mich ununterbrochen an. Sie kam vorbei, klopfte immer wieder an die Tür. Ich antwortete nicht. Schließlich kam meine Schwester am Sonntagabend zu mir. Als ich ihr Gesicht sah, wusste ich, dass etwas Schlimmes passiert war. *Du bist überall im Internet zu sehen, Chloe*, sagte sie." Sie zog ihre Knie an die Brust und grub ihre Füße in das Sofakissen. „Ich hatte gerade für die Rolle von Twist und für eine tolle Rolle in einem Ensemblefilm vorgesprochen. Zwei Tage später rief mein Agent an. Beide Produzenten lehnten mich ab. Ich wusste, was los war ... es lag an den fünfzig Videos, in denen ich auf Haden einschlug und ihn wie eine Furie beschimpfte."

„Unser Strandabschnitt war privat, er gehörte einer kleinen Nachbarschaft, wir waren unter uns. Die Nacht kam. Immer noch keine Loxley. Ich machte mir Sorgen. Hatte Schuldgefühle. Schließlich begannen wir sie zu suchen. Dan und ich, unsere Freunde Hugh und David, Melanie, Loxleys beste Freundin, und Gena, Davids Freundin. Wir konnten sie nicht finden. Ich saß die ganze Nacht dort, hielt das Feuer in Gang, ging ungefähr alle zwanzig Minuten den Strand hinauf und hinunter. Melanie versicherte mir, es ginge ihr bestimmt gut, sie wäre einfach wütend und wollte mich bestrafen. Sie antwortete nicht auf ihrem Handy ..."

„Dad versuchte ein gutes Wort für mich einzulegen", sagte Chloe. „Aber heutzutage macht ein Produzent einen weiten Bogen um jede Person, bei der mit Ärger zu rechnen ist."

„Rettungsschwimmer fanden Loxley am nächsten Morgen am Strand, etwa eine halbe Meile vom Haus entfernt. Ertrunken. Es wurde angenommen, dass sie von der Strömung erfasst worden war."

„Oh, Jesse." Chloe setzte sich aufrecht hin und drückte seinen Arm. „Wie furchtbar. Sie starb? Das tut mir so leid."

„Es gibt nichts Schlimmeres auf der Welt, als den Eltern eines Mädchens zu sagen, dass es nicht mehr nach Hause kommen wird. All ihre

Hoffnungen und Träume bezüglich ihrer Zukunft – alles vorbei. Ihr Talent, ihre Fähigkeiten, ihr Licht, alles erloschen.“ Sein Blick blieb auf dem Christbaum haften. „Natürlich gab es eine Untersuchung, und hinterher versuchte ich, in Boston zu bleiben, aber ... ich musste fort. Musste fliehen. Im darauffolgenden Sommer bin ich weggezogen.“

„Dad gab Tausende von Dollars aus in dem Bemühen, die Videos aus dem Internet herauszuziehen. Aber wie du weißt, ist das unmöglich. Ich habe fünf Sekunden davon gesehen, und ...“ Sie schlug die Hand vor den Mund. „Ich konnte einfach nicht glauben, dass ich das war. Ungefähr alle sechs Monate taucht wieder ein Video auf. Ich mache eine Art *„Best of“* und *„Worst of“* Liste. Dann wird das Ganze auf Facebook geteilt, mit anderen Worten mit der ganzen Welt, und alles geht wieder von vorn los.“

„Ihre Eltern riefen die Loxley-Brant-Stiftung für talentierte Studenten ins Leben. Als ich *Bound by Love* verkauft hatte, schickte ich ihnen zehntausend Dollar.“

„Jesse, das ist wundervoll. Du machst Fortschritte, erfährst Vergebung und kannst dir selbst vergeben.“

„Sie haben das Geld zurückgeschickt.“

„Oh.“

„Es ist in Ordnung. Ich verstehe das. Weißt du, als ich das Haus in *Santa Monica* gemietet habe, war das mein Versuch, nach vorn zu sehen und die Vergangenheit hinter mir zu lassen. Ich war zum ersten Mal seit acht Jahren am Meer.“

„Und nun bist du hier gelandet.“ Sie öffnete die Hände und machte eine Geste, die die Veranda umfasste.

„Wir sind ein seltsames Paar, was?“

„Ja, sind wir.“

Chloe glitt neben ihn, er legte seinen Arm um ihre Schultern und sie kuschelte sich an seine Brust. Ihre Wange berührte die Stelle über seinem Herzen, und so saßen sie gemeinsam da, schweigend.

18.
Hamilton

Hannah's Cowpens
Nordamerikanische Kolonie von South Carolina
16. Januar 1781

Es war ein ganz besonderer Abend; ein Sieg im Morgengrauen könnte den Ausgang dieses schlimmen Konflikts mitunter wenden ...

Hamilton wärmte sich am Feuer, die Kälte kroch ihm bis in die Knochen. Die Männer an seiner Seite – Milizsoldaten aus Georgia – sprachen wenig, während sie ihre Hände über die Flammen hielten und zitterten, vielleicht mehr vor Angst als vor Kälte. Neben ihm stand Ralphie Standish, ein junger Mann von erst siebzehn Jahren. Er starrte in die Dunkelheit und blies in seine kalten, hohlen Hände. „Werden wir heute Nacht wohl schlafen?"

„Wir sollten es versuchen." Doch Hamilton bezweifelte, dass er auch nur für ein paar Minuten Schlaf finden würde. Sein Adrenalinspiegel war viel zu hoch.

Anders als die kleine Baumreihe, wo er mit den anderen saß, war Hannah's Cowpens offenes Land. Perfekt, um Vieh grasen zu lassen. Perfekt für eine Schlacht. Das Feld schien flach zu sein, doch eine Überprüfung hatte ergeben, dass das Gelände direkt hinter dem Sumpfahorn abfiel. General Morgan hatte seine Strategie entsprechend angepasst. Früher am Tag hatte er erklärt: „Auf diesem Boden werde ich die Briten besiegen oder aber meine Knochen begraben lassen."

Hamilton hielt sein Gewehr im Arm, der Lauf ruhte auf seiner Schulter. Morgan hatte seine Mission, gemeinsam mit den anderen Kämpfern, klar ausgedrückt: „Wir lassen den Feind bis auf knapp fünfzig Meter herankommen, und dann ... Feuer! Wir schießen besonders auf Männer mit Schulterklappen."

Während er sich vorstellte, wie er dieser Aufgabe nachkam, fühlte sich Hamilton zugleich alt und sehr jung. Mit zweiundzwanzig Jahren lag das Leben noch vor ihm. Doch diese Nacht war möglicherweise seine letzte auf dieser Erde. Er griff in seinen Rucksack und holte Schreibpapier und einen Bleistiftstummel hervor.

Im Licht des Feuers begann er zu schreiben.

Meine liebste Esther,

Doch dann schweiften seine Gedanken ab und er dachte an seinen Vater und seine Mutter, an seine Schwester Betsy. An Onkel Laurence und Tante Mary. An den dreiundzwanzigsten Psalm.

Der Herr ist mein Hirte. Mir wird nichts mangeln.

Er wünschte sich, er wäre genauso wortgewandt wie der Psalmschreiber David, um seine Sehnsucht auszudrücken. Aber er war ein Kämpfer. Jede Lieblichkeit war weit von ihm entfernt.

Nach dem Zusammenstoß mit Sir Michael an Weihnachten in *Slathersby Hill* hatte er Esther geschrieben und sie gebeten, ihn an der Trauerweide zu treffen. Diesmal war *sie* nicht gekommen. Hamilton machte ihr keine Vorwürfe, wenn er bedachte, wie herablassend er sie nach seiner Rückkehr von *King's Mountain* behandelt und wie grob er am Weihnachtsabend bei ihnen eingedrungen war.

Sir Michael hatte Tante Mary einen Mietvertrag – man stelle sich vor! – geschickt, der es ihr erlaubte, für zehn Pfund pro Monat die Farm von der *Whatham Holdings* zu mieten. Zehn Pfund! Das war Wucher!

Hamilton starrte vor sich hin und schob mit dem Fuß ein Holzscheit ins Feuer. Wenn er nur daran dachte, krampfte sich vor Wut alles in ihm zusammen. Wenn diese Schlacht vorüber war, würde er jeden wachen Moment dazu nutzen, die Wahrheit ans Licht zu bringen.

Wilson Howard gesellte sich zu ihnen. „Bin ich der Einzige, der sich fragt, was wir hier machen - im Angesicht von lauter ausgebildeten Rotröcken?"

Bradley Holmes aus *Ninety Six* - ein mutiger, tugendhafter Mann, der bei der Schlacht von *King's Mountain* wie ein Held gekämpft, aber nicht an der Ermordung der unterworfenen Soldaten teilgenommen hatte - sagte: „Du warst doch bei *King's Mountain*, Howard. Wir haben dort ausgebildete Rotröcke besiegt, stimmt es nicht, Lightfoot?"

„Erinnere mich nicht daran."

Die Stimme von General Morgan ließ die Männer aufspringen. Hamiltons Brief fiel zu Boden, als der Offizier unter den Bäumen auftauchte.

„Nur Mut. Ihr schafft das, Jungs", sagte der General. „Haltet einfach die Köpfe hoch und gebt drei Schüsse ab. Danach seid ihr frei. Wenn ihr nach Hause zurückkehrt, werden die Alten euch segnen und die Mädchen euch küssen."

Er schüttelte jedem Mann rund ums Feuer die Hand, bevor er Hamilton aufforderte, ihm zu folgen. Als sie außer Hörweite waren, sagte Morgan: „Colonel Pickens sagte mir, Sie hätten bei *King's Mountain* tapfer gekämpft. Er versicherte mir, Sie wären ein guter Schütze."

„Ja, Sir."

Der General kniete sich hin und nahm eine Landkarte aus seiner Jackentasche. Er betrachtete sie im Schein des fernen Lagerfeuers.

„Sie sind einer von ihnen. Sie werden auf Sie hören. Lassen Sie sie nicht ausscheren, Lightfoot. Sie müssen drei Schüsse abgeben. Bleibt unter den Bäumen, aber zieht euch nicht zurück, bevor die Aufforderung ergeht." Er fuhr mit der Kante seines Messers über die Höhenlinien auf der Karte. „Während Sie Ihr Gewehr laden, soll ein anderer Mann aufs Feuer zugehen. Drei Salven. Das ist alles, was ich erwarte. Die Kontinentalsoldaten und die *Virginia*-Miliz werden hier sein." Er klopfte auf die Karte, wo die Linien ein Gefälle markierten. „Colonel Tarleton erwartet von Ihren Jungen, dass sie in dem Moment losrennen, wo sie das Feuer erwidern. Doch wir werden schlauer sein als er." Der General klopfte Hamilton auf die Schulter. „Ich wünsche mir nichts sehnlicher, als diesen Schlächter zu bestrafen." Der britische Colonel war für seine Grausamkeit bekannt. „Kann ich mich auf Sie verlassen?"

„Ja, Sir, das können Sie." Hamilton tupfte einen Schweißtropfen von seiner Augenbraue. Es fühlte sich vertraut und quälend an. Das Rufen seines Vaters um Gnade hallte in ihm wider.

Dann dachte er an Onkel Laurence, verbrannt und verkohlt. Und an Esther, wie sie unter Twimballs Kugel zusammengebrochen war. Alles in ihm rief nach Rache.

„Sie sind ein guter Mann, Ligthfoot." Der General rollte die Karte zusammen und kehrte zum Feuer zurück. „Füllt euch die Bäuche, Jungs, dann ruht euch aus. Tarleton wird voraussichtlich im Morgengrauen angreifen. Denkt daran: Drei Schüsse. Danach führt ihr die verfluchten Rotröcke in unsere Falle." Er sah jedem Einzelnen ins Gesicht. „Kämpft mutig! Für eure Familien! Der Allmächtige ist auf unserer Seite."

Hamilton setzte sich neben Ralphie auf einen Holzklotz.

„Dein Schreibpapier." Der Junge reichte ihm die steifen, gefalteten Seiten.

„Danke."

„Was wollte der General?"

„Ich soll darüber wachen, dass wir alle drei Schüsse abgeben, bevor wir uns dahin zurückziehen, wo die Kontinentalsoldaten warten. Kann ich mich auf dich verlassen, Ralphie?" Hamilton legte sich das Schreibpapier auf die Knie.

„Ja, Sir." Ralph zeigte auf den Brief. „Hast du ein Mädchen, Hamilton?"

Er klopfte mit dem Bleistift auf das Papier. „Ich bin mir nicht sicher."

„Wie kann man da nicht sicher sein? Ich weiß, dass ich kein Mädchen habe, und ich bin froh darüber. Ich würde nicht wissen wollen, wie sie sich jetzt fühlt. Es ist schon schlimm genug zu wissen, dass meine Mutter vor Sorge fast krank ist."

Hamilton legte den Arm um die schmalen Schultern des Jungen und spürte ein leichtes Zittern. „Aber wird sie nicht stolz sein, wenn ihr Junge als Held nach Hause kommt?"

„Ich möchte gern tapfer sein, aber ..."

„Die Tapferkeit kämpft trotz der Angst, nicht ohne sie."

Ralphie grinste. „Du klingst wie mein Vater."

Hamilton stand auf. „Komm, wir werden versuchen zu schlafen."

Der Junge streckte sich neben Hamilton auf seiner Bettrolle aus und war wenige Minuten später eingeschlafen. Hamilton dagegen lag wach, die Hände hinter dem Kopf verschränkt, und lauschte auf die Geräusche der Nacht.

Er kroch zum Feuer und stieß mit dem Fuß ein weiteres Holzscheit in die schwelende Glut. Er schloss die Augen und ließ sein Herz sprechen. Dann schrieb er:

Hannah's Cowpens
16. Januar 1781

Meine liebste Esther,
meine jüngsten Handlungen haben meine innigsten Gefühle Lügen gestraft. Am Vorabend der Schlacht möchte ich alle Verwirrung ausräumen. Denk an mich, wie du mich zuvor kanntest, als mein Verhalten statt meiner Worte die Gefühle meines Herzens offenbarte.
Ich liebe dich. Das ist die reine Wahrheit.
In Liebe,
Hamilton Lightfoot

Chloe

Chesnee, South Carolina
Januar

Lange Stunden mit dem Friseur und der Maskenbildnerin verwandelten sie in Esther Kingsley, die Tochter eines Loyalisten im ländlichen *South Carolina.*

Jeremiah hatte ein großes, altes Anwesen als Haus der Kingsleys angemietet. Als Chloe die Treppe für ihre erste Szene herunterkam, stellte sie sich die echte Esther vor, die in einem ähnlichen Haus gewohnt haben mochte. Sie trug ein blaues Kleid mit einem cremefarbenen Halstuch und schwarze Schnallenschuhe. Die Stylisten hatten ihr volles Haar in eine kunstvolle Frisur mit eng gewickelten Locken verwandelt.

Als Chloe mit den Worten für die erste Szene im Kopf auf das Esszimmer zuging, lief sie Jesse in die Arme, der als Flanders in Hirschleder mit Fransen und kniehohe Mokassins gekleidet war.

„Oh ..." Für einen kurzen Augenblick stockte ihr Atem. „Hallo."

Seit jener Nacht auf der Veranda waren sie Freunde geworden, gute Freunde. Als er zu seinem Weihnachtsurlaub aufgebrochen war, hatte sie ihn vermisst. Und nun, da er vor ihr stand, zitterte sie.

„Ich habe mich schon gefragt, wann ich dich sehen würde", sagte er lächelnd. Sie hätte ihn am liebsten geküsst. Einfach ... geküsst!

Wie oft hatte sie zum Gästehaus hinübergespäht in der Hoffnung, ihn zu sehen? *Überraschung, ich bin zurück!* Sie war einfach unverbesserlich in ihrer Hoffnung auf das Unerwartete, auf romantische Gesten.

Als er am Weihnachtsabend anrief, lag sie gerade auf dem Teppich neben dem Weihnachtsbaum. Ihre neuen Pantoffeln – Mom schenkte der Familie jedes Jahr zu Weihnachten neue Pantoffeln – baumelten von ihren Zehen und im Hintergrund war Bing Crosby zu hören. Sie unterhielten sich stundenlang, bis zum Anbruch des kalifornischen Weihnachtsmorgens.

Er hatte den Originalbrief von Hamilton Lightfoot eingerahmt und seinen Eltern am Abend als Geschenk überreicht. Seine Mutter hatte geweint und auch sein Vater war gerührt. Sie waren begeistert und meinten, sie hätten nie ein schöneres Geschenk bekommen.

„Gern geschehen", hatte Chloe geantwortet. „Ich hab's ja gesagt."

„Ich schulde dir etwas."

Die räumliche Entfernung gab ihr auch Zeit zum Nachdenken über ihre Beziehung und um sich zu schützen. Doch dieser Schutz schien zu bröckeln, sobald sie ihn sah ...

Er hatte keine Andeutung gemacht, dass er mehr als Freundschaft wollte. Nachdem sie Loxleys Geschichte gehört hatte, konnte sie ihm das nicht verübeln.

Und nachdem sie ihm ihre Geschichte mit Haden erzählt hatte, noch viel weniger. Sie waren beide sehr vorsichtig.

„Wow", sagte er. „Du siehst tatsächlich aus wie Esther. Jedenfalls so, wie ich sie mir immer vorgestellt habe." Er berührte ihre Locken. „Sind das deine eigenen Haare?"

„Ja. Michele sagte, sie möchte lieber meine Haare als eine Perücke frisieren."

Jesse zog sie in eine Umarmung und berührte mit der Wange ihr Haar. „Ich habe das Gefühl, dich schon ewig zu kennen."

Sie sog den herben Duft seiner Hirschlederkleidung ein, der sich mit seinem Aftershave mischte. „Das geht mir genauso."

Oh, nein, nein, gar nicht gut! Sie spürte es genau: Sie war dabei ... sich zu verlieben. Warum konnte sie nicht aufhören mit diesen mädchenhaften Schwärmereien? Ihre Knie wurden bei seinem Anblick weich, und sein Lächeln nahm sie völlig gefangen. Mit einem tiefen Atemzug entzog sie sich seiner Umarmung.

„W-wie war's in Boston?" Warum musste er so umwerfend aussehen? So männlich. Er hatte für die Rolle sein Haar wachsen lassen und trug es bis zu den Schultern, sodass er wie ein echter Südstaatler des achtzehnten Jahrhunderts aussah.

„Boston war prima. Kalt und voller Schnee." Wie er da mit verschränkten Armen und breiten Schultern gegen den Türrahmen gelehnt stand, sah er aus wie einer der Helden, von denen sie als Mädchen geträumt hatte.

„Hast du Loxleys Eltern gesehen?"

„Ich habe es versucht. Ich wollte ihnen das Geld für die Stiftung geben, aber sie waren nicht in der Stadt. Vielleicht war es besser so."

„Gib ihnen Zeit."

„Es ist acht Jahre her. Ich glaube nicht, dass sie mir je vergeben werden, und ich kann es ihnen nicht verdenken."

Seit ihrer Unterhaltung auf der Veranda hatte er das Thema noch zweimal zur Sprache gebracht und eine Seite von ihm offenbart, die sie vorher nicht gesehen hatte. Chloes Zuneigung nahm mit ihrer Bewunderung für ihn zu.

„Du kannst nichts anderes tun als fragen." Sie drückte seinen Arm. „Ich arbeite daran, mir selbst zu vergeben und loszulassen. Das solltest du auch tun. – Komm, Jesse, wir sind bei den Dreharbeiten für *deinen* Film." Sie hob die Hände in die Luft. „Wow!"

„Okay, okay. Tut mir leid ..." Er klatschte in die Hände und zeigte zum Fenster. Draußen war die Crew mit den Vorbereitungen für die Szene beschäftigt, in der Hamilton Esther vor einem fliehenden Pferd rettet. „Die erste große Szene. Bist du bereit? Ich war so aufgeregt, dass ich letzte Nacht nicht schlafen konnte."

„Genau wie ich."

„Das glaub ich dir gern. Du wirst am ersten Drehtag auf ein fliehendes Pferd gesetzt."

„Ich muss mich nur fünfzehn Sekunden festklammern und verängstigt aussehen, den Rest erledigt der Stunt."

„Stunt?" Er verzog das Gesicht. „Feigling."

Chloe schlug ihn spielerisch auf den Arm. „Ich möchte gern am Leben bleiben, um diesen Film im Kino zu sehen."

„Jesse, kommst du?" Jeremiah kam mit entschlossenen Schritten durchs Haus. „Wir fangen an."

„Ja, Sir." Jesse folgte ihm und sagte im Vorbeigehen zu Chloe: „Auf, um vom Meister zu lernen!"

„Jesse?", rief sie.

Er hielt an der Tür an. „Ja?"

„Diese Szene, mit Esther und dem Pferd – dabei geht es um Loxley, stimmt's? Du hättest sie vor der Gewalt der Flut gerettet, wenn du Bescheid gewusst hättest."

Er sah sie an, dann glitt sein Blick auf den Boden. „Versuch nicht in alles zu viel hineinzulesen, Chloe."

„Aber in diesem Fall habe ich recht, oder?"

„Ja."

Er ging mit durchgestrecktem Rücken, stolz aufgerichtet fort, und ihre Gefühle für ihn wurden noch eine Spur intensiver.

Lori Twichell, die Produktionsleiterin, kam in den Raum. „Bist du bereit?" Sie lächelte. „Der Trainer und das Pferd sind hier. Wir wollen einen raschen Durchlauf."

„Gern, aber ist mein Held hier?" Chloe war bereits seit einer Woche in *South Carolina*, hatte aber Chris Painter, ihren berühmten Filmpartner, noch nicht zu Gesicht bekommen.

„Wir glauben, dass er hier ist. Wir sind nicht sicher, aber wir fangen an. Vor allem, seit der Trainer angekommen ist ... Du kannst schon mal proben. Jer kann Aufnahmen von dem Moment machen, wo du verängstigt aussiehst."

„Dafür muss ich mich nicht mal verstellen." Sie liebte Pferde, allerdings aus der Entfernung. Ihr erster und einziger Ausflug auf einem Pferderücken in ihrer Kindheit hatte damit geendet, dass sie äußerst unsanft mit der Nase im Dreck gelandet war. Seitdem hatte sie den Reitsport gemieden.

Chloe ging mit Lori nach draußen, als Jeremiah gerade den abschüssigen Rasen hochstürmte, das Handy ans Ohr gedrückt und mit den Armen winkend. Der Kameramann, Sandy Logan, lief neben ihm, genau wie Jeremiahs kämpferische Assistentin, Becky.

„Er ist nicht da!" Jeremiah steckte sein Handy in die Jackentasche. Er ging schnaufend weiter, die Hände auf seinen Gürtel gelegt, das blonde Haar stand ihm zu Berge.

„Painter ist nicht da?", fragte Lori.

„Wenn ja, können wir ihn jedenfalls nicht finden", erwiderte Becky. „Ich habe immer wieder angerufen. Er antwortet nicht." Sie drückte ihr iPad wie einen Rettungsring an die Brust.

„Dieser arrogante ... Ich wusste es." Jer ging zum Ende der Veranda und zurück. „Ich habe Laura an Weihnachten gesagt, dass Painter mir Probleme machen wird ..."

Jesse gesellte sich dazu, blieb etwas auf Abstand stehen, mit verschränkten Armen abwartend.

„Jer, ich habe seinen Agenten in der Leitung", sagte Becky.

Jeremiahs Wut entlud sich in das Telefon, sein Gesicht war rot angelaufen und sein freier Arm gestikulierte wild. Es war ein kurzes Gespräch, dann gab er Becky das Handy zurück und sah zu Jesse und Chloe.

„Er hat das schon mal mit mir gemacht, in *Someone to Love*. Wenn die Filmgesellschaft nicht unbedingt *ihn* für diesen Film haben wollte, würde ich ihn feuern und Jesse den Hamilton spielen lassen. Wir haben schon die erste Szene verloren. Lori, gib dem Pferd und dem Trainer einen neuen Termin. Wir drehen die nächste Szene."

„Warte, Jeremiah." Sandy, der Kameramann, folgte ihm zu seinem Bürowagen. Lori und Becky verschwanden in verschiedene Richtungen, die Handys ans Ohr gepresst.

Jesse lehnte am Pfosten der Veranda. „Glaubst du, er wird auftauchen?"

„Ja. Sein Ruf ist ihm zu wichtig."

„Warum ist er dann nicht hier?"

„Chris ist ein ... *spontaner* Mensch. Wahrscheinlich hat er einen kleinen Neujahrstrip gemacht und konnte nicht rechtzeitig zurück. Als wir *High School Follies* drehten, hatte er die verrückte Idee, für ein Wochenende nach Australien zu fliegen. Leider hatte er weder die andere Zeitzone noch den Jetlag einkalkuliert. Und dann zog er sich auch noch eine Lebensmittelvergiftung zu. Er musste eine Woche in einem Krankenhaus in Tahiti verbringen. Wir konnten erst zwei Wochen später mit dem Filmen beginnen."

Den Hirschlederhut in der Hand setzte sich Jesse auf die Stufen. „Als ich Weihnachten zu Hause war, hat mir mein Bruder einen Job in seinem Unternehmen angeboten." Er sah zu Chloe hoch. „Kannst du dir das vorstellen? Kurz vor den Dreharbeiten zum Film, für den ich mein erstes Drehbuch geschrieben habe, bittet er mich, zu *DiamondBros* zurückzukehren. Wahrscheinlich ist es ein guter Plan B, sollte dieser Film ein Flop werden."

Sie setzte sich neben ihn auf die Stufen und berührte seinen Arm. „Erstens wird dieser Film kein Flop."

„Der Anfang gestaltet sich schon mal schwierig."

„Zweitens bist du ein Drehbuchautor und Schauspieler. Du wirst andere Drehbücher schreiben, in anderen Filmen spielen. Du meinst, deine Karriere hänge von diesem vielversprechenden Start ab, aber wie steht es mit mir? Ich brauche diesen Film, um Erfolg zu haben, oder aber ich werde auf ewig die Königin der Todesszenen bleiben."

„Für dich werden sich die Dinge auf jeden Fall ändern, Chloe, das fühle ich. Du bist viel zu gut, als dass dieses Etikett an dir haften bleiben könnte."

„Hey, du hast wenigstens einen Plan B. Wenn ich nicht spiele, habe ich nichts in der Hand. Dein Bruder muss dich für ein echtes Genie halten, wenn er dich bittet zurückzukommen. Es ist doch gut, dass er deine Fähigkeiten wertschätzt."

„Ich nehme es an." Das Sonnenlicht wanderte über das Fenster und warf goldenes Licht zu ihren Füßen. „Mann, ich hatte gehofft, den heutigen Tag mit einem Knall zu beginnen."

„Es ist besser, mit einem Knall zu enden. Mach dir keine Sorgen, Chris wird kommen. Der Film wird ein Erfolg, du wirst Preise gewinnen, und dein Bruder wird einsehen, dass du das tust, wozu du berufen bist."

Er sah sie an. „Könntest du einfach in meinen Kopf einziehen und ständig mein Cheerleader sein?"

Ja. „Du brauchst mich nicht in deinem Kopf."

„Ich weiß nicht, vielleicht doch." Er berührte mit der Hand ihre Wange. „Chloe, vielleicht sind wir ..."

Sanft nahm sie seine Hand herunter. „Jesse, du machst es uns wirklich schwer, nur Freunde zu sein." Oh, wie sehr sehnte sie sich heute Morgen nach seiner Berührung, seinem Kuss!

„*Du* machst es mir schwer ... einfach nur ein Freund zu sein." Langsam beugte er sich zu ihr und suchte ihren Blick.

Die Tür ging auf und wurde mit einem lauten Knall zugeschlagen. Jesse fuhr zurück und sprang auf die Füße.

„Painter ist auf dem Weg", sagte Jeremiah, der sie um ein Haar bei einem Kuss erwischt hätte.

„Gute Neuigkeiten", sagte Jesse.

„Wir werden die heutigen Dreharbeiten dennoch neu arrangieren." Jeremiah bedeutete den beiden, ihm zu folgen. „Das Licht ist perfekt für die Scheunenhof-Szene. Die Kinder sind hier, also können wir genauso gut ihre Szene spielen. Jesse, es ist eine lange Aufnahme, wir werden dich als Hamilton herrichten."

„Mich? Das geht nicht. Die Leute werden es herausfinden."

„Nein, nicht wenn ich damit fertig bin. Das wird Painter eine Lehre sein, am ersten Drehtag einfach nicht zu erscheinen. Du hast seine Größe und Figur. Es wird gehen, sehr gut sogar."

Chloe tauschte einen Blick mit Jesse. *Los geht's!* Die Scheunenhof-Szene war die letzte Szene des Films, das Finale. Doch Filmszenen wurden nie in der richtigen Reihenfolge gedreht. Heute würde also das Ende am Anfang stehen.

Jeremiah blieb stehen und drehte sich zu Jesse und Chloe. „Ich habe doch nichts unterbrochen, vorhin auf der Veranda?"

„Nein." Jesse räusperte sich. Zu laut, zu heftig.

Chloe schüttelte den Kopf.

„Gut. Ich kann kein zusätzliches Drama gebrauchen. Lasst uns gehen. Chloe, denk daran, deine Romanzen bei Dreharbeiten enden immer mit einem Desaster."

Na danke, Jeremiah.

„Das habe ich davon, dass ich mit einem Freund der Familie arbeite", murmelte sie an Jesse gewandt.

„Er ist auf seine Arbeit konzentriert, Chloe. Nimm es dir nicht zu Herzen", sagte Jesse und folgte ihrem Boss und Regisseur.

Doch Chloe zögerte, sie brauchte Zeit, Jeremiahs Worte zu verarbeiten. Er hatte sehr wohl etwas unterbrochen – einen Moment, den sie wollte und am liebsten zurückgeholt hätte. Nur noch *einen* Kuss. Mehr wollte sie nicht. Denn etwas an seinen Lippen bewirkte, dass sie sich ... geliebt fühlte. Gewollt. Wertgeschätzt.

Jesse winkte ihr, zu kommen. Chloe ging auf den Scheunenhof zu. Sie wollte Jeremiahs Warnung beherzigen. Dies war nicht der richtige Moment, um sich zu verlieben.

19.
Hamilton

Er wachte auf, als die Sterne noch am verschlafenen Horizont verweilten, und rollte sein Bett zusammen. Die kühle Morgenluft drang ihm bis in die Knochen. Er hatte kaum geschlafen, und die wenigen kurzen Momente des Schlafs waren von Albträumen geplagt: von der Schlacht, vom Ringen Mann gegen Mann, dem Bezwingen von Dämonen.

Captain Irwin weckte die Männer. Hamilton griff nach seinem Gewehr, steckte seine Pistole in seinen Gürtel und sah der Dämmerung entgegen. Heute würde er den Tod eines anderen Mannes bewirken – oder selbst von einer Kugel getroffen werden. Möge Gott ihm beistehen, dass er seine Pflicht ehrenvoll erfülle. Möge Gott seine Sünden vergeben.

Der Winter hatte seine Kleidung durchdrungen – frisch, kalt und feucht. Er warf seine Bettrolle unter die Bäume, nahm sein Schreibpapier und lehnte sein Gewehr gegen den Baum. Dann weckte er Ralphie. „Räum deine Bettrolle fort, dann überprüfe deine Waffe und wähle deine Position."

Der Junge bewegte sich schnell. Hamilton hatte die Hoffnung, ihn als ehrenvollen Kämpfer nach Hause schicken zu können – und nicht für ein Begräbnis ...

„Wann können wir essen?", fragte Ralphie.

„Ich habe noch Zwieback in meinem Rucksack. Er gehört dir." Hamilton wagte es nicht zu essen. Sein Bauch war viel zu unruhig. „Aber halte dich bereit." Er nahm den Arm des Jungen. „Ziel auf die Schulterklappen. Gib deine Schüsse ab. Und dann zieh dich zurück."

„Drei Schüsse. Wenn ich das Weiße ihrer Augen sehe."

„Guter Junge. Und gib auf dich acht, Ralphie. Ich will nicht deinen leblosen Körper nach Hause zu deiner Mutter tragen."

Hamilton ging in die Hocke, lehnte sich gegen den Baumstamm und suchte mit den Augen den Horizont ab. Vor der Schlacht bei *King's Mountain* war er ruhiger gewesen. Doch dann hatte er mitangesehen, was scheinbar gute Männer einander antun konnten, und es hatte ihn erschüttert – seine eigenen Abgründe hatten ihn erschüttert ... Sollten die Rotröcke sich diesmal ergeben, würde er darum bitten, die Loyalisten und die regulären Truppen leben zu lassen. Selbst Twimball, diesen Lump. Wenn nötig, würde er sich selbst General Morgan widersetzen.

Er berührte seine Jackentasche. Sein Brief. Wo war sein Brief? Er kroch zu seinem Rucksack und suchte darin, dann atmete er erleichtert aus, als er den fest zusammengefalteten Brief in der Hand hielt. Er hatte ihn mit einer Schnur zusammengebunden und an Miss Esther Longfellow, *Slathersby Hill*, adressiert.

„Ralphie", sagte er mit einem rauen Flüstern und steckte den Brief in seine Jackentasche. „Ich habe hier einen Brief." Er klopfte darauf. „Sollte irgendetwas passieren ..."

„Verzeih mir, Hamilton, aber ich werde nicht deinen leblosen Körper zu deiner Tante Mary tragen."

„Nun, dann ..." Hamilton nickte dem mutigen Jungen zu.

Eine Schattenlinie war am Horizont auszumachen. Hamilton war sofort angespannt und legte sein Gewehr an. Die Tirailleure der Rebellen hatten die Briten bei *King's Mountain* überrascht. Für *Cowpens* war dieselbe Strategie vorgesehen. Er durfte jetzt der Angst keinen Raum geben.

Das Geräusch von Trommeln klang durch die Bäume. Hamilton spürte das rhythmische Pochen seines Pulses. Die Vorahnung der Schlacht nahm Besitz von ihm, als er sah, wie die feindlichen Soldaten in Uniform Schritt für Schritt näher kamen. Er sah die Stärke der Truppen. Mann für Mann kamen sie auf sie zu. Die *British Regulars*, flankiert von *Light Dragoons* und leichter Infanterie.

Captain Irwin kauerte sich zu den Schützen. „Erste Linie: *Achtung*."

Die britische Linie breitete sich am Horizont aus, umgeben vom Schein der aufgehenden Sonne.

Fertig ... Auf rund fünfzig Meter herankommen lassen. Hamilton rutschte am Baumstamm hoch und hielt den Lauf seines Gewehrs nach unten. Fünfzig Meter. Schulterklappen suchen. Sein Atem schlug gegen seine Hand.

„*Los*", kam der Befehl von hinten.

Hamilton kam hinter dem Baum hervor, zielte und schoss. Der Schuss hallte laut durch die kalte Morgenluft. Seine Kugel traf einen Offizier an der Schulter. Er schrie auf und fiel rücklings vom Pferd.

Hamilton zog sich zurück, duckte sich hinter den Baum und griff nach seinem Munitionskasten. Er lud nach, rammte die Kugel und das Pulver durch den Lauf. Es schien eine Ewigkeit zu dauern, in Wirklichkeit waren es nur Sekunden. Seine Hände zitterten. Seine Sicht wurde verschwommen. Bereit für den nächsten Schuss sah er, wie Ralphie vorbeilief, schoss und zu seiner Stellung zurückkehrte.

„Ich habe einen Captain getroffen." Seine Stimme klang gehetzt und schrill.

„Keine Zeit für Ruhm. Nachladen."

Hamilton atmete tief durch und wartete auf die nächste Gruppe von Tirailleuren; wenn sie sich zurückziehen würden, würde er seinen zweiten Schuss abgeben.

Als die dritte Linie feuerte und sich umwandte, ritt Leutnant Twimball auf die Bäume zu. Mit erhobenem Säbel hielt er auf Ralphie zu. Mit einem Schrei sprang Hamilton auf und gab seine Position preis. Er schoss, als Twimball sein Pferd herumriss und auf ihn zugeritten kam. Die Kugel traf die Schulter des Leutnants, der mit einem Schrei vom Pferd fiel. Hamilton zog sich zurück, alle Sinne und Muskeln in höchster Spannung.

Zurück unter dem Baum lud er sein Gewehr nach. Dann fiel ein Schatten über ihn. Er blickte auf und sah Twimball, der sein Schwert auf Hamiltons linken Arm niedersausen ließ.

Hamilton schrie auf und taumelte zurück, sein Gewehr flog durch die Luft. „Twimball!"

„Komm heraus aus deinem Versteck, Lightfoot. Wenn du den Mut dazu hast."

Der Leutnant stürzte zurück, hievte sich auf sein Pferd und ritt an der rechten Seite des Feldes entlang, wo er Schutz unter den Bäumen suchte, als die nächste Linie der Tirailleure die Gewehre anlegte.

Zitternd hielt Hamilton seinen verletzten Arm. Das Blut rann ihm durch die Finger. Er versuchte die Schwere seiner Verwundung einzuschätzen. Und wo war sein Gewehr gelandet?

„Er hat dich voll erwischt." Ralphie kniete neben ihm, riss ein Stück von seinem Hemd herunter und machte einen Druckverband für Hamiltons Arm.

„Kümmere dich nicht um mich. Erfülle deine Pflicht. Du musst noch ein letztes Mal schießen."

„Ich kann dich nicht hierlassen ..."

„Tu deine Pflicht, Ralphie."

Der Junge kroch fort. Als der letzte Schuss verklang, hatten die Tirailleure ihre Pflicht getan.

„Rückzug!"

„Hamilton, beeile dich." Ralphie half ihm auf die Füße. „Sie kommen."

„Mein Gewehr." Hamilton zeigte auf die offene Stelle unter den Bäumen. „Wo ist mein Gewehr?"

„Keine Zeit. Komm! Wir haben sie hergelockt."

Also rannte er gegen Ralphie gelehnt mit den anderen Schützen und zog die angreifenden Rotröcke dorthin, wo General Morgan und die Kontinentaltruppen warteten. Die Luft war erfüllt vom Klicken der

Musketen, Pulvergeruch hing in der Luft. Während sie auf die wartenden Truppen zuliefen, machte Hamilton einen Schlenker um eine Baumreihe in Richtung Ahorn-Sumpf. Erneut sah er sich Twimball auf seinem Pferd gegenüber, das sich hoch aufrichtete und mit den Hufen in die Luft schlug. Mit einem Brüllen sprang Hamilton auf ihn zu und riss ihn vom Pferd.

Der Leutnant versuchte sich zu wehren und landete mit dem Kopf zuerst auf dem Boden. Als er auf die Füße kam, holte Hamilton seine Pistole aus dem Gürtel und zielte. Sein linker Ärmel war blutgetränkt und seine rechte Hand zitterte. Twimball holte seine eigene Pistole aus dem Gürtel.

„Wollen Sie mich töten, wie Sie meinen Onkel getötet haben?", sagte Hamilton und ging langsam einen Schritt auf ihn zu. „Und so, wie Sie versucht haben, Esther zu töten?"

Die beiden Männer umkreisten sich, begleitet von den Geräuschen des Säbelklirrens und des Musketenfeuers.

„Warum sollte ich dir zuhören? Einem Verräter, einem Mann ohne Ehre? Meinst du, ich hätte nicht gehört, was du bei *King's Mountain* getan hast?"

„Was ich getan habe?" Doch Hamilton wusste, dass er genauso schuldig war, den Tod der unterworfenen Soldaten gewollt zu haben wie diejenigen, die sie tatsächlich töteten. Hass, so stand es in der Bibel, war so schlimm wie Mord.

„Ja, deinesgleichen, eure Miliz."

„Das ist nichts im Vergleich zu dem Blut, das an Ihren Händen klebt." Hamilton kam näher an ihn heran. Könnte er auf diesen Mann schießen? Oder aber seine Waffe senken und sein eigenes Leben verwirken?

„Schieß, wenn du den Mut dazu hast", sagte Twimball mit einem seltsamen Glitzern in den Augen. Seine Worte waren undeutlich und langsam. Die linke Schulter seiner Uniform war tiefrot verfärbt. „Mach schon. Bring es zu Ende."

Hamilton zielte, sein Finger drückte auf den Abzug, während das Blut in seinen Venen rauschte. Sollte er zu Ende bringen, was er begonnen hatte? Sollte er Twimball töten?

Das durch die Bäume hereinfallende Licht veränderte sich. Und in dem Moment sah Hamilton den Mann in einem anderen Licht. Er sah seine Angst, seine Schwäche. Ein Mann, der auf dem Schlachtfeld die Ehre suchte, die er sonst nicht bekam. Das seltsame Glitzern in seinen Augen war das eines Mannes, der sich nach Liebe sehnte. Hamilton schritt zurück und senkte seine Pistole.

„Was ist, Mann? Hast du deine Meinung geändert? Hier, auf dem Schlachtfeld?" Twimball stolperte vorwärts und schwenkte seine Pistole von rechts nach links.

„Ich kann nicht schießen."

Twimball schäumte und hob seine Waffe. „Dann werde ich die Ehre haben."

Hamilton hob beide Arme und wartete. „Es tut mir leid, Esther."

Ein Gewehrschuss fiel, und Hamilton zuckte zusammen. Doch es war Twimball, der stöhnend zusammenbrach.

Ralphie kam hinter einem Baum hervor. „Renn!"

Er zögerte nicht und folgte Ralphie in Richtung der Kontinentaltruppen. Sein Puls pochte und sein linker Arm hing schlaff herab. Er hatte nicht auf Twimball geschossen. Er hatte keine Schuld auf sich geladen ...

Als er den schlammigen Ahorn-Sumpf durchquerte, fuhr ein schneidender Schmerz durch sein Bein: Stahl zertrennte seine Muskeln, und er fiel kopfüber in den gefrorenen Schlamm. Er versuchte hochzukommen, doch ein Stiefel stellte sich hart auf sein Bein, und er schrie qualvoll auf.

„Wenn du mich umbringen willst, mach es." Twimballs heißer Atem drang in Hamiltons Ohr. Er schob Hamiltons Gesicht in den Matsch und drückte fest zu.

Hamilton kämpfte, bekam den Kopf hoch, rang nach Atem.

In der Ferne war das Klicken der Musketen und das Schreien der Kämpfenden zu hören. Er konnte nicht atmen ... konnte nicht ... atmen.

Plötzlich war er frei.

Jemand nahm seine Hände und zog ihn fort von dem Schlamm und der Schlacht. Stimmen erklangen. Sein Bein ... er konnte sein Bein nicht fühlen.

Eine Decke wurde über ihn gebreitet. Esther beugte sich weinend über ihn. Die Schreie hörten auf. Das Gewehrfeuer war vorbei. Der Geruch von Schießpulver machte dem Duft friedlichen Schnees Platz. Jemand rief ihn: „Hamilton ... Hamilton!"

Pa? Hamilton setzte sich auf und blinzelte. Da kam er auf ihn zu gerannt ... Pa! Ma war an seiner Seite, ihre Arme weit geöffnet, ihr Gesicht wunderschön und strahlend. „Hamilton ... Hamilton!"

Er sprang auf die Füße. „Pa! Ma!" Tränen strömten über seine schmutzigen Wangen. Doch als seine Eltern bei ihm ankamen, waren ihre Arme wie Luft, ihre Umarmung ein Wispern des Windes.

„Pa! Ma! Wartet! Wartet!"

Hamilton krümmte sich und suchte voller Verzweiflung nach ihnen. Doch alle Furcht und aller Schmerz verging, als plötzlich ein größeres, überwältigendes Licht seine Aufmerksamkeit fesselte, ein Licht, heller als die Sonne. Alles in ihm bebte, er wusste nicht, wie ihm geschah. Eine Gestalt tauchte in den Lichtstrahlen auf, sie bewegte sich wie ein Mann, doch die Konturen waren unscharf. Er beugte sich über Hamilton und presste eine Hand auf sein Herz, mit gebeugtem Kopf wie im Gebet.

„Komm, folge mir."

Dann dämmerte Hamilton hinweg.

Esther

Zwei Wochen waren vergangen, seit die Neuigkeiten vom Sieg der Patrioten in *Hannah's Cowpens* in *Slathersby Hill* angekommen waren.

Ihre Beziehung zu Hamilton war unklar, doch sie konnte nicht vergessen, wie sich sein Haar unter ihren Händen angefühlt hatte, als sie es wusch. Und auch seine starke Brust, an die sie sich gelehnt hatte, und die Kraft seines Kusses waren noch in ihr lebendig. Er konnte sagen, was er wollte, aber er liebte sie. Er konnte sie nicht vom Gegenteil überzeugen.

Esther ging vor den Fenstern der Bibliothek hin und her. Sie starrte auf die Straße, hoffend, betend, sich fragend, ob sie wohl heute etwas von Hamilton hören würde. Sie wusste noch nicht einmal, ob er noch lebte.

Kitch rannte über den Hof zur Veranda. Sie wappnete sich innerlich und verließ langsam die Bibliothek, als ihr Vater eintrat. Er wirkte abgespannt und nervös. Die Freude und Ungezwungenheit des Weihnachtsfests waren schon lange vorbei.

„Was ist los?", fragte Esther ihren Vater, während sie Kitch zunickte, der im Türrahmen stand. Er holte rasch ein Blatt Papier hervor, das er unter die Vase neben der Tür schob.

„Lord Whatham befürchtet eine Niederlage." Vater ließ sich auf seinen Schreibtischstuhl fallen. „Er macht sich große Sorgen um seine Konten."

„Du musst ihn beschwichtigen. Du bist sein vertrauter Verwalter." Esther streichelte seine Wange. „Du musst dich um dich selbst kümmern. Erinnere dich, wie Dr. Rocourt dich vor zu großer Aufregung gewarnt hat. Du willst doch keinen neuen Zwischenfall erleben, oder?"

„Ich bin gesund und stark wie ein Pferd. Jetzt lass mich bitte allein." Er war blass und matt und hustete ständig. Er ging spät zu Bett und stand frühmorgens auf.

Während des Neujahrsfestes, als Vater vom Wein fröhlich war, befragte Esther ihn über den Vorfall mit Hamilton vom Weihnachtsabend, doch er lachte nur und ging nicht darauf ein.

„Mach dir keine Sorgen, Esther."

An jenem Tag hatte sie sich aus Angst um ihn auf die Seite ihres Vaters geschlagen, und im Laufe der Wochen begann sie zu fürchten, sie habe Hamilton so sehr verstimmt, dass keine Versöhnung mehr möglich war.

„Wenn du dich nicht mehr schonst, werde ich Dr. Rocourt holen lassen." Esther ging auf die Vase zu und schielte mit einem Auge auf die Ecke der Nachricht. „Welche Befürchtungen hat Lord Whatham? Sobald der Krieg vorbei ist, können wir sicher wieder ein normales Leben führen. Wäre das nicht wundervoll? Wir sollten einen Ball geben, Vater, wie jene, die wir in *Charles Town* hatten."

„Einen Ball?" Vater sah von seiner Korrespondenz hoch. „Was ist das für eine Idee? Was Lord Whatham betrifft: Er befürchtet, die neue amerikanische Regierung könnte seine Ländereien konfiszieren, seine Besitztümer beschlagnahmen." Er hielt den Brief hoch, den er gerade gelesen hatte. „Deine Mutter schreibt ..."

„Ein weiterer Liebesbrief?" Esther ließ die Nachricht unmerklich in ihre Rocktasche gleiten.

Vater runzelte die Stirn. „Sie bittet mich, dich nach Hause zum *Grosvenor Square* zu schicken. Sie vermisst dich. Und vor allem fürchtet sie um deine Sicherheit. Sie liest zu viel über den Krieg."

„Fürchtet sie nicht auch um deine Sicherheit?"

Vater kehrte zum Schreibtisch zurück, die Schultern gebeugt wie unter einer schweren Last. „Sie weiß, dass ich hier meine Pflichten habe und Lord Whathams Interessen wahren muss. Die verdammten Rebellen. Und dieser Lightfoot. Ich kann nur hoffen, dass er den Tod gefunden hat."

„Vater! Das kann nicht dein Ernst sein!"

„Doch, ich meine es ernst." Er murmelte, als ob er zu dem dunklen Holz seines Schreibtischs sprechen würde. „... brauchte das Land ... habe getan, was ich tun musste ..." Er kehrte Esther den Rücken zu, und in diesem Moment war auch sein Herz von Esther abgewandt.

„Ich bete, dass du deine christliche Nächstenliebe gegenüber den Ligthfoots wiederfindest und jeglichen Disput über *Quill Farm* vergibst, wenn es diesen Disput wirklich gibt."

Sassy trat mit einem Tablett ein und warf Esther einen Seitenblick zu. „Ihr Tee, Sir Michael."

„Danke, Sassy." Vater öffnete einen weiteren Brief. „Hast du deinen leckeren Kuchen gebacken?"

„So wie Sie ihn lieben."

„Esther, kannst du bitte einschenken? Lass uns für einen Moment den Krieg und die Landstreitereien vergessen."

„Natürlich." Esther ging mit einem Blick auf Sassy, die den Raum verließ, zum Sideboard. Was stand in der Nachricht, die Kitch überbracht hatte? Seinem verstohlenen Verhalten nach zu urteilen war es eine Nachricht von Hamilton. Sassys Gesichtsausdruck ließ vermuten, dass es keine guten Nachrichten waren.

„Oh, meine Schnalle hat sich geöffnet." Esther beugte sich herab zu ihren Schuhen und nahm gleichzeitig das Papier aus ihrer Rocktasche. Mit dem Rücken zu Vater entfaltete sie das Papier mit zitternden Händen.

V*erwundet. Bin beim Wundarzt einquartiert. Dr. Nelson. Green River Road.*

Sie atmete hörbar aus und schloss die Augen. Er lebte! Er war verwundet, aber er lebte! Lächelnd steckte sie das Blatt zurück in ihre Rocktasche.

Sie goss ihrem Vater Tee in die Tasse und setzte sich neben ihm auf das Sofa. Sie nickte, während er von den Frühlingspflanzungen sprach. Seine Stimmung hatte sich ein wenig gebessert. Sie verbarg ihre Gefühle hinter einem zustimmenden Lächeln. Der Mann, den sie liebte, lag verwundet im Haus des Wundarztes fast hundert Meilen entfernt.

Während Vater erzählte, entwarf sie einen Plan in ihrem Kopf. Sie musste Hamilton sehen.

20.
Jesse

Ein feuchter Winternebel hing in der Morgenluft. Nach nur drei Wochen Dreharbeiten hatten ungewöhnlich heftige Regenfälle die Produktion verlangsamt. Doch Jeremiah war ein kluger und erfahrener Regisseur, der wusste, wie er seine Zeit gut nutzen konnte, und so passte er den Drehplan der Witterung an und zog die Innenaufnahmen vor.

Jesse scrollte sich auf seinem Laptop durch das Bildmaterial, das Jeremiah allabendlich hochlud, und war begeistert zu sehen, wie sein Projekt Gestalt annahm.

Auf dem Bildschirm sah er, wie Chris als Hamilton sich zu Chloe alias Esther beugte, um sie zu küssen, und er spürte Eifersucht in sich hochkommen. Ihre Lippen berührten andere als die seinen! Als die Intimität der Szene noch zunahm, spulte er vor. Er hatte die Szene vor einigen Tagen live miterlebt und wusste, dass sie ihre Rollen spielten, doch jetzt wirkte dieser Kuss auf einmal *echt.*

Jesse ließ den Film bis zum Ende vorlaufen. Warum war er eifersüchtig? Er kannte die Schauspielerei. Er verstand die Schauspieler. Aber er hatte auch mehrmals mitbekommen, wie sich bei Dreharbeiten Romanzen entwickelten, hatte selbst ein- oder zweimal der Versuchung nachgegeben. Zwei Menschen, die absolut keine Absicht hatten, eine ernsthafte Beziehung einzugehen, entbrannten während des Filmens füreinander, während sie in einer anderen Realität lebten.

Er wollte Chloe für sich. Während der Dreharbeiten und nachher. Die echte Chloe. Diejenige, die ihm ohne Grund ein Geschenk machte. Die ihn dazu inspirierte, ein besserer Mann zu sein. Die über den Glauben sprach, als sei er real und zuverlässig. Die in Jeans, mit Hühnchen und Reis auf dem Schoß auf der Veranda sitzend genauso schön war wie auf dem roten Teppich bei einer Filmpremiere.

Aber wo dachte er nur hin? Sie waren Freunde. Nur Freunde. Mehr durften sie nicht sein. Jesse schloss die Datei mit den Aufnahmen des Tages und klappte seinen Laptop zu. Freunde, die sich küssten, sicher, aber das waren ... Ausrutscher. Ausrutscher in schwachen, sentimentalen Momenten.

Es hatte keinen Sinn. Er glaubte sich selbst nicht. Sosehr er sich auch dagegen wehrte, Chloe war etwas ganz Besonderes. Vielleicht war sie die Art von Frau, auf die er gewartet hatte, diejenige, von der er in jener fatalen Nacht mit Loxley gesprochen hatte. Aber wie konnte er nach ihrem Tod, an dem er schuld war, irgendein Anrecht auf Glück und Liebe haben? Auf Erfolg?

Ein Klopfen an der Tür seines Hotelzimmers unterbrach seine Gedanken. „Ich komme."

Chloe stand im Flur gegen die Wand gelehnt. Sie war lässig in Jeans, Stiefel und einen blauen Mantel mit passendem Schal gekleidet. Sie sah süß aus. Ihr rotgoldenes Haar fiel in langen Wellen auf ihre Schultern.

„Hallo." Jesse versuchte lässig zu wirken, als ob er nicht gerade über sie nachgedacht hätte, als ob sie nicht widerstreitende Gefühle in ihm auslöste. Als ob er sich nicht gerade selbst daran erinnert hätte, dass er sie nicht verdiene. „Was ist los?" Er schritt ins Zimmer zurück und ließ die Tür offen, damit sie eintreten konnte.

„Lass uns zum Schlachtfeld gehen und ohne Kameras und Crew darüberspazieren. Was meinst du? Es sieht so aus, als würde der Regen eine Pause machen." Sie wedelte mit den Händen, ihr Mund war leicht geöffnet. „Danach könnten wir vielleicht zusammen frühstücken, in der Bude am Highway 11, wo früher ein Gemüsestand war. Weißt du noch, wie die Crew davon gesprochen hat? Dass es dort Frühstück auf Styropor-Tellern gibt ..."

„Fünf Hotdogs für fünf Dollar?“

„Genau. Bist du dabei?“ Ihr Lächeln bewirkte, dass er sich entspannte, sein Puls schlug gleichmäßiger und er vergaß seinen inneren Kampf. „Bei Dreharbeiten esse ich immer gerne, was vor Ort typisch ist.“ Sie blinzelte in Richtung Jesses Computer. „Hast du dir die Aufnahmen angeschaut? Ich hasse es, mich auf dem Bildschirm zu sehen.“ Dennoch setzte sie sich auf das Sofa, hob den Deckel des Laptops an und drückte auf Play.

Jesse setzte sich neben sie, und gemeinsam schauten sie sich das Ende der Kussszene an.

„Und, wie hast du dich dabei gefühlt?“ Was für eine bescheuerte Frage! Aber er musste einfach etwas sagen, um seine Nervosität zu überspielen – und von seinem roten Kopf abzulenken.

„Ich weiß nicht ... Verwundbar, glaube ich. Hamilton hat Esther gerade gesagt, dass er in den Krieg ziehen wird, und sie hat Angst, dass er nie mehr zurückkehrt. Ich musste daran denken, wie vertraut Chris und ich gewesen waren, und was danach passierte – an diese Schlagzeile in einem Boulevardblatt: *Chloe Daschle dreht durch, nachdem Chris Painter erklärt: Ich habe meine Seelengefährtin noch nicht gefunden.* Dann tauchte auch noch Haden in meinem Kopf auf. Eine Viertelsekunde lang wollte ich den Kuss abbrechen, aber dann ...“ Sie fuhr mit den Fingern durch die Fransen ihres Schals. „ ...dann dachte ich an dich.“

„An mich?“ Er fühlte sein Herz klopfen. Sein Puls beschleunigte sich. „Die Synapsen in deinem Kopf haben ja ganz schön gefunkt während der Szene.“

Sie lehnte sich zurück und tätschelte seinen Oberschenkel, ließ einen Moment ihre Hand dort ruhen. Doch nur einen Moment. „Wenn du wüsstest ... Ja, ich habe an dich gedacht, daran, wie viel dir dieser Film bedeutet, und dass dein Drehbuch mir die Chance gegeben hat, eine Hauptrolle zu spielen, in der ich nicht sterbe. Also legte ich meine ganze Begeisterung in diesen Kuss.“ Sie sah ihn an. „Wie war ich?“

Er nickte mit hochgereckten Daumen. „Es sah aus, als ob du den Mann küssen würdest, den du liebst." *Es hat mich eifersüchtig gemacht. Es hat bewirkt, dass ich dich will. Und es hat mir klargemacht, dass ich dich nicht verdiene.*

„Danke." Sie lächelte. „Nicht nur für dein Kompliment, sondern auch für deinen Text, die Figuren, die Geschichte. Sie erfüllt mich mit der Hoffnung, dass Liebe niemals scheitert."

„Aber Liebe *ist* gescheitert. Bei Hamilton und Esther. Bei mir, dir und Hunderttausend anderen. Und das gilt nur für gestern. Denk nur an diese Woche, letzten Monat, letztes Jahr, die Jahrzehnte und Jahrhunderte davor."

„Wow, immer mit der Ruhe. Ich bin nicht verantwortlich für die Geschichte der Menschheit, aber ich bin verantwortlich für mich selbst. Ich habe Hoffnung für mich." Wieder spielte sie mit den Fransen ihres Schals. „Und für uns."

„Für uns? Als Freunde oder ..."

„Ich weiß es nicht ..." Sie runzelte die Stirn. „Für uns halt."

„Chloe." Jesse ging zum Schrank, um seine Jacke zu holen, und suchte nach den richtigen Worten. „Tief in meinem Herzen weiß ich, dass ich Loxley nicht getötet habe, auch wenn mein Verhalten unentschuldbar war. Aber mein Kopf sagt mir, dass ich kein Recht habe auf Liebe und Glück und selbst dies ..." Er zeigte auf den Laptop. „... Erfolg. Es kann einfach nicht sein, dass meine Träume und Ziele in Erfüllung gehen. Es muss einen Haken geben."

„Das ist völliger Unsinn! Was, wenn du es versuchen würdest? Mit mir." Ihr Gesicht, ihre Stimme, alles an ihr war *lieblich, verletzlich, scheu*. Sie machte sich verwundbar – und das wusste sie.

„Was ist mit unserem Vorsatz: Keine Romanze während der Dreharbeiten?" Jesse zog seine Jacke an. „Hast du nicht oft genug ein gebrochenes Herz gehabt? Ich möchte lieber dein Freund sein als derjenige, der versucht, dich zu lieben und dann scheitert. Wieder ein Mann, der dein Herz bricht."

„Aber wenn du nun derjenige bist, der versucht zu lieben und Erfolg hat? Was wäre, wenn dir klar wird, dass Loxley wollen würde, dass du glücklich bist?"

„Ich glaube, ich weiß nicht, wie ich dieser Mann sein soll, Chloe." Er nahm seinen Schal aus der Jackentasche. Was war sie im Begriff zu sagen? Liebte sie ihn? Mit diesem Gespräch bewirkte sie einen Kurzschluss in seinem Kopf. Er brauchte Zeit, um alles zu verarbeiten. „Wie hast du dir unser Abenteuer heute praktisch gedacht?"

Sie hielt einen Schlüsselbund hoch. „Ich habe mir ein Auto von der Crew geliehen."

Er berührte ihren Arm, als sie an ihm vorbeiging. „Wenn ich es versuchen würde, dann wäre es mit einer Frau wie dir."

„Einer Frau *wie* mir?" Sie blickte ihn an.

„Du wärest die Frau."

„Und wohin führt uns das? Wirst du es *nie* versuchen? Nicht den Mut zu haben, einer Frau zu sagen, sie könnte die Liebe deines Lebens sein, ist dasselbe wie nicht den Mut zu haben, ihr zu sagen, dass sie es nicht ist."

„Liebe meines Lebens? Wir reden bereits in Hyperbeln, während wir noch mit Hypothesen beschäftigt sind." Er begann den Flur hinunterzugehen und drehte sich dann abrupt zu ihr um. „Sag mal, bist du dabei mir zu sagen, dass du etwas mit mir beginnen willst? Bist du ernsthaft bereit, dein Herz erneut in Gefahr zu bringen? Mit einem Schauspieler? Und obwohl du meine Geschichte kennst?"

„Vergiss es, Jesse. Vergiss, was ich gesagt habe. Lass uns einfach so tun, als wäre da nichts zwischen uns." Sie ging an ihm vorbei und drückte ihn gegen die Wand. „Willst du noch zum Schlachtfeld und zum Frühstück gehen?"

„Klar, warum nicht?"

Schweigend gingen sie über den Parkplatz zum Wagen. Was war da gerade passiert? Als Chloe aus der Parklücke ausscherte, warf Jesse ihr einen Seitenblick zu. Sollte sie sich in ihn verlieben, dann wäre er verloren. Er würde ihr nicht widerstehen können. Vergangenheit hin oder her. Vielleicht wäre er nach dem Frühstück schon erobert.

Chloe

Die Sonne brach durch die Wolken, als sie nordwärts zum historischen Schlachtfeld fuhren. Chloe parkte am Anfang der *Green River Road*.

Das Zuschlagen der Wagentüren klang durch die kalte Morgenluft. Chloe war während der Fahrt schweigsam gewesen. Sie hatte versucht zu begreifen, was da im Hotel passiert war. Hatte die Angst den Gedanken an Liebe erdrückt? Früher oder später würde sie es gern erneut versuchen. Doch im Gegensatz zu früher wollte sie nun nach Gottes Willen fragen und ihn um Weisheit bitten.

Seit jenem gemeinsamen Abend nach dem Hochzeitsempfang spukte Jesse täglich in ihren Gedanken – es war eine besondere Erinnerung, eine Sehnsucht, der Gedanke an seinen Kuss, bei dem sie sich glücklich gefühlt hatte, eine Frau zu sein.

Ihre Gefühle für ihn wurden intensiver, und sie wehrte sich nicht dagegen. Doch vorhin im Hotel hatte sie sich verwundbar gemacht und war ein Risiko eingegangen. Der Gedanke daran, mit Jesse zusammen zu sein, war stärker als ihre Entschlossenheit, keine Romanze bei Dreharbeiten zu beginnen. Und auch stärker als die Angst, dass sie immer die falschen Männer auswählte. Jesse war anders ... oh, er war ...

Sie sah zu ihm herüber, als er zu ihr aufschloss und den Reißverschluss seiner Jacke hochzog.

Er war besonders. Er hatte etwas an sich ...

„Was meinst du, wo war Hamilton auf dem Feld?", sagte sie.

„Er war einer der Tirailleure, also muss er da drüben unter den Bäumen gewesen sein." Jesse zeigte nach links und streifte seine Handschuhe über. Der Wind war beißend kalt. Chloe ging auf einer Seite des Lehmweges, Jesse auf der anderen.

„Ich versuche mir vorzustellen, wie hier vielleicht tausend Milizsoldaten und Soldaten der britischen Armee kämpften, und es kommt mir so fremd vor, wie ein ganz anderes Leben", sagte sie.

„Es war ein anderes Leben. Das macht den Zauber des Films aus." Jesse wurde langsamer und schritt auf das ehemalige Schlachtfeld. „Es ist schön, ohne Kameras und Filmcrew hier zu sein." Er neigte sein Gesicht der Sonne zu.

„Hier wurde Geschichte geschrieben, Jesse. Dein Urahn hat hier für die Freiheit gekämpft. Genau hier, auf diesem Boden. Meinst du, er war sich bewusst, was er da tat, welche Art von Nation wir werden würden?"

Sie hielt unter den Bäumen an, wo sich die Tirailleure versteckt hatten. Normalerweise standen hier im Park Silhouetten von Milizsoldaten, die sich mit erhobenem Gewehr auf einem Knie abstützten. Doch die Figuren waren während der Filmarbeiten fortgeräumt worden.

„Kannst du dir vorstellen, was für eine Nation wir in zweihundert Jahren sein werden? Ich bezweifle, dass Hamilton die Tragweite der Geschehnisse einschätzen konnte. Er war ein Einwohner des Hinterlandes der Kolonie *South Carolina*. Wahrscheinlich wollte er nichts anderes als eine gut laufende Farm und die Möglichkeit, seine Frau und seine Kinder zu ernähren." Jesse ließ sich auf ein Knie fallen, hielt ein imaginäres Gewehr im Anschlag und feuerte.

Chloe kniete sich neben ihn. „Und wo war Esther?"

„Keine Ahnung." Jesse setzte sich auf das taufrische Gras und schlug die Arme um die Knie. „Einige Frauen folgten ihren Männern zum

Schlachtfeld, aber ich bezweifle, dass Esther das tat. Eine unverheiratete Frau, die einen unverheirateten Mann begleitete, wäre ein Skandal gewesen."

„Vielleicht war sie hier?" Chloe griff durch seine Arme und berührte sein Herz.

„Vielleicht." Er suchte nach Worten, während er aufstand. „Ich weiß nicht, ob er sie kannte, als er hier kämpfte."

Mit den Händen in den Jackentaschen ging Chloe auf das Denkmal der Schlacht von *Cowpens* zu. „Glaubst du, du wirst irgendwann die ganze Geschichte kennen?"

„Wenn Tante Pat sie nicht ausgräbt, wahrscheinlich nicht."

„Durch den Zauber des Films leben zwei Menschen die Liebesgeschichte, die sie nie hatten."

„Ja. Esther und Hamilton."

„Oder Jesse und Loxley." Chloe lehnte sich vor, um sein Gesicht zu sehen.

„Was willst du mir sagen, Chloe? Dass ich meine Schuldgefühle mit dem Schreiben dieses Drehbuchs bewältigt habe?"

„War es so?"

„Nein, ich habe eine Geschichte geschrieben. Über etwas, das mich interessiert."

„Hast du nicht ein einziges Mal dabei an Loxley gedacht?"

Er sprang auf. „Doch, habe ich. Bist du jetzt zufrieden?"

„Und du?"

Jesse sah auf sie herab. „Hast du als Nebenfach Psychologie studiert?" Er setzte sich wieder neben sie. „Es gab während des Schreibens Momente, in denen ich eine Pause machte, um zu weinen und ihr zu sagen, dass es mir leidtut. Meine Dummheit hat ihr jede Chance auf Glück gestohlen. Ich war gemeinsam mit der Strömung der Grund dafür, dass sie starb." Seine Stimme schwoll mit dem Wind an und ab.

Chloe zupfte Grashalme aus. „Es tut mir leid ... das war nicht fair von mir." Sie hatte die Sache zu weit getrieben, wie immer. Sie wollte mehr von den Männern, die sie faszinierten, als diese zu geben bereit waren. „Vergiss es. Ich meine das ernst, Jesse. Es tut mir wirklich leid. Ich sollte nicht so neugierig sein."

Sie stand auf und ging zu der Böschung hinüber, wo General Morgan und die Kontinentaltruppen den Briten aufgelauert hatten. Der Anstieg war so gleichmäßig, dass sie ihn kaum registrierte. Doch als sie zurückblickte, war der Weg verschwunden.

Wenige Augenblicke später kam Jesse in Sicht. „Es ist in Ordnung. Freunde sind dazu da, einander zu helfen, mit ihrem Leben klarzukommen."

„Dreh dich um." Chloe schirmte ihre Augen gegen die Sonne ab, als sie das Feld überblickte. „Der Weg ist verschwunden. Es ist so, als würde man auf die Vergangenheit zurückblicken. Man kann sie nicht sehen, jedenfalls nicht deutlich."

„Aber man weiß, dass sie da ist. Man erinnert sich daran, doch die Sicht ist verdeckt." Jesse schaute zurück. „General Morgan war ein Genie. So hat er Cornwallis in *Cowpens* besiegt."

„Hast du je daran gedacht, deine Tante könnte dir Hamiltons Brief geschickt haben, um dich daran zu erinnern, dass du weitergehen und wieder lieben sollst?"

„Der Gedanke kam mir flüchtig."

„Aber er hat nicht dein Herz berührt." Chloe ging ein paar Meter weiter, gefangen zwischen dem aktuellen Gespräch und der vergangenen Geschichte. „Es tut mir leid, dass Loxley starb, Jesse. Ich will absolut nicht herunterspielen, was du durchgemacht hast. Aber vielleicht solltest du dir selbst zuliebe die Sache auch nicht zu schwer wiegen lassen."

„Mir tut es leid, dass deine Trennung von Haden Stuart im Internet verbreitet wurde."

„Ich hätte es besser wissen müssen." Sie sog den Duft seiner Haut ein, und er erfrischte die brüchigen Stellen ihres Herzens.

„Eines steht fest: Ich habe meine Lektion gelernt. Wenn ich ein nächstes Mal einer Frau einen Antrag mache ..."

„Nächstes Mal?" Sie lächelte, erfreut über den Verlauf ihres Gesprächs. „Schau nicht so, Jesse Gates, ich glaube, du hast einen ersten Schritt in die richtige Richtung gemacht."

„... dann werde ich einen richtigen Ring, einen Goldring ..." Chloe schüttelte den Kopf und mimte den Buchstaben P. „... dann werde ich einen Platinring mit einkarätigen Diamanten ..." Sie hielt zwei Finger hoch. „Zweikarätige Diamanten? Zwei Karat? Für wen hältst du mich? Raymond Daschle?"

Chloe hängte sich bei ihm ein. „Nein, du bist der große Drehbuchautor Jesse Gates."

Am ehemaligen Gemüsestand, der nun eine Imbissstube war, bestellte Chloe Rührei und Schinken.

„Für mich bitte dasselbe", sagte Jesse.

Als sie an einem der Plastiktische saßen, lehnte sie sich zu ihm hinüber. „Mein Agent hat angerufen. Er sagt, er hätte jede Menge Fragen zu mir bekommen."

„Siehst du, dein Schicksal wendet sich zum Guten."

„Dieser Film ..." Sie atmete hörbar aus. „Es ist ein Geschenk Gottes." Nachdem sie heute Morgen die Dinge forciert hatte – bezüglich ihrer Beziehung, bezüglich der Vergangenheit – wollte sie nun herausfinden, ob er ein Mann des Glaubens war.

Jesse spielte mit dem Serviettenring. „Ich schlucke den Köder, Chloe. Wie bist du noch mal zum Glauben gekommen?"

„Durch Smitty. Ich traf ihn vor einer Kirche. Nach dem Theater mit Haden und als ich las, was die Leute in den sozialen Medien über mich sagten, war ich innerlich zerbrochen. Meine Freunde riefen mich nur an, um mir die neuesten Schlagzeilen vorzulesen."

„Ich hoffe, dass du diese Leute nicht mehr zu deinen Freunden zählst."

„Nur noch ein paar davon. Haden wies alle meine Anrufe zurück. In jenem Monat nahm ich zehn Kilo ab. Ich schlief täglich zwölf Stunden und weinte die übrigen zwölf. Mein Agent versuchte, die unfreiwillige Publicity wirksam einzusetzen und mich zum Star einer Reality-Show zu machen. *Crazy Kids of Hollywood* oder so ähnlich. Doch bevor ich mich auf so etwas einlasse, verkaufe ich lieber Hamburger. Das hätte ich meinen Eltern nicht antun können. Und dann kam eine weitere Rolle in einer Sterbeszene, und ich dachte: *Na, wie passend.*"

„Und so ging es dann weiter."

„Kate nahm mir mein Handy und meinen Laptop fort, sodass ich Abstand zu den sozialen Medien finden konnte. Irgendwann begann ich, in meinem Mustang durch Los Angeles zu fahren, diese Stadt, die ich zugleich liebte und hasste. Eines Tages hielt ich auf einer meiner Touren irgendwo im Tal an, um einen Kaffee zu trinken. Dort sah ich den Flyer einer Gemeinde, *Expression58*, und es war ein ganz besonderer Moment. Eine Sekunde lang waren die Wolken, die Niedergeschlagenheit, die Depression verschwunden – alles war von Licht erfüllt. Am darauffolgenden Sonntag ging ich in diese Kirche. Ich hatte furchtbare Angst. Vielleicht würde Gott mich nicht wollen? Wohin geht man, wenn selbst der Allmächtige einen ablehnt? Aber ich hatte solchen Hunger nach etwas Echtem, das über mich selbst hinausgeht – und so bekämpfte ich meine Zweifel. Als ich zum Eingang ging, stand Smitty draußen, als ob er auf mich gewartet hätte."

„Er stand an der Tür eines Schauspielkurses, den ich besuchte", sagte Jesse nachdenklich. „Als ich hereinkam, sagte er *Jesse, hi*, als ob wir alte Freunde wären. Ich konnte mich nicht erinnern, ihn je zuvor gesehen zu haben."

„Hat er dich nie eingeladen, zur Gemeinde zu kommen?"

„Nein."

„Wärest du hingegangen, wenn er es getan hätte?"

„Nein."

„Und wenn ich dich fragen würde?"

„Tust du es?"

„Vielleicht."

Jesse lehnte sich zurück, als die Bedienung ihr Frühstück brachte. „Ich glaube nicht, dass die Kirche etwas für mich wäre. Aber ich würde dich unterstützen. Ich kann mir nicht vorstellen, dass Gott und ich uns miteinander unterhalten könnten. Loxleys Eltern wollen nicht mit mir reden. Warum sollte der Allmächtige es wollen?"

„Vielleicht weil er allmächtig ist?"

Sie starrte auf den Styroporteller mit dem matschigen Rührei, dem angebrannten Schinken und kaltem Toast.

„Mjam!" Jesse schüttelte sich, stach mit einer Plastikgabel in das Rührei und griff nach dem Ketchup.

„Hey, sei nett! Das ist waschechter Lokalkolorit."

„Hoffen wir, dass das Ganze ein wenig Geschmack hat." Jesse zuckte beim Anblick des Traubengelees zusammen, was Chloe zum Lachen brachte. Er zog die Folie ab und strich ein wenig Gelee auf seinen Toast. „Ich hätte mir weder Smitty noch dich als gläubige Person vorgestellt."

„Wie sieht denn eine gläubige Person aus?"

Er dachte nach, während er Sahne in seinen Kaffee goss. „Aufgetürmte Haare. Selbstgefällig. Verurteilend."

„So wie du gerade?"

„Zugeknöpft, bieder, Oxfordblau mit Khaki-Hose, gezupfte Augenbrauen."

„Hast du noch ein paar Klischees auf Lager?"

„Nicht spontan." Er grinste sie über seinen Kaffee hinweg an. „Aber sobald mir noch was einfällt, lasse ich es dich wissen."

Diese unterschiedliche Auffassung von Glauben schmerzte sie mehr, als sie für möglich gehalten hätte. Es war ihre erste Enttäuschung in dieser jungen Beziehung.

„Als ich zehn war", begann sie einen plötzlichen Gedanken auszusprechen, „sprach ich für eine Kindershow vor. *Sleuths* – Die Spürnasen. Es war die Rolle eines lustigen, cleveren Kindes, das die Fälle ihres Vaters, eines Kommissars, löste. Ich wollte die Rolle ... Dann kam der Tag. Ich hatte fünf Minuten, um sie zu überzeugen. Ich hatte mich sorgfältig angezogen und frisiert und trug eine Requisiten-Brille. Ich war Debbie Dough."

„Ich erinnere mich an die Show. Du hast versucht, Debbie zu spielen?"

„Nach sechzig Sekunden klingelte das Telefon des Casting-Chefs. Der Produzent musste einen Moment rausgehen. Ich kannte ihn. Sam Aiken. Er war ein Freund meines Vaters." Chloe legte die Ellbogen auf den Tisch, stützte ihr Kinn mit einer Hand und sah zur Tür. Ein schlanker, hoch aufgeschossener Mann mit einer Kappe der Vietnamveteranen trat ein.

„Morgen, Duke", sagte die Bedienung. „Kaffee?"

„Ja, gerne."

Chloe fuhr fort. „Sam kommt mitten in meinem besten Satz zurück und sagt: *Chloe, wir sehen dich eher als Lizzy. Warum liest du nicht ein paar Zeilen aus ihrem Text vor?* Lizzy. Das mollige Mädchen, das in jeder Szene irgendetwas in sich hineinstopft. Ich war am Boden zerstört."

„Hollywood ist nichts für Zartbesaitete. Was hast du getan?"

Tränen standen in ihren Augen. Sie hatte nie zuvor darüber gesprochen. „Ich las die Rolle der Lizzy."

„Chloe ..."

„Es war demütigend, und ich hatte so wenig Ahnung ..." Sie brach ein Stück Schinken ab. „Solange ich mich erinnern kann, hat Hollywood mir gesagt, wer ich bin, wie ich für den Rest der Welt aussehe und wie ich mich benehmen sollte. Als ich über Haden herfiel und völlig die Beherrschung verlor, habe ich mich zum ersten Mal nicht darum geschert, wer ich war oder wer mir zuschaute."

„Hast du die Rolle der Lizzy bekommen?"

„Nein. Sam kam nach Hause und sprach mit Dad. Sie wollten mir die Rolle anbieten. Sie sagten, ich sei perfekt für die Rolle des sommersprossigen, dicken Mädchens."

„Das hat er deinem Dad gesagt?"

„Ja. Ich habe vor der Tür gelauscht. *Komm schon, Sam, sagte Dad. So schlecht ist sie doch nicht. Warum kann sie nicht Debbie spielen? Sie hat uns fast um den Verstand gebracht, während sie sich auf diese Rolle vorbereitet hat.*"

Seltsam, wie sie sich nach zwanzig Jahren noch an den genauen Wortlaut der Unterhaltung erinnerte.

„Dein Vater hat sich also für dich stark gemacht?"

„Nicht wirklich. Jedenfalls fühlte es sich in meinem zehnjährigen Herzen nicht so an. Sam sagte: *Weißt du, Ray, wenn du willst, dass Chloe in dieser Stadt Erfolg hat, dann musst du sie von Chips und Eiscreme fernhalten.* Dad lachte."

„Er lachte?"

„Er sagte: *Hast du je versucht, dich zwischen ein Mädchen und ihre Eiscreme zu stellen?* Ha, ha. Im Rückblick weiß ich, dass er mich nicht niedermachen wollte, aber ich werde nie vergessen, wie ich mich damals fühlte."

„Hast du je mit ihm darüber gesprochen?"

„Ich glaube, er hat es vergessen. Das sollte ich auch tun."

„Wie reagierte er, als die Videos mit Haden herauskamen?"

„Er versuchte mich zu verteidigen, aber was hätte er schon sagen können? *Sie wollte Haden nicht schlagen? Sie wollte gar nicht wie ein Fischweib fluchen?* Ich war eine erwachsene Frau." Chloe hob den Plastikbecher an die Lippen. Sie hatte es damals nicht gewusst, doch Gott war bereits auf der Suche nach ihr gewesen. Ihre Entscheidungen hatten sie direkt zu ihm geführt. „Ich glaube, heute bin ich durch das alles stärker geworden. Und wie steht's mit dir? Was haben deine Eltern getan?"

„Sie versuchten die Sache zu ignorieren, nicht darüber zu sprechen. Sie hatten Angst, bei mir eine seelische Krise auszulösen."

„Und – hattest du eine seelische Krise?"

„Das kann man wohl sagen. Ich war ziellos, rastlos, voller Wut und Schuldgefühle. Hin und wieder versuchte Dad mich daran zu erinnern, dass es nicht meine Schuld war. Ich explodierte dann jedes Mal. Dann schlug er vor, ich sollte mich in die Arbeit stürzen. Meine Familie ist europäischer Abstammung, weißt du, wie Hamilton. Nach dem Motto: Hilf dir selbst aus der Patsche. Also zog ich nach Los Angeles. In das Land der Illusionen."

„Mich hat die Kirche gerettet", sagte Chloe, während sich ihr Gespräch wie damals auf der Veranda ineinander verflocht. „Oder besser gesagt: Gott hat mich gerettet. Kann ich das sagen, ohne wie ein Fernsehprediger zu klingen? An meinem ersten Sonntag weinte ich zwei Stunden lang ununterbrochen. Ich dachte, ich würde den Verstand verlieren. Ein paar Frauen nahmen mich zur Seite, und während ich auf der Schulter der einen Frau schluchzte, erzählte mir die andere von Gott, der mich liebte und sein Leben für mich gegeben hatte. Er stand für mich ein. Er bedeckte meine Scham." Während sie sprach, wurde Jesse ernst und zupfte an seiner zerknüllten Papierserviette. „Ich wusste, dass es stimmte. Es war so wichtig für mich, dass es stimmte."

Jesse runzelte die Stirn, verwirrt und neugierig. „Willst du damit sagen, du bist *wiedergeboren*?" Bei dem Wort „wiedergeboren" malte er Anführungszeichen in die Luft.

„Nenn es, wie du willst, Jesse. Nach dem Albtraum mit Haden war ich in einem Gefängnis der Verzweiflung eingesperrt. Dann verbrachte ich zwei Stunden an einem Sonntagmorgen mit Menschen, die Jesus lieben, und ich war befreit. Als ich zum ersten Mal dachte, ich würde gern wieder jemandem vertrauen ..." Sie sollte schweigen. Doch ihre Lippen bewegten sich weiter. „ ... da habe ich dich kennengelernt."

Jesse schob seinen leeren Styroporteller zur Seite. „Da wären wir also wieder am gleichen Punkt."

Ihre Augen trafen sich und das Gespräch verstummte. Sie liebte ihn. Aber für heute hatte sie genug gesagt.

Die Bedienung räumte den Tisch ab und sorgte für eine kurze Ablenkung.

„Wann kann ich Hamiltons Brief lesen?", fragte Chloe, während sie einen Blick auf die Rechnung warf und einen Zehn-Dollar-Schein auf den Tisch legte.

„Nie." Jesse fügte fünf Dollar hinzu.

„Nie?" Sie nahm ihre Tasche und ging auf die Tür zu.

„Nie." Jesse folgte ihr mit einem Zahnstocher zwischen den Lippen.

„Du meinst, wenn ich dich in zehn Jahren zu Weihnachten besuche und nach dem Brief frage, dann wirst du sagen ..."

„Nein."

Chloe hielt beim Wagen an. „Warum?"

„Warum willst du ihn lesen?" Er ging zur Beifahrertür. Er benahm sich wirklich unmöglich.

„Weil der Brief dein Drehbuch inspiriert hat. Weil du mein Freund bist. Wo ist das Problem? Jeder wird dich danach fragen."

„Sieh dir den Film an." Jesse legte den Gurt an.

Chloe setzte sich hinters Lenkrad. „Du bringst mich noch ins Grab, Gates." Sie erstarrte und sah zu Jesse hinüber. *Grab?* „Jesse, es tut mir leid."

„Das ist okay." Er nahm sein Handy aus der Jackentasche und sah nach, ob er Nachrichten erhalten hatte. „Es ist nur eine Redensart."

„Ich habe nicht nachgedacht."

„Chloe, es ist okay."

Als sie den Motor anließ, klingelte sein Handy.

„Es ist Jeremiah", sagte er. „Was ist los? ... Ja? Sie ist bei mir ... Okay, wir kommen." Er steckte sein Handy weg und sah sie an. „Jer möchte uns in Chris' Zimmer treffen."

„Hat er gesagt warum? Hoffentlich wirft er nicht das Handtuch." Sie gab Gas und schoss auf die Straße. „Dann bringe ich ihn um."

Erneut schwiegen sie während der Fahrt. Die Morgensonne verschwand hinter Unheil bringenden Wolken, die den Horizont verdunkelten.

21.
Esther

Hoh." Esther zügelte Gulliver und langte an einem kleinen Haus an, das direkt neben der *Green River Road* lag. Jedes Fenster war von goldenem Licht erhellt. Der Geruch von brennendem Holz drang durch die schneidende Kälte. Auf dem Schild über der Veranda stand *Wundarzt Dr. Robert Nelson* geschrieben.

„Wir sind da." Esther sprang von ihrer kleinen, offenen Kutsche und bot Mrs. Lightfoot die Hand.

Angesichts der Nachrichten über Hamilton hatte sie ihre Sorgen um die Gesundheit ihres Vaters und seine Feindseligkeit gegenüber den Lightfoots beiseitegefegt und die lange Reise nach *Hannah's Cowpens* auf sich genommen.

Gemeinsam mit Mrs. Lightfoot war sie in der Morgendämmerung aufgebrochen und hatte den braven Gulliver an die Grenzen seiner Kraft getrieben, um die Reise in einem Tag zu bewältigen. Achtzig Meilen.

In der Nacht zuvor hatte Esther – nachdem ihr Vater zu Bett gegangen war – Lebensmittel und Vorräte zusammengesucht und auf den Wagen geladen. Doch Isaac war auf ihr Tun aufmerksam geworden.

„Wenn Vater fragt, sag ihm bitte, dass ich mit Mrs. Ligthfoot fortgefahren bin, um Hamilton zu besuchen."

„Das wird ihm nicht gefallen." Isaac hob die Körbe mit Brot, getrockneten Früchten und Fleisch auf den Wagen, gefolgt von Bettwäsche und Decken, Verbänden und einigen alten Hemden und Hosen von Vater.

„Ich hätte gern wenigstens einen Tag Vorsprung, wenn du das bewerkstelligen kannst."

„Ich will es versuchen."

Nun stand Esther vor dem Haus des Wundarztes. „Wollen wir hineingehen?"

Mrs. Lightfoot machte den ersten Schritt. Während der Reise hatte sie die meiste Zeit über geschwiegen, jedoch beinahe stündlich wiederholt: „Er ist alles, was mir geblieben ist, Esther. Er ist alles, was ich habe."

Bevor sie auf die Veranda traten, öffnete eine kleine, erschöpft aussehende Frau die Tür. Ihr blondes Haar war stumpf und zerfranst und hätte eine Wäsche und einen Kamm gebrauchen können. Dunkle Flecken bedeckten die Schürze auf einem Kleid, das früher vielleicht leuchtend blau gewesen war. „Wir haben keinen Platz, und auch kein Essen. Sie müssen weiterziehen."

„Nein, nein, Madam, wir sind gekommen, um zu helfen." Esther stellte sich und Mrs. Lightfoot vor. „Wir haben Lebensmittel, Vorräte, Verbände und Umschläge mitgebracht."

„Was?" Ihre Stimme war heiser vor freudiger Überraschung. „Wer hat Sie geschickt? Woher kommen Sie?"

„Wir sind den Weg von *Ninety Six* heruntergekommen", erklärte Mrs. Lightfoot. „Mein Neffe ist hier, so hat man mir gesagt. Hamilton Lightfoot. Ein Milizsoldat."

„Er ist hier, ja. Kommen Sie herein. Mein Mann kümmert sich gerade um ihn. Sie haben Essen und Vorräte dabei?"

„In der Kutsche. Kann jemand helfen, die Sachen auszuladen?"

Das Haus war klein, kalt und vom penetranten Geruch vieler Körper erfüllt. Soldaten in schmutzigen Uniformen schliefen in einer Reihe auf dem Fußboden des Wohnzimmers. Einige weitere – alles Milizsoldaten – kauerten auf den Stufen. Sie hatten Verbände an Händen und Armen und schlürften Suppe aus Tonschalen.

„Meine Söhne, Bobby und Simms, können abladen, wenn sie mit der Scheune fertig sind. Wir schaffen es kaum, alle Aufgaben hier zu erledigen." Sie nahm ihre Schürze ab und fuhr sich mit der Hand über die Haare. „Seit die Verwundeten hier eintrafen, hatte ich noch keine Zeit zum Waschen oder Putzen. Ich glaube, ich kann Ihnen noch nicht einmal eine Tasse Kaffee anbieten."

„Mrs. Nelson, bitte machen Sie sich keine Umstände", sagte Mrs. Lightfoot. „Wir wollen niemandem zur Last fallen."

„Ich habe Tee und Kaffee und Apfelmost mitgebracht", sagte Esther.

„Tee?" Einer der Soldaten wurde munter.

Ein anderer wiederholte: „Apfelmost?"

Doch Esther ließ sich nicht von ihrer Mission abbringen. Sie würde keinen weiteren Moment Aufschub mehr ertragen. „Wäre es möglich, Hamilton zu sehen?"

„Natürlich, natürlich. Er ist oben, erste Tür rechts." Mrs. Nelson fasste Esther beim Arm. Ihre Augen waren dunkel. „Sie sollten sich wappnen."

Esther schluckte. „Wofür?"

„Er ist schwach, abgemagert, hat lange nicht gebadet, und seine Verletzung ... ist ziemlich schlimm. Er ist nur zeitweise bei Bewusstsein. Aber er lebt. Er war nur eine halbe Stunde auf dem Schlachtfeld, aber dieser Tag wird ihn bis zu seinem Lebensende begleiten."

„Himmel." Mrs. Lightfoot war der Ohnmacht nahe. „Ich glaube, ich muss mich hinsetzen."

Ein Kontinentalsoldat mit bandagiertem Kopf bot ihr seinen Platz auf dem Sofa an.

Esther zögerte, dann ging sie auf die Treppe zu.

„Sind Sie mit Lightfoot verwandt?", fragte der Mann auf der untersten Stufe. „Hamilton Lightfoot?"

„Die Dame auf dem Sofa ist seine Tante. Ich bin seine ... Freundin."

Der Soldat nickte. „Er hat tapfer gekämpft. Ein Rotrock hat ihn bis zum Ahornsumpf verfolgt." Er pfiff leise. „Er hat sein Bein aufgeschlitzt, bis zum Knochen."

Mrs. Lightfoot stöhnte und stand auf. „Ich brauche Luft."

„Aber er wird wieder gesund, nicht wahr?", fragte Esther. „Mit der Pflege des Arztes?"

Der Soldat stand auf und machte Esther auf der schmalen Stufe Platz. „Wie die Frau des Arztes schon sagte: Wappnen Sie sich."

Esther griff nach dem Geländer und stieg in den ersten Stock hinauf. Mit jedem Schritt fühlte sie sich schwächer und ängstlicher. Was würde sie vorfinden, wenn sie durch die Tür kam? Würde sie den Anblick der Wunden ertragen, die Hamilton erlitten hatte? Sie holte tief Luft, klopfte vorsichtig an die Tür und trat ein, nachdem eine sanfte, tiefe Stimme *Herein* gerufen hatte.

Der Raum war dunkel und muffig. Auf einem einfachen, schmalen Nachttisch flackerte eine einsame Kerze. Auf einem weiteren Tisch stand eine Schüssel, in der der Arzt seine Hände wusch. Wasser tropfte herab, als er seine Brille auf der Nase höherschob.

„Er schläft." Der Arzt griff nach einem schmutzigen Handtuch. „Aber eine freundliche Stimme wird ihm guttun. Wer sind Sie, wenn ich fragen darf?"

„Esther Longfellow. Eine Freundin von Hamilton."

„Aha, Sie sind die Esther, von der er träumt." Der Arzt stellte einen Stuhl neben das schmale Bett, das unter den Dachvorsprung gestellt worden war. „Er hat eine Menge Blut verloren. Aber wir sind zuversichtlich, weil er immer häufiger wache Momente hat."

Esther setzte sich und faltete die Hände im Schoß. Ihre Augen waren von Tränen überschwemmt. Man hatte sie gewarnt, aber nichts hätte sie darauf vorbereiten können, ihren starken, kühnen, strahlenden Hamilton so zerbrechlich, klein und bleich vor sich zu sehen. Seine Gesichtsfarbe unterschied sich kaum vom Weiß der Laken, auf denen er lag. Sie lehnte sich vor und nahm seine Hände in ihre. „Hamilton, mein Liebster, ich bin es, Esther."

Seine Haare standen wirr vom Kopf ab, mit Lehmspuren durchzogen, und sein Gesicht hatte schon sehr lange kein Rasiermesser mehr gesehen.

„Was sagt er?“ Esther sah zum Arzt hinüber. „Wenn er meinen Namen flüstert?“

„Meistens nur Ihren Namen. Und Worte, die ich nicht verstehen kann.“ Der Arzt nahm seine Brille ab. Im Kerzenlicht konnte Esther seine Erschöpfung sehen. Sie vermutete, dass er nicht so alt war, wie die ihm auferlegte Last ihn erscheinen ließ. „Man fand ihn mit dem Gesicht nach unten im Ahornsumpf. Sein Bein war halb abgetrennt und auf seinem Arm waren Säbeleinschnitte. Seinen Arm konnte ich wieder zusammenflicken, aber sein Bein war zu stark verwundet. Ich habe es so schnell wie möglich amputiert. Er hat viel leiden müssen.“ Der Arzt hob die Kerze hoch und beugte sich über Hamiltons blassen, zerschundenen Körper. „Möge Gott ihm beistehen. Ich kann die Blutung nicht zum Stillstand bringen.“ Der Arzt berührte sanft Esthers Schulter. „Reden Sie mit ihm. Beten Sie für ihn.“ Dann schlüpfte er leise aus dem Zimmer.

„Mein Liebster, was haben sie dir angetan?“ Tränen liefen über ihre Wangen. „Ich hörte, du hast mutig gekämpft. Ein Soldat unten sprach voll Anerkennung von dir.“ Sie legte ihre Hand auf seine Brust und spürte seinem Herzschlag nach. Sie lauschte auf jeden schwachen Atemzug. „Ich liebe dich. Bitte, lass mich nicht allein.“

Kaum waren die Worte gesagt, kam ein kalter Luftzug durch den Raum und ließ das Kerzenlicht flackern. Esther fröstelte und stopfte Hamiltons Decke fest unter seinem Kinn fest.

„Ihr habt gewonnen, Liebster. Macht dich das froh? Dem Sieger gebührt die Belohnung!“ Sie wischte die Tränen von ihren Wangen. „Vielleicht wird Washington mit seinen Männern dieser Revolution nun ein Ende machen, und Amerika wird Frieden haben. Und *South Carolina*.“ Sie drückte seine Hand. „Frieden für dich und mich.“

Ihre Augen wanderten über seinen Körper. Wo sein linkes Bein sein sollte, lag die Decke zusammengefallen da.

Esther hob die Decke hoch und keuchte, als sie dort, wo früher Hamiltons schönes, starkes Bein gewesen war, einen blutigen Stumpf sah.

Sie ließ die Decke zurückfallen, lief zum Fenster, schob es hoch und sog die kalte Januarluft ein, um den Brechreiz zu überwinden.

„Mein Gott, mein Gott ..."

Die Tür wurde quietschend geöffnet, und Mrs. Nelson kam mit einer sauberen Wasserschüssel ins Zimmer. „Sie sollten das Fenster schließen, meine Liebe. Er ist viel zu schwach."

„Ja, natürlich." Esther schob das Fenster wieder herunter. „W-wird er leben? Sein Bein, es ist so ..."

„Wenn es meinem Mann gelingt, die Blutung zu stillen." Mrs. Nelson tauschte die neue Schüssel gegen die alte aus. „Er ist ein erfahrener Arzt und wird alles in seiner Macht Stehende tun, doch letztlich hängt Hamiltons Leben von der Gnade des Allmächtigen ab."

„Dann werde ich beten." Sie kehrte zum Stuhl neben dem Bett zurück und nahm wieder seine Hände in ihre. „Ich werde beten. Möge Gott sich über ihn erbarmen."

Die Frau des Arztes blieb einen Moment neben ihr stehen und legte ihr die Hand auf die Schulter. „Unten ist ein Mann, der Sie sehen möchte."

Esther sah in ihre traurigen, ernsten Augen. „Ist es ein farbiger Mann?" Wahrscheinlich Isaac oder Kitch.

„Nein, ein älterer Gentleman, der nach Pfeifentabak riecht und an den Schläfen grau wird."

Vater!

„Sagen Sie ihm, dass ich komme."

Also hatte er sehr schnell von ihrer Reise erfahren. Doch egal, was er als Argument vorbringen würde, sie würde sich weigern, nach *Slathersby Hill* zurückzukehren. Sie wurde hier gebraucht. Sie musste sich um ihren

Liebsten kümmern, und auch um Mrs. Lightfoot. Sie wollte Mrs. Nelson ihre Hilfe anbieten.

Esther wappnete sich, küsste Hamilton auf die Stirn und fuhr sanft mit dem Finger über die frische Narbe auf seiner Wange. „Ich komme bald zurück, Liebster."

Auf dem Treppenabsatz hielt sie inne. Der üble Geruch in dem engen Treppenhaus dämpfte ihren Mut.

Als sie im Wohnzimmer ankam, ließ sie ihrem Vater keine Zeit, das Wort zu ergreifen. „Vater, ich kann dir alles erklären."

„Komm nach draußen." Er reichte ihr den Mantel und begleitete sie durch die Tür zur Veranda. „Du bist allein gereist? Ohne mir Bescheid zu sagen?"

„Du hättest mich nicht gehen lassen", sagte Esther, während sie den Mantel anzog, obwohl ihre Haut unter dem weichen Wollkleid warm war. „Ich bin übrigens nicht allein gereist. Mrs. Lightfoot hat mich begleitet."

„Eine alte Frau ist kein Schutz für ein junges Mädchen wie dich. Du bist eine schöne junge Frau, wohlhabend und von Stand. Du hast das Schicksal herausgefordert, Esther. Der Kampf ist zwar vorbei, aber die Straßen sind voller Taugenichtse, voller entrechteter Soldaten. Wer weiß, welchen Schaden sie dir zufügen könnten!"

„Aber ich bin doch wohlbehalten hier angekommen, nicht wahr? Mrs. Lightfoot musste ihn einfach sehen, und ich auch. Ich werde mich nicht entschuldigen, Vater. Er hat ein Bein verloren und wird all unsere Liebe und Fürsorge benötigen. Können wir nicht unsere Feindseligkeiten begraben und uns auf Nächstenliebe und nachbarschaftliche Hilfe besinnen?"

Vater ging im schwachen Licht, das durch die Fenster nach draußen drang, hin und her. „Er hat sein Bein verloren? Das bestärkt mich noch in meinem Entschluss. Du kannst ihn nicht heiraten. Daran denkst du doch, Esther, oder nicht? Komm, gib es zu."

„Das ist das, was ich mir wünsche."

„Und er?“

„Ja, er auch“, sagte sie voller Überzeugung. Er liebte sie. Er sagte im Schlaf ihren Namen.

„Ich werde das nicht zulassen, Esther. Es sieht dir nicht ähnlich, meine Wünsche komplett zu missachten.“

Vaters Widerstand erschütterte ihr Selbstvertrauen. Dennoch hob sie das Kinn und straffte ihre müden Schultern.

„Vater, warum bist du gekommen?“

„Um dich nach Hause zu holen.“ Er zeigte auf die Kutsche, in der Isaac und Kitch auf sie warteten.

„Es tut mir leid, dich zu enttäuschen, aber ...“

„Hör mir gut zu, Esther Longfellow.“ Der Ton seiner Stimme alarmierte sie. Er sprach ganz selten, eigentlich nie, in einem solchen Ton mit ihr. „Es war eine Sache, den jungen Lightfoot mit zwei gesunden Beinen zu lieben und bereit zu sein, das harte Leben einer Farmersfrau in diesem wilden Land auf dich zu nehmen. Doch es ist eine ganz andere Sache, wenn dieser Mann ein Krüppel ist. Was für eine Zukunft kann er dir bieten? Welche Ketten müsstest du ertragen, wenn du einen solchen Mann heiratest? Siehst du es nicht selbst? Sein hartes Leben wäre auch das deine. Du würdest dich um ihn kümmern müssen, außerdem um die Felder, du müsstest die Diener und Arbeiter beaufsichtigen, deine Kinder versorgen, wenn er überhaupt ...“

„Vater!“

„Nein, Esther, ich habe dich nicht aufgezogen, um ein solches Leben zu führen. Deine Mutter hat recht. Es war töricht und selbstsüchtig von mir, dich so lange hier im Hinterland leben zu lassen. Ich hätte nicht zulassen sollen, dass du nach deinem Debüt in London hierher zurückkommst.“

Ein langer, gezackter Blitz erhellte die dunkle Nacht. Dann erklang in einiger Entfernung gedämpfter Donner. Eisige Kälte durchtränkte den Wind.

„Ich wäre mit oder ohne deine Erlaubnis nach *South Carolina* zurückgekehrt. Du kennst Hamilton, Vater. Er würde nie die Hände in den Schoß legen, es wäre gegen seine Natur. Er wird arbeiten. Wir werden das gemeinsam schaffen."

Vaters warmer Atem war in der kalten Januarluft zu sehen. „Wenn er der Mann ist, für den du ihn hältst, dann wird er einsehen, dass du für ein besseres Leben bestimmt bist, als er dir bieten kann. Er wird dich nicht an ein formloses Versprechen oder romantische Gefühle binden, sondern dich freigeben."

Hatte er das nicht bereits getan? Nach der Schlacht bei *King's Mountain,* an jenem Tag beim Brunnen? Doch sie weigerte sich, zuzulassen, dass die Verhängnisse des Krieges ihre Liebe vergifteten. Wenn er sich von ihr freimachen wollte, dann sollte er es nicht im Krieg, sondern im Frieden tun.

„Du überraschst mich, Vater. Ich hielt dich für einen besseren Menschenkenner. Der Verlust eines Beins bedeutet nicht den Verlust des Mannes oder der Liebe. Auch wenn er nur noch ein Bein hat, besitzt er noch immer sein Herz und seine Seele. Und ganz bestimmt wird er nicht auch noch mich verlieren."

Vater dröhnte: „Du bist die Tochter deiner Mutter. Dickköpfig. Stur!"

„Mutters Tochter? Mit diesen Worten beschreibst du wohl eher dich selbst, Vater."

„Glaubst du wirklich, er wird dir einen Antrag machen und bei mir um deine Hand anhalten, wenn er nicht die Möglichkeit hat, für dich zu sorgen?"

„Gib ihm *Quill Farm* zurück."

„Das ist unmöglich."

„Warum? Komm schon, Vater, gib es zu. Hast du Lord Whathams Besitz schlecht verwaltet? Wie oft habe ich dich über deinen Büchern brüten sehen." Esther beugte sich zum ausladenden Schatten ihres Vaters hinüber. „Um deinen Namen zu schützen, hast du eine Witwe und nun einen Krüppel bestohlen?“

„Diese Unverschämtheit steht dir nicht gut zu Gesicht, Esther. Damit erlangst du ganz sicher nicht meine Gunst.“

„Deine Gunst? Und wie sieht es mit meiner aus, Vater? Ist es dir überhaupt wichtig, meine Gunst zu haben?“

Wieder zuckte ein Blitz über den Himmel. Mrs. Lightfoot kam auf die Veranda.

„Sprecht ihr über meinen Neffen?“

„Mary, bitte bringe sie zur Vernunft. Rate ihr, nach Hause zu kommen, wo sie hingehört. Hamilton wird ihr keinen Antrag machen, nicht mit seiner unsicheren Zukunft.“

„Weil wir die Farm nun mieten, statt sie zu besitzen?“ Mrs. Lightfoot legte ihre Hand auf Esthers Schulter. „Doch dein Vater hat recht, auch wenn es mich schmerzt, ihm zuzustimmen. Nun, da ich um Hamiltons Verwundung weiß, muss ich offen sagen: Er würde nicht wollen, dass du ihn in seinem jetzigen Zustand siehst. Seine Würde bedeutet ihm viel, und du weißt das. Er hat dich doch nach der Schlacht von *King's Mountain* fortgeschickt, nicht wahr?“

„Was soll das heißen?“, fragte Vater. Esther schloss die Augen. Mrs. Lightfoot goss noch Wasser auf die Mühlen ihres Vaters.

„Ja, er hat mich fortgeschickt, aber er war erschöpft vom Kampf. Er war verwundet und beschämt, weil er Loyalisten beinahe etwas Schlimmes angetan hätte. Aber er hat es *nicht* getan.“

„Die Morde?“

„Er hat niemanden ermordet, Vater. Er hat sein Messer gesenkt.“

„Nun, wenn er damals beschämt war, wie muss er sich dann jetzt fühlen?“

Mrs. Lightfoot stellte sich neben Vater. „Ertrage deine Enttäuschung und geh, meine Liebe. Ich kenne Hamilton. Er wird dich nicht mehr heiraten.“

„Ich glaube Ihnen nicht. Hat er Ihnen das gesagt?“ Esther wich vor dieser verschworenen Gemeinschaft zurück, die Vater und Mrs. Lightfoot bildeten. „Ich werde nur gehen, wenn er es mir selbst sagt.“

„Er ist kaum bei Bewusstsein. Er kann nicht selbst sprechen.“ Mrs. Lightfoot schien sehr entschlossen. „Geh. Er würde nicht in deinen Augen lesen wollen, was aus ihm geworden ist.“

„Aber ich habe ihn doch schon gesehen.“

„Das braucht er nicht zu wissen.“

„Aber was ist denn aus ihm geworden? In meinen Augen ist er ein Held! Für mich hat sich nichts geändert. Überhaupt nichts!“

„Meine liebe, dickköpfige Tochter, du bist voller Eifer, aber ohne Verstand. Hör auf Mrs. Lightfoot. Sie hat recht. Verabschiede dich und komm mit mir nach *Slathersby Hill* zurück. Wir haben eine lange Reise vor uns.“

„Ich kann nicht. Ich will nicht.“

„Esther. Du bist hier nicht erwünscht, und du wirst auch nicht gebraucht.“ Mrs. Lightfoots kraftlose, schleppende Redeweise rief eine Erinnerung in ihr wach: Mutter, wie sie sich gegenüber Großmutter beklagte:

„Sie ist so flatterhaft. Ich komme nicht mit ihr zurecht. Ich werde sie zu Michael schicken, dann kann er für eine Weile diese Last tragen.“

Last. Nicht erwünscht. Nicht gebraucht. Esther wirbelte zwischen Vater und Mrs. Lightfoot herum.

„Ich kann bestimmt von Nutzen sein. Für Mrs. Nelson. Für Hamilton ...“

„Er braucht dich nicht, meine Liebe.“ Mrs. Lightfoot stieß die Worte wie mit einem Schwert schneidend hervor. „Ich kann mich um ihn kümmern. Du wirst nur im Weg sein, eine Person mehr, die ernährt werden muss.“

Aber sie war doch diejenige, die Lebensmittel und Decken mitgebracht hatte. War sie nicht ein gutes, ein großzügiges Mädchen?

„Mary hat recht. Dies ist kein Ort für dich, Esther. Komm nach Hause.“

Sie hatte ihren Atem verloren, ihre Kraft und ihren Willen. Als Vater sie am Ellbogen fasste und zur Kutsche führte, leistete sie keinen Widerstand. Sie war wieder zehn Jahre alt, ohne Kontrolle oder Mitspracherecht über ihr Leben.

Doch als sie an der Kutsche ankam und Kitch heruntersprang, um ihr die Tür zu öffnen, drehte sie sich um, als würde sie plötzlich erwachen.

„Wartet." Esther trat zurück und löste sich von Vater. „Ich will ihm wenigstens Auf Wiedersehen sagen." Ihre Gedanken überschlugen sich, entwarfen einen Plan.

„Was ist los?" Mrs. Lightfoot eilte die Veranda hinunter. „Ihr müsst euch beeilen, wenn ihr durch die Nacht reisen wollt."

„Ich möchte Auf Wiedersehen sagen."

„Er schläft, Esther." Mrs. Lightfoot folgte ihr, beinahe flehend. „Er hat viel Blut verloren."

„Mit mir zu sprechen wird das nicht schlimmer machen." Esther stürmte ins Haus und die Treppen hoch.

In Hamiltons Zimmer ließ sie sich auf den Stuhl neben seinem Bett fallen und legte ihren Kopf auf seine Brust. „Sie zwingen mich fortzugehen. Sie sagen, ich sei hier nicht erwünscht. Deine Tante glaubt, du würdest dich wegen deiner Verwundung schämen und nicht wollen, dass ich dich so sehe. Aber ich schäme mich deiner nicht. Ich liebe dich. Nichts hat sich geändert."

Ihre Worte waren von Tränen erfüllt und formten sich schließlich zu einem Gebet:

Rette ihn, Herr. Heile ihn. Bring ihn zu mir nach Hause. Ich liebe ihn. Ich liebe ihn.

Ihre Tränen ließen nach, als sich eine breite, warme Hand auf ihren Kopf legte und sie mit Frieden erfüllte. Hamilton! Doch als sie aufstand, schlief er. Seine Arme lagen an seinem Körper, sein Gesicht sah friedlich aus.

Ein Mann, gekleidet in braunes Tuch und mit schulterlangen Haaren, stand neben ihr. Esther sprang auf und stolperte über den Stuhl. Sie war erschrocken, aber nicht ... ängstlich.

„Er wird leben.“ Die Augen des Mannes leuchteten, während er sprach, als ob sie tausend Sterne in sich trügen. „Aber du musst mir folgen.“

„Ihnen folgen? Sir, ich kenne Sie nicht.“

„Geh mit deinem Vater nach Hause.“ Er wies auf die Tür. Seine Worte und seine Geste ließen keinen Zweifel aufkommen. „Ich bleibe bei Hamilton.“

„Machen Sie sich über mich lustig? Wie kann ich Ihnen folgen, wenn ich mit Vater heimfahre? Sind Sie einer von den Milizsoldaten? Haben Sie Ihren Verstand verloren?“

„Ich mache mich nicht lustig über dich. Geh, tu was dein Vater sagt. Dort wirst du lernen, mir zu folgen.“

„Ich verstehe nicht.“

Er lächelte. „Du wirst verstehen, Esther. Du wirst verstehen.“

Seine Worte trafen sie tief, und einen Moment lang konnte sie sich nicht bewegen. Sie lehnte sich gegen die Wand und ließ sich auf den Boden sinken. Tränen rannen über ihre Wangen.

„Helfen Sie mir zu verstehen.“

***

Sie erwachte wie aus einem tiefen Schlaf. Sie saß auf dem Stuhl, nicht auf dem Boden, und presste ihre Hand gegen ihre Stirn. Ein Traum. Sicherlich war das alles ein Traum gewesen. Sie war wohl eingenickt, während sie für Hamilton betete.

Sie spähte zum Schreibtisch hinüber und suchte nach Feder und Papier. Vater war sicher wütend und wartete ungeduldig auf sie. Wie lange hatte sie geschlafen? Sicher viel zu lange, nach der Energie zu urteilen, die sie empfand.

Sie öffnete das Tintenfass, tauchte die Feder hinein und begann ihre Nachricht zu schreiben:

Mein liebster Hamilton,

ich habe nur wenig Zeit, diesen Brief zu schreiben. Vater ist gekommen und will mich mit nach Slathersby Hill nehmen, und ich fühle mich seinem Wunsch verpflichtet. Auch deine Tante fordert mich auf zu gehen.
Deshalb schreibe ich, um dir meine unverbrüchliche und unveränderte Liebe zu erklären. Vater und deine Tante Mary argumentieren beide, du würdest mich nun, da du ein Bein verloren hast, nicht mehr heiraten wollen. Doch ich kann und will das nicht glauben.
Deine missliche Lage bringt mich keineswegs davon ab, dich zu lieben. Ich bin mehr denn je die deine. Zweifle nicht an meiner Liebe. Bitte schreibe mir, wie es dir geht, wenn du kannst. Ich bete für dich. Du bist für immer in meinem Herzen.

Esther

22.
Jesse

Gott. ... Seit sie die Imbissbude verlassen und sich auf den Weg zu Jeremiah gemacht hatten, spukten Chloes Worte in seinem Kopf herum und ließen sich nicht mehr abschütteln. Nie zuvor hatte er ernsthaft über Gott nachgedacht. Als Wissenschaftler beobachtete er unerklärte Phänomene des Universums und räumte ein, dass ein Plan dahinterstand – ein Schöpfer. Aber ein persönlicher Retter (brauchte man denn einen Retter?) – die Idee schien ihm eher absurd zu sein. Am College hatte sein Zimmernachbar sich über die Christen lustig gemacht: Er stellte eine christliche Radio- oder Fernsehsendung an und prostete ihm jedes Mal zu, wenn ein aalglatter Prediger ausrief „Gelobt sei Gott". Auch ein lustiges Trinkspiel ...

Doch Chloe sprach mit einer Leidenschaft und Ehrlichkeit über Gott, die er nie zuvor gesehen oder gehört hatte. Ihre Verzweiflung in einer schwierigen Zeit ihres Lebens hatte sie zu Gott geführt. Jesses Verzweiflung hatte ihn nach Hollywood geführt.

„Alles okay mit dir?", fragte sie, während sie die Abzweigung zu Chris' Wohnung nahm.

„Ja, alles gut. Ich denke nur nach."

„Über Chris?"

„Ja, über Chris." Warum nicht? Die Wahrheit schien ihm zu seltsam zu sein.

„Er hat das Handtuch geworfen. Ich weiß es."

„Woher willst du das wissen?" Jesse sah sie von der Seite an.

„Weil es um mein Leben geht. Um meine erste große Chance. Irgendetwas musste am Ende schiefgehen."

„Wo ist die Frau des Glaubens, die ich vorhin noch gehört habe?"

Sie unterdrückte ein Lächeln. „Sie hat Angst."

„Gibt Gott dir nicht die Sicherheit, dass alles gut werden wird?"

„Weißt du, was mich wirklich nervt?", sagte Chloe. „Wenn Leute, die Gott nicht kennen, denen, die ihn kennen, erzählen, wie er ist. Oder was derjenige tun und sagen sollte, weil er gläubig ist."

Jesse gab auf und hob die Hände hoch. „Gut, dann hab halt Angst."

„Sorry." Sie seufzte. „Ich bin nur nervös." Chloe fuhr langsamer auf das Sicherheitstor zu und gab den Code ein, den Jer per SMS geschickt hatte.

„Vielleicht gibt es gar kein Problem. Meinst du wirklich, Chris würde einfach so aufhören? Warum? Die Dinge laufen gut, trotz der Verzögerungen wegen des Regens. Er ist großartig als Hamilton, und ihr beiden ... die Chemie ist perfekt."

„Hast du noch nie den Gedanken gehabt, dass es das Schicksal vielleicht nicht gut mit dir meint? Dass es einen Grund gibt, warum bei dir immer alles schiefläuft? Du keines dieser gesegneten Glückskinder bist, denen alles gelingt?"

Chloe fuhr langsam, suchte die richtige Hausnummer und fuhr auf die Häuser am See zu.

„So etwas gibt es gar nicht."

„Wie lange bist du schon in Hollywood? Natürlich gibt es das. Schicksal. Die Gewinner- und die Verlierertypen." Sie bog auf die lange Zufahrt eines zweigeschossigen Hauses mit großen Fenstern ein. Die Zufahrt schlängelte sich um einen Teil des Sees herum, der das Gelände durchbrach. Sie parkte neben einer dunklen Limousine und stellte den Motor ab.

Eine Limousine? War Chris auf dem Weg zum Flughafen? Jesses Telefonat mit Jeremiah kurz vor Weihnachten kam ihm in den Sinn. Vielleicht war der neue Direktor der Filmgesellschaft eingetroffen, um sich das Projekt anzusehen. Das kam manchmal vor.

„Das gefällt mir nicht." Chloe zeigte auf die Limousine und öffnete ihre Wagentür.

„Wahrscheinlich kein Grund zur Sorge." Na klar. Es war bestimmt nur der neue Direktor, der das laufende Projekt absegnete. Jesse nahm Chloes Arm. „Hey, warte mal. Du hast recht, ich kann dir nichts über deinen Glauben erzählen. Aber die Frau, die vorhin mit mir essen war und mir gesagt hat, dass Gott sie gerettet habe – die hat etwas Wahres gesagt. Das habe ich gespürt. Du hast mich fast vom Glauben überzeugt. Chloe, hab jetzt Vertrauen in das, was du weißt und glaubst. Wenn du dein Leben Gott übergeben hast, dann vertraue ihm. Was für ein Geschenk zu wissen, dass man nicht allein ist."

„Du ... überraschst mich immer wieder." Sie drehte sich zu ihm und küsste ihn auf die Wange. Ihre Blicke trafen sich, und der Kuss wurde intensiver – Lippen auf Lippen, Herz zu Herz. Jesse ließ seine Hand über ihren Rücken gleiten. Er wollte mehr. Er wollte sie in seinen Armen ...

Chloe löste sich von ihm und presste ihre Finger auf ihre Lippen. „Jesse ... es tut mir leid."

„Du musst dich nicht entschuldigen."

„Wir können nicht ständig sagen, dass wir nur Freunde sind, und uns dann wieder küssen."

Sie hatte recht. Aber die Anziehungskraft zwischen ihnen war zu groß, um sie zu ignorieren. Wie sollte das bloß enden?

Sie stiegen aus dem Wagen, und Jesse begleitete sie die Steinstufen hinauf zu einem Säulenvorbau. Er drückte auf die Klingel und sah noch einmal Chloe in die Augen.

„Was auch immer passiert, Chloe, ich stehe hinter dir. Ich weiß nicht, wie viel Einfluss ich da drinnen haben werde. Keine Ahnung, was dort vor sich geht – aber du wirst diesen Film zu Ende bringen, mit oder ohne Chris, als Esther Kingsley, deine *lebendige* Heldin. Ich verspreche es dir."

Sie schenkte ihm ein schiefes Lächeln. „Danke. Aber mach lieber keine Versprechungen, die du nicht erfüllen kannst, Jesse."

Chris kam an die Tür. Ohne Hemd, mit der Jeans lose auf den Hüften, sah er aus, als wäre er gerade aus dem Bett gekommen. „Hey! Kommt rein. Wir sind hinten", sagte er und ging vor, wobei er sich mit der Hand durch die langen Haare fuhr.

Jesse durchquerte die Eingangshalle und betrat ein großes, quadratisches Wohnzimmer mit Fenstern, die auf den See hinausgingen, und einer Küche auf der anderen Seite. Die Luft war grau und kalt, der Kamin ein schwarzes Loch.

Chris ließ sich auf die Lehne eines Sessels plumpsen und die Füße in der Luft baumeln. In seinem Mundwinkel steckte eine Zigarette. Ein Mann, den Jesse nicht kannte, saß in dem Sessel daneben, und eine kleine Blonde mit einem Leder-Aktenkoffer stand dazwischen.

„Willst du uns einander vorstellen, Jeremiah?", fragte der Mann.

Jer lehnte mit dem Rücken an der Kücheninsel, die Arme verschränkt, sein Gesichtsausdruck ernst, nüchtern. „Dies ist Greg Zarzour, der neue Direktor von *Premier Studios*. Greg, Jesse Gates."

Jesse schüttelte ihm die Hand. „Sehr erfreut." Es galt, höflich zu sein. Seine Karriere lag in den Händen dieses Mannes.

„Ganz meinerseits." Zarzour blieb sitzen, schüttelte nur ganz kurz Jesses Hand. Er trug einen Armani-Anzug, die typische Uniform der Neureichen. Sein dunkles Haar war sauber gestutzt und gegelt. „Bitte, setzen Sie sich."

Doch Jesse konnte sich nicht setzen. Er war viel zu aufgeregt.

„Kennen Sie Chloe Daschle?", fragte Jer.

Diesmal stand Zarzour auf und ging zu Chloe hinüber. „Ihr Dad ist einer meiner Helden, und Ihre Mutter war meine erste Hollywood-Schwärmerei."

Was für ein Schleimer! Wer sagt so etwas zu einer Tochter?

„Sie wäre sicher sehr geschmeichelt." Chloe, ein Muster an Liebenswürdigkeit.

„Nun, worum geht es hier, Jer?" Sie blieb neben Jesse stehen.

„Ich mag es, wie sie auf den Punkt kommt." Chris klopfte seine Zigarettenasche in eine Kristallschale, nicht etwa in einen Aschenbecher. Die Eigentümer des Hauses hatten wahrscheinlich eine Nichtraucher-Politik, aber er war nun mal Chris Painter. Für ihn galten keine Regeln. „Greg will mich für eine andere Rolle."

„Was?" Panik flackerte in Chloes weit aufgerissenen Augen. „Wir sind mitten in den Dreharbeiten."

„Chloe, bitte setzen Sie sich." Zarzour wies auf denselben Sessel, den er zuvor Jesse angeboten hatte. Sie blieb jedoch stehen und berührte flüchtig Jesses Arm.

„Ein Action-Film", sagte Jeremiah, während er auf das Fenster zuging. Dahinter sah man die Einbuchtung des Sees, die sich um den gepflegten Rasen legte. „*Sea Dragon*. Die Hauptrolle ist mit dem falschen Schauspieler besetzt." Er warf Zarzour einen Blick zu. „Ich habe deinem Vorgänger gesagt, er soll nicht Sherwood nehmen. Er ist fürs Theater geboren. Er spielt die Parodie und die farcenhaften Elemente eines Actionfilms zu wörtlich. Er ist nicht glaubwürdig."

„Nun, jetzt sind wir sechs Monate später und zehn Millionen über dem Budget, und die Crew steht kurz vor der Meuterei. Etwas muss geschehen." Zarzour setzte sich auf einen großen Stuhl mit Armlehnen – wie ein König, der Hof hielt. „Bookman kriegt ihn nicht in den Griff. Ich brauche einen Regisseur, der das kann. Der Vorstand hat Holloman gefeuert, weil er keine Lösung gefunden hat. Sie haben mich angestellt, weil ich eine Lösung finde. Der erste Teil der Lösung besteht aus diesen beiden: Painter und Gonda. Ich brauche euch nächste Woche in Neuseeland."

Chloe wurde blass. „Sie wollen dich ebenfalls, Jer?"

Jeremiahs steinerne Miene war Antwort genug. „Ich habe dir gesagt, dass ich nie ein Projekt fallen lasse, Zarzour."

„Gib es einfach an jemand anderen ab. Wer ist dein Assistent?"

„Sharon Lee."

„Perfekt. Ich habe kein Problem mit ihr. Sie kann die Regie übernehmen."

„Aber es ist mein ... Ich habe das Projekt ..." Seine Worte überschlugen sich. „Hör mal, Painter ist das Herz und die Seele des Films." Jeremiah nickte Richtung Chloe. „Zusammen mit Daschle."

Chloe lehnte sich gegen Jesse und murmelte: „Ich wusste es ... ich wusste es."

„Dann findet eben ein neues Herz. Wir haben einen Drehbuch-Berater engagiert, der ..."

„Einen Drehbuch-Berater?", brauste Jesse auf. „Das Drehbuch war perfekt. Haben Sie eine Ahnung, wie oft wir es umgeschrieben haben?"

„Sie wollen eine kürzere Version", sagte Jeremiah mit krampfhafter Entschlossenheit. „Zehn Prozent."

Zarzour griff in seine Ledertasche und legte ein zerknittertes Skript auf den Tisch. „Einige Szenen sind in Ordnung. Und was ist auf der B-Roll? Benutzt es."

Jer nahm das Skript hoch, blätterte durch einige Seiten und schleuderte sie Richtung Jesse. „B-Roll benutzen. Na klar, warum nicht?" Er warf Jesse einen entschuldigenden Blick zu. „Hey, ich kann die Extra-Szene benutzen, in der Chloe aus der Scheune stürzt und schreit, ein Gockel wolle sie töten. Wie wäre es damit, Zarzour?" Jer blätterte durch die letzten Seiten und klatschte das Skript auf den Tisch. *Tod durch Gockel.* Wir werden den Film in eine Parodie, eine Posse verwandeln."

Chris lachte. „Wann war das? Warum habe ich das nicht mitgekriegt?"

„Da hast du noch Neujahr gefeiert", sagte Jer.

„Ich habe mich bei dir entschuldigt."

„Und nun muss ich mit dir siebentausend Meilen entfernt von hier arbeiten."

„Dieser Gockel wollte mich wirklich töten." Chloe mimte mit den Fingern die Hackbewegungen des Gockels.

Die schweigende Blonde zwischen Zarzour und Chris lachte leise.

„Bleib bitte ernst, Gonda. Nun, Jesse, die Veränderungen sollten so schnell wie möglich vorgenommen werden", sagte Zarzour.

Jesse nahm das Skript in die Hand und blätterte durch die Seiten. Die letzte Hälfte war voller roter Anmerkungen. Die Änderungen waren erheblich. Einschneidend. Es war vorbei. Sein erster Film – aus und vorbei.

Chloe lehnte sich herüber, um das Skript zu sehen. Sie drückte seinen Arm.

„Wir werden das Skript nicht kürzen." Jeremiah blieb fest. „Dies ist ein seriöses Projekt, Greg. Wir haben zu viel Geld investiert ..."

„In Ordnung, Jer. Die vorgeschlagenen Änderungen sind nicht erheblich. Nur kleine Schnipsel. Ihr arbeitet hier unter Budget, also kann ich einen Teil eures Geldes nehmen, um die Verluste von *Sea Dragon* auszugleichen."

Jesse hatte Jeremiah Gonda immer ruhig und kontrolliert gekannt. Doch nun stürmte er durch den Raum, um sich dem Direktor gegenüberzustellen.

„Man kann einen Film über den Unabhängigkeitskrieg nicht einfach so vermasseln, Greg. Es ist keine verdammte Seifenoper. Das Skript hat alle Stationen durchgemacht, wir haben Anmerkungen und Veränderungen vorgenommen. Jesse hat unermüdlich daran gearbeitet. Du kannst mich abziehen und Sharon die Regie übergeben, aber Painter muss die Rolle zu Ende spielen. So sieht's aus."

Zarzour bewegte sich keinen Zentimeter – seine Körperhaltung und seine Beherrschung blieben unverändert. „Was meinen Sie, Jesse? Können Sie die Änderungen vornehmen?"

„Greg", sagte Jeremiah. Seine Stimme war leise und angespannt, die Stimme eines Mannes, der dabei war, einen Kampf zu verlieren. „Dies ist mein Projekt und ..."

„Das Geld meiner Gesellschaft."

„Ich werde nicht nach Neuseeland gehen, wenn du diesen Film zerschnippelst."

Zarzour setzte sich auf die Sessellehne, sein Gesichtsausdruck war finster. „Wenn du nicht nach Neuseeland gehst, schließe ich diese Dreharbeiten. Was dabei bereits ausgegeben wurde, ist nichts im Vergleich zu der Summe, die Bookman und Sherwood in Neuseeland verschleudert haben." Er zeigte ein aufgesetztes Lächeln, zupfte seine Anzugjacke zurecht und lehnte sich wieder zurück. „*Premier Studios* und *Gonda Films* blicken auf eine lange, erfolgreiche Zusammenarbeit zurück. Wir sollten nicht zulassen, dass dieses Hickhack die Beziehung ruiniert. Im Moment sehe ich *Bound by Love* nicht als führenden Film im nächsten Jahr, aber ich könnte noch mal darüber nachdenken ... wenn die Dinge nach meinen Vorstellungen laufen."

Der Mann hielt sämtliche Trümpfe in der Hand, und alle im Raum wussten das. Auch wenn Jeremiah das System der Filmgesellschaft nicht brauchte, wäre es absolut verrückt, die starke Beziehung zu *Premier Studios* zu ruinieren.

Die Anspannung ging auch auf Jesse über und öffnete erneut die von der Vergangenheit wunden Stellen in seinem Innern. Er sah die völlig blass gewordene Chloe an und griff in die Debatte ein.

„Ich werde die Anmerkungen durchgehen", sagte er und blätterte erneut durch die Seiten. „Sie sind recht gut. Hier und da eine Szenenkürzung." Er blickte mit einem bemühten Lächeln in die Runde. „Ich kann heute Nachmittag daran arbeiten."

„Na bitte, Gonda. Ein Team-Player." Zarzour strahlte. Runde eins ging an *Premier Studios*.

„Ja, ich glaube, wir können mit den meisten Änderungen leben." Er hielt inne, als er sich dem Ende näherte, wo rote Linien die zentrale Weihnachtsszene mit Hamilton und Esther ausradierten.

„Jess, was ist los?" Jeremiah griff nach dem Skript.

„Die Weihnachtsszene", sagte er. „Die können wir auf keinen Fall rausnehmen. Sie ist die Essenz der Liebesgeschichte, in der Hamilton und Esther einander ihre Liebe erklären."

„Es ist keine Liebesgeschichte mehr, sondern eine Kriegsgeschichte." Zarzour wandte sich an Chris und bat ihn um eine Zigarette. „Habt ihr hier irgendetwas zu trinken?"

„Wasser. Limonade." Chris gab Zarzour seine Zigarettenpackung und stand auf, um in die Küche zu gehen. „Ich trinke im Moment keinen Alkohol." Er sah Jeremiah im Vorübergehen an. „Was meinst du wohl, warum ich rauche?"

„Ich nehme eine Diät-Limonade." Zarzour zündete die Zigarette an und blies Rauch in den makellosen Raum. „Sie können also die Änderungen vornehmen? Gut."

„Aber es ist eine Liebesgeschichte." Jesse nahm das Skript aus Jeremiahs Hand. „Hamilton und Esther müssen am Ende ein Paar sein." Darum ging es. Es war die Liebesgeschichte seines Vorfahren. Und Esthers Geschichte. Ja, auch Loxleys Geschichte. Es bedeutete einen Abschluss für Jesse, und vielleicht eine Art mystischen Abschluss für seinen lange verstorbenen Vorfahren.

„Uns gefällt die Idee, dass Esther eine Kriegsheldin wird", sagte Zarzour. „Sie geht zum Schlachtfeld, um Hamilton zu finden, und als er getötet wird, nimmt sie seine Muskete. Vielleicht feuert sie sogar eine Kanone ab. Ein Molly Pitcher-Typ. Das kam vor während des Unabhängigkeitskrieges, nicht wahr? Frauen ergreifen die Waffen. Dann ..." Zarzour setzte sich auf die Stuhlkante. „... dann packen wir den Zuschauer bei der Gurgel. Esther weint über ihren sterbenden Verlobten, sie feuert die Kanone ab, eine Reihe von Rotröcken fällt. Tränen strömen über ihr

Gesicht. Die Zuschauer sind hingerissen. Kurz vor dem Sieg schießt sich Esther eine Kugel ins Herz. Sie fällt auf dem Schlachtfeld, eine Heldin."

„Nein", rief Chloe und sprang in die Mitte des Raums. „Nein, nein, nein!"

„Es ist perfekt! Warum nicht?" Zarzour nahm einen langen, arroganten Zug von seiner Zigarette und verpestete das Haus noch ein wenig mehr. „Esther stirbt den Heldentod. Den Tod einer Patriotin. Einer Kämpferin für den Frieden. Die Leute schreiben Gedichte und Lieder über sie. Sie ist eine Ikone der amerikanischen Geschichte. Das ist pure Filmmagie."

„Sie kann nicht sterben, Greg." Chloe zitterte. „Sie lebt. Sie lebt! Ich weigere mich zu sterben! Ich will nicht sterben."

„Chloe, wo ist das Problem? Wenn sie stirbt, kürzen wir den Film um weitere vier Minuten. Wie Sie wissen: Zeit ist Geld." Zarzour kniff die Augen zusammen, seine wahre dunkle Natur wurde sichtbar. „Übrigens habe ich die Aufnahmen gesehen. Ich habe nie geglaubt, dass Hamilton sie liebt. Es ist dieser andere Kerl ... wie war noch sein Name ..."

„Flanders", sagte Jesse leise und bedrückt.

„Richtig, Flanders." Zarzours Zigarettenasche fiel auf den Holzboden. „Man kann jedes Mal, wenn er auf dem Bildschirm erscheint, sehen, dass er in sie verliebt ist. Ihr könntet arrangieren, dass *er* ihren leblosen Körper hochhebt und mit ihm in den Sonnenuntergang geht. Dann wissen wir, dass jemand sie nach Hamiltons Tod begraben hat. Sie spielen doch diese Rolle, nicht wahr, Jesse? Sind Sie in Chloe verliebt? Denn jedes Mal ..."

„Greg!", sagte Jeremiah.

Doch Jesse reagierte bereits. „Flanders liebt sie nicht. Es ist Hamilton, der sie liebt. Haben Sie nicht das Skript gelesen? Wenn irgendjemand sie retten sollte, dann er."

„Esther darf nicht sterben!", kreischte Chloe aufgebracht. Sie wirbelte zu Jeremiah herum. „Du hast mir versprochen, dass ich in dieser Rolle leben werde. Jesse, du hast mir versprochen ..."

„Chloe, meine Liebe, die beiden haben hier nicht mehr das Sagen." Zarzour balancierte die Zigarette im Mundwinkel. „Jeremiah, wie wäre es, wenn du Hamilton in der ersten Schlacht sterben lässt, so dass Chris mit mir nach Neuseeland kommen und für seine Action-Rolle lernen und proben kann?"

Chris stöhnte und ließ sich in seinen Sessel hinunterrutschen. „Jeremiah, kann ich bitte einen Whiskey haben?"

„Nein."

Zarzour wandte sich an seine schweigende Assistentin. „Schick Halston eine E-Mail und sag ihm, er soll Aaron Heinley hier einfliegen lassen." Die Assistentin machte sich Notizen in ihrem Smartphone. „Er soll die Kürzungen für uns vornehmen."

Jesse fühlte, wie ihm der Boden unter seinen Träumen weggezogen wurde. *Aus!* Sie hatten verloren. Chloe sank auf die Ecke des Sofatisches. Ihre Augen schimmerten feucht.

„Lass gut sein, Greg", sagte Jeremiah. „Wir kümmern uns um die Kürzungen."

„Gut. Ich wusste, du würdest die Dinge schließlich so sehen wie ich." Der Direktor der Filmgesellschaft hatte auf alles eine Antwort, wie es schien. Außer, wenn es um die Asche ging, die von seiner Zigarette herabfiel. Schließlich klopfte er sie in der Kristallschale ab, die Chris benutzt hatte. „Wie lange wird das dauern, einschließlich der nachgedrehten Szenen? Zwei Wochen? Ihr habt erst einen Monat lang gedreht, es sollte also nicht viel mehr Zeit in Anspruch nehmen. Ich kann *Sea Dragon* zwei Wochen lang aussetzen."

„Zwei Wochen, ja." Jeremiah ließ sich auf den nächstbesten Stuhl fallen.

„Und ich, was mache ich nun?", fragte Chris. „Nach Neuseeland gehen?"

„So bald wie möglich. Jer, kannst du ihn in einer Woche freigeben? Er muss viel für die neue Rolle lernen." Zarzour wandte sich an Jesse. „Meinen Sie, dass Sie die Änderungen hinbekommen?"

Cloe stand auf und verschwand im dunklen Flur, ihr unterdrückter Schrei wurde von den Wänden zurückgeworfen.

„Nein, Mr. Zarzour. Ich kann es nicht. Ich werde es nicht tun."

„Wie bitte?"

„Sie haben richtig gehört. Ich kann und werde diese Änderungen nicht vornehmen." Seine Stimme war anfangs leise, wurde aber immer lauter und fester.

Jeremiah hob den Kopf. Chloe tauchte aus dem Flur auf. Chris setzte sich gerade, offenbar amüsiert.

„Ich dachte, Sie wären ein Teamplayer, Gates", sagte Zarzour.

„Sie können Esther nicht töten. Ich habe dieses Drehbuch geschrieben, um eine Geschichte abzuschließen, die mit meinem Vorfahren begann. Ich schrieb es, um meine ... *eine* Liebesgeschichte abzuschließen. Wenn Sie Esther töten, dann töten Sie auch jene Frau. In diesem Film sterben der Held und die Heldin nicht. Sie leben glücklich bis ans Ende ihrer Tage. Es geht in dieser Geschichte um Liebe, nicht um Tod. Und Chloe? Sie ist eine erstaunliche Schauspielerin, aber aus irgendeinem Grund lässt Hollywood sie nicht leben. Sie ist auf die Rolle der Sterbenden festgelegt. Mit diesem Projekt würden wir die Tendenz umkehren."

Er klang wesentlich selbstbewusster, als er sich fühlte.

Zarzour drückte seine Zigarette in der Schale aus und legte seine joviale Maske ab. „Ich wusste nicht, dass Sie das Sagen haben, Jesse. Sie sind ein Drehbuchautor, der Glück hatte. Nehmen Sie diese Änderungen vor, oder wir finden jemand anderen, der es tut. Wir hätten sie schon gestern gebraucht. Und wenn Chloe so eine großartige Schauspielerin ist, dann kann sie uns eine Sterbeszene liefern, die einen Oscar wert ist." Er stand auf und stemmte die Hände in die Hüften. „*Sea Dragon* ist unser führender Film im nächsten Jahr. Er darf nicht fehlschlagen." Er atmete hörbar aus und ging auf Jesse zu, wobei er sich spürbar zusammennahm. Er klopfte Jesse auf den Arm. „Sie nehmen diese Änderungen vor, und ich verspreche Ihnen persönlich einen Film von einem Ihrer Drehbücher. Innerhalb der nächsten zwei Jahre. Sie sind auch Schauspieler, nicht wahr? Wir haben ein Filmprojekt Anfang nächsten Jahres, in dem ich Sie unterbringen könnte."

Sehr schlau, Zarzour, an mein Ego zu appellieren.

Er sah zu Chloe. Sie lehnte mit verschränkten Armen gegen die Wand und starrte auf den See. Ihre Augen waren rot gerändert.

Zarzour wandte sich an seine Assistentin. „Fertig?" Sie nickte, und beide machten sich auf den Weg zur Tür. „Jeremiah, Chris, ich kontaktierte euch wegen der Details für *Sea Dragon.* Oder, noch besser ..." – er zeigte auf seine Assistentin, die weitere Notizen in ihr Smartphone tippte – „... ich werde euch das Skript und die Produktionsanmerkungen noch heute zuschicken."

„Ich werde es nicht tun." Jesse warf das Skript auf den Tisch. Sein Puls raste. Es hatte sich noch nie so gut angefühlt, sich ins eigene Fleisch zu schneiden.

Zarzour drehte sich um, zog ein Gesicht und fragte: „Wie meinen Sie das?"

„Sie wollen die Änderungen, also machen Sie sie selbst. Meinetwegen beauftragen Sie Aaron Heinley damit. Ich jedenfalls mache es nicht."

„Jesse, dies ist dein Drehbuch, dein Film." Jeremiah kam auf ihn zu. „Nimm die Änderungen vor. Du kannst das schneller erledigen als irgendjemand sonst. Behalte die Kontrolle. Und halte dir die Zukunft offen."

„Ich werde die Weihnachtsszene nicht herausnehmen, und ich werde auch Esther nicht töten."

Zarzour sagte verächtlich: „Provozieren Sie mich nicht, Jesse. Nehmen Sie die Änderungen vor oder Sie sind gefeuert."

Gefeuert? Plötzlich hatten seine Hollywood-Ambitionen keine Bedeutung mehr.

„Jesse ..." Chloe kam auf ihn zu. „Nimm die Änderungen vor. Es ist nicht so schlimm."

„Doch, das ist es." Jesse sah erst sie und dann Jeremiah an. „Werden wir wirklich zulassen, dass er so mit unserem Projekt umgeht?"

„Jesse, so ist das Film-Business ..."

„Und es geht darum, Geld zu verdienen", sagte Zarzour. „Sie sollten das mittlerweile wissen. Noch bin ich Ihnen wohlgesonnen, Jesse. Ich kann Ihre Zukunft garantieren. Also nehmen Sie die Änderungen vor."

Jesse wechselte einen Blick mit Chloe. Sie stand zwischen ihm und Zarzour, die Hände auf den Hüften, und schüttelte langsam den Kopf.

Sei jetzt kein Feigling, Mann. „Dann bin ich wohl gefeuert." Jesse ging um das Sofa herum auf die Tür zu. Sein Kopf pochte vor Erregung.

„Jesse! Nein, warte!" Chloe schubste Zarzour zur Seite und griff nach Jesses Arm. „Tu das nicht. Bitte! Du hast deinen Standpunkt klargemacht. Ruiniere nicht meinetwegen deine Karriere. Lass nicht jemand anderen *deine* Geschichte schreiben. Die Geschichte *deines* Vorfahren."

„Wenn ich diese Änderungen vornehme, breche ich das Versprechen, das ich dir gab. Das kann ich nicht, Chloe. Ich kann dich nicht hängen lassen."

„Es ist nur ein Film, Jesse." Tränen glitzerten in ihren Augen, als sie noch näher kam. „Ich bin nicht Loxley", flüsterte sie.

„Wenn es nur ein Film ist, wie kommt es dann, dass es sich so real anfühlt?"

Er schüttelte sie ab und rannte nach draußen, die Auffahrt hinunter und auf die Straße zu. Er würde jede Meile des Rückwegs zum Hotel brauchen, um diese Sache zu verarbeiten.

„Jesse." Jeremiah holte ihn auf halbem Weg zur Straße ein. „Mir gefällt das alles genauso wenig wie dir. Was du da drin grad getan hast, dazu braucht es Mut, und ich respektiere dich dafür. Aber ich brauche dich wirklich, um diese Änderungen vorzunehmen. Wir werden zusammen daran arbeiten ..."

Jesse stand zitternd da. Er allein wusste, wie ernst es ihm war. „Ich kann sie nicht sterben lassen. Nicht schon wieder. Begreifst du das nicht?"

„Reden wir von Chloe?"

„Ja ... nein ... ich weiß es nicht." Armer Jeremiah – gefangen zwischen Jesses Vergangenheit und Zukunft. „Wie auch immer – ich werde diese Todesszene nicht schreiben. Es tut mir leid, Jeremiah." Mit diesen Worten schlug er seinen Kragen gegen den schneidenden Wind hoch und ging die lange Auffahrt zur Straße hinunter.

23.
Hamilton

Er erwachte in einem dunklen Raum. Sein Bein pochte, seine Zehen kribbelten. Ein sanfter Duft erinnerte ihn an zu Hause.

„Esther?“

Er hatte sie gesehen. Es war nur einen Augenblick her. Sie hatte mit ihm gesprochen, seine Stirn und seine Wange geküsst.

„Hamilton, du bist wach.“ Tante Marys schönes Gesicht tauchte über ihm auf.

„Wie lange habe ich geschlafen?“ Er versuchte sich aufzusetzen, doch seine Arme versagten ihm den Dienst.

„Fast drei Wochen lang. Wir haben mehrmals befürchtet, dich zu verlieren.“

„Wir? Esther? Ist sie hier? Ich bin sicher, dass ich ihre Stimme gehört habe. Sie hat mit einem Mann gesprochen.“

„Mit dem Wundarzt?“

„Vielleicht. Obwohl er sehr groß wirkte, so als ob das Leben ihn nicht umfassen könnte. Ich erinnere mich nicht. Vielleicht habe ich geträumt.“

„Natürlich, das wird es sein. Du hast geträumt.“

„Aber sie war hier?“

„Sie hat mich hierherbegleitet, ja. Dann kam ihr Vater. Sie ist noch am selben Tag mit ihm zurückgefahren.“ Tante Mary half ihm, sich aufzusetzen. Sie klopfte die Kissen und Decken zurecht und drückte einen kühlen Lappen auf seine Stirn. „Du musst hungrig sein.“

„Ja, ich fühle mich schwach. Als wäre ich gar nicht in meinem Körper.“ Er spähte durch den Raum. „Bin ich nicht zu Hause?“

„Wir sind im Haus von Dr. Nelson, am Rande der *Green River Road*. Er hat dir das Leben gerettet."

„Mein Leben gerettet?" Er legte den Kopf zurück und versuchte sich zu erinnern. „Die Schlacht! ... Wie ist es ausgegangen?" Ein verschwommenes Bild von Leutnant Twimball zuckte durch seinen Kopf. Sein Säbel ... der kalte Schlamm ... das Licht ... sein Pa und seine Ma.

„Die Patrioten haben gesiegt. Colonel Tarleton und seine Dragoner wurden geschlagen. Wir haben über achthundert britische *Regulars* gefangen genommen."

„Sie wurden nicht getötet?"

„Nein, gefangen genommen."

Er nickte. „So sollte es sein."

Tante Mary zog den Vorhang zurück und schob das Fenster hoch. „Wie wäre es mit frischer Luft? Hier ist eine Zeitung, wenn du möchtest. Sie ist von *Charles Town*. Darin wird über die Schlacht von *Hannah's Cowpens* berichtet. Ich habe sie für dich aufbewahrt. Ich werde dir jetzt eine Fleischbrühe holen. Oh, mein Junge, wie gut es tut, dich wieder unter den Lebenden zu haben."

„Ich sah Pa und Ma", sagte er. Mit geschlossenen Augen versuchte er sich an jedes Detail zu erinnern. „In einem Traum. Es war wundervoll."

„Sie haben wahrscheinlich für dich gebetet. Hast du auch Onkel Laurence gesehen?"

„Nein, aber ich sah einen anderen Mann ..." Vielleicht einen Engel. Irgendein himmlisches Wesen. „Wie den Mann in meinem Zimmer. Von außergewöhnlicher Größe. Er schien endlos zu sein."

Tante Mary tätschelte seinen Arm. „Die Seele tut seltsame Dinge, wenn der Körper leidet. Versuche nicht zu sehr, dich zu erinnern. Alles zu seiner Zeit. Ruhe dich einfach aus." Tante Mary ging zur Tür. „Ich hole deine Brühe."

„Hat Esther gesagt, ob sie zurückkommt? Hat sie einen Brief hinterlassen?" Irgendwo im Hinterkopf sah er eine Ansammlung von Rotröcken in Sir Michaels Haus. Esther trug ein rotes Kleid und eine grüne Schleife in den Haaren. Sie bat ihn fortzugehen. Aber warum? Er hatte etwas in der Hand. Er war wütend auf ihren Vater.

„Einen Brief? Nein, ich habe nichts gefunden."

„Mein Brief." Er drückte sich gegen die Matratze und versuchte sich mühsam aufzusetzen. „Meine Jacke? Wo ist meine Jacke?"

„Ich habe dir doch gesagt, sie hat keinen Brief hinterlassen."

„Nein, ich meine *meinen* Brief. An sie. Wo sind meine Sachen?"

Tante Mary ging zum Kleiderschrank und holte seine schmutzige, zerrissene Jacke hervor. „Hier ist nichts, Hamilton. Vielleicht hast du auch von diesem Brief nur geträumt."

Er atmete hörbar aus und ließ sich in die Kissen zurücksinken. „Ralphie. Er hat wahrscheinlich getan, worum ich in gebeten hatte, und hat den Brief zu ihr gebracht."

„Siehst du, da hast du deine Antwort. Jetzt bringe ich dir etwas zu essen. Je schneller du wieder zu Kräften kommst, desto früher können wir nach Hause zurückkehren und brauchen nicht länger dem Wundarzt und seiner Frau zur Last zu fallen."

Als sie das Zimmer verließ, versuchte Hamilton die Zeitung zu lesen, doch seine Gedanken schweiften immer wieder zur Schlacht ab. Er dachte an Twimball, wie er sein Schwert gesenkt hatte.

Durch das Fenster konnte er sehen, dass es ein schöner Tag war – hell und voller Hoffnung. Er würde etwas essen und bald wieder der Alte sein, in der Lage, nach Hause zu reiten und um Esthers Hand anzuhalten. Er hatte seine Pflicht im Krieg getan, nun würde er als freier Mann zurückkehren. Als freier Amerikaner. Frei, um sich zu verlieben, zu heiraten und Kinder aufzuziehen, die den Namen Lightfoot tragen würden. Er musste *Quill Farm* zurückgewinnen. Er sollte verdammt sein, wenn er monatlich zehn Pfund zahlen würde, um sein eigenes Land zu mieten.

Sein Brief. Er musste selbst in seiner Jacke und in seinem Rucksack suchen. Er wollte sichergehen, dass Ralphie den Brief wirklich an Esther weitergegeben hatte.

Er hatte Mühe, sich aufzusetzen - seine Beine waren steif und unbeweglich. Er schwang sie über die Bettkante und setzte seinen rechten Fuß auf den kalten Boden, dann den linken, wobei er vor Schmerz stöhnte. Als er aufrecht stand, schlug er wild mit den Armen um sich, um das Gleichgewicht zu halten, bevor er hart auf den Boden aufschlug.

„Verdammt!" Er griff nach der Bettkante und setzte sich auf. Er spürte einen dumpfen Schmerz im linken Bein, während seine Zehen heftig kribbelten. Er stieß sich gegen das Bett ab und versuchte erneut aufzustehen. In dem Moment sah er Leere, wo eigentlich sein linkes Bein sein sollte. Da war kein Knie, kein Schienbein, kein Fuß. Nur ein blutiger, bandagierter Stumpf.

Sein Schrei brachte fast seine Lungen zum Platzen. „Was habt ihr gemacht?" Er hämmerte mit der Faust auf den Boden. „Doktor! Doktor! Was habt ihr gemacht?"

Die Uhr auf dem Tisch tickte. Eine Sekunde. Zwei Sekunden.

„Doktor!" Erneut hämmerte er auf den Boden. Er achtete nicht auf die Schmerzen an den Fingerknöcheln. „Wo ist mein Bein?" Ein frischer Blutschwall trankte den Verband. „Wo ist mein Bein? Tante Mary!"

Die Tür flog auf und der Wundarzt kam mit einem Soldaten herein, der einen Verband um den Kopf trug. Gemeinsam fassten sie Hamilton unter die Achseln.

„Wo ist mein Bein? Ich verlange eine Antwort. Warum kribbeln meine Zehen, wenn sie gar nicht da sind?"

„Lassen Sie sich ins Bett helfen, Hamilton. Soldat, ich zähle bis drei. Ein, zwei, drei."

Blut hatte das Laken beschmutzt, wo sein Bein, sein *Beinstumpf*, gelegen hatte. Der Anblick, die Erkenntnis überwältigte ihn.

„Mir ist schlecht."

Der Arzt setzte ihn auf die Kante der Matratze und reichte ihm eine Schüssel. Hamilton würgte, doch sein leerer Magen gab nichts her. Nichts als Angst, Ekel, Elend angesichts seiner Verstümmelung.

„Ihre Tante wird eine Fleischbrühe bringen." Der Arzt half ihm, sich gegen die Kissen zu lehnen. „Was haben Sie getan? Hat Ihre Tante Ihnen nicht gesagt, dass Sie im Bett bleiben sollen?"

„Nein." Er griff nach der Hand des Arztes, als dieser versuchte, ihn zuzudecken. „Mein Bein. Wo ist mein Bein, Sie Schlachter?"

„Sie haben einen Säbelhieb abbekommen, und wir konnten das Bein nicht retten. Ihre Freunde haben alles versucht, aber der Schaden war zu groß." Der Arzt setzte sich neben das Bett. „Können Sie sich an die Vorgänge der Schlacht erinnern?"

„Nein ... an einige Dinge ... ja. Ich erinnere mich an Leutnant Twimball. Sein Säbel hat mir die Wunden am Arm und im Gesicht beigebracht."

„Und an Ihrem Bein."

„Ich erinnere mich an den Säbelschwung, aber ich dachte, er hätte mich nicht getroffen."

„Ihre Waffenkameraden haben gesagt, Sie wären sehr tapfer gewesen. Als Sie die Möglichkeit hatten, Twimball zu erschießen, haben Sie die Pistole gesenkt. Der junge Ralphie Standish schoss auf ihn."

„Ralphie. Und was ist mit Twimball?"

„Er liegt auf dem Feld begraben."

Hamilton seufzte und ließ sich gegen die Kissen fallen. Er brauchte Twimball nicht, in keiner Weise, aber nun, da er tot war ...

„Ich frage mich, ob wir unter anderen Umständen Freunde geworden wären."

„Sie haben Ihre Pflicht getan", sagte der Arzt. „Darüber können Sie völlig beruhigt sein."

Tränen quollen aus seinen Augen. „Beruhigt sein? Es ist ein Albtraum.

Ich weiß nicht, ob ich je wieder Ruhe finden werde. Ich habe mein Bein verloren. Wie soll ich arbeiten? Wie für meine Familie sorgen? Meine Tante ist Witwe. Ihre Farm wurde ihr vor Kurzem gestohlen, und sie hat nur noch mich, um sie vor dem Hungertod zu bewahren. Wenn ich nicht arbeiten kann, dann kann ich nicht essen. Und dann sterbe ich. Dann sterben wir alle."

„Sicherlich gibt es für Sie Hilfe von Wohlfahrtsorganisationen ..."

„Wohlfahrt? Für den Rest meines Lebens? Das kann, das will ich nicht akzeptieren." Er griff mit der Faust in die Luft. „Ich will arbeiten, eine Farm bewirtschaften, heiraten und eine Familie gründen. Aber ein Säbelhieb eines Engländers hat alles zunichte gemacht. Alles."

„Sie werden gesund werden. Sie werden eine Prothese bekommen. Ich habe gesehen, wie ..."

„Ein Holzbein? Welche Arbeit kann ein Mann mit einem Holzbein verrichten? Die Arbeit wird doppelt oder dreimal so lange dauern."

„Sie haben doch Arbeiter, oder?"

„Meinen Sie Sklaven? Nein, wir haben keine. Wie sind Abolitionisten. Wir heuern Arbeiter an, aber die Kosten dafür werden unseren Gewinn schmälern, sollten wir überhaupt Gewinn haben." Voller Abscheu sah er auf das, was von seinem Bein übrig war. „Und was ist mit Esther? Wie kann ich sie jetzt noch heiraten?"

„Ich habe Ihre Esther gesehen, als sie mit Ihrer Tante hier eintraf. Sie machte auf mich einen sehr liebenden, hingebungsvollen Eindruck. Unterschätzen Sie ihre Loyalität nicht."

„Hamilton, du musst halb verhungert sein." Tante Mary kam durch die Tür. Sie hielt ein Tablett in den Händen, ihre Augen waren voller Furcht. „Dr. Nelson, Ihre Frau hat die Medizin und den Umschlag vorbereitet."

„Danke, Mrs. Lightfoot." Der Arzt nahm die Tasse vom Tablett. „Trinken Sie das. Danach essen Sie die Fleischbrühe." Er gab Hamilton die Tasse in die Hand. „Als ich in Ihrem Alter war, dachte ich, ich hätte das

Leben im Griff und wüsste, wo es langgeht. Aber das war ein Irrtum. Ich hätte mir nie träumen lassen, im Hinterland von *South Carolina* zu leben. Ich habe in Harvard studiert. Die südlichen Kolonien waren meiner Meinung nach für die Despoten und die Armen. Doch das Leben oder der allmächtige Gott hatte andere Pläne für mich."

„Was ist das für ein Gott, der einem Mann so etwas antut?" Hamilton spähte in die Tasse, dann trank er das gold-braune Gebräu. Die Flüssigkeit war süß und sauer und brannte, als er sie hinunterschluckte. Eine angenehme Wärme machte sich in seinem Körper breit, als er die Schale mit der duftenden Fleischbrühe in die Hand nahm. „Ich muss nun ganz allein zurechtkommen. Die Wege des Herrn sind nicht gut. Er hat mir meine Eltern genommen, meine Schwester, meinen Onkel. Und nun auch noch mein Bein. Und das wird mich teurer zu stehen kommen, als ich tragen kann." Er verschlang die warme Brühe und kümmerte sich nicht darum, dass er sich den Mund verbrannte. „Ich habe immer gesagt: Was kann von Rotröcken Gutes kommen? Jetzt frage ich mich: Was kann von Gott Gutes kommen?"

Der Arzt tätschelte Hamiltons Bein – sein einziges Bein. „Sie müssen diese Glaubensprüfung durchstehen. Sie sind nicht allein in Ihrer Not. Gerade jetzt sollten Sie auf den Allmächtigen vertrauen."

„Ich habe genug Prüfungen durchgemacht. Wird der Glaube mir mein Bein wiedergeben? Oder eine Frau und Kinder? Wird er mir die *Quill Farm* zurückgeben? Nein, der G-g-g-laube ist ... für ... D-d-dummköpfe." Die Worte kamen nur mit Mühe heraus, er fühlte sich von einer großen Müdigkeit überwältigt. „W-was war in diesem Getränk, Doktor?"

Die Tasse fiel ihm aus der Hand, und während er langsam einschlief, hörte er eine Stimme: „Komm, folge mir."

Mary

Sie presste die Stirn gegen die Tür, die Tränen tropften ihr Kinn hinunter. Ihr Junge, Hamilton, den sie liebte wie einen eigenen Sohn, war gebrochen, verstümmelt.

Wie konnte Gott so grausam sein? Erst hatte er seine Eltern und seine Schwester verloren, dann seinen Onkel und nun sein Bein. Wie viel konnte ein Mann ertragen? Sie berührte ihre Rocktasche, in die sie Esthers Brief gesteckt hatte.

Und ihr eigener Schmerz? Sie hatte nie Kinder geboren, musste das Kind einer anderen Frau großziehen. Oh, sie hatte es mit Freuden getan! Der kleine Hamilton hatte ihr Herz erobert. Doch nun war sie eine Witwe, der nichts mehr blieb als ihre kleine Farm und ihr verkrüppelter Neffe. Und sie machte einen öffentlichen und privaten Krieg durch. Was auch immer Laurence getan hatte, um das Land nahe dem Bach zu erwerben, es hatte Sir Michaels Zorn entfacht und ihn auf den Kriegspfad gebracht. Dann war es ihm durch Täuschung gelungen, sie ein Dokument unterzeichnen zu lassen, durch das die Farm wieder in seinen Besitz kam. Wie töricht sie gewesen war!

Mary brauchte Hamilton, seine männliche Anwesenheit und seine Weisheit. Und er brauchte sie. Also musste sie ihren Verstand benutzen und um das kämpfen, was ihr zustand. Sie würde nicht im Elend leben, als unfruchtbare, alte Witwe. Sie presste ihre Faust auf den Mund und spürte, wie sich Egoismus und Selbstmitleid ihren Weg in ihrem Innern bahnten.

Sie trug Hamiltons Tablett in die Küche hinunter und dankte Mrs. Nelson für die gute Fleischbrühe. Sie ging nach draußen und sah, wie die beiden Jungen der Nelsons Kleider und Verbände verbrannten, die nie mehr sauber werden würden.

Sie legte eine Hand auf ihre Rocktasche, während sie ein Gedanke durchzuckte. Nein. Das konnte sie nicht tun. *Mary, du hast doch einen besseren Charakter.*

Sie und Laurence hatten sich im wilden Hinterland von *South Carolina* wirklich etwas aufgebaut. Aber sie waren jung und verliebt gewesen, voller Träume. Sie hatten Virginia verlassen in der Hoffnung, den Heiden und Verlorenen das Evangelium zu bringen.

Dann hatten sie schließlich ihre eigene Farm besessen.

Sie holte die Briefe aus ihrer Rocktasche. Es waren zwei: Der Brief, den Esther für Hamilton zurückgelassen hatte und ein Brief, den sie in seinem Rucksack gefunden hatte – verschmutzt, zerknittert, voller Blutflecken, an Esther adressiert.

Gott möge ihr vergeben, sie hatte beide Briefe gelesen. Hamiltons Brief war eine Liebeserklärung. Esthers Brief bestätigte die schlimmsten Befürchtungen Marys – der Verlust seines Beins hatte sie nicht von ihrem Entschluss abbringen können, sein Leben zu teilen. Sie würde ihn nicht verlassen.

Mary klopfte mit den Briefen gegen ihre Hand. Esther Longfellow mochte mit ihren hochfliegenden, romantischen Idealen ihre Liebe und Treue erklären, doch Mary kannte die Wahrheit. Dieses Mädchen würde ihrem Jungen das Herz brechen. Esther war letztlich die Tochter ihres Vaters.

Mary ging auf das Feuer zu. Wie könnte Esther, eine junge Frau, die im Luxus von *Slathersby Hill* aufgewachsen war, auf einer Farm leben?

Ihr einziger Trost war, dass Sir Michael – sollte Hamilton Esther heiraten – vielleicht das betrügerische Dokument zerreißen würde. Es sei denn, Sir Michael würde den Geldhahn komplett zudrehen, um seine Tochter zu kontrollieren.

Doch Esther würde mit der Zeit unzufrieden werden und Hamilton in den Ohren liegen, um das Haus zu vergrößern. Das würde sie in Schulden stürzen. Sie war zwar im Hinterland aufgewachsen, doch sie war Mitglied der britischen Aristokratie und an einen gewissen Lebensstandard gewöhnt. Esther hatte immer Sassy und Isaac um sich gehabt, die sich um alle ihre Belange kümmerten, und auch Kitch tat das. Ihre mädchenhaften Vorstellungen von Liebe hatten sie blind gemacht und glauben lassen, sie könnte auf diese Annehmlichkeiten verzichten und von morgens bis abends mit ihrem Mann gemeinsam hart arbeiten.

Ein gesunder Mann musste schon mit den Feldern, dem Wald, dem Wind und dem Regen fertig werden – doch einer, der sich auf eine Krücke stützte, würde doppelt so viel Entbehrung durchmachen.

Nein, das Mädchen hatte keine Ahnung, was auf Hamilton zukam. Sie würde schon bald mehr eine Farmarbeiterin und Krankenschwester als eine Ehefrau und Geliebte sein.

Sie würde ihm das Herz brechen. Daran hatte Mary absolut keinen Zweifel. Und sie würde ihm noch größere Schmerzen zufügen, als der Verlust seines Beines für ihn bedeutete. Von diesem Schmerz würde er sich vielleicht nie wieder erholen.

Mary dachte noch einmal über die Briefe nach. Sollte sie es wagen, nach ihrem eigenen Dafürhalten zu handeln?

„Mrs. Lightfoot? Darf ich um Hilfe bitten?“ Mrs. Nelson rief von der Tür her und war schon wieder im Haus zurück, bevor Mary antworten konnte.

„Natürlich.“ Sie ging auf das Feuer zu und sah ein letztes Mal auf die Briefe in ihrer Hand.

„Wollen Sie etwas ins Feuer werfen, Mrs. Lightfoot?“, fragte der junge Simms.

„Ja, genau.“ Sie gab dem Jungen einen der Briefe. „Kannst du das bitte für mich verbrennen?“

Der Junge nickte, nahm wortlos das Papier und warf es in die Flammen. Mary dachte über den zweiten Brief nach und steckte ihn zurück in ihre Rocktasche.

Es war getan. Mit dem verbrannten Brief hatte sie ihre eigene Zukunft besiegelt.

24.
Chloe

Das Herz des Films hatte zu schlagen aufgehört, als Jesse fortging. Der Flow, der Rhythmus, die Inspiration – alles war verschwunden. Zarzours Bekanntmachung hatte den Film tief verwundet, und Jesse hatte das angeschlagene Projekt verlassen.

Chloe saß auf einem Schaukelstuhl auf der Veranda des Kingsley-Anwesens. Sie trug ein Kostüm, das blaue Kleid, das ihr am ersten Tag so gut gefallen hatte. Sie wartete im Licht der morgendlichen Dämmerung darauf, zum Schlachtfeld zu reiten.

Heute war ihr letzter Drehtag. Vielleicht ihr letzter Tag beim Film überhaupt. Sie warf nicht einfach das Handtuch. Sie versank auch nicht in Selbstmitleid. Sie war lediglich dabei, aufzuwachen und zu begreifen. Sie hatte eine entscheidende Erkenntnis gewonnen: Der Film liebte sie nicht. Sie war in der falschen Branche. Ihrem hochtrabenden Ziel, die Massen mit inspirierenden, romantischen Geschichten zu berühren, wurde der Todesstoß versetzt, als Jeremiah ihr das überarbeitete Drehbuch in die Hand drückte.

„Es tut mir wirklich leid."

„Ich weiß. Ich werde mein Bestes geben."

Er nahm sie in die Arme und küsste sie auf die Stirn. „Du bist zu gut für Hollywood."

Also las sie ihre Szenen, akzeptierte ihren Tod und lernte ihre Rolle wie ein Profi. Sie war eine Schauspielerin. Und Schauspielerinnen spielten.

Zarzour hatte keine andere Wahl gehabt, als Jeremiah zu erlauben, den Film mit Chris als Hamilton zu Ende zu drehen.

Er ließ die zurückgehaltenen Gelder fließen und kürzte die Drehdauer um drei Wochen. Jer und Sharon Lee arbeiteten drei Tage lang unablässig an den Drehbuchänderungen. Sie hatten die Szenen unter sich aufgeteilt. Jer hatte die Kampf- und Außenszenen übernommen, Sharon die romantischen Szenen und die Innenaufnahmen.

Die Dreharbeiten waren zum Chaos geworden. Die Stimmung zwischen den Schauspielern und Crew-Mitgliedern war auf dem Nullpunkt. Überall herrschte Durcheinander. Sie waren wie die Titanic, die mit Volldampf auf den Eisberg zuhielt.

Lori kam zum Haus gerannt. Auf ihrer Stirn war eine kleine Lampe befestigt. Ihr blond und pink gefärbtes Haar stand in die Höhe, und als sie Chloe ansah, warf die Lampe einen gespenstischen Schein auf ihr Gesicht, der die schwarz umrandeten Augen noch mehr betonte. Sie trug die gleichen Kleider wie am Vortag. Und am Tag davor und davor.

„Bist du fertig?“ Lori blätterte durch ihre Szenen-Aufstellung. „Du bist im Wohnzimmer mit Millie ... Nein, warte ...“ Sie fluchte. „Du solltest mit Chris auf dem Schlachtfeld sein. Der Wagen ist auf dem Weg.“

„Gut.“ Chloe ging zum Verandageländer und betrachtete den Sonnenaufgang, der die staubige, blaue Dämmerung blutrot färbte. Der Winter hatte diesen ersten Märztag noch immer fest im Griff. Konnte es sein, dass es nach Schnee roch?

Seit Jesses Fortgang hatte sie nichts mehr von ihm gehört. Abgesehen von einer kurzen Textnachricht, mit der er auf ihre reagiert hatte.

Komm zurück, Jesse. Bitte.

Er hatte erst am nächsten Tag geantwortet. *Wünsche dir gute Dreharbeiten. Jer wird es hinkriegen.*

Auf seine eigene, seltsame Art war dies seine Verabschiedung. Die zuschlagende Tür dröhnte noch immer in ihrem Innern nach. Er war gescheitert, und aus Gründen, die sie nicht völlig begriff, war er wieder vollständig an seine Loxley-Last gekettet.

Sie vermisste ihn – seine ruhige Ausstrahlung und seine konsequente Art. Sie musste ständig daran denken, wie er sich vor allen anderen für sie eingesetzt hatte. Es war unvergesslich für sie. Tatsächlich hatte er seine Karriere beendet, um seinen Prinzipien und seinem Versprechen treu zu bleiben.

Nie zuvor hatte jemand so etwas für sie getan. Ihr Vater hatte es versucht, als Sam ihm gesagt hatte, sie würde nicht die Rolle der Debbie Dough bekommen, aber er hatte sich nicht durchgesetzt. Ihre Mutter war zwar stark, handelte aber stets diplomatisch. Chloes ehemalige Partner hatten es mehr darauf abgesehen, sich selbst zu verwirklichen, als sie zu schützen. Und dann war da diese Sache mit Haden auf der Dachterrasse, wo sie sich auf eine Weise benommen hatte, die unentschuldbar war.

Der Wagen fuhr vor und der Fahrer stieg aus, um ihr die Tür zu öffnen. Von ihrem Rücksitz aus betrachtete Chloe die Szene vor ihrem Fenster – spontane Erinnerungen an die Landschaft, das erwachende Licht, ihre Gefühle. Nicht nur ihre, sondern Esthers Gefühle. Wie hatte sie sich gefühlt, als Hamilton eine andere Frau heiratete? Hatte sie ihren Mann geliebt, der sie als junge Witwe zurückließ?

Warum hatte Hamilton den Brief nie abgeschickt, in dem er ihr einen Antrag machte, nachdem sie beide verwitwet waren?

Chloe war Esther in so vieler Hinsicht ähnlich. Eine erfüllte Liebe war offenbar für sie nicht möglich. In mancher Hinsicht war sie auch wie Loxley. Nicht physisch – möge Gott ihrer Seele gnädig sein –, aber emotional gesehen. Sie starb, ging fort, gab auf.

Ich habe dich geliebt, Jesse.

Und doch ... tief in ihrem Innern herrschte Frieden. Seit jenem Tag, an dem sie zwei Stunden lang in der Kirche geweint und sich dem Einen hingegeben hatte, der sie wirklich und bedingungslos liebte und für sie einstand, war eine neue Hoffnung in ihr Leben gekommen. Jesus würde ihre Vergangenheit heilen und sich um ihr Heute und Morgen kümmern. Ihr guter himmlischer Vater hielt ihre Zukunft in seinen Händen.

Der Wagen erreichte den Drehort und Chloe ging über die historische *Green River Road.* Ein Komparse, der die Rolle von Flanders spielte, kam herbei, bereit zu sterben. Chloes Augen wurden feucht.

Bitte, Herr, lass dies nicht das Ende von Jesses Träumen sein.

Krieg. So fühlte sich dieses ganze Projekt an. Als ob die Mächte der Hölle entschlossen wären, die Liebe zu besiegen. Dabei hatte die Liebe bereits gewonnen. Chloe lächelte.

„Du siehst fröhlich aus für ein Mädchen, das gleich sterben wird." Die Kamerafrau, Sandy, kam zu ihr. Sie sah müde und missmutig aus.

„Mir ist nur gerade bewusst geworden ..., dass die Liebe bereits gewonnen hat."

„Das kann ich leider gar nicht so sehen."

„Sandy, ich kann dort sterben, aber nicht als Besiegte, sondern als Siegerin." Chloe ging auf das Feld zu. „Ich kann mein Herz und meine Seele in diese Szene legen. Auch wenn wir uns alle einen anderen Ausgang gewünscht hätten – wir können das hier mit Qualität zu Ende bringen. Erhobenen Hauptes."

„Okay, du bist offenbar müder, als du aussiehst. Was für ein Sieg? Was für eine Qualität? Dieser Film ist ein Fiasko."

„Wie ich schon sagte. Die Liebe hat bereits gewonnen." Wahrheit. Offenbarung. Der Geist überflutete sie. „Ich brauche mich nicht zu fürchten."

Sandy verzog das Gesicht. „Was für eine Liebe? Wer? Chris?"

„Nein, Jes ..."

„Jesse?" Sandy wurde putzmunter und schlug die Hände zusammen. „Ich wusste es, ich wusste es! Ich habe Jer gesagt, dass ihr beide mehr als Freunde seid. Ihr habt versucht, es so aussehen zu lassen, aber wen wolltet ihr damit irreführen?"

„Sandy, nicht Jesse. Jesus. Ich wollte sagen, dass Jesus mich liebt. Seine Liebe hat bereits gewonnen!" Es laut auszusprechen, half ihr, die Gefühle in ihrer Brust zu ordnen. „Er hat dies hier im Griff, und wenn ich nie wieder einen Film drehen sollte, dann hat er etwas anderes, Wundervolles für mich geplant."

„Jesus? Seit wann?"

„Seit einer verrückten Nacht auf der Dachterrasse von E.P.&L.P."

„Sandy, es geht los!", rief Jeremiah. Die Kamerafrau zog ein Gesicht in Richtung Chloe und rannte fort. Jer rief: „Action!"

Chloe lehnte gegen einen Baumstamm und beobachtete die erste Kampfszene. Flanders lief auf einen Rotrock zu, dann fiel er rückwärts auf den Boden, getroffen von einer Muskete. Flanders war tot. Chloes Augen füllten sich erneut mit Tränen. So eine großartige Figur, von einem großartigen Schauspieler gespielt. Einem großartigen Mann.

„Du bist also nicht in Jesse verliebt?" Chloe drehte sich um. Lori beugte sich zu ihr. „Sorry, ich habe zufällig gehört, wie du mit Sandy gesprochen hast. Becky und ich hatten eine Wette abgeschlossen ..."

Chloe zuckte zusammen, als eine Kanone explodierte. Jeremiah rannte mit einer der Kameras durch den Rauch, dann wirbelte er herum, um Hamiltons Reaktion auf Flanders Tod zu filmen.

„Eine Wette?", fragte sie. „Mich und Jesse betreffend?"

„Ja ... hey, weinst du etwa? Sieh mal, alles wird gut werden. Jesse wird sich beruhigen, und ihr beide – nun, ihr beide seid füreinander geschaffen. Und du weißt, dass Jeremiah seinen Zauberstab schwingen und dieses Desaster in einen tollen Film verwandeln wird. Zarzour ist ein Idiot."

„Lori, ich bin nicht verliebt ..." *Lüg sie nicht an.* „Also, ich meine, da ist nichts zwischen Jesse und mir." Das stimmte. „Es tut mir nur leid für ihn. Es war sein erster Film, und der ist völlig zerstückelt worden."

„Es tut uns für euch beide leid. Insbesondere für dich, weil du schon wieder sterben musst."

Chloe wandte ihre Aufmerksamkeit der Szene zu. „Weißt du, Lori, ich denke, genau darum geht es. Ich muss sterben, nur dann kann ich leben."

„Chloe, du bist müde und redest Unsinn. Willst du die Schauspielerei etwa aufgeben? Bitte, tu das nicht. Jeremiah wird es wiedergutmachen. Niemand konnte das Zarzour-Drama vorhersehen."

„Ich gebe nicht auf, Lori. Ich bin einfach dabei aufzuwachen."

Auf dem Feld rannte Chris mit gezogenem Säbel auf eine Reihe von Rotröcken zu. Er und Ian Rainer bewegten sich durch die choreografierte Schlacht. Dann blieb Chris stehen und ging zu Jeremiah hinüber.

Ihre Stimmen waren in der Weite des Feldes zu hören.

„... nicht richtig ..."

„Wenn ich gegen Ian kämpfe, was passiert dann mit ..."

Jers Stimme dröhnte durch Loris Walkie-Talkie. „Wir brauchen die Seiten. Offenbar verzapfen wir hier Unsinn."

„Bin schon auf dem Weg."

Als sie fort war, lehnte sich Chloe gegen den Baumstamm und legte die Hand auf ihr Herz. Ein überwältigendes Gefühl des Friedens machte sich in ihr breit – ein verblüffender, überirdischer Frieden. In den Filmen spielte sie den Tod, doch im wirklichen Leben hatte sie den Sieg in Christus. Vielleicht sollte sie künftig mehr wie ein Gewinner leben!

„Chloe, Chris, los geht's." Jeremiah kam auf sie zu, wobei er gleichzeitig Loris Clipboard las. Er war im Angriffsmodus. Keine Bewertung mehr, keine Neuaufnahmen, keine Probedurchläufe, keine Diskussionen. Einfach sofort Drehen.

„Chris, du wirst erschossen."

„Warum erschießen wir nicht einfach alle?", fragte Chris. „Oder wie wäre es, wenn die Rotröcke diesmal gewinnen?"

Jeremiah beugte sich zu seinem Star vor. „Painter, hör mir gut zu. Wenn du nicht den Mund hältst, werde ich die drei Monate in Neuseeland für dich zu einer sehr unangenehmen Erfahrung machen! Mir ist egal, was Zarzour sagt."

Chris ging mit erhobenen Händen rückwärts. „Reg dich nicht auf, Gonda, es war nur Spaß. Aber du musst zugeben, dass wir eine Menge Hauptfiguren sterben lassen."

Jeremiah antwortete mit einem Seufzen, schüttelte den Kopf und murmelte: „Ich weiß, ich weiß, aber es wird funktionieren. Es muss funktionieren." Er wies Chloe und Chris mit einer Handbewegung auf ihre Plätze und klopfte Chris im Vorbeigehen auf die Schulter. „Sorry, Mann."

„Schon gut."

„Okay, Chloe", sagte Jer, während er Loris Clipboard überflog. „Wenn er gefallen ist, rennst du zu ihm und trauerst, dann nimmst du sein Gewehr in die Hand."

„Ich sollte doch die Kanone abfeuern."

„Die klemmt leider. Nimm das Gewehr."

„Es wird nicht geladen sein", sagte Chris. „Ich habe ja gerade den britischen Captain erschossen. Sie muss das Gewehr neu laden."

Jeremiah fluchte. „Dann nimm halt seinen Dolch. Stich jemanden nieder."

„Esther soll jemanden erstechen?" Chloe wartete, bis die Maskenbildnerin ihr Make-up aufgefrischt hatte. „Sie würde niemals ..."

„Ziele auf die Brust. Kurz bevor du ihn berührst, wird Hastings dich erschießen. Okay, Leute, es geht los." Jer stellte sich neben Sandy, um die Aufnahme in der Kamera zu sehen. „Das Licht ist perfekt. Lasst uns die Szene in den Kasten bekommen."

Sharon, die Regieassistentin, kam hinter der Kamera hervor: „Kamera läuft. Ton läuft."

„Action!" Jers Stimme bellte über das Feld.

Chloe spürte Angst, als sie die Szene betrachtete. Es fühlte sich so real an. Sie spielte nicht einfach eine Rolle, sie erzählte eine Geschichte. Ihre Geschichte.

Eine Salve Musketenfeuer ließ ihr Adrenalin hochschnellen. Chris lief über das Feld auf einen britischen Soldaten zu und gab einen Gewehrschuss ab. Dann prallte er zurück, von einer Kugel getroffen, griff sich an die Brust und fiel auf den Boden.

Tränen liefen aus Chloes Augenwinkel. *Wir dürfen nicht sterben, Jesse ...*

„Chloe ..." Jeremiah winkte sie vorwärts. „Du bist dran."

Zum zigsten Mal rannte Chloe Daschle in ihren Leinwand-Tod. Sie ließ sich neben den blutenden Hamilton fallen, küsste seine Stirn und flüsterte ihm ihre Liebe zu.

Hamilton: Esther, Liebste, was tust du hier? Dein Vater ... wütend.

Esther: (Während sie ein Stück von ihrem Kleid herunterreißt, um einen Verband zu machen): Nach unserem Streit konnte ich nicht schlafen. Ich musste dich sehen. Ich wollte dir sagen, dass es mir leidtut.

Hamilton: Es ist meine Schuld. Ich war arrogant und selbstsüchtig, habe mich nicht um das gekümmert, was für dich wichtig ist.

Esther: Glaubst du wirklich, dieser kleine Streit würde mich von dir entfernen? Nein. Du wirst mich eines Tages heiraten. Wir werden ein Dutzend wundervolle Kinder haben. Du wirst unseren Enkeln von deinen Heldentaten auf dem Schlachtfeld erzählen.

Hamilton: (greift hoch und zieht ihren Kopf zu sich, um sie zu küssen) Ich liebe dich.

Esther: Ich liebe dich.

Esthers Tränen tropften auf Hamiltons blutiges, schmutziges, verschrammtes Gesicht. Tränen des Kummers. Tränen der Heilung. Tränen der Hoffnung.

„Chloe?" Jers Stimme unterbrach ihre Träumerei. „Der Dolch."

Chris drückte ihre Hand. „Zeig es ihnen. Stirb mit Klasse."

Sie nahm die Requisite in die Hand und sah den Komparsen auf sie zukommen. Er schwang einen dünnen Säbel über dem Kopf.

Sie stürzte auf ihn zu und zielte mit dem Dolch auf sein Herz. Um einen Feind zu töten, muss man auf das zielen, was sein Leben ausmacht.

Sie rannte immer schneller, ihr Puls raste, während sie mit einem markerschütternden Schrei auf den Komparsen zustürmte. All ihre Liebe, ihre Angst und ihr Schmerz explodierten in diesem Schrei.

„Tod, du kriegst mich nicht!" Als sie gerade zustechen wollte, erklang der Schuss einer Muskete.

Chloe fiel auf den Boden, ausgelaugt, leer, darauf wartend, dass Jeremiah „Schnitt" rief. Stattdessen blieb er mit der Kamera über ihr und filmte ihr Sterben.

Er zoomte heran, lächelte, hielt beide Daumen in die Höhe und rief: „Ausgezeichnet!"

Auf dem winterlichen Feld, auf dem ehemals ein Kampf um die Freiheit ausgefochten und gewonnen worden war, fand Chloe Daschle ihre eigene Freiheit, indem sie ihren Ängsten, ihrem Ruf, ihrer Rolle als „Königin der Todesszenen" und sogar ihrem Wunsch nach echter Liebe starb.

Als Jeremiah „Schnitt!" rief, stand sie lächelnd auf, lebend, denn sie war endlich wirklich frei.

***

„Das war fantastisch, Leute." Jeremiah zog Chloe in seine Arme, während sie unter den Bäumen standen. Der Tag brach gerade an. „Ich habe richtig Gänsehaut. Es war einfach unglaublich."

Die Schauspieler und die Crew applaudierten, während Margo vom Catering-Service ein paar Champagnerflaschen öffnete.

Die anderen Schauspieler klopften ihr anerkennend auf den Rücken.

„Chloe, was für ein Finale!"

„Nimm das, Zarzour."

„Ich kann diesen Satz nicht im Skript finden. Wie kamst du nur darauf?"

Chloes Improvisation hatte ein wenig Leben in die Truppe zurückgeholt.

Als der Champagner eingegossen war, hob Jeremiah sein Glas. „Man hat uns hier schwer zugesetzt, aber ihr seid alle meine Helden! Danke für eure harte Arbeit. Und Chloe – wow! Was für ein Abschluss!"

Erneut klatschten alle Chloe Beifall. Sie lächelte, während sie unter ihrem Kostüm zitterte – noch aufgewühlt von der Szene und der Kraft ihrer Darstellung.

Tod, du kriegst mich nicht! Sie hatte das Gefühl, von einer Krankheit genesen zu sein, von der sie nicht gewusst hatte, dass sie da war. Als ob sie von einer ganzen Wagenladung negativer Gefühle befreit worden wäre.

„Auf Jesse Gates und *Bound by Love*", sagte Jeremiah.

Schauspieler und Crew riefen gleichzeitig: „Auf Jesse und *Bound by Love!*"

Doch die Feier dauerte nicht lange. Ein Wagen wartete auf Jeremiah und Chris und die Crew, die sie nach Neuseeland begleiten würde. Regieassistentin Sharon Lee würde zurückbleiben, um den Abzug aus *Chesnee* zu managen.

Chloes Beine gaben nach, und sie ließ sich auf den Boden fallen. Chris kam mit einem übermütigen Grinsen auf sie zu. Sein Hirschlederkostüm war mit Requisiten-Blut besudelt. Er ließ sich neben sie auf den Boden sinken, legte den Arm um ihren Nacken und zog ihren Kopf zu sich, um einen Kuss auf ihre Stirn zu drücken. „Das war mal eine tolle Todesszene! Woher kam dieser Wahnsinnsschrei?"

Sie blieb mit angezogenen Knien sitzen, der dunkelblaue Wollrock bedeckte ihre Beine und Füße. „Keine Ahnung ... er kam einfach so heraus." Sie sah ihn von der Seite an. „War ich wirklich gut?"

„Ich war zu Tränen gerührt." Er nahm einen Schluck Champagner, dann goss er den Rest des Glases auf den Boden. „Ich sollte eigentlich nicht mehr trinken. Und ja, Chloe, du warst wirklich gut. Mehr als gut. Es war die beste Todesszene, die ich je gesehen habe."

Jeremiah blieb vor ihr stehen und nahm ihr Gesicht in seine Hände. „Ich muss immer wieder an diese Szene denken! Ich bin so stolz auf dich. Ich weiß, dass du enttäuscht warst, sterben zu müssen, aber wow! Für diese Szene verdienst du einen Oscar! Ich werde mich persönlich dafür einsetzen!"

„Ich auch!" Chris klatschte Jeremiahs Hand ab.

„Danke." Chloe zeigte auf die Stelle, wo sie ihren Kampfschrei ausgestoßen hatte. „Es tut mir leid, dass ich so spontan ..."

„Wie bitte?", sagte Chris. „Hör auf. Du hast mich bis auf die Knochen erschüttert."

Jer grinste. „So kann man es auch ausdrücken." Er winkte Chris herbei. „Wir sollten aufbrechen. Ich habe vierundzwanzig Stunden zu Hause. Ich will meine Kinder sehen und mit meiner Frau schlafen."

„So genau wollte ich es gar nicht wissen, Jer!" Chris sprang auf und reichte Chloe die Hand, um ihr aufzuhelfen. „Hast du von Jesse gehört?"

Sie schüttelte den Kopf. Ihr Adrenalinspiegel hatte sich gesenkt, doch ihre innere Ruhe blieb. Sie war stark und lebendig.

„Ich habe ihm eine SMS geschickt", seufzte Chris. „Er hat nicht geantwortet."

„Chris." Jeremiah ging rückwärts auf die Limousine zu, die an der *Green River Road* auf sie wartete. Er winkte seinem Star, ihm zu folgen. „Lass uns fahren."

„Wir sehen uns in L.A." Chris küsste sie auf die Wange, ging los, drehte sich dann noch einmal um. „Chloe, ich wollte dir nur sagen ... weißt du ... wenn ich dich damals verletzt haben sollte ..."

„Chris, alles in Ordnung." Ihre Augen füllten sich mit Tränen.

„Es tut mir leid, dass du mich in meiner Idioten-Phase gekannt hast. Aber du bist einer der großartigsten Menschen, die ich kenne." Er nahm ihre Hände in seine. „Deine Karriere mag bis jetzt nicht die glänzendste gewesen sein, und Gott allein weiß, warum du ständig diese Sterbeszenen bekommst, aber du bist lebendig, Chloe! Das sehe ich bei dir mehr als bei irgendjemand anderem in unserem Geschäft!"

„Chris, nun komm schon!"

Er lächelte Chloe an. „Er kann es wohl wirklich nicht mehr abwarten, seine Frau zu sehen!" Chris zwinkerte ihr zu, und Chloe lachte leise.

„Danke, Chris. Das kommt von Herzen!"

Er küsste sie auf die Stirn. „Ich mag dich, Chloe Daschle. Eines Tages wirst du mir erzählen, woher dieses Leuchten in deinen Augen kommt."

Lange stand sie allein neben dem Schlachtfeld und beobachtete, wie die Crew alles aufräumte. Sie sah über die winterliche Landschaft, wo die Soldaten der echten Kontinentalarmee, ihre Vorfahren, gelegen und auf die Briten gelauert hatten. Wo Jesses Vorfahre, Hamilton Lightfoot, verwundet worden war und vielleicht die Frau, die er liebte, verloren hatte. Niemand wusste es.

„Meinst du, wir werden je erfahren, was mit Hamilton Lightfoot und der mysteriösen Esther geschah?" Lori reichte Chloe eine Cola Light.

„Nein." Chloe öffnete die eiskalte Dose. Vielleicht würde sie auch nie erfahren, was aus Jesse Gates geworden war. Sie fühlte sich innerlich leicht und froh, doch wenn sie an ihn dachte, war da ein Schatten. „Lori, glaubst du, dass unerwiderte Liebe stirbt? Dass sie einfach aufhört? Oder versucht sie woanders heimisch zu werden?"

„Sie stirbt. Glaub mir. Wenn zwei Menschen nicht füreinander bestimmt sind, dann muss die Liebe sterben. Warum sollte es anders sein?"

„Ja, du hast wahrscheinlich recht."

Die Aufnahmeleiterin verzog das Gesicht. „Hey, hör nicht auf mich. Ich kriege ja nicht mal mein eigenes Liebesleben auf die Reihe. Mit den verschlungenen Pfaden der Liebe kenne ich mich nicht aus. Glaubst du an die wahre Liebe?"

„Seit meiner Geburt", sagte Chloe.

„Das ist ganz schön lange. Glaubst du, dass du sie finden wirst?"

Chloe nickte. „Ja, ich glaube, ich habe sie bereits gefunden." Sie dachte an jenen Tag, an dem sie Smitty vor der Kirche *Expression 58* getroffen hatte. Als die Frauen für sie gebetet hatten. Als sie zum Kreuz gegangen war. Und seitdem standen ihr alle Möglichkeiten offen.

Esther

März

Der Frühlingsmorgen trug die klirrende Kälte des Winters in sich. Die Sonne, ein goldener Ball am blauen Himmel, verbreitete keine Wärme in *Slathersby Hill*.

Was noch schlimmer war: In Vater war keinerlei Wärme, auch nicht in seiner Bibliothek, trotz des Feuers im Kamin.

Esther trug Reisekleidung. Sie ging am Fenster entlang und beobachtete, wie Isaac und Kitch ihre Koffer auf die Kutsche luden. Ihre Hände waren zusammengepresst, ihre Gedanken in Aufruhr. Sie atmete tief aus und drehte sich zu Vater, um ein letztes Mal zu widersprechen.

„Du kannst mich nicht fortschicken."

Einen Monat zuvor hatte Vater ihr seine Absicht verkündet, sie nach England zu schicken. Sie hatte es für eine leere Drohung gehalten. Doch der Krieg hatte sich gewendet, und die Amerikaner waren im Begriff zu siegen. Unzählige Briefe von Lord Whatham waren eingetroffen, und Vater verbrachte lange Tage an seinem Schreibtisch, ständig vor sich hinmurmelnd. Worte wie *Kapital* und *Abrechnung* waren dann und wann zu hören. Dann rief er Isaac und gemeinsam ritten sie in die Stadt, um sich dort um Lord Whathams Belange zu kümmern. Am Abend klopften Männer an die Tür und baten um eine Audienz bei Vater. Dann wurde über gestiegene Mieten und erhöhte Preise gestritten.

„Vater, hörst du mich? Ich will, ich muss meinen eigenen Weg wählen."

Er sah nicht auf, sondern tauchte die Feder in das Tintenfass. „Seit die Rebellen mehr Siege errungen haben, fürchte ich um deine Sicherheit. Wer weiß, was der Pöbel anstellen wird. Nein, du musst fort."

„Aber du hast keine Bedenken, mich über die gefährliche, winterliche See zu schicken? Wo übrigens Kontinental-Schiffe segeln."

„Sie werden nicht auf ein Passagierschiff schießen." Vater stand auf, schob einige Papiere in seinen Lederkoffer und verließ die Bibliothek.

Sie folgte ihm eilig. „Woher weißt du das? Haben sie dir geschrieben? Haben sie dir ein Versprechen gegeben?"

„Esther, hör mir zu." An der Tür hielt er den Lederkoffer hoch. „Übergib dies Mr. Wallace Hobart, sobald du am *Grosvenor Square* eintriffst. Er ist ein Anwalt, der für Lord Whatham arbeitet. Ich habe eine entsprechende Nachricht an sein Büro gesandt, und er erwartet dich."

„Wallace Hobart? Der Sohn von Lord Berksham?"

Vater übergab den Koffer an Isaac, der ihn zur Kutsche trug. „Ja, armer Kerl, er ist der jüngste von drei Söhnen. Er wird weder Titel noch Land erben. Vielleicht ein wenig Geld. Er ist sehr klug, wie ich hörte. Hat glänzende Noten in Cambridge erworben und kennt sich mit Finanzen aus. Lord Whatham hat ihn als Anwalt angestellt, um ..."

„... seine Konten und Investitionen zu überwachen?"

Vater wurde blass. „So ist es." Er legte ihr die Hände auf die Schultern. „Ich werde dich vermissen, meine geliebte Tochter, aber ich tue das, was für dich am besten ist. Ich weiß, dass ich das Richtige tue."

„Ich fürchte, da muss ich dir widersprechen, Vater. Ich glaube, ich weiß selbst, was für mich richtig ist."

In einigen Augenblicken würde sie mit Isaac nach *Charles Town* fahren, um an Bord der *Glorious* zu gehen und nach London zu segeln.

„Ich bin älter und weiser."

„Und wenn ich mich weigere, an Bord zu gehen?", fragte sie. „Wenn ich nach *Ninety Six* zurückkehre und bei einer meiner Freundinnen wohne?"

„Esther, ich habe keine Kraft, mit dir zu streiten. Bitte verabschiede dich und klettere auf die Kutsche. Hast du alle deine Sachen?"

„Alle meine Sachen?" Forschend sah sie ihn an. Das Morgenlicht, das durch die geöffnete Tür fiel, warf ein gespenstisches Licht auf sein blasses Gesicht. „Warum sollte ich sie brauchen? Ich habe nur ein paar Sachen gepackt, die ich für wenige Monate brauche."

„Esther, ich hatte dich gebeten, alles mitzunehmen." Vater setzte sich auf einen Stuhl und schien in sich zusammenzufallen. „Sassy", rief er mit großer Anstrengung. „Hast du dich nicht um ihr Gepäck gekümmert?"

Sassy kam durch den Flur und streifte sich ihre Handschuhe über. „Ja, Sir Michael. Ich habe fast alles eingepackt. Ich muss nur noch ein paar Kleider verschicken."

„Alles? Vater?" Esther kniete sich neben ihn und legte ihre Hand auf seinen Arm. „Ich komme doch nach *Slathersby Hill* zurück, nicht wahr? Nach dem Krieg? Hamilton wird sich fragen ..."

„Hamilton Lightfoot ist ein Krüppel!" Vaters Stimme explodierte wie eine Kanonenkugel. „Er ist nicht für dich, Esther. Werde endlich vernünftig. Du bist kein Schulmädchen mehr, das mit seinem Spielkameraden über die Felder läuft. Du hast Verpflichtungen und das Recht – das Recht, sage ich – vorteilhaft zu heiraten und deinen Platz in der Gesellschaft einzunehmen. Du hast doch Mary Lightfoot gehört. Hamilton wird dich an keinerlei Versprechen binden, und auch er selbst ist nicht daran gebunden." Vater stand auf und begleitete Esther zur Veranda. „Jetzt beeile dich und klettere in die Kutsche. Du hast keine Zeit zu verlieren."

Sie konnte einfach nicht den ersten Schritt in diese neue Zukunft tun. Sie zitterte und presste ihre Hände vor ihrer Brust zusammen. Einst hatte Mutter sie verlassen, und nun tat ihr Vater dasselbe. Er schickte sie fort. Sie spürte eine Distanz zu ihm, die sie nie zuvor gekannt hatte.

Er hielt sie sanft und küsste ihre Stirn. „Grüße deine Mutter von mir. Ich werde euch bald wiedersehen."

Als Vater in die Bibliothek zurückging, drehte Esther sich zu Sassy. „Was hat er dir gesagt?" Sie versuchte sich innerlich zu wappnen. „Werde ich je zurückkehren?"

„Mein liebes Mädchen, ich bin nicht sicher, ob es in Zukunft noch ein *Slathersby Hill* geben wird." Sassy schlurfte mit zwei großen Koffern durch die Tür und rief nach ihrem Mann. „Komm, nimm die."

Esther rannte durch die Eingangshalle und platzte durch die Tür der Bibliothek. „Vater, du musst mir die Wahrheit sagen. Was geht hier vor?"

„Du reist nach Hause, um bei deiner Mutter und in Sicherheit zu sein."

„Vater! Sag mir die Wahrheit!" Sie schlug mit der Faust auf den Tisch. „Ich werde nicht gehen, ehe du ..."

„Esther!" Er stand so heftig auf, dass sein Stuhl umkippte, und sah sie wutentbrannt an. „Kannst du mir wenigstens etwas Würde lassen? Ich habe genug damit zu tun, mit meinen Fehlern fertigzuwerden, ohne dass du Rechenschaft von mir forderst."

„Fehler? Was für Fehler?"

„Wenn die Welt doch nur so einfach wäre, wie du sie siehst." Seine Augen füllten sich mit Tränen, und sie presste ihre Wange gegen seine Brust.

„Was ist es? Bitte sag es mir."

Seine Hand fuhr sanft über ihre Wange. „Behalte deine Unschuld, meine Liebe. Bewahre dir die Freundlichkeit und Weichheit deines Herzens. Lass nicht zu, dass Angst oder Gier oder egoistische Ambitionen von deinem Herzen Besitz nehmen."

Warme Tränen kullerten über ihre Wangen. „Wie soll ich dich hier zurücklassen? Du bist mein Vater, mein bester Freund. Du brauchst mich. Womit auch immer du fertigwerden musst, wir sollten das gemeinsam meistern."

„Es ist wichtig für mich, dass du abreist und Wallace Hobart den Lederkoffer gibst." Vater hielt sie nun auf Armeslänge. Seine Wangen wurden rot und er atmete mühsam. „Bitte tu, worum ich dich bitte, Esther, und behalte den Koffer ständig im Blick."

Sie lehnte ihre Stirn gegen seine breite Brust. Es brach ihr das Herz. Ihre Gedanken überschlugen sich, sie suchte fieberhaft nach einer Lösung. „Warum schickst du nicht Isaac mit dem Koffer ..."

„Esther! Ich schicke *dich*!" Er nahm ihr Kinn und hob ihr Gesicht hoch. „Du weißt genau, dass ich Isaac nicht allein losschicken kann. Willst du sein Leben aufs Spiel setzen, um deines leichter zu machen? Um diesen Streit zu gewinnen?"

„Wann komme ich nach Hause?"

„Ich weiß es nicht."

„Wird *Slathersby Hill* fortbestehen? Sassy sagte ..."

„Lieber Himmel, ich bin zum Umfallen erschöpft." Vater drückte ihre Hand. „Bitte tu einfach, was ich sage. Das würde mir meine Last erheblich leichter machen."

Nun, es gab nichts mehr zu sagen. Ihre Bitten waren zwecklos. „Ich werde tun, worum du mich bittest, Vater. Ich liebe dich."

„Ich liebe dich auch, Esther. Ich liebe dich."

„Esther?"

Der Klang einer männlichen Stimme ließ sie herumwirbeln. Ein Mann stand an der Tür zur Bibliothek. Es war derselbe Mann, den sie in

Hamiltons Zimmer im Haus des Wundarztes gesehen hatte. „Es ist Zeit, aufzubrechen. Komm, folge mir."

Erschrocken sah sie zu Vater hinüber. Kannte er den Mann? Diesen Eindringling? Doch ihr Vater zeigte keine Reaktion. Er starrte durch das Fenster und löste sanft seine Hand aus Esthers Hand.

Sie wandte sich an den mysteriösen Gast. „Wer sind Sie und was wollen Sie?"

„Folge mir nach."

Seine Stimme, sein Auftreten, seine Ausstrahlung vertrieben ihre tiefsten Ängste, und sie spürte instinktiv, dass sie ihm gehorchen sollte. Die kalten Gefühle in Verbindung mit dem Krieg, dem Haus und Vater waren verschwunden. Sie empfand einen tiefen Frieden.

„Wohin, mein Herr?"

Doch er antwortete nicht. Er drehte sich einfach um und ging fort. Es würde eine Reise des Glaubens werden.

Vater sagte an der Bibliothekstür ein letztes Mal Auf Wiedersehen. An der Kutsche angekommen, verabschiedete Esther sich unter Tränen von Sassy, bevor sie Kitch eine schwesterliche Umarmung schenkte. „Du bist wie ein Bruder für mich. Pass auf dich auf und lerne fleißig."

„Lass sie los, Kitch", sagte Sassy, während sie ihre Wangen abwischte. „Lass Miss Esther und deinen Pa fahren. Sie müssen den zweiten Kutscher auf dem Weg treffen."

Doch Esther hatte einen Umweg im Sinn. Als Isaac ihr in die Kutsche half, flüsterte sie ihm zu: „Bitte, nach *Quill Farm*. Ich muss mich dort verabschieden."

Die Kutsche schwankte von einer Seite auf die andere über die unebene Straße, während Esther sich auszumalen versuchte, was sie Hamilton sagen würde.

Seit jenem Tag im Haus des Wundarztes hatte sie ihn nicht mehr gesehen. Mrs. Lightfoot hatte ihn fast sechs Wochen lang von allem ferngehalten und gepflegt. Sie waren erst vor Kurzem nach *Ninety Six* zurückgekehrt.

Hamilton hatte ihr nicht geschrieben, und Esther kämpfte mit der Wahrheit. Er wies sie ab. Er hatte ihr seine Liebe entzogen. Der Krieg hatte ihn verändert.

„Hoh!" Isaac brachte die Pferde vor dem Haus der Lightfoots zum Stehen.

„Es dauert nur einen Moment", sagte sie und drückte seine Hand, als sie aus der Kutsche stieg.

Sie klopfte dreimal kurz an die Haustür, und Mrs. Lightfoot öffnete umgehend.

„Esther."

„Guten Morgen. Entschuldigen Sie die Störung, aber ich bin gekommen, um mich zu verabschieden."

„Oh?" Sie wich nicht zur Seite, um Esther hereinzubitten. Sie sah müde und abgespannt aus. Ihre Haare waren nicht gekämmt, und ihre Schürze war voller Flecken. „Wohin fährst du?"

„Nach London. Vater schickt mich nach Hause. Ich soll etwas Geschäftliches für ihn erledigen."

„Hamilton schläft."

Der Friede, den Esther seit der göttlichen Erscheinung empfunden hatte, geriet ins Wanken. „Könnten Sie ihm sagen, dass ich fortgehe? Ich segle in fünf Tagen von *Charles Town* mit der *Glorious* nach England."

Einen gespannten Moment lang sah Mrs. Lightfoot sie an, dann schritt sie zur Seite, um sie hereinzulassen. „Möchtest du eine Nachricht hinterlassen?"

„Haben Sie mich nicht verstanden? Ich breche nach England auf. Ich will nicht einfach eine Nachricht hinterlassen." Esther drückte sich an der Frau vorbei in die schmale Wohnstube. Die emotionalen Höhen und Tiefen des Morgens zerrten noch immer an ihren Nerven. „Hamilton! Wo bist du?"

„Pst, Esther. Er schläft. Er braucht seinen Schlaf ganz dringend."

„Er ist oben? In seinem Zimmer?" Esther sah zur Treppe, dann ging sie auf die Stufen zu. „Hamilton!"

„Esther! Lass ihn in Ruhe!" Tante Mary rannte hinter ihr her, ihre Schritte hämmerten über den Boden.

Esther klopfte an die geschlossene Tür, dann platzte sie ins Zimmer. Es war dunkel und warm, die Luft war abgestanden und roch nach menschlichen Exkrementen in der Bettschüssel und nach ungewaschenem Körper.

„Hamilton", sagte sie. Sie zitterte und stand wie angegossen da. „Bist du wach?" Er rührte sich nicht. „Ich gehe fort. Vater schickt mich nach England. Er hat Angst vor den Rebellen, wie er sagt. Aber ich glaube eher, dass er Probleme mit Lord Whatham hat. Ich vermute, dass *Quill Farm* dabei eine Rolle spielt." Seine Schultern hoben und senkten sich sachte, doch er drehte sich nicht zu ihr um. „Hamilton!" Esther hämmerte mit dem Fuß auf den Boden. „Hörst du mich nicht? Ich gehe fort. Wer weiß, wann ich zurückkomme!"

Sie wartete. *Bitte antworte mir.*

„Du solltest besser gehen, Esther." Mrs. Lightfoot berührte ihren Arm.

„Willst du nicht mit mir sprechen? Nach allem, was wir einander bedeutet haben? Du behauptest, mich nicht länger zu lieben, aber ich glaube dir nicht. Hamilton?"

Eine Sekunde. Zwei. Drei.

„Du hast meine Tante gehört. Geh."

„Ich gehe erst, wenn du dich umdrehst und mir ins Gesicht siehst."

„Esther! Ich sagte: Geh!"

Sie wirbelte herum und rannte aus dem Zimmer, die Treppe hinunter und hinaus in die frische Morgenluft. Isaac stand neben der Kutschentür bereit.

Wie konnte er sie so behandeln? Hatte ihre Freundschaft, ihre Liebe ihm nicht mehr bedeutet als das?

„Esther, bitte warte." Mrs. Lightfoot lief hinter ihr her. In der klaren Morgenluft war ihre Müdigkeit deutlich zu sehen: Ihre roten Augen, ihr ungekämmtes Haar, ihr verblichenes Kleid, die schmutzige Schürze. „Vergib ihm, er ist nicht er selbst." Sie drückte einen gefalteten Brief in Esthers Hand. „Gott segne dich, meine Liebe. Ich meine es wirklich so. Gott segne dich."

Als die Kutsche anfuhr, glitt Esther von ihrem Sitz auf den Boden der Kutsche und weinte.

Hamilton Lightfoot liebte sie nicht. Er hatte versucht, es ihr zu sagen, doch sie hatte es nicht glauben wollen. Nun hatte sie keinen Grund mehr, daran zu zweifeln.

Von der rauen Straße durchgeschüttelt trauerte sie über ihre vergangene Kindheit, ihre Gegenwart, die sie nicht kontrollieren konnte, und ihre Zukunft, die sie nicht sehen konnte. Vater wollte, dass sie *Slathersby Hill* verließ. Hamilton wollte, dass sie ihn verließ. Und der Mann, dem sie in der Bibliothek begegnet war – Jesus, da war sie sich sicher –, verlangte mehr von ihr, als eine Frau tragen konnte. Er wollte, dass sie sich selbst – ihre Träume, Hoffnungen und Wünsche – um seinetwillen aufgab. Liebe erforderte völlige Hingabe. Doch im Gegenzug – oh lieber Himmel, im Gegenzug würde die Liebe ihr alles geben.

25.
Hamilton

Er hörte, wie die Haustür zuschlug, dann erklang das Klappern der Hufe und das Geräusch der wegfahrenden Kutsche.

Tränen tränkten sein Kopfkissen. Nur mit äußerster Anstrengung war es ihm gelungen, sich nicht zu ihr umzudrehen und ihr zu sagen, dass sie bleiben sollte.

Aber er konnte und würde ihr Leben nicht zerstören. Tante Mary hatte recht. Er hatte ihr nichts zu bieten. Wenn ihr Vater sie fortschickte, dann war es so das Beste für sie. Sie gehörte nach England, zu den Leuten ihres Standes.

Die Tür öffnete sich quietschend.

„Hamilton?“

„Lass mich allein.“

„Bist du sicher, dass du dich so von ihr trennen willst? Sie ist noch nicht weit gekommen. Ich kann dir helfen, Tilly anzuspannen und ...“

„Ich bin mir sicher.“ Er setzte sich auf und schob die Decke zur Seite. Sein Bein war gut genug verheilt, um das Gehen mit einem Holzbein zu üben, doch er hasste das Geräusch des Holzbeins auf dem Boden. Im Garten blieb das verdammte Ding im Lehm stecken. Oft schmerzte sein Bein nach der kleinsten Anstrengung, und die Haut warf Blasen und blutete. Der Krieg hatte ihm seine letzte Würde genommen – er war nun ein Mann, der anderen zur Last fiel.

„Sie kam hierher, um dich zu sehen und dir zu sagen, was sie empfindet. Hast du eine Ahnung, wie viel es sie gekostet hat, hier zu stehen und ...“

„Hast du eine Ahnung, wie viel es *mich* gekostet hat? Ich liebe sie." Er griff nach der Krücke, die an der Wand lehnte. „Ich habe zugelassen, dass meine Torheit mich in den Krieg getrieben hat, und nun habe ich sie verloren."

„Verloren? Sie war eben noch hier. Ihr Duft hängt noch in der Luft. Geh ihr nach. Lass dich nicht durch deine Torheit oder deinen Stolz von der Frau trennen, die du liebst."

„Warum kümmert dich das? Ich hatte bisher den Eindruck, dass du mich hier bei dir haben wolltest. So hast du es doch gesagt, oder? *Es ist am besten, wenn Esther bei ihrem Vater ist. Du und ich, wir werden es schon schaffen, mein Sohn.* Waren das nicht deine Worte?" Er schob die Vorhänge zur Seite, um das Licht hereinzulassen, und schob das Fenster hoch, sodass frische Luft hereinkam.

„Ja, das waren meine Worte. Ich gebe zu, ich hatte Angst, als du verwundet warst. Als sie zum Wundarzt kam, um dich zu sehen, da habe ich für uns alle Angst gehabt. Aber jetzt frage ich mich ..."

„Tante." Er stöhnte, wie er da auf der Bettkante hockte und ein Auge auf das Holzbein warf. „Bitte, ich bin nicht in der Stimmung für gekünstelten Optimismus."

„Bitte hör mir trotzdem zu. Du bist in den Krieg gezogen und hast dein Bein verloren. An dieser Tatsache können wir nichts ändern. Aber du hast immer noch deinen Verstand, oder? Du hast noch immer deinen Verstand, dein Herz und deine Freiheit. Dein Leben." Sie kniete sich neben sein Bett. „Ich kann mir nicht wirklich vorstellen, wie du dich fühlst, nachdem du immer ein so unabhängiger, fähiger Mann warst, der tun konnte, was er wollte und wann er es wollte – ohne fremde Hilfe. Aber du hast dich der Sache verschrieben und nun ..."

„Nun hat mich meine Bitterkeit, mein Wunsch nach Rache zum Krüppel gemacht. Wie ich es verdient habe."

„Was willst du nun tun? Für den Rest deines Lebens herumliegen? Dich in Selbstmitleid wälzen? Wozu, Hamilton? Was ist mit deinem Glauben, deiner Hoffnung ..."

Ihre Stimme wurde immer fröhlicher und zuversichtlicher – was er als störend empfand.

„Ich soll an einen Gott glauben, der mir meinen Pa und meine Ma und meine kleine Betsy und Onkel Laurence und mein Bein genommen hat? Liebt er mich? Oder betrachtet er mich als ein Spielzeug, das er herumschleudern und das er über dem Höllenfeuer baumeln lassen kann?"

„Bist du verrückt geworden? Bin *ich* verrückt geworden? Hast du nicht deinem Onkel zugehört, wie er all die Jahre über von einem guten, liebenden Gott gepredigt hat?"

„Predige nicht mir, Tante, sondern dir selbst."

„So spricht man von dir in der Stadt. Dass du nicht mehr du selbst bist. Dass du nie genesen wirst, weil du von Bitterkeit erfüllt bist."

„Wer redet so über mich? Wer?" Er stieß die Krücke heftig auf den Boden. „Ich werde ganz bestimmt genesen, aber ich bin auch ein Realist. Ich weiß, wann ich besiegt bin. Aber ich werde wieder auf die Felder gehen. Ich werde jagen, Fallen stellen, vielleicht ein Unternehmen in der Stadt beginnen. Mit ein wenig Glück wird es mir gelingen, die Urkunde über *Quill Farm* von Sir Michael zurückzuerlangen. Und wenn nicht, dann werde ich uns ein neues, besseres Zuhause kaufen."

Tante Mary stand mit verschränkten Armen vor ihm. „Nun gut, hier ist die Tür. Was hindert dich daran, dich an die Arbeit zu machen?"

„Sie!" Er warf die Krücke gegen die Wand. „Ohne sie hat nichts mehr eine Bedeutung. Ich schäme mich, und ich bin schwach. Statt Fleisch und Knochen habe ich ein Stück Holz unter meinem Oberschenkel. Sie will keinen Mann, der sich auf sie stützen muss. Sie will einen Mann, an den *sie* sich anlehnen kann."

„Du unterschätzt sie. Ich habe sie ebenfalls unterschätzt. Wenn man sich liebt, stützt man *einander*, mein Junge. Hat sich dein Onkel in seinen letzten Jahren etwa nicht auf mich gestützt?"

„Er war ein alter Mann. Ich bin jung. Und was kann ich Esther schon bieten, wenn man bedenkt, dass alle Männer hier im Land, auch wenn wir weit von London entfernt sind, um ihre Hand anhalten würden? Männer mit Mitteln, mit Beziehungen, vielleicht sogar mit Wohlstand? Männer mit zwei Beinen, mit Geschäften, Titeln und Geld."

„Sie liebt keine *anderen* Männer. Sie liebt dich, Hamilton. Es gibt nur eine einzige Frage, die du dir stellen musst: Liebst du sie? Willst du sie?"

„Mit jeder Faser meines Herzens."

„Dann lass sie nicht gehen." Tante Mary zeigte zur Tür. „Sag es ihr. Lass nicht zu, dass ihre letzte Erinnerung an dich dein Schweigen ist. Wenn sie dich zurückweist, dann hast du wenigstens deiner Liebe eine Chance gegeben."

Er saß auf dem Schreibtischstuhl und rieb sich über seinen schmerzenden Beinstumpf. „Vielleicht sind wir einfach nicht füreinander bestimmt. Sogar mein Brief, den ich ihr am Vorabend der Schlacht schrieb, ist verloren gegangen. Als Ralphie mich besuchte, hat er mir bestätigt, dass er den Brief nicht überbracht hat. Offenbar bestraft mich Gott."

Er starrte aus dem Fenster und sehnte sich danach, aufzustehen und zu rennen, den Wind zu spüren und den Sonnenaufgang zu sehen. Dann sah er sich im Rasierspiegel, der an der gegenüberliegenden Wand hing.

Er sah aus wie ein Sträfling mit seinem langen Bart und seinem wirren Haar. Doch er war nicht mehr so blass wie zuvor. Eine rote Narbe lief von seiner Wange bis hinunter in den Bart. Er sah ausgemergelt aus, mit eingesunkenen Augen. Sein Anblick war zum Fürchten.

„Wenn Gott dich bestraft, dann bestraft er mich wohl auch." Seufzend setzte sich Tante Mary auf die Bettkante.

„Sicherlich nicht. Du bist gut und freundlich. Was könntest du wohl getan haben, um Strafe zu verdienen?"

„Einiges. Und dazu gehört auch eine Sache, für die ich mich zutiefst schäme. Aber ich hatte Angst ... mehr Angst, als ich je in meinem Leben gekannt habe."

Er sah sie an. Sie war so dünn, so zerbrechlich, ihr schwarzes Haar von grauen Strähnen durchzogen, ihr Ausdruck von Trauer geprägt. „Wovon redest du?"

„Esther hat dir bei ihrem Besuch beim Wundarzt einen Brief hinterlassen."

Als er schwieg, fuhr sie fort: „Ich habe den Brief verbrannt." Ihre Schultern bebten. „Ich hatte Angst, du würdest mich verlassen. Angst, allein zu sein. Aber ich hatte auch Angst, sie würde deiner schließlich überdrüssig sein und dich verlassen, dein Herz brechen."

„Ich würde dich nie verlassen. Esther würde dich als Familie willkommen heißen. Und was deine Angst betrifft, sie könnte mich verlassen – das kann man nie wissen, oder?"

„Sir Michael war absolut gegen deinen Onkel eingenommen. Und gegen dich. Ich bereue es so sehr, dieses Dokument unterschrieben zu haben, ohne mit dir darüber zu sprechen. Ich war schrecklich töricht!"

„Du musst dir selbst vergeben, Tante."

„Er kam zu Mr. Nelson und redete auf Esther ein, bis sie schließlich nachgab und mit ihm nach Hause fuhr. Und ich habe ihn dabei unterstützt. Er sagte ganz offen, dass er nicht wollte, dass sie dich heiratet. Oh, Hamilton, ich war vor Angst wie gelähmt. Ich dachte, wenn sie dich trotzdem heiratet und irgendwann müde wird, sich um einen Krüppel zu kümmern? Müde, auf der Farm zu leben und sich selbst um die Kinder und alles zu kümmern?"

„Und so hast du gemeinsam mit Sir Michael an unserer Stelle entschieden."

„Damals schien die Entscheidung klug und vernünftig zu sein. Aber in den letzten Monaten habe ich viel nachgedacht." Sie lächelte leicht. „Und doch, Hamilton, ich frage mich noch immer: Nach allem, was du durchgemacht hast, was wäre aus dir geworden, wenn die Liebe deines Lebens dich verlassen hätte? Sag mir, was wäre dann? Du kannst dich von einem gebrochenen Körper erholen, aber von einem gebrochenen Herzen? Ich hatte solche Angst um dich ... solche Angst."

Ihre sanften Worte waren von einer Intensität erfüllt, die in dem kleinen Zimmer widerhallte.

„Und doch drängst du mich jetzt, hinter ihr herzulaufen?"

„Weil ich mich mehr meiner Einmischung schäme als meiner Angst. Ich habe die Sehnsucht und Liebe in ihrer Stimme gehört, und ich weiß, dass sie das ist, was du brauchst, mein Junge. Ihre Liebe wird dich wieder ins Leben zurückholen."

„Was willst du von mir?" Er hüpfte auf einem Fuß zur Wand, nahm seine Krücke und starrte aus dem Fenster. „Warum quälst du mich?"

„Hamilton, lege deine Sturheit ab und geh ihr nach. Sei der Mann, der du sein sollst, auch wenn du dich nicht danach fühlst. Steh auf und gehorche endlich deinem Herzen."

Jesse

Seit einer Stunde war er damit beschäftigt, die E-Mail zu schreiben. Er überlegte hin und her, wie er sich ausdrücken sollte, doch die Zeit für Debatten war vorbei. Er wusste, was er zu tun hatte. Neben seinem Computer im Gästehaus der Daschles erklang das Signal für eine eingehende Nachricht auf seinem Smartphone. Es war Becky, Jeremiahs Assistentin.

„Sie ist auf dem Weg nach Hause. Du wolltest, dass ich dir Bescheid sage."

„Danke."

Jesse legte sein Smartphone auf den Tisch. Seit seinem dramatischen Rückzug von *Bound by Love* war er verloren. Er trieb hilflos dahin. Es war, als wären der Film und Loxelys Tod zwei Buchstützen, und jeder Tag zwischen ihnen war darin enthalten. Von Tod zu Tod.

Er war rastlos, angespannt, verwirrt. Es machte ihm zu schaffen, dass er Menschen im Stich gelassen hatte, die an ihn glaubten, ihm vertrauten. Jeremiah hatte ihm versichert, dass er ihm nicht böse war. Er hätte selbst am liebsten das Projekt hingeschmissen, wenn er die Möglichkeit gehabt hätte. Doch die Zusicherung des großen Regisseurs konnte nichts an der Realität ändern – Jesse hatte seiner Karriere den Todesstoß gegeben. Sein Agent war fuchsteufelswild.

„Du hast Greg Zarzour sitzen lassen?"

„Er wollte mich zwingen, völlig unannehmbare Drehbuchänderungen vorzunehmen. Ich konnte das einfach nicht."

„Jess, du bist der Neuling im Geschäft. Du musst solche Änderungen vornehmen, bis du dir das Recht erworben hast, es nicht zu tun. Und selbst dann lässt man nicht einfach alles fallen. Denk an deine Karriere! Und an meine Karriere! Alle reden über diese Sache. Die Dinge laufen aus dem Ruder. Wir sollten neu über unser Arrangement nachdenken."

Seit er das Filmset in *South Carolina* verlassen hatte, hatte sich Jesses Liebe zum Showbusiness verflüchtigt. Seine Gründe, in L.A. zu leben, waren nicht länger von Belang. Weil Loxley starb? Wie lange würde ihr Tod ihn noch verfolgen?

Jesse schloss seinen Laptop, nahm sein Smartphone in die Hand und sah durchs Fenster zum Pool. Er hatte diesen Ausblick vermisst. Und Chloe. Während der Dreharbeiten hatte er begonnen, die Schranken seines Herzens allmählich zu öffnen. Vielleicht war es an der Zeit, jemanden hineinzulassen. Jemanden wie sie.

Als er aus *South Carolina* fortgegangen war, war alles nebelhaft geworden. Mit Ausnahme einer Sache.

„Jesse?" Es klopfte leise an der Tür. „Raymond Daschle hier. Hast du einen Moment Zeit für mich?"

Jesse wollte ihn hereinbitten, doch der Mega-Regisseur winkte ihn hinaus. „Komm mit. Ich warte auf einen Anruf aus Hong Kong auf dem Festnetz-Anschluss."

Sie sprachen über College-Basketball, während sie die Gourmet-Küche und die Marmor-Kristall-Eingangshalle durchquerten und schließlich sein Büro mit der Holz- und Lederausstattung betraten. Er bedeutete Jesse, Platz zu nehmen und blieb vor dem Kühlschrank stehen. „Möchtest du etwas trinken? Limonade, Wasser?"

„Eine Cola Light, bitte." Er sah sich um. Einen solchen Raum würde er irgendwann auch gern besitzen. Er strahlte Erfolg und Komfort aus und vermittelte den Eindruck, dass hier große Ideen geboren wurden. Gegenüber dem Fenster, das auf das Tal hinausging, stand ein Kamin aus Stein und Holzbalken, auf dessen Sims sich ein Familienwappen befand.

„Ist das deine Familie?" Jesse zeigte auf das Wappen und kam näher, um es besser zu betrachten. Es war schwarz und weiß mit einem goldenen Stern, einem Helm und einem Schild mit Kreuzen.

„Ja, das Wappen gehörte meinem Großvater. Mehr kann ich dazu leider nicht erzählen. Ist es nicht traurig, wie man sein Erbe nach ein oder zwei Generationen verliert? Aber wem sage ich das? Du bist der Mann, der ein Drehbuch geschrieben hat, das auf einem alten Liebesbrief der Familie basiert." Raymond reichte ihm eine kalte Flasche und ein Glas mit Eiswürfeln, bevor er sich selbst eine Cola Light nahm. „Du hast also das Handtuch geworfen." Er setzte sich auf die Kante seines Schreibtischs.

„Ja. Das stimmt. Ich frage mich immer noch, ob das alles ein böser Traum ist und ich jeden Moment aufwachen werde." Jesse goss die dunkle Flüssigkeit über die Eiswürfel. Das zischende Geräusch füllte die vorübergehende Stille. „Wie sehr habe ich meiner Karriere geschadet?"

Raymond zuckte die Schultern. „Schwer zu sagen. Das hängt von Zarzour ab."

Jesse schlang durstig das kalte Getränk hinunter. „Mein Agent hat gesagt, ich hätte mir selbst in den Kopf und in die Füße geschossen."

Raymond lachte. „Agenten neigen zur Übertreibung. Gib nicht auf. Wenn du dein nächstes Drehbuch fertig geschrieben hast, lass mich einen Blick darauf werfen. Ich bin dein Freund, Jesse, und das gilt auch für Jeremiah."

Jesse sah ihm einen Moment lang in die Augen. „Warum bist du so nett zu mir? Du schuldest mir nichts."

„Ich brüste mich damit, dass ich ein Talent erkenne, wenn ich es sehe. Und wenn ein Mann ein Projekt fallen lässt, weil er sich weigert, meine Tochter sterben zu lassen, dann bin ich sogar ein bisschen verliebt." Raymond kicherte und hob seine Coladose hoch.

„Sie versuchte mich zu überzeugen, die Änderungen vorzunehmen. Sie sagte, es sei nicht wichtig für sie, aber ..."

„Aber es war doch wichtig für sie, und du hast das begriffen." Raymond starrte gedankenverloren zum Fenster und auf das im Tal eingeschmiegte L.A. „Du hast mehr in ihr gesehen als ich. Ihr eigener Vater hat sich nicht für sie eingesetzt als sie ein Kind war, weil er dachte, es sei nicht so wichtig für sie. Sie war niedlich, sommersprossig, rundlich. Nicht dick, rundlich. Sie wollte unbedingt Schauspielerin werden, und wir haben sie gelassen. Aber ich fand die Absagen nicht so schlimm, weil ich mir sagte, dass ich sie so vor dem ganzen Wirbel des Showbusiness bewahren konnte. Dann ließ ich sie die Rolle eines krebskranken Kindes spielen, und ..." Er räusperte sich. „Wenn ich gewusst hätte ..."

„Wie hättest du es wissen können?"

„Es gibt nicht viele Dinge, die ich bereue, aber diese Sache gehört eindeutig dazu. Und dann dieses Desaster mit Haden. Ich mochte ihn nie, aber sie war sechsundzwanzig, eine erwachsene Frau ... Ich fand, dass ich mich nicht eimischen sollte."

„Ich bereue es, den Film fallen gelassen zu haben. Ich habe das Gefühl, ich hätte sie im Stich gelassen. Ich hätte die Änderungen vornehmen sollen." Er trank einen Schluck und lachte leise. „Auf der Heimfahrt hatte ich eine geniale Idee für das Ende. Es hätte Zeit und Geld gespart *und* Esther bzw. Chloe erlaubt, zu leben. Und ich glaube, Jeremiah und Greg hätten zugestimmt."

„Was war das für eine großartige Idee?"

„Ganz einfach. Nach der Schlachtszene hätte die Kamera abgeschwenkt, sodass der Zuschauer sich die Frage stellt: Hat sie überlebt? Dann hätten wir Hamilton und Esther Jahre später auf der Farm gezeigt, mit ihren Kindern. Wie einen Epilog. Es gibt eine lustige B-Roll mit Chloe, wie sie aus der Scheune rennt und ruft, der Gockel wolle sie töten."

Raymond hob die Augenbrauen. „Du hast recht, das ist eine sehr gute Idee. Und es hätte funktioniert."

„Ja, aber ich habe alles fallen lassen. Ich habe kein Recht mehr, irgendetwas beizutragen. Es ist außerdem zu spät. Greg Zarzour hat mich wie ein Panzer überrollt. Ich hatte keine Zeit nachzudenken. Er brauchte eine ordentliche Portion Herz-Schmerz, um über die inhaltlichen Mängel des neuen Drehbuchs hinwegzutäuschen. Auch wenn das mit dem Rest der Geschichte absolut nichts zu tun hat." Jesse schenkte sich nach. „Ich hasse das, was er mit meinem Drehbuch vorhatte, aber noch viel mehr hasse ich, was er Esther und Chloe angetan hat. Jeremiah und ich hatten ihr versprochen, dass sie in dieser Rolle leben würde. Esthers Tod war nie, niemals ein Thema."

„Lass mich dir etwas über meine Chloe sagen: Sie ist zäh. Ein Steh-auf-Männchen. Sie hat ihre Dosis Enttäuschungen erlebt und ..." Er schüttelte den Kopf und lachte leise, mit einem Hauch Ironie. „Sie ist daran gewachsen. Die meisten Schauspielerinnen hätten längst aufgegeben. Aber nicht mein Mädchen! Sie ist authentisch. Sie glaubt an ihr Metier als einen Weg, zu kommunizieren, Geschichten zu erzählen und das Leben von Menschen zu verändern. Sie erwartet keine Sonderbehandlung, nur weil sie unsere Tochter ist. Sie erarbeitet sich ihre Jobs und ihre Auszeichnungen. Sie hat ein erstaunliches Auge für Details und Aufnahmen. Eines

Tages wird sie eine bessere Regisseurin sein als ich. Nach der Sache mit Haden hat sie zum Glauben gefunden. Und das hat sie noch wunderbarer gemacht. Stark." Raymond stellte sich neben Jesse. „Aber weißt du, was du mehr als jeder andere in dieser Stadt getan hast? Du hast dich hinter mein Mädchen gestellt – und ich bin dir dankbar dafür."

Jesse spürte, dass Raymond hier ein Bekenntnis ablegte – er war der unvollkommene Vater, der das Richtige für seine Tochter tun wollte.

„Sie hat es verdient."

„Bist du in sie verliebt?"

Jesse sah Raymond überrascht an. „W-was?" Er spürte, wie sich seine Nackenhaare sträubten.

„Bist du in sie verliebt?"

„In wen?" Meinte er allen Ernstes Chloe?

„In meine Tochter?"

„W-wir sind Freunde."

„Und?"

„Kein *und*. Sie ist wundervoll. Schön, lustig und in gewisser Weise zerbrochen und heil zugleich. Aber wir haben keine Liebesbeziehung, Raymond."

„Dennoch hast du ihretwegen deine Karriere aufs Spiel gesetzt?"

Jesse fiel keine passende Antwort oder tiefgründige Erwiderung ein. Nur die Wahrheit. „Ich hatte eine Freundin, am College. Sie wollte etwas von mir, was ich ihr nicht geben konnte, aber ich habe mit ihr gespielt, mich über sie lustig gemacht. Ich begriff damals das Ausmaß meiner Dummheit nicht. Sie ging allein auf einen Strandspaziergang in Florida und kam nie zurück. Sie ertrank. Vermutlich von einer Strömung mitgerissen."

„Du fühlst dich dafür verantwortlich."

„Bin ich das nicht?"

„In *Bound by Love* ging es genauso sehr um dich wie um deinen Vorfahren."

„Das war mir nicht bewusst, bis Chloe es mir klarmachte." Die vertraute Unterhaltung erschütterte seine inneren Mauern und brachte sein verwundetes Ich durcheinander. „Ja, ich wollte ihrer Liebe ein neues Leben schenken. Das Leben, das ich von ihr gestohlen habe."

„Chloe hat den Glauben gefunden, und damit Hoffnung." Raymond lehnte sich zurück. Seine Arme ruhten auf den Stuhllehnen, und er sah mehr wie ein Therapeut als wie ein Regisseur aus. „Vielleicht ist das dein Weg. Vielleicht liebst du sie deshalb."

Jesse trank sein Glas leer und stellte es auf einen Untersetzer. Er dachte an seine E-Mail, an die Entscheidung, die er zu treffen im Begriff stand. „Danke für dein Vertrauen, Raymond. Aber ich brauche ... ich denke an ... Ich weiß nicht, eine Veränderung. Einen völlig anderen Weg für mich."

„Und Chloe ist kein Teil davon?"

„Nein. Um ganz offen zu sein: Ich glaube nicht, dass sie das wollen würde."

Als er den Raum verließ, nannte das Echo seiner Worte ihn einen Lügner. Er wünschte sich verzweifelt, dass Chloe Teil dieses Weges, seines Lebens wäre. Und trotz all seiner Intelligenz konnte er einfach nicht herausfinden, wie er sie in sein Leben hineinlassen könnte.

26.
Chloe

Sie spähte zum hundertsten Mal an diesem Nachmittag zum Gästehaus hinüber. Offenbar war er nicht zu Hause. Sie war mit Mom und Glenda in der Küche und half bei den Vorbereitungen für den sonntäglichen Brunch, der heute auf der Veranda stattfinden sollte. Draußen sammelten sich die Gäste, die von einem bärtigen Kellner im Hawaii-Shirt mit Cocktails versorgt wurden.

Sie war seit drei Tagen wieder zu Hause und hatte gehofft, ihn zu sehen, doch das Gästehaus schien leer zu stehen. Es war zu still. Sie hatte ein, zwei Textnachrichten geschickt, doch Jesse hatte nicht geantwortet.

„Es ist so schön, dich wieder hier zu haben." Mom drückte ihren Arm, als sie an ihr vorbeiging. „Ohne dich ist es hier nicht dasselbe."

„Du hast doch Kate."

„Aber nicht dich. Glenda, bitte sorgen Sie dafür, dass die koscheren Gerichte diesmal klar für unsere jüdischen Gäste gekennzeichnet sind. Ich glaube, Lev Kirschbaum hat letzte Woche Schinkenspeck gegessen."

Chloe grinste. Mom war eine solche Schönheit – in jeder Hinsicht. „Wann drehst du deinen nächsten Film, Mom?"

„Oh, ich habe keine Ahnung. Hollywood ist meiner überdrüssig geworden. Ich bin siebenundfünfzig, gehe langsam auf die hundert zu. Ich weigere mich, plastische Chirurgie in Anspruch zu nehmen und ..."

„Du bist viel zu gut, um nicht mehr zu spielen." Dad kam herein und küsste sie auf die Wange.

„Ich weigere mich, eine dieser überdrehten älteren Frauen zu spielen, die auf jüngere Männer scharf sind und sich lächerlich machen. Lieber Himmel!"

Für Mom mit all ihrer Erfahrung und ihren zuweilen pikanten Rollen hatten Würde und Anstand einen hohen Stellenwert. Sie war praktisch und vernünftig veranlagt.

Chloe spähte erneut zum Gästehaus hinüber. Vielleicht wusste Smitty, wo Jesse war. Sie nahm ihr Smartphone von der Küchentheke und begann eine Nachricht zu schreiben.

„Ich habe neulich Laura Gonda gesehen", sagte Mom, als sie von der Veranda hereinkam und ein weiteres Brunch-Tablett hochnahm. „Glenda, dies hier ist glutenfrei, nicht wahr?"

„Wenn es auf dem blauen Tablett ist, dann ja."

„Was hat Laura gesagt?" Chloe schickte ihre Zeilen an Smitty ab.

„Sie hat gesagt, dass sie Jeremiah schrecklich vermisst und mit der ganzen Kinderschar nach Neuseeland fliegen wird." Mom ging auf die Tür zu und kam noch mal kurz zurück. „Oh, Chloe, sie sagte, sie hätte einen Rohschnitt von deiner Sterbeszene gesehen. Sie fand sie spektakulär und war zu Tränen gerührt." Mit diesen Worten verließ sie die Küche und rief den Gästen auf der Veranda zu: „Hier kommt ein glutenfreier Leckerbissen!"

Chloe versuchte noch immer zu enträtseln, was an jenem Tag geschehen war – wie ihr Schrei *„Tod, du kriegst mich nicht"* eine Kette zerbrochen hatte, deren Existenz ihr erst kurz vorher bewusst geworden war. Sie war nicht verflucht. Sie war frei.

Mom kam mit rosigen Wangen in die Küche zurück. Ihr Haar war in einem breiten Turban gebändigt. „Hey, Mom, wie kommt es, dass Dad und du nie geheiratet habt?"

Mom blieb abrupt stehen. „Was?"

„Warum habt ihr nie geheiratet, du und Dad?"

Mom zog Ofenhandschuhe über und beugte sich zu dem geöffneten Ofen hinunter. Der verführerische Duft von Rinderbraten durchzog die Küche. „Karriere, Kinder. Nach einer Weile schien das Heiraten nicht mehr notwendig zu sein." Sie stellte die Backform auf die Theke und stürzte den Rinderbraten auf das Schneidebrett. „Ich weiß, dass ihr von wahrer Liebe und Verbindlichkeit überzeugt seid, Liebling, aber das muss nicht für alle gelten."

„Hast du dir nie eine Zeremonie gewünscht? Eine Feier? Einander in die Augen zu schauen und vor aller Welt zu erklären: *Du bist die Liebe meines Lebens*?"

Mom schnitt mit dem elektrischen Messer in den Rinderbraten und warf Chloe einen Blick über die Schulter zu. „Tun wir nicht genau das?"

„Ich denke schon, aber technisch gesehen könnte jeder von euch beiden morgen einfach fortgehen. Ihr habt kein Gelöbnis ausgesprochen."

„Fortgehen? Schatz", sagte Dad, der nach einem Stück Fleisch griff, „ich würde mit dem Tesla fahren."

„Raymond." Mom gab ihm einen Klaps auf die Hand. „Er kann nicht einfach fortgehen, Chloe. Wir waren zu lange zusammen und haben zu viel in diese Beziehung investiert."

„Das bedeutet eure Liebe? Eine lange Zeit und die Investition in materielle Dinge?"

„Chloe", Mom stellte das Tranchiermesser an und hob ihre Stimme, um den Motor zu übertönen, „worum geht es hier? Um deine Happy-End-Theorie? Wovor hast du Angst? Dass es für dich nie Wirklichkeit wird?"

Chloe sah durch die offenen Glastüren zum Gästehaus. Ja! Das war die Antwort. Sie fürchtete, dass es für sie nie wahr werden würde. *Dann tu etwas. Hör auf zu warten.*

„Ich geh nachsehen, ob Jesse kommen möchte."

„Chloe." Dad traf sie an der Tür. „Er ist nicht da."

„Nein? Wo ist er?"

„Ich habe keine Ahnung." Er strich ihr die Ponyfransen aus der Stirn, wie er es getan hatte, als sie klein war. „Aber seine Sachen sind weg. Er hat einen Zettel mit einer Nachricht hinterlassen – er bedankte sich und sagte, es sei Zeit weiterzuziehen."

Chloe setzte sich auf den nächststehenden Küchenstuhl. „Er war so nett, Dad, so mutig. Du hättest ihn sehen sollen, wie er sich für das Drehbuch und den Film eingesetzt hat. Und für mich."

„Liebst du ihn?"

„Ich weiß es nicht."

„Ich glaube, er verdient dein Vertrauen, Chloe."

„Wirklich? Dad, er ist fortgegangen, ohne sich von mir zu verabschieden. Er antwortet nicht auf meine Textnachrichten." Weitere Gäste trafen ein und überall war lebhaftes Geplauder zu hören. „Offenbar will er mich nicht." Sie lächelte tapfer. „Aber weißt du, das ist okay. Ich bin dabei zu lernen, Gott in diesen Dingen zu vertrauen."

Dad setzte sich neben sie und berührte sie mit der Schulter. „Es tut mir leid, dass ich deine Karriere nicht besser gelenkt habe. Dass ich dich nicht an die Hand genommen habe."

„Das ist in Ordnung, Dad. Ich glaube, ich war die ganze Zeit auf dem richtigen Weg. Es sah aus wie eine Wüste, aber in Wirklichkeit war es eine Oase."

Seine Augen glänzten, und er räusperte sich. „Ich bin stolz auf dich, Liebes."

Chloe küsste ihn auf die Wange, bevor sie eine Erdbeere aus der Schale stibitzte, die Glenda auf die Veranda hinaustrug. „Du solltest Mama einen Heiratsantrag machen."

„Raymond, Monte Wilson ist hier." Mom winkte ihm von der Tür aus zu.

„Und wenn sie Nein sagt?", frotzelte er, während er aufstand. „Chloe, wenn du Gefühle für Jesse hast, wenn du nur eine leise Ahnung empfindest, er könnte dem entsprechen, was du schon immer wolltest – dann ruf ihn an."

„Wie ich schon sagte, er antwortet nicht."

„Dann, liebe Tochter, solltest du kreativ sein. Schreibe ihm einen Brief." Dads Ausdruck war so liebevoll. „Hat nicht alles mit einem Brief begonnen?"

„Einen Brief schreiben? Ich weiß noch nicht einmal, wo er derzeit ist."

Auf ihrem Smartphone ging eine Nachricht ein. Es war Smitty.

Er ist nach Boston geflogen.

„Chloe", sagte Mom, die wieder hereineilte, während Chloe auf das Display starrte. „Claude Durand ist hier. Er möchte dich sehen."

„Mich?" *Boston? Jesse war nach Hause gegangen?*

„Raymond, Chloe." Claude stürzte mit ausgebreiteten Armen und dröhnender Stimme in die Küche. Der französische Regisseur legte Chloe den Arm um die Schultern. „Was hältst du davon, in die Zukunft zu reisen? Ich habe gerade grünes Licht für einen Raumschiff-Film bekommen. Ich möchte dich in der Hauptrolle. Faith Freeman. Ich beginne eine Serie mit einer Superheldin. Und du wirst mein Star sein."

Hamilton

Der Pferdekarren fuhr durch jede Unebenheit auf der Straße. Sein Beinstumpf pochte, jeder Ruck bereitete ihm stechende Schmerzen. Irgendwann wurde sein Körper wie taub. Bunte Flecken explodierten vor seinen Augen. Ihm war heiß, dann wieder kalt. Er schwankte auf dem Kutschbock, Tillys Zügel lagen lose in seinen Händen. Doch er trieb sie an, um den leichten Karren zügig voranzubringen.

Am östlichen Horizont verkündeten schwarze Wolken einen nahenden Sturm. Sie verdunkelten die morgendliche Sonne und das friedliche Blau des Frühlingshimmels. Ein leiser Donner grummelte in der Ferne.

Als er um die nächste Kurve bog, suchte er mit den Augen die Straße nach Sir Michaels gold-schwarzer Kutsche ab. Ohne Erfolg. Seine Gedanken wirbelten durcheinander, voller Fragen und Zweifel. Was würde er ihr sagen, sollte er sie einholen? Was konnte er ihr bieten, um sie von der Sicherheit, dem Komfort und dem Willen ihres Vaters wegzulocken?

Er gab ein groteskes Bild ab – mit seinem Beinstumpf und den Narben im Gesicht und an den Armen. Er war dünn und blass, unrasiert, ungewaschen. Doch er hoffte auf eines, und das war sein Herz. Es war sein größter Schatz, und er wollte es Esther schenken. Dies war nicht der Zeitpunkt, seine eigenen Wünsche und Träume zurückzustellen. Es ging darum, um Esther zu kämpfen.

Sollte sie ihm Ja sagen, dann würde er sich ihr vollständig hingeben – ohne Rückhalt, darum bemüht, seine Wut, sein Bedauern und seine Bitterkeit zu überwinden. Er würde sie mit jeder Faser seines Herzens lieben und hegen.

„Komm, Tilly. Hühott!" Er klatschte mit den Zügeln, und die Stute fiel in einen noch schnelleren Trab. Er musste Esther einholen, bevor sie in *Charles Town* ankam, wo sie im dichten Gedränge verschwinden würde.

Der Karren hüpfte und schwankte über die ansteigende und wieder abfallende Straße. Der Wind pfiff, er wehte nordwestlich und kam ihm entgegen. Doch nach der nächsten Kurve kam neue Hoffnung in ihm auf. Endlich! Er erspähte den Glanz der gold-schwarzen Kutsche.

„Gutes Mädchen, Tilly. Brav."

Die Stute schien die Freude ihres Besitzers zu spüren und rannte noch schneller dahin. Ihre Mähne wehte im Wind, ihr Kopf wippte auf und ab, jeder Muskel ihres Körpers im Gleichtakt.

Hamilton saß kerzengerade, voller Anspannung und Furcht, spürte jeden Schmerz. Er bereitete sich darauf vor, die Kutsche zu überholen.

Esther, ich bin gekommen ...

Esther, ich habe dir nicht viel zu bieten, aber ich gebe dir mein Herz und meine Liebe.

Esther, wenn du etwas für mich empfindest ...

Meine Liebste, komm mit mir. Wir wollen uns ein gemeinsames Leben aufbauen.

Mein Brief ... ich habe dir einen Brief geschrieben. Darin stand einfach „Ich liebe dich".

Immer näher kam der Karren an die Kutsche heran, schlingerte in eine Furche und wieder hinaus. Und dann noch eine Furche, und noch eine. Plötzlich strauchelte Tilly, und der Wagen neigte sich zur Seite.

„Ruhig, Tilly."

Der Wagen fuhr wieder gerade, als ein Blitz über den Himmel zuckte. Tilly stockte, und ihr rechter Vorderhuf landete in einem Loch. Sie sank beinahe bis zum Knie ein. Die Stute schrie auf und warf ihren Kopf hin und her, versuchte sich hektisch freizukämpfen.

„Ganz ruhig, Mädchen, ganz ruhig." Doch sie war panisch und zog ruckartig nach links und nach rechts. Ihr Huf war noch immer gefangen. Ein weiterer Blitz kam zuckend herab und Tilly befreite ihren Huf. Mit einem gellenden Wiehern richtete sie sich auf und schlug mit den Vorderhufen durch die Luft. Hamiltons kleiner zweirädriger Karren wurde auf und ab geschüttelt.

„Tilly!" Hamilton lehnte sich nach vorn und zog an den Zügeln. „Hüüü!"

Tilly rannte los und floh vor ihrer Angst. Sie lief über jede Furche, jeden Grasklumpen mit halsbrecherischer Geschwindigkeit. Blitze zuckten durch die teuflischen Wolken und lautes Donnergrollen machte sich breit.

„Langsam, Mädchen, langsam ..."

Doch Tilly hatte ihren eigenen Kopf, sie rannte gegen den Lärm an. Hamilton ließ sie gewähren, sie würde bald müde werden, dann könnte er sie wieder bandigen.

Doch das Krachen des Donners und das grelle Blitzen hielten an und trieben sie weiter. Die Straße fiel wieder ab, und Hamilton wäre beinahe vom Sitz gefallen. Er stemmte sein zitterndes rechtes Bein gegen die Kante des Karrens. „Tilly!“

Die Straße verschwand hinter einer abfallenden Kurve, und Tilly nahm die Kurve mit voller Geschwindigkeit. Sie segelte über ein Stück ausgewaschener Erde, und Hamilton und der Karren wurden nach vorn geschleudert.

Hamilton konnte sich nicht festhalten und traf mit einem dumpfen Schlag auf dem Boden auf. Er keuchte, als er den Hügel hinunterrollte und griff verzweifelt um sich, um seinen Fall aufzuhalten. Ein Grasbüschel, ein tief hängender Ast. Sein verwundetes Bein knallte gegen einen gezackten Baumstumpf, und er schrie laut auf.

Am Fuße des Hügels landete er in einem Wassergraben. Jeder Zoll seines Körpers pulsierte und schmerzte.

„Tilly!“ Die ungebärdige Stute war seine einzige Hoffnung.

Mit einem weiteren Donnergrollen kam kalter, dichter Regen herunter. Hamilton ergab sich in sein Schicksal. „Esther, ich habe es versucht. Ich habe es wirklich versucht.“

In dem Moment fiel ein warmer Lichtschein auf sein Gesicht. Hamilton blinzelte und sah einen Mann, der sich über ihn beugte. Einen vertrauten Fremden.

Er streckte Hamilton seine Hand hin. „Komm, folge mir.“

27.
Esther

Manhattan, New York
Juni 1790

Die nagelneue Bibliothek roch nach Holz und frischer Farbe. Die makellos sauberen Fensterscheiben ließen das Morgenlicht ungehindert hinein. Die neuen Möbel waren gestern Abend eingetroffen.

Seufzend ging Esther auf das offene Fenster neben dem Kamin zu. Eine leichte Brise spielte mit dem Vorhangstoff. Sie spähte über den Rasen.

„Alice!", rief sie. „Es ist ein wundervoller Tag. Nimm die Kinder mit nach draußen, damit sie rennen und spielen können. Im Sommer sollte man sich nicht im Haus einsperren."

Innerhalb weniger Minuten betrat das junge Kindermädchen mit den schmalen Gesichtszügen und dem unter einer Haube verborgenen roten Haar mit den Kindern das Zimmer.

„Mama!" Der vierjährige Michael, künftiger Viscount von Berksham, und die dreijährige Lady Catherine, benannt nach Wallaces Mutter, rannten durch den Raum und schmiegten sich an ihre Beine.

„Meine Lieblinge." Esther beugte sich hinab, um sie zu küssen und ihre Nase an ihrer weichen, duftenden Haut zu reiben. „Ihr beiden seid so süß, dass ich euch am liebsten anknabbern würde."

Sie kicherten, und Catherine sagte. „Mach schon, Mama. Ich schmecke wie Zucker."

„Ich würde *dich* gerne anknabbern, Mama." Michael tat so, als ob er in ihre Nase beißen würde, und sie drückte ihn an sich. Was für eine Freude! Nie hätte sie sich ausgemalt, dass zwei kleine Engel in ihr Leben treten und sie zu einem neuen Menschen machen würden. Aber war das verwunderlich? Sie hatte ihr Leben Gott übergeben, war ihrem Herrn gefolgt.

„In Ordnung, Kinder, kommt mit." Alice nahm die Kinder bei der Hand und führte sie aus der Bibliothek. „Wir wollen sehen, wer am schnellsten zum Stall laufen kann."

„Ich bin der Schnellste!", rief Michael sofort.

„Nein, ich!", rief die kleine Catherine, die es ihrem Bruder gleichtun wollte.

Nachdem die Kinder fort waren, betrat der Butler die Bibliothek. „Ihre Zeitungen, Madam."

„Danke, Wiley." Esther griff nach ihrer täglichen Lektüre. Die Zeitungen kamen aus London, New York und Boston. Und aus *Charleston*, wie die Stadt *Charles Town* neuerdings hieß. „Was halten sie von der fertiggestellten Bibliothek?"

Der Mann sah sich um. Eine Narbe lief quer über seine Wange, ein Relikt des Krieges. „Es ist friedlich", sagte er. „Exquisit. Master Wallace hat keine Kosten gescheut."

Esther grinste. „Wie wahr. Das bedeutet, dass unser Unternehmen hier unbedingt ein Erfolg werden muss."

„Daran habe ich keine Zweifel."

Ihr Unternehmen war eine amerikanische Farm auf der Westseite Manhattans, am Hudson River gelegen. Ihr Mann erfüllte sich damit seinen Traum aus Kindertagen.

Esther setzte sich in den Sessel neben dem Kamin und genoss den Augenblick. Sie war zufrieden, zu Hause, glücklich – wunschlos glücklich. Dennoch war da eine leise Sehnsucht ... ein Fragen.

Sie verdrängte den Gedanken und konzentrierte sich auf ihre Lektüre. Es hatte keinen Zweck, solchen Träumereien nachzuhängen. Ihre Tage in *South Carolina* lagen eine Ewigkeit zurück.

Sie sah hoch, als das Lachen ihrer Kinder durch das offene Fenster drang. Sie waren glücklich, und so war auch sie glücklich.

Sie beugte sich wieder über die Zeitung, als ein Flugblatt auf den Boden fiel. Sie bückte sich, um es aufzuheben. Es war eine Werbung für eine religiöse Veranstaltung in der Innenstadt.

Wallace betrat den Raum. Gemeinsam mit Bristol, einem Farmarbeiter, trug er einen großen Bilderrahmen. „Guten Morgen, meine Liebe. Wie ich sehe, hast du die Kinder zum Spielen nach draußen geschickt. Ich nehme an, sie werden Alice völlig außer Atem bringen." Er beugte sich hinunter, um sie auf den Mund zu küssen. Nach all den Jahren war es immer noch ein leidenschaftlicher Kuss.

„Sie ist jung, das kann sie verkraften. Was hast du da?"

„Das Familienwappen. Vater hat es geschickt. Es war ihm sehr wichtig, besonders, da die Bibliothek nun fertig ist. Er befürchtet, die Kinder könnten allzu amerikanisch werden und ihr englisches Erbe vergessen." Er drehte den Rahmen um, um ihr das Wappen zu zeigen. Erwartungsvoll sah er sie an.

„Perfekt." Sie nickte zustimmend. Das weiß-blaue Wappen mit dem goldenen Stern, dem Helm und dem Schild mit Kreuzen war nicht länger nur Wallaces Familienwappen, sondern auch das ihre.

Das Haus der Hobart. Krieger. Liebende. Nachfolger Christi.

„Wie könnten die Kinder ihr Erbe vergessen? Dein Vater würde das nie zulassen. Nicht, solange er lebt", sagte sie lachend und drückte Wallaces Hand. „Und ich auch nicht. Die Hobarts sind eine angesehene Familie, die man nicht leicht ausrangieren kann. Unsere Kinder werden wissen, woher wir stammen."

„Habe ich dir heute schon gesagt, wie sehr ich dich liebe?" Wallace küsste sie auf die Wange, dann drehte er sich um. „Wohin sollen wir es hängen? Bristol, tun Sie bitte, was meine Frau Ihnen sagt." Er übergab das Wappen dem Arbeiter. „Ich habe dieses Haus gebaut, sie verfügt darüber. Liebling, ich frage mich, ob du mich nur wegen meines Geldes geheiratet hast."

„So wie du mich nur wegen meiner Schönheit geheiratet hast."

Bristol unterdrückte ein Lachen.

„Du hast mich erwischt!" Wallace ging zum Schreibtisch, hob seinen Rockschoß und setzte sich. Er ließ seine Augen über den ausladenden Raum mit den viertausend Büchern wandern und sah aus wie ein König, der sein Schloss bewundert.

„Wohin soll ich es hängen, Madam?"

„Über den Kamin." Esther zeigte auf die freie Stelle über dem Kaminsims.

Wallace lachte spontan auf. „Michael spielt Catherines Pony."

Esther stellte sich neben ihn ans Fenster. „Wirst du jetzt meinem Wunsch Folge leisten? Kauf den Kindern ein Pony, Wallace. Schau auf all das Land." Sie drückte ihre Wange gegen seinen Arm. Sie liebte ihn. Mehr, als sie je für möglich gehalten hätte.

Er nahm sie in seine Arme. „Ich habe bereits mit einem Züchter Kontakt aufgenommen."

Sie blickte zu ihm hoch. „Dann habe ich dich letztlich überzeugen können."

Er küsste sie, wie er es am Tag ihrer Hochzeit getan hatte – hingebungsvoll und leidenschaftlich. Seine Liebe war offensichtlich. „Weißt du es nicht?" Er strich mit dem Daumen über ihre Wange. „Ich kann dir nicht widerstehen."

„Ich dir auch nicht." Sie erwiderte seinen Kuss, und ihr Begehren erwachte. Ihre Liebe war rein, aufrichtig, gegenseitig, großzügig, weit.

Die Ehe – was für eine heilige Verbindung. Nun verstand sie die Träumereien der Dichter, die Worte des Hohelieds von Salomon. Sie errötete nicht mehr, wenn sie die leidenschaftlichen Verse las, sondern fand darin Inspiration, um ihren Mann von ganzem Herzen zu lieben. Nicht nur Wallace, sondern ihren Herrn. Mit ihm war sie voller Frieden, glücklich, in einem Kokon, der nur für sie beide geschaffen war. Mit jedem Kuss, jeder leidenschaftlichen Nacht, jedem „Ich liebe dich", jedem „Bitte verzeih" und jeder zufälligen Berührung nahm ihre Liebe zu.

„Du siehst also“, sagte Wallace, während er zum Schreibtisch zurückkehrte und seine Finger über ihre Hand wandern ließ, „du hast einen betörenden Einfluss auf mich, gegen den ich mich nicht wehren kann. Daher sei freundlich mit mir.“

Etwas in seiner Stimme erinnerte an einen vergangenen Streit.

„Wallace“, sagte Esther leise, nur für ihn bestimmt. Auf der anderen Seite des Raums schlug Bristol einen Nagel in die Täfelung über dem Kaminsims. „Du weißt, dass ich dir nie wehtun würde. Ich bin dir treu ergeben.“

Er sah auf seinen Kalender und seine Farmbücher. „Ich weiß, mein Schatz, und ich zweifle nicht an dir.“ Er sah zu ihr hoch. „Aber manchmal muss ich daran denken, dass du einst einen anderen geliebt hast.“

Sie hockte sich neben ihn.

„Das ist lange her. Ich habe seit Jahren nichts von Hamilton Lightfoot gesehen oder gehört.“

Er berührte sanft ihren gebeugten Kopf. „Aber meine menschliche Schwäche erinnert mich daran, dass ich nicht deine erste Liebe bin.“

„Aber du bist meine letzte Liebe. Meine einzig wahre Liebe.“

Wallace war groß und schlank und noch immer so gut aussehend wie an ihrem Hochzeitstag im Jahr 1784. Er war der dritte Sohn eines Earls, was bedeutete, dass er zwar Reichtum, jedoch weder Land noch Titel erben würde. Er war studierter Anwalt, arbeitete für Lord Whatham und hatte visionäre Vorstellungen von Amerika – dem Land der Hoffnung, einem Ort, wo er seinen Kindern sein Land und seinen Besitz vererben würde.

Er streichelte sie und beugte sich hinunter, um sie zu küssen. „Ich liebe dich, Esther.“

„Ich liebe dich auch. Für immer.“

„Wie gefällt es Ihnen, Mr. Hobart?“ Bristol stellte sich neben den Kamin, damit Esther und Wallace das aufgehängte Wappen anschauen konnten.

Wallace nahm Esthers Hand und ging auf den Kamin zu. Er nickte. „Sehr gut. Vielen Dank.“

Als Bristol fort war, kehrte Wallace zu seiner Arbeit und Esther zu ihren Zeitungen zurück.

„Habe ich dir schon erzählt, dass ich in der Stadt einen Mann getroffen habe?", sagte er nach einer Weile. „Einen unternehmungslustigen jungen Mann. Sein Name ist Astor. Er hat mich eingeladen, mit ihm zu Mittag zu essen und über Geschäfte zu sprechen."

„Astor? Woher stammt diese Familie?" Esther sah wieder auf das Flugblatt. Ein Gemeindefest. Sie würde so gern dort hingehen.

„Es sind Deutsche, die es erst nach England und dann nach Baltimore verschlagen hat. Derzeit scheinen sie sich gut in Manhattan eingelebt zu haben. Sie sind sehr fleißig und amerikanisiert."

Und so lief der Nachmittag weiter – Momente der Stille, gewürzt mit kleineren Unterhaltungen.

„Haben die Astors Kinder?"

„Ich werde mich danach erkundigen."

„Die Mode hat sich nicht geändert. Ich kann die Kleider vom letzten Jahr tragen."

„Der Almanach sagt ein gutes Jahr für die Landwirtschaft voraus."

„Habe ich dir erzählt, was Catherine beim Frühstück gesagt hat?"

„Der Landverwalter möchte mehr Apfelbäume pflanzen. Der diesjährige Ertrag war mehr als zufriedenstellend."

„Mutter hat geschrieben. Sie hat vor, uns im nächsten Frühjahr zu besuchen."

„Tatsächlich? Schlage ihr vor, meinen Eltern zu schreiben. Vielleicht können sie gemeinsam reisen."

Esther stand auf. Sie hatte ihre Mutter erwähnt, und dabei musste sie automatisch an ihren Vater denken. Er war nie nach London zurückgekehrt. Sechs Monate nach Esthers Abreise hatte er in *Slathersby Hill* seinen letzten Atemzug getan. Sein Herz hatte versagt. Doch statt von seinen Freunden und seiner Familie umgeben zu sein, war er ganz allein in seinem Bett gestorben.

Als sie auf der *Glorious* von *Charles Town* abgereist war, hatte sie gespürt, dass sie ihn nicht wiedersehen würde. Nach seinem Tod hatte sie an ihrer Mutter eine neue Seite entdeckt – Bedauern und Gewissensbisse. Sie hatte um ihren Mann geweint und erklärt, sie hätte ihn nie so lange allein lassen sollen. Sie hatte geglaubt, mehr Zeit zu haben, jede Menge Zeit.

In jenem Moment, als Esther diese Zerbrechlichkeit an ihrer Mutter wahrnahm, konnte sie ihr alles vergeben. Mutter wurde ihr Fels in der Brandung, sie stand ihr bei, als sie ihren Traum, Hamilton Lightfoot zu heiraten, voller Trauer begrub und zunehmend Gefühle für Wallace entwickelte.

„Lebe im Augenblick, Esther“, hatte sie gesagt, als Wallace sein Werben begann. *„Entscheide dich für das, was vor dir liegt. Entscheide dich für die Liebe.“*

„Wir haben eine Kuh und ein Schwein zum Schlachten im Herbst ausgesucht“, sagte Wallace. „Was hältst du von Lamm? Sollen wir auch ein Lamm zum Schlachter bringen?“

Esther wandte sich ihm zu. „Was? Ein Lamm?“ Erneut fiel ihr Blick auf das Flugblatt. Sie drehte es um, um die Details zu lesen.

KRIEGSHELD HAMILTON LIGHTFOOT
PRÄSENTIERT

„KOMM, FOLGE MIR.“

7. August, 7 Uhr abends
First Presbyterian Church
10 Wall Street

ALLE SIND HERZLICH EINGELADEN

Sie sprang auf die Füße. Die Zeitungen fielen auf den Boden, ihre Glieder fühlten sich steif an. „Verzeih mir, Liebling."

Sie stürzte aus der Bibliothek und rannte die Treppe hinauf in ihre Schlafzimmer-Suite, die sie mit Wallace teilte.

Sie schloss die Tür und lehnte sich dagegen. Ihre Gedanken rasten. In vergangenen Tagen hatte sie sich oft vorgestellt, wie sie Hamilton in einem überfüllten Raum erspähte, mit klopfendem Herzen – und ihr Wiedersehen wäre wie in einem Roman von Henry Fielding. Doch nun war sie eine reife Frau von einunddreißig Jahren – eine Ehefrau und Mutter.

„Ich liebe meinen Mann", flüsterte sie. Sie bückte sich, um den Teppich zurückzuschlagen und mit dem Fingerknöchel gegen eine lose Holzdiele zu klopfen. Sie griff in das Versteck und tastete nach Hamiltons Brief. Erneut fragte sie sich, warum sie den Brief aus London mitgebracht hatte. Sie liebte Wallace.

Als ihre Finger sich um den Brief schlossen, legte sie die Holzdiele wieder an ihren Platz. Sie setzte sich auf ihren Sessel am Fenster, wo das Tageslicht den Raum durchflutete.

Hamilton. Würde sie ihn wiedersehen? Als Ehefrau eines anderen Mannes? Erinnerungen kamen hoch: Wie sie sich als Kinder zum ersten Mal begegnet waren. Die Sommernachmittage auf dem Land, wo sie fischten und ausgelassen über die Felder rannten. Gesellschaftsspiele vor dem Kamin im Winter. Die Tiefe seines Blicks, als er sich über sie beugte und sie zum ersten Mal küsste. Ihre Sehnsucht, ihn sagen zu hören *Ich liebe dich.*

Sie warf einen Blick zur Tür und öffnete den Brief.

Hannah's Cowpens
16. Januar 1781

Meine liebste Esther,

meine jüngsten Handlungen haben meine innersten Gefühle Lügen gestraft. Am Vorabend der Schlacht möchte ich alle Verwirrung ausräumen. Denk an mich, wie du mich zuvor kanntest, als mein Verhalten statt meiner Worte die Gefühle meines Herzens offenbarte.

Ich liebe dich. Das ist die reine Wahrheit.

In Liebe,

Hamilton Lightfoot

Sie hob ihre von Tränen verschleierten Augen und sah Wallace an der Tür stehen.

„Mein Liebling", sagte sie. Sie stand auf, faltete den Brief so diskret wie möglich zusammen und schloss ihre Hand darum. „Ich habe dich nicht hereinkommen hören."

„Ist das sein Brief? Der Brief von Hamilton Lightfoot?" Er kam auf sie zu, das Flugblatt in der Hand.

Esther ließ sich auf ihren Stuhl zurücksinken. „Woher weißt du es?"

„Ich bin neulich über die lose Holzdiele gestolpert." Er legte das Flugblatt auf den Nachttisch und steckte seine Hände in die Hosentaschen. „Ich wollte die Diele festnageln, als ich ein Geheimnis in dem Hohlraum darunter fand."

„Warum hast du nichts gesagt?"

„Ich habe darüber nachgedacht. Ich habe ein paar Nächte lang schlecht geschlafen. Aber dann beschloss ich zu warten, bis du mir selbst davon erzählen würdest."

„Aber tief in deinem Innern hast du dich gefragt ..."

„Ob du ihn noch liebst? Ja." Wallace setzte sich auf den Sessel gegenüber von Esther.

„Hast du den Brief gelesen?"

Er nickte. „Habe ich dich damit gekränkt?"

Sie schüttelte den Kopf. „Du bist mein Mann. Ich habe keine Geheimnisse vor dir. Aber ich hätte es vorgezogen zu wissen, dass du den Brief gefunden hast."

„Ich hätte es vorgezogen zu wissen, dass du ihn aufbewahrt hast."

„Und was hättest du dann gesagt? Als junger Ehemann?"

„Ich weiß es nicht. Vielleicht hätte ich dich gebeten, ihn wegzuwerfen."

„Ich bin nicht sicher, ob ich das getan hätte, selbst wenn ich es dir zugesagt hätte."

Esther legte den Brief auf den Tisch. Alles lag nun offen. „Ich weiß, dass ich den Brief hätte wegwerfen sollen. Aber Wallace – er war ein lieber Freund, und ich konnte es einfach nicht ertragen, mich von seinen letzten Worten an mich zu trennen. Obwohl ich es tun sollte. Ich nehme an, dass Wiley mein Versteck kennt. Ich sah ihn einmal neben dem Läufer knien, als ich überraschend den Raum betrat. Er war so erschrocken, dass er beinahe in den Kerzenständer gekracht wäre."

„Er ist mir gegenüber loyal", sagte Wallace. „Aber sag mir eines: Berühren Hamiltons Worte nach all diesen Jahren etwas in deinem Innern?"

Tränen quollen aus Esthers Augen. „Ich weiß es nicht."

„Liebst du ihn?"

„Ich liebe dich."

„Und dennoch steht dieser Mann aus deiner Vergangenheit, ein Kriegsheld, neben mir – und ich weiß nicht, mit wem ich da verglichen werde."

„Wallace." Esther nahm seine Hand. „Er ist eine Erinnerung. Ein nicht erfülltes Versprechen. Du bist der Mann, den ich geheiratet habe. Ich teile dein Bett, deine Kinder, dein Zuhause. Du besitzt mein Herz."

„Warum bist du dann so plötzlich aus der Bibliothek fortgelaufen? Ich weiß, dass es damit zu tun hat, dass du seinen Namen auf dem Flugblatt gesehen hast. Warum hast du den Brief aufbewahrt?"

Esther kehrte zu ihrem Sessel zurück. „Als ich in London debütierte ..."

„Wo wir uns zum ersten Mal begegneten."

„Während jener zwei Jahre war ich verzweifelt in Hamilton verliebt. Ich wünschte mir, er würde mir Liebesbriefe in der Art eines Lord Byron schreiben, stattdessen schrieb er mir ein halbes Dutzend Briefe, in denen es um Details der Farmarbeit und den letzten Wurf der Stallkatze ging."

Wallace lächelte. „Das klingt, als wäre er meine Art von Mann."

„Ich rügte ihn. Ich sagte ihm, wenn er mich liebte, sollte er es mir mit Worten sagen. In der Zwischenzeit gerieten sein Onkel und mein Vater aneinander. Es ging um einen Streit bezüglich des Erwerbs der Farm. Später stellte sich heraus, dass Vater Geld veruntreut und Lord Whatham erzählt hatte, er hätte das Land der Lightfoots gekauft, was nicht stimmte. Diese Fehde gemeinsam mit der Tatsache, dass die Lightfoots leidenschaftliche Patrioten waren, führte dazu, dass Vater die Lightfoots aus *Slathersby* verbannte. Hamilton und ich trafen uns heimlich unter einer Trauerweide am Bach. Dann töteten Dragoner seinen Onkel und verbrannten die Kirche."

„Und du wurdest angeschossen."

Esther drückte ihre Hand auf die Narbe, die Wallace oft gestreichelt und geküsst hatte. „Der Krieg hat ihn verändert. Nach der Schlacht von *King's Mountain*, wo er beinahe besiegte Loyalisten getötet hätte, stieß er mich fort. Er sagte, er liebte mich nicht. Aber ich glaubte ihm nicht. Ich beschloss, treu zu bleiben."

Sie erzählte die Ereignisse der Weihnacht 1780 und Hamiltons schlimme Verwundung in der Schlacht von *Hannah's Cowpens*, ihre Reise zum Wundarzt, um ihn zu sehen, und Vaters Drängen, mit ihm nach Hause zu kommen.

„Danach war nichts mehr wie vorher. Vater schickte mich nach London, um bei Mutter zu leben, und nun – den Rest kennst du."

„Wie bist du an diesen Brief vom Schlachtfeld gekommen?"

„Seine Tante Mary gab mir den Brief. Ich war bei *Quill Farm* vorbeigefahren, um mich von Hamilton zu verabschieden. Ich hatte ihm so lange in den Ohren gelegen, er solle mir einen Liebesbrief schreiben, und als er es schließlich tat, war ich auf dem Weg nach England. Ich war so unglücklich, dass ich den Brief gar nicht las, sondern in meinen Koffer stopfte. Ich war schon seit drei Monaten in England, als ich wieder daran dachte. Er schrieb mir einen Liebesbrief, als es keine Hoffnung mehr für unsere Liebe gab. Außerdem war ich es leid, um eine Liebe zu kämpfen, die offenbar nur ich wollte. Ich war es müde, mich mit Vater zu streiten, mich mit Hamilton auseinanderzusetzen, und beide von dem Wert meiner Liebe zu überzeugen. Sollte Liebe nicht großzügig und gebend sein, überwindend?"

„Was ist mit dem Mann, der dir sagte *Folge mir*?"

„Er hat zweimal zu mir gesprochen. Zum ersten Mal, als Vater kam, um mich vom Wundarzt fortzuholen. Und zum zweiten Mal, als Vater mich zwang, *Slathersby* zu verlassen."

„Wie schwer war Hamiltons Verwundung?"

„Er verlor sein linkes Bein durch einen Säbelhieb."

Wallace machte ein nachdenkliches Gesicht. Während des Krieges war er in Oxford gewesen. Als seine Einberufung bevorstand, war die Revolution siegreich beendet worden. „Wenn er der Mann ist, wie du ihn beschreibst, dann bin ich sicher, er wollte dich nicht mit seiner Behinderung belasten. Ich hätte es nicht gewollt."

„Dann kann man nur Liebe geben, wenn es weder Konflikt noch Not gibt?"

„Für einen stolzen, ungebundenen Mann – ja." Er hielt das Flugblatt hoch. „Sollen wir dorthin gehen und hören, was er zu sagen hat? Wir könnten bei den Dinsmores übernachten. Charles hat uns schon seit Längerem eingeladen. Er hat ebenfalls im Krieg gekämpft, nicht wahr? Er würde gern mit dir in Erinnerungen an *South Carolina* schwelgen."

Charles Dinsmore hatte in der *South Carolina* Miliz unter Andrew Pickens gekämpft. Er nahm Esther oft zur Seite, um Geschichten aus ihrer Kindheit auszutauschen.

„Du würdest mit mir kommen, um Hamilton zu sehen?"

„Möchtest du nicht hingehen?“

„Doch, aber ich will keine Spannungen zwischen uns.“

„Ich glaube, du hast ihm etwas zu sagen. Ich bete, dass es nur bedeutet, ihm Lebewohl zu sagen, aber ...“

„Ja, Wallace, ich will ihm nur alles Gute wünschen.“ Esthers Ausdruck hellte sich auf. Sie hatte das Gefühl, eine Last würde von ihr abfallen, von deren Existenz sie nichts gewusst hatte. „Aber eines muss klar sein: Es stimmt, dass ich Hamilton wahnsinnig geliebt habe. Aber du bist dennoch nicht meine zweite Wahl. Ich habe dich gewählt, weil der Eine, der mich aufforderte, ihm zu folgen, ebenfalls dich gewählt hat – für mich.“

Ohne ein Wort nahm Wallace sie in die Arme und küsste sie leidenschaftlich.

28.

Chloe

Wochenlang hatte sie mit dem Gedanken an den Brief gekämpft. Warum eigentlich? Jesse wollte ganz offensichtlich nicht mit ihr sprechen. Er hatte scheinbar keine Lust, auf eine Nachricht zu antworten. Er versteckte sich. Selbst sein Instagram- und Twitter-Account waren still. Was erhoffte sie sich davon, einen altmodischen Brief zu schreiben? Außerdem kannte sie noch nicht einmal seine Adresse in Boston. Es würde sie wohl kaum weiterbringen, „Jesse Gates, Boston" auf den Umschlag zu schreiben.

Es war typisch Chloe Daschle. Sie war mit ihrem Herzen dabei, nachdem sie sich das Gegenteil geschworen hatte, nur um einmal mehr verletzt zurückzubleiben.

Bitte mag mich. Ich bin nicht das mollige Mädchen mit den Sommersprossen. Bitte mag mich. Ich bin nicht die verrückte Furie wie in dem Video. Bitte mag mich.

Doch anders als früher war sie nicht völlig aufgelöst. Sie versank nicht in Verzweiflung. Sie beschloss, es ein letztes Mal zu versuchen. Sie nahm das Briefpapier, das sie extra für diese Gelegenheit gekauft hatte, und las ihren ersten Satz.

Lieber Jesse,
wie geht es dir?

Völlig dämlich. Sie zerknüllte das Blatt und versuchte es in den Papierkorb auf der Veranda zu werfen, doch es fiel daneben.

Sie legte ihren Kopf auf das Sofakissen und schloss die Augen. Diese Nervosität war total übertrieben. Sie hatte ihn doch nur ein paar Monate gekannt, nicht wahr?

Doch etwas in ihrem Herzen sagte ihr, dass Jesse Gates ein besonderes Juwel war.

„Jesus, ich glaube, ich liebe diesen Mann. Was soll ich tun?"

„Chloeeee, Mädel, was ist los?"

Sie setzte sich abrupt auf, als Smitty sich in den Sessel ihr gegenüber fallen ließ und seine Shorts-Beine auf den Kaffeetisch legte.

„Smitty." Sie sah hinter sich. Die Pforten waren geschlossen, das wusste sie, weil der Gärtner es ihr gesagt hatte. Mom und Dad waren auf Reisen, also wurde die Sicherheitsstufe erhöht. Die Glastüren zur Küche waren geöffnet, aber sie saß gegenüber und hätte ihn sehen müssen, wenn er von dort gekommen wäre.

„Wie bist du hereingekommen?"

„Von da drüben, irgendwo." Er zeigte auf die Pforten und dann zur Nordecke und um die Veranda herum. „Hast du von Jesse gehört?"

„Nein." Sie seufzte. „Wie bist du hereingekommen? Die Pforten sind geschlossen."

„Ich habe den Gärtner gesehen." Smitty stellte die Füße auf den Boden und beugte sich vor. „Hast du ihm geschrieben?"

Sie zeigte auf das zusammengeknüllte Blatt Papier.

Smitty grinste. „Ist wohl etwas schwierig, hm?"

Chloe legte den Briefblock zur Seite, stand auf und ging hin und her. „Ich frage mich, warum ich es überhaupt versuche. In *South Carolina* habe ich angedeutet, dass ich mehr von ihm wollte, aber er hat nicht angebissen. Dann hat er die Dreharbeiten hingeschmissen und ist fortgegangen, und ich muss immerzu an ihn denken. Ich habe noch nicht mal seine aktuelle Adresse."

„Versuch es bei der Firma seines Bruders, *DiamondBros*." Smitty holte einen Apfel aus der Tasche seiner weißen Leinenjacke. Die Ärmel waren im *Miami Vice*-Stil aufgerollt. „Was sagt Gott dazu?"

„Er sagt mir nichts."

„Bist du sicher?"

„Nein." Sie seufzte und setzte sich mit einem missbilligenden Räuspern wieder hin. „Ich weiß nicht, ob er zu mir spricht oder nicht. Wenn du etwas trinken möchtest, im Kühlschrank ist Limonade, Wasser und Bier."

„Zerbrich dir nicht den Kopf darüber." Smitty öffnete den Kühlschrank und nahm eine Flasche Mineralwasser heraus. „Lass das Grübeln los und den Geist Gottes herein." Er schlug sich mit der Hand auf den Bauch. „Du bist zu ängstlich."

„Bist du gekommen, um mir Vorwürfe zu machen? Du kennst doch meine Vergangenheit."

„Vertraue dir. Vertraue deinem Glauben. Vertraue IHM." Smitty biss in seinen Apfel. „Ich muss gehen." Er zeigte auf das zerknüllte Blatt Papier. „Schreib mit deinem Herzen. Schick den Brief ab. Was kann im schlimmsten Fall passieren?"

„Dass ich nie wieder von ihm höre."

Der kleine, dunkle Mann verzog das Gesicht, als er die Veranda verließ und über den Rasen ging. „Und wie viel hörst du jetzt von ihm?" Er verschwand hinter der Ecke des Hauses und war fort.

Chloe knüllte ein Blatt von ihrem Briefblock zusammen und warf es hinter ihm her.

Smitty hatte nicht ganz unrecht. Und was war mit ihrem Kampfschrei – *Tod, du kriegst mich nicht* –, wenn sie zuließ, dass sie an ihre Ängste gekettet blieb? Wo war ihr Sieg?

Sie nahm den Briefblock erneut in die Hand und begann zu schreiben.

Lieber Jesse,
ich weiß nicht genau, wo ich anfangen soll. Wie geht es dir? Wo bist du? Und warum bist du fortgegangen? Ich vermisse dich und unsere seltsame Beziehung. Darf ich das sagen?

Ich hatte nie die Möglichkeit, dir dafür zu danken, dass du gegenüber Zarzour für mich eingetreten bist.
Ich habe dich angerufen und Nachrichten geschrieben, aber du hast nie geantwortet. Dad schlug mir vor, einen altmodischen Brief zu schreiben, denn unsere Beziehung hat ja mit einem Brief begonnen! Da ich deine Adresse nicht kenne, hat Smitty mir geraten, den Brief an DiamondBros zu schicken.
Als wir uns auf der Hochzeit von Violet und Dylan kennengelernt haben, habe ich etwas Besonderes zwischen uns gespürt. Als ob Gott gewollt hätte, dass sich unsere Wege kreuzen. Aber ich war zurückhaltend, ängstlich. Dann hast du mich geküsst, und ich wünschte mir, du würdest nie aufhören. Ja, es stimmt. Ich wünschte mir, du würdest nie aufhören. Ich wollte in der Lage sein, dich jederzeit küssen zu können, wenn ich wollte. Aber ich hatte zu viel Angst, das zuzugeben.
Seit du den Drehort verlassen hast, vermisse ich dich. Ich muss ständig an dich denken. Ich möchte mehr als Freundschaft von dir, Jesse. Ich glaube, ich liebe dich.
Dad neckt mich oft, weil ich an „Und sie lebten glücklich bis ans Ende ihrer Tage“ *glaube und danach suche. Doch ich habe keine Märchenträume einer perfekten Liebe, die nie versagt oder kämpft. Ich lebe in der Realität. Ich liebe das reale Leben. Das ist es, was ich mir mit dir wünsche. Liebe und Leben. Mit all den Unannehmlichkeiten, dem Egoismus, dem Geben und Nehmen, dem Wachsen und Verändern.*
Meine Vorstellung der Ehe? Aus irgendeinem Grund hast du in diesem Traum dauerhaft Einzug gehalten, und ich kann ihn mir ohne dich nicht mehr vorstellen.
Ich habe keine Ahnung, ob du diesen Brief je lesen wirst. Deshalb schütte ich dir mein verwundbares, offenes Herz aus. Wenn du den Brief wirklich lesen solltest, dann lass es mich bitte wissen. Selbst wenn deine Antwort lautet Chloe, geh weiter. *Ich verspreche, dass ich dir nicht böse sein werde.*
Aber bitte denke und bete über das, was ich geschrieben habe. Kannst du deiner Vergangenheit vergeben und mit mir vorangehen?
In Liebe, Chloe

Hamilton

„Lass mich dir helfen." Seine Frau, mit der er seit fünf Jahren verheiratet und die mit ihrem ersten Kind schwanger war, nahm die Prothese von seinem Bein. „Deine Haut ist wund, Liebling. Warte, ich hole mein Öl zum Einreiben."

„Was würde ich ohne dich tun, Lydia?"

„Wahrscheinlich dein Bein selbst einreiben?" Sie strahlte, wenn sie lächelte, und ihre braunen Augen waren von goldenen Tupfern gesprenkelt. Wieder einmal eroberte sie ein weiteres Stück seines Herzens.

„Ich sollte deine Technik erlernen. Wenn unser Kind erst da ist, wirst du keine Zeit mehr haben, dich so um mich zu kümmern."

„Du wirst immer meine oberste Priorität sein. Unsere Kinder werden mir dafür danken." Sie kniete noch immer, richtete ihren Oberkörper auf und küsste ihn unbefangen. Hamilton atmete ihre Schönheit ein.

„Ich werde dir dafür danken." Er erwiderte ihren Kuss. Sein Herz quoll vor Dankbarkeit über.

Sie war ein Geschenk Gottes, ein seltenes Juwel, und sie gehörte ihm. Auch wenn es für ihn ein Rätsel blieb, wie er ihr Herz gewinnen konnte, als er seine dunkelsten Tage durchmachte. Die Tochter des Predigers, der nach *Ninety Six* gekommen war, um Onkel Laurences Posten zu übernehmen, war außergewöhnlich stark.

Lydia holte eine Flasche aus der Ledertasche, die sie überallhin mitnahm, wenn sie unterwegs waren. Darin befanden sich allerlei Medikamente und Einreibemittel sowie ihre viel gelesene Bibel.

„Was hat Gott dir heute Abend gegeben?", fragte sie.

„Das Übliche. Habe ich eine andere Saite auf meinem Instrument als *Komm, folge mir*?" Er hatte quasi sein Leben damit zugebracht, die Tiefen und Reichtümer dieser drei Worte auszuloten.

„Dein Bein ist geschwollen und gequetscht. Du hast zu lange gestanden." Lydia sah zu ihm hoch. „Es ist Zeit, nach Hause zu gehen."

„Es ist unser letzter Halt."

Sie waren schon auf dem Weg nach *Quill Farm* und *South Carolina* gewesen, als eine Einladung in letzter Minute von einem presbyterianischen Gemeindemitglied gekommen war, einem Charles Dinsmore, der ebenfalls aus *South Carolina* stammte und wie er Kriegsveteran war. Hamilton fühlte sich von Liebe getrieben, um der Bitte des Mannes nachzukommen und nordwärts nach New York zu reisen.

„Mr. Lightfoot." Ein junger Mann mit einer frischen Gesichtsfarbe spähte durch die Tür. „Hier ist jemand, der Sie sehen möchte."

„Können Sie die Person bitten zu warten?" Lydia verschloss die Flasche und griff nach einer Salbe aus zerdrückten Rosen und Lavendel. „Mr. Ligthfoot braucht Ruhe vor der Predigt."

„Entschuldige, meine Liebe." Hamilton lehnte sich vor. „Es ist vielleicht jemand, der Seelsorge braucht." An den jungen Mann gewandt sagte er: „Ist es eine Seele in Not? Oder der Pastor? Ah, natürlich, es wird Charles Dinsmore sein."

„Sie sagen, sie seien die Familie Hobart, Sir."

Er tauschte einen Blick mit Lydia, die seine Hand drückte und dem jungen Mann antwortete: „Sagen Sie ihnen, dass wir gleich kommen."

„Kennst du die Hobarts?" Lydia strich sanft das warme Öl über seinen Beinstumpf.

„Nein. Vielleicht kommen sie für ein Gebet oder für einen Rat." Als seine Frau fertig war, stand Hamilton auf. Er war mittlerweile ein Experte darin, auf einem Bein zu balancieren. Lydia holte die Krücke aus ihrer Wundertasche und fügte rasch die Teile zusammen.

„Geh schon", sagte sie. „Ich muss erst meine Hände waschen."

Hamilton machte sich auf den Weg, doch dann griff er zurück, um seine Frau an sich zu ziehen und zu küssen. „Danke."

Sie drückte ihre Hand an sein Gesicht. „Jederzeit, mein Schatz."

Er verließ den kleinen Raum und ging durch den schmalen Flur, wobei seine Krücke gegen den Steinfußboden klapperte. Sein Holzbein machte im Rhythmus dazu ein klackendes Geräusch, es war die Musik seines Lebens geworden.

Der junge Mann wartete vor einer Tür. „Sie sind im Altarraum, Sir."

Hamilton nickte und spähte in den breiten, quadratischen Raum. Das Sonnenlicht fiel durch die bunten Glasfenster und glitt über die polierten Kirchenbänke.

Eine nach ihren Kleidern zu urteilen wohlhabende Familie wartete in der ersten Bankreihe. Ein Gentleman mit seiner Frau und zwei kleinen Kindern.

„Was kann ich für Sie tun?", fragte er, als er über den Steinboden ging und sich fragte, wie er ihnen wohl helfen könnte.

Die Frau stand auf, sie umklammerte die Riemen ihres Pompadours. Hamilton blieb stehen, seine Krücke wäre ihm fast aus der Hand geglitten.

„Esther."

„Hallo, Hamilton." Ihre Stimme schwankte, und ihre Augen schillerten, als sie mit ausgestreckter Hand auf ihn zukam. „Wie schön, dich zu sehen."

„Esther, liebe Esther." Er nahm ihre Hand. „W-was führt dich nur hierher?"

„Nun, wir sind gekommen, um dich zu sehen." Ihr Lächeln, noch immer dasselbe, aber mit den Jahren noch verfeinert, fing ihre Schönheit ein. „Du siehst gut aus. Zufrieden und glücklich."

„Genau wie du. Schöner denn je."

Einen Moment lang war er wieder ein Junge, sorglos und gesund, mit Esther als ständiger Begleiterin seiner Tage.

„Ähem."

Esther drehte sich um. „Entschuldige, Wallace. Hamilton, darf ich dir meinen Mann vorstellen, Mr. Wallace Hobart, *Viscount of Berksham*, und unsere Kinder, Michael und Catherine. Sagt Mummys Freund *Guten Tag*, Kinder."

Der Mann hatte ein selbstbewusstes Auftreten, er war gut aussehend und wohlgeformt. Der kleine Junge verbeugte sich, und das kleine Mädchen machte einen Knicks. Gemeinsam fragten sie: „Wie geht es Ihnen?"

Hamilton spürte einen Kloß in der Kehle. Dies waren Esthers Kinder. Das Mädchen sah genauso aus wie sie. „Mir geht es gut, vielen Dank. Und wie geht es euch?"

„Danke, Sir."

„Was ist mit Ihrem Bein passiert?" Nun, das Mädchen sah ihrer Mutter nicht nur ähnlich, sondern war auch ebenso wenig auf den Mund gefallen wie sie.

„Catherine." Esther presste ihre Hand auf die Schulter ihrer Tochter. „Es ist nicht höflich, zu ..."

„Das ist in Ordnung", sagte Hamilton. „Ich habe es im Krieg verloren."

„Wie haben Sie es verloren?" Sie hob die Augenbrauen.

Er lachte und setzte sich auf eine der Bänke. „In einer Schlacht. Ein Schwert kam herab und ..." Er sah zu Esther hoch. „Es war ein Unfall."

„Tat es weh?", fragte der Junge.

„Glücklicherweise kann ich mich kaum daran erinnern."

„Sie müssen sehr tapfer sein", sagte das Kind. „Papa sagt, wenn wir tapfer sind und nicht weinen, wenn wir uns wehtun, dann dürfen wir eine Süßigkeit haben."

„Das stimmt. Du solltest immer tapfer sein."

„Kinder." Wallace nahm die beiden bei der Hand. „Kommt mit mir. Wir wollen Mama allein lassen, damit sie mit ihrem Freund reden kann." Er sprach wie ein Aristokrat. Wie ein Mann, der Esthers würdig war.

Esther flüsterte ihm etwas zu. Er nickte, dann ging er mit den Kindern hinaus. Sie setzte sich neben Hamilton auf die Kirchenbank. „Mein lieber Freund, geht es dir gut?“

„Ja, sehr.“

„Glücklich?“

„Sehr glücklich.“

Sie seufzte. „Ich bin so froh.“

„Und was ist mir dir? Bist du glücklich?“

„Ja, sehr.“

„Woher wusstest du, dass ich hier bin? Ich dachte, du wärst in England.“

„Ich habe ein Flugblatt mit der Morgenzeitung bekommen. *Hören Sie den Kriegshelden Hamilton Lightfoot.*“

Er schüttelte den Kopf. „Eine Übertreibung, um Interesse zu wecken. Du lebst also in New York?“

„Wir sind vor vier Jahren hierhergezogen. Wallace hat schon immer davon geträumt, in Amerika eine Farm zu besitzen. Wir haben ein Stück Land am *Hudson River* gekauft. Er hat ein paar Cousins, die ein erfolgreiches Unternehmen gegründet haben, und er hat sich ihnen angeschlossen.“ Esther holte ein Flugblatt aus ihrer Tasche. „Ich konnte es kaum glauben, als ich deinen Namen las. Ich dachte, das kann doch nicht mein ... ich meine der gleiche Hamilton Lightfoot sein. Ich hatte keine Ahnung, dass du ein Prediger geworden bist.“

„Es war eine Erlösung, die eine lange Weile reifen musste.“ Er besah sich das Flugblatt genauer. „Das ist das Werk von Dinsmore, kein Zweifel.“

„Dinsmore? Charles Dinsmore? Kennst du ihn?”

„Wir waren zusammen in *King's Mountain* und in *Hannah's Cowpens.*“

„Natürlich“, sagte Esther. „Er hat vom Krieg gesprochen, aber ich habe nie daran gedacht, dass ...“

„Dann kennst du ihn also auch?“, fragte Hamilton.

„Ja, er ist gut bekannt mit meinem ... Mann. Sie haben gemeinsam einen *Gentlemen's Club* gegründet. Du solltest sie treffen.“

„Wir reisen morgen ab“, sagte Hamilton. „Meine Frau ist schwanger, und ...“

Eine Tür wurde geöffnet und geschlossen, Schritte hallten über den Steinboden. Lydia. Hamilton stand auf, um sie zu begrüßen.

„Lydia.“ Er bot ihr seinen Arm. „Darf ich dir meine Freundin, Esther Longfellow, vorstellen.“

„Hobart.“

„Mrs. Esther Hobart.“

„Wie geht es Ihnen?“ Lydias Hand blieb auf ihrem runden Bauch liegen. „Ich wusste nicht, dass du in Manhattan jemanden kennst, Liebling.“

„Wir sind alte Freunde. Von *South Carolina*.“

Lydia stellte sich noch näher zu ihm. Er würde ihr später einiges erklären müssen. Sie wusste zwar über seine Kriegserlebnisse Bescheid, doch er hatte ihr nie von Esther erzählt. Er hatte beschlossen, dieses Scheitern hinter sich zu lassen.

„Wir haben eine Farm.“ Esther zeigte Richtung Westen. „Nun, mein Mann ist noch dabei, die Farm aufzuziehen. Bisher ist es gut gelaufen.“

„Ich wünsche Ihnen alles Glück.“ Lydia hakte Hamilton unter.

„Esther und ich sind zusammen in *South Carolina* aufgewachsen. Vor dem Krieg.“

„Er spricht selten vom Krieg oder von seinem Leben davor“, sagte Lydia. „Verzeihen Sie meine Unkenntnis.“

„Sie sind in Umständen“, sagte Esther. „Wann soll das Baby kommen?“

„In drei Monaten. Wir kehren nach Hause zurück, um alles vorzubereiten.“

Hamilton sah Esther an. „Wusstest du, dass dein Vater uns kurz vor seinem Tod *Quill Farm* zurückgab?“

„Nein, das wusste ich nicht", sagte Esther. „Aber ich bin sehr froh darüber. Vaters letzte Tage waren nicht leicht, aber jetzt ruht er in Frieden."

Von hinten wurde die Kirchentür geöffnet, und kleine Schritte hallten durch den Mittelgang. „Mama?" Das kleine Mädchen hängte sich an den Rock ihrer Mutter. „Ich habe Hunger."

„Es tut mir leid, Liebling", sagte Esthers Mann. „Wir sind nur ein paar Straßen weit gekommen, als die Kinder mich an ihre leeren Bäuche erinnerten." Der Mann tippte seinen Hut zum Gruß in Richtung Lydia.

„Mr. Hobart, darf ich Ihnen meine Frau vorstellen, Mrs. Lydia Lightfoot."

„Sehr erfreut", sagte er und verbeugte sich.

„Sie haben wundervolle Kinder", rief Lydia. Sie sah in jedem und in allem Leben.

„Sollen wir vor der Versammlung essen gehen?" Wallace wandte sich an Hamilton. „Bitte, seien Sie unser Gast."

„Vielen Dank, aber ich muss mich noch auf den Gottesdienst vorbereiten."

„Ja, allerdings." Lydia trat einen Schritt vor. „Kommen Sie zur Versammlung zurück? Sein Zeugnis ist sehr bewegend."

„Wir freuen uns darauf, Ihre Predigt anzuhören, Pastor Lightfoot." Hobart gab ihm die Hand.

Esther nahm die Hand ihrer Tochter. „Ich möchte hören, was mein alter Freund erlebt hat und wie er dazu kam, dem Herrn nachzufolgen."

„Bis später dann." Wallace nahm den Jungen an die Hand und ging den Mittelgang hinunter, Esther ging neben ihm.

Eine Weile sah Hamilton ihnen nach, dann löste er sich von Lydia. „Entschuldige mich." Mit dem Klacken seiner Krücke gegen den Steinboden rief er Esther zu: „Kann ich mit dir sprechen?"

„Natürlich." Sie ließ die Hand ihrer Tochter los. „Geh mit Papa. Ich komme gleich nach."

Ihr Mann wartete, dann nickte er und nahm die Kleine an die Hand. Sie gingen hinaus in die späte Nachmittagssonne.

„Was ist?“, fragte Esther. „Deine Frau ist wundervoll. Man kann sehen, wie sehr sie dich liebt.“ Sie berührte kurz seinen Arm, zog ihn dann zurück. „So wie es sein sollte.“

„Sie ist meine Freude, mein Geschenk“, sagte Hamilton. „Und ... Wallace ... ich spüre, dass er eine solide Freundlichkeit in sich birgt.“

„Ja, du hast ihn genau richtig beschrieben: Er ist solide und freundlich.“

„Dann haben wir es beide gut getroffen.“ Hamilton verbeugte sich kurz.

„Ja, das haben wir.“

Er zögerte und sah über die Schulter, wo Lydia auf ihn wartete, und lächelte ihr zu.

„Du solltest gehen. Deine Frau wartet auf dich, und mein Mann wartet auf mich. Und die Kinder sind sicherlich am Ende ihrer Geduld.“ Sie wandte sich zum Gehen.

„Warte, Esther.“ Hamilton kam näher, das Echo seiner Krücke hallte laut im Kirchenschiff wider. „Können wir uns einen Moment setzen? Ich werde nachher noch lange genug stehen müssen.“

Esther ging zur nächststehenden Bank, und er glitt neben sie. „Ich habe mir diesen Tag so oft ausgemalt“, sagte er. „Nun ist er gekommen, und ich weiß nicht, was ich sagen soll.“

„Was du auf dem Herzen hast. Wir waren immer ehrlich zueinander.“

„Waren wir das?“ Er lehnte sich vor, stützte sich auf seine Krücke. Für einen Augenblick war er wieder der Mann, der er vor dem Verlust seines Beines gewesen war, bevor Gott ihn aufgefordert hatte: *Komm, folge mir.*

„Unsere Jugend hat uns in gewisser Hinsicht getrogen.“

„Ich habe dich an jenem Tag, als du nach *Quill Farm* kamst, gehört. An dem Morgen, als du nach England aufbrachst.“

„Als ich in dein Zimmer gestürmt kam und verlangte, dass du mir antwortest?“ Esther sah vor sich hin, ihre Hände im Schoß gefaltet. „Im Rückblick komme ich mir sehr töricht vor.“

„Mir geht es genauso. Mein Stolz und mein Selbstmitleid hinderten mich daran, dir zu antworten. Als du fortgingst, war ich voller Reue. Tante Mary half mir, Tilly anzukarren, und ich fuhr dir hinterher.“

Sie presste ihre Hand auf ihr Herz. „Ich hatte keine Ahnung, Hamilton. Was ist passiert?“

„Tilly und ich fuhren sehr schnell mit dem kleinen Karren, doch die Unebenheiten der Straße waren stärker als wir.“

„Ich erinnere mich. Ich wurde wie eine Stoffpuppe in der Kutsche hin und her geworfen. Allerdings war ich viel zu verzweifelt, um mich darum zu scheren.“

„Es war sehr stürmisch ...“

„Und es blitzte unentwegt“, sagte sie.

„Der Donner grollte stärker als Kanonenfeuer.“

„Unsere Pferde waren panisch. Isaac musste seine ganze Kraft und Kunst aufwenden, damit wir nicht von der Straße abkamen.“

„Nach einem besonders lauten Donnergrollen bäumte Tilly sich auf und warf den Karren um.“ Noch neun Jahre später erinnerte er sich an jedes Detail.

„Isaac trieb die Pferde an, bis wir die nächste Stadt erreichten. Dort verbrachten wir die Nacht, bevor die Sintflut uns verschlingen konnte.“

„Ich fiel in hohem Bogen aus dem Karren. Ich lag in dem hohen Gras und wurde von himmlischen Tränen getränkt, bis Moses mich fand.“ Er räusperte sich. Sollte er den Rest erzählen? Von dem Mann? Nein, das würde sie heute Abend hören.

„Als Vater starb, wusste ich, dass ich nie mehr nach *Slathersby Hill* oder nach *South Carolina* zurückkehren würde.“

„Du hättest mich so, wie ich damals war, nicht heiraten wollen, Esther.“

„Ich würde sagen, du hättest mich nicht heiraten wollen. Ich war so ..."

„Bitter." Das Wort wurde von beiden gleichzeitig ausgesprochen.

Esther lächelte und drückte ihre Hand auf seine. „Gott war zu jedem von uns gut."

„Das kann ich nicht leugnen." Er führte ihre behandschuhte Hand an seine Lippen. „Wir werden immer Freunde bleiben."

Esther entzog ihm ihre Hand und berührte seine saubere Wange und die Spitze seiner gezackten Narbe. „Wir werden immer Freunde sein. Unsere Liebe, auch wenn sie lange zurückliegt, war keine Verschwendung."

„Meine liebe Esther, wenn Liebe gegeben und empfangen wird, egal auf welcher Ebene und welchen Lauf sie nimmt – sie ist nie verschwendet. Ganz sicher nicht meine Zuneigung zu dir."

Sie öffnete ihre Tasche und entnahm einen kleinen Brief. „Dein Brief", sagte sie. „Vom Schlachtfeld."

Er griff danach und faltete das Papier auseinander. Die mit Bleistift geschriebenen Worte waren von der Zeit und den vielen Berührungen verschmutzt. „Ich dachte, er wäre verloren gegangen. Tante Mary hat mir gestanden, dass sie deinen Brief beim Wundarzt verbrannt hat. Sie hatte Angst, du würdest meiner überdrüssig werden und mich schließlich verlassen. Sie befürchtete, du würdest mir das Herz brechen."

„Das hätten wir allein entscheiden sollen."

„Es waren schwierige, beängstigende Zeiten."

„Selbst als ich in deinem Zimmer war und dich um Aufmerksamkeit bat ..."

„Ich hielt es für das Beste, dich von mir zu befreien. Dann bekannte mir Tante Mary ihre Ängste und was sie getan hatte, und deshalb fuhr ich hinter dir her."

Die Zeit und die Schönheit der Gnade machten es möglich, dies auszusprechen. Zeit zum Heilen. Er musste Lydia dankbar sein dafür, dass sie ihm beigebracht hatte, seine Gefühle und Gedanken auszudrücken.

Hamilton faltete das Blatt zusammen und hielt es Esther hin. „Wie hätten wir ahnen sollen, welchen Weg Gott für uns vorgesehen hatte?"

Sie nahm den Brief nicht zurück, also legte er ihn auf die Kirchenbank zwischen ihnen. „Warum hast du mir danach nicht geschrieben? Nach meiner Abreise."

„Nachdem ich im Gras gelandet war und dort lag, bis auf die Knochen vom Regen durchweicht, da wurde mir klar, dass ich dich nicht mit meinem Zustand belasten konnte. Ich spreche nicht von meinem Bein, sondern von meiner Wut und Verbitterung. Ich musste erst die Liebe meines Erlösers kennenlernen, um mich selbst lieben zu können. Vorher hätte ich dich nicht lieben können."

Ihre Augen glitzerten vor Tränen, als sie ihn ansah. „Ich habe deinen Brief nach meiner Rückkehr nach London monatelang nicht geöffnet. Ich hatte Angst, ich könnte nicht ertragen, was darin stand. Wenn es Liebe gewesen wäre, dann wäre ich Tausende Meilen von dir entfernt. Und andernfalls hätte ich keine Hoffnung mehr gehabt. Dann starb Vater, und mit ihm begrub ich meine Verbundenheit mit *South Carolina*."

„Tante Mary und ich nahmen an seiner Beerdigung teil. Damit verabschiedeten wir uns von dem Streit, von unserem Freund und in meinem Herzen von dir." Hamilton fuhr mit der Hand über seinen Beinstumpf. Lydia hatte recht. Er hatte sich übernommen.

„Empfindest du Bedauern, Hamilton?", fragte Esther.

„Im Glauben zu leben bedeutet, ohne Bedauern zu leben." Er sah zu ihr hoch. Das durch die Buntglasfenster einfallende Licht umgab sie mit einem gold-blauen Schein. „Und du?"

„Nein." Sie sah fort. „Ich sehe keinen Sinn darin, mir über Dinge Gedanken zu machen, die ich nicht kontrollieren kann. Der Herr hat mir Gnade geschenkt." Sie zeigte auf Lydia. „Sie scheint sehr besorgt zu sein."

„Sie befürchtet, ich würde mich übernehmen, meinem Bein zu viel zumuten. Sie kümmert sich besser um mich als ein Arzt." Er stand auf.

„Ich muss mich vor heute Abend noch ein wenig ausruhen." Der Brief lag noch immer auf der Bank. „Der Brief gehört dir, Esther. Mach damit, was du für richtig hältst."

Sie nahm ihn in die Hand und steckte ihn zurück in ihre Tasche.

„Auf Wiedersehen, Esther", sagte er.

Sie trat aus der Bank in den Gang hinaus. „Auf Wiedersehen, Hamilton. Alles Gute!"

„Für dich auch, Esther. Für dich auch!"

29.

Jesse

Mai

Ein Monat, um sich einzuleben, anzupassen, eine Wohnung zu finden, sein Büro einzurichten. Ein weiterer Monat, um eine Routine zu finden, Disziplin zu entwickeln. Ein dritter Monat, um so zu tun, als würde es sich wie zu Hause anfühlen.

Er stand fünf Tage pro Woche um vier Uhr morgens auf und fuhr in der beginnenden Dämmerung zur Sporthalle, wo er von den neuesten Podcasts begleitet trainierte. Um sechs Uhr frühstückte er. Gegen halb sieben saß er an seinem Schreibtisch: lesend, arbeitend, darum bemüht, die Fäden seiner Existenz neu zu ordnen – den Übergang vom sonnigen L.A. in das düstere Boston zu bewältigen. Den Übergang vom Schauspieler und Drehbuchautor zum Ingenieur und Software-Designer.

Um halb neun trank er seine erste Tasse Kaffee und ging ins Büro seines Bruders, um sich über die Projekte und das Personal von *DiamondBros* auszutauschen. Mittwochs spielten Dan, Jesse und Paul, der Vizepräsident der Firma, zusammen Golf. Sonntags aß er bei seinen Eltern zu Mittag.

Er dekorierte weder seine Wohnung noch sein Büro. Keinerlei Kunst oder Fotos. Der so kreative Mann, der ein Drehbuch geschrieben hatte, das von dem großen Jeremiah Gonda in einen Film verwandelt wurde, war tot. Wenn er denn je gelebt hatte. Und der Ingenieur, der ein weißes Hemd mit steifem Kragen und dunkelblaue Sommerhosen trug, musste noch herausfinden, ob er das eklektisch Moderne oder das zeitgenössische *Feng Shui* bevorzugte. Was auch immer das heißen mochte.

Dan wollte Jesse überraschen und schickte eines Sonntags einen Raumgestalter in seine Wohnung. Das war leider ein Schuss in den Ofen ... Lieb gemeint, aber ein hoffnungsloses Unterfangen.

Jesse schob sich von seinem PC fort, auf dessen Bildschirm gerade eine Design-Spezifikation geöffnet war. Er füllte seine Kaffeetasse nach und starrte aus dem Fenster auf die geschäftige Straße. Ein kräftiger Mairegen prasselte gegen die Scheibe, und seine Gedanken verloren sich in den Wolken.

Chloe. Sie tauchte unablässig in seinen Gedanken auf, und er hatte noch keinen Weg gefunden, sie daraus zu vertreiben. Vielleicht ein Algorithmus? Einen Code entwickeln, ein paar Elektroden an sein Herz anschließen und wie in einem Science-Fiction-Film ein Programm anwenden, das seine Gedanken von ihr befreite? – Doch er wollte gar nicht vergessen. Der Schmerz, sie zu vermissen, bewirkte, dass er sich lebendig fühlte. Er zwang ihn sogar dazu, endlich alle Türen zu schließen, die zu Loxley führten.

Letzte Woche war er auf ihre Eltern zugegangen. Zu seiner Überraschung hatten sie ihn auf einen Kaffee eingeladen. Er würde sie heute Abend treffen. Vor Angst zog sich sein Magen zusammen. Was auch immer sie ihm um die Ohren hauen würden, er würde es einstecken, denn er verdiente es.

Zwischenzeitlich hatte Jeremiah E-Mails verschickt, um ihn über *Bound by Love* auf dem Laufenden zu halten. Er arbeitete aus der Ferne mit seinem Team, um das Projekt termingerecht abzuschließen. Tagsüber filmte er Sea Dragon und nachts sah er die Cuts von *Bound by Love* durch.

„Es ist gut, Jesse, wirklich gut."

Gonda hatte auch Druck auf Zarzour ausgeübt, um ein Erscheinungsdatum festzulegen, indem er drohte, die Abschlussszenen von *Sea Dragon* hinauszuzögern. Und so würde *Bound by Love* im Januar Premiere haben.

„Ein toller Beginn für das Neue Jahr!"

Hatte Jesse überstürzt gehandelt, als er Hollywood verließ? Mitten im Chaos schien es das Richtige zu sein, fortzugehen. Dan war darauf erpicht, ihn wieder bei *DiamondBros* zu haben, und Jesses Rückkehr hatte sich komplikationslos gestaltet. Seine ersten Anwandlungen von Bedauern verdrängte er einfach. Es brachte nichts, jetzt zurückzublicken.

Aber wenn es richtig war, dass er hier war, warum fühlte er sich dann so ... leer? Eine Frage der Zeit, das war es wohl. Er brauchte einfach mehr Zeit.

Es klopfte leise an die Tür, und Dan spähte herein. „Kommst du? Das Treffen mit *TimeQuest* findet um fünf Uhr statt. In Konferenzraum A."

Richtig, die Konferenz. Er musste sich erst noch an die Vorgaben des allmächtigen Terminplans gewöhnen. „Bin fast unterwegs."

Jesse setzte seine Kaffeetasse ab und griff nach seinem iPad. Dan schloss die Tür und kam zu Jesses Schreibtisch herüber.

„Mom sagte, du triffst die Brants heute Abend auf einen Kaffee?"

„Ja, ich habe sie letzte Woche angerufen." Jesse kam um den Schreibtisch herum, doch sein Bruder hielt ihn auf, indem er eine Hand auf seine Brust legte.

„Bist du sicher, dass du sie sehen willst? Beim letzten Mal ..."

„Ich muss es versuchen."

„Was erhoffst du dir davon?"

„Nichts." *Alles.* „Lass uns gehen."

Dan ließ Jesse nicht an sich vorbeigehen. „Sie werden dir nicht das geben, wonach du suchst. Du wirst enttäuscht sein. Diesmal kann ich es mir nicht leisten, dich nach L.A. flüchten zu lassen, Jess."

„Nun mach mal halblang, Dan!" Jesse schob sich an ihm vorbei und verdrängte die Tatsache, dass die Sorge seines Bruders durchaus berechtigt war. „Komm, auf zur Besprechung."

***

Die langen Schatten des Sonnenuntergangs fielen auf die Reihenhäuser des alten Bostoner Viertels *Charlestown*. Kurz vor sieben Uhr bog Jesse in die Straße ein, die Mrs. Brant ihm genannt hatte. Sie waren von ihrem Haus im Vorort von Boston, wo Loxley aufgewachsen war, in dieses angesagte, historische Viertel gezogen.

Jesse las die Hausnummern und parkte seinen Wagen am Bordstein. Er widerstand dem Impuls, einfach weiterzufahren und schaltete den Motor aus. Er musste hierbleiben. Er wollte ihnen gegenübertreten. L.A. mit seiner Protzigkeit war das ideale Versteck gewesen.

Mrs. Brant öffnete die Tür, als er noch auf dem Bordstein stand. Sie lächelte und sah mit ihrer Schürze um die Hüfte eher wie eine Hausfrau aus den Fünfzigerjahren als wie die Geschäftsführerin einer Wohltätigkeitsorganisation aus.

„Es ist so lange her." Sie umarmte Jesse, als er eintrat. „Du siehst gut aus. Wie lange ist es her? David, Jesse ist da."

„Acht Jahre." Der Duft von mit Zimt gebackenen Äpfeln durchzog das Haus.

David Brant kam von einem der hinteren Zimmer herbei. Er streckte Jesse die Hand hin. „Jesse, schön, dich zu sehen."

„Ganz meinerseits, Sir." Jesse schlug in die große Hand des ehemaligen Polizei-Captains ein. Er war erleichtert. Sollten sie noch immer auf ihn wütend sein, hätten sie gerade eine Oscar-verdächtige Schauspielleistung hingelegt.

„Wie gefällt es dir hier? Barbara wollte schon immer in dieses Viertel ziehen. Dieses Haus war bereits komplett renoviert, und so konnten wir uns die Gelegenheit nicht entgehen lassen."

„Es ist wirklich schön. Ich erinnere mich, dass Sie früher erwähnt haben, hierherziehen zu wollen."

Jesse folgte Mr. Brant in die Küche. Er versuchte entspannt zu sein, doch er fühlte sich wie ein Eindringling.

„Der Tod bringt es oft mit sich, dass man das Leben ordnet", sagte Mrs. Brant. Sie stand in der weiß gefliesten Edelstahlküche und schnitt große Stücke von einem Apfelkuchen ab. „Magst du deinen Apfelkuchen mit Eis?"

„Gern. Vielen Dank." Er brauchte nicht Diät zu halten, er war ja nicht mehr in Hollywood. Allerdings hatte er nie übermäßig darauf geachtet, was er aß.

„Setz dich, Jesse." Mr. Brant wies auf den Tisch, der mit einer cremefarbenen Leinentischdecke und Porzellan gedeckt war.

„Nimmst du Milch in deinen Kaffee?", fragte Mr. Brant.

Jesse nickte, er spürte ein Kribbeln in der Brust. Warum waren sie so freundlich zu ihm? Und wie kam es, dass sie Loxleys Tod ohne ein Aufflackern von Zorn erwähnten?

Mr. Brant stellte ein zum Geschirr passendes Milchkännchen auf den Tisch und goss Kaffee in Jesses Tasse. „Wir haben gehört, dass du aus L.A. zurückgekehrt bist", sagte er. „Sag mir jetzt nicht, dass du unsere Bostoner Winter vermisst hast."

„Ich brauchte ... eine Veränderung. Mein Leben ... mein Weg ist nicht mehr derselbe."

Mrs. Brant stellte ihm einen Teller mit Kuchen hin. „Hast du das Engineering vermisst? Ich weiß, dass Loxley es nie aufgegeben hätte ..."

Jesse schob seinen Stuhl zurück und sprang auf. „Der Tod ... Loxley ... Sie reden darüber, als wenn alles in Ordnung wäre. Als wäre nichts passiert, als wäre sie nicht ertrunken. Als wäre ich nicht dafür verantwortlich. Es tut mir leid, aber ... ich muss das sagen. Ich habe damit gerechnet, dass Sie kalt und abweisend sein und mich anbrüllen würden. Ich habe Ihnen zehntausend Dollar für Ihre Stipendium-Stiftung geschickt, und Sie haben sie abgelehnt." Ihm war heiß, obwohl eine kühle Brise durch das offene Fenster hereinwehte. „Es sind noch nicht einmal Fotos von ihr an den Wänden."

Mr. Brant berührte seine Schulter. „Komm mit mir."

Er führte Jesse in einen kleinen Raum neben der Küche, der früher womöglich für das Dienstpersonal benutzt wurde. Er machte das Licht an.

„Wir nennen dies hier unseren Loxley-Raum." Der Raum war wie ein Hobbyraum möbliert. An einer Wand befanden sich Fotos und Auszeichnungen. „Als wir unser Haus verkauften, um hierherzuziehen, wussten wir, dass wir nach vorn schauen sollten. Aber wir wollten unsere Tochter auch nicht vergessen. Also richteten wir diesen Raum als Erinnerung ein, für die Familie und für Freunde. Wir können jederzeit hierherkommen, wenn wir wollen. Aber außerhalb dieses Raums können wir das Leben führen, das uns jetzt beschieden ist."

„Es tut mir leid ... Das wusste ich nicht." Jesse ging auf ein vertrautes Foto zu. Darauf war er mit Loxley zu sehen. Sie waren im Haus der Brants auf *Martha's Vineyard*, ganz zu Anfang ihrer Beziehung.

„Warum haben Sie dieses Bild gerahmt und aufgehängt? Ich verdiene es nicht, an dieser Wand zu sein."

Mr. Brant bedeutete Jesse, sich auf einen großen Ledersessel zu setzen, und setzte sich selbst auf den Sessel daneben.

„Lange Zeit haben wir dich für Loxleys Tod verantwortlich gemacht, denn wenn man trauert, dann sucht man eine Zielscheibe für seinen Zorn. Wir konnten unserem Mädchen nicht die Schuld zuschreiben, also luden wir all unsere Wut, unseren Frust und unseren Schmerz auf dich ab."

„Ich habe es verdient."

„Aber hat es uns geholfen, uns besser zu fühlen? Hat es unseren Schmerz leichter gemacht? Nein. Es machte uns nur hart und bitter. Eines Tages traf ich den Seelsorger der Kirche unseres Bezirks. Ein guter Mann. Tony George. Er sagte: *David, wie geht es Ihnen?* Ich kann dir sagen, ich hatte so viel Wut in meinem Innern, dass ich eine Steinwand mit der Faust hätte durchschlagen können. Barbara und mir ging es nicht gut.

Wir arbeiteten beide zu viel. Wir sprachen kaum miteinander, wenn wir zu Hause waren."

Jesse hörte aufmerksam zu. Deswegen war er ja gekommen.

Mrs. Brant stellte zwei Teller auf den Tisch. „Wir können den Kuchen hier essen. Ich bringe noch den Kaffee." Sie tauschte ein Lächeln und einen wissenden Blick mit ihrem Mann aus.

Jesse zögerte. Er war sich nicht sicher, ob er den Kuchen, auch wenn er verlockend duftete, hinunterbekommen würde. Sein Magen war zu verkrampft. Doch als Mr. Brant sein Stück zu essen begann, tat er es ihm gleich.

„Wo war ich stehen geblieben?"

„Sie wollten eine Steinwand durchschlagen."

Mr. Brant grinste und biss in sein Kuchenstück. „Tony fragte mich einfach, ob er für mich beten könne. Ich war skeptisch, aber ich willigte ein. Schließlich hatte bisher nichts anderes funktioniert. Als Tony fertig war, spürte ich einen inneren Frieden, wie ich ihn seit Jahren nicht mehr gekannt hatte – seit Loxleys Tod."

Jesse nahm ein Stück von seinem Kuchen mit der schmelzenden Eiscreme. „Ich wollte Ihnen sagen, wie sehr ich meinen Anteil an ihrem Tod bereue." Er stellte den Teller ab, seine Nerven waren zum Zerreißen gespannt. „Ich tat so, als ob ich ihr einen Antrag mache. Ich machte mich über sie lustig. Sie glaubte mich zu lieben, doch ich wusste bereits, dass ich nicht dasselbe fühlte wie sie. Anstatt ehrlich zu sein, machte ich mich über ihre Gefühle und ihre Erwartungen an unsere Beziehung lustig."

Mr. Brant stellte ebenfalls seinen Teller ab und lehnte sich mit gefalteten Händen vor. „Und dann lief sie fort?"

„Ich versuchte, ihr zu folgen, aber sie sagte, ich sollte sie allein lassen." Jesse ging vor der Wand hin und her, an der Loxley aus einer anderen Welt auf ihn herablächelte.

„Klingt ganz nach unserer Tochter."

„Ich nehme an, dass sie ins Wasser ging. Ich weiß es nicht. Als sie nicht zurückkam, gingen wir sie suchen." Die Worte sprudelten aus ihm heraus – nach acht Jahren.

Mrs. Brant kam mit dem Kaffee und ihrem eigenen Kuchenteller herein. Sie setzte sich neben ihren Mann. „Hast du es ihm gesagt?"

„Noch nicht. Er erzählt mir gerade die Einzelheiten jener Nacht."

„Ich verstehe." Sie nippte an ihrem Kaffee, so ruhig, so kontrolliert, während Jesse am liebsten geflohen wäre. „Du solltest es ihm sagen. Du siehst doch, wie angespannt er ist."

„Was soll er mir erzählen?"

„Loxley rief uns in jener Nacht an. Wir wussten, dass ihr euch gestritten hattet und dass sie allein am Strand entlangging."

Jesse kehrte zu seinem Stuhl zurück.

„Wir versuchten, sie zu beruhigen", sagte Mr. Brant mit einem Seitenblick auf seine Frau. „Ich habe ihr geraten, eine Runde im Meer zu schwimmen, um wieder runterzukommen."

„W-was? Sie haben ihr geraten, schwimmen zu gehen? Und Sie haben nie etwas davon gesagt?"

„Wir waren zu verzweifelt, zu wütend. Warum hätten wir uns selbst Vorwürfe machen sollen, wenn wir dir die Schuld zuschieben konnten?"

„Ich bin noch lange nicht unschuldig an dieser Geschichte, aber ..."

„Wusstest du, dass es dort eine heftige Strömung gab?"

„An unserem Teil des Strandes war keine", sagte Jesse. „Jedenfalls nicht in meiner Erinnerung."

Jene Nacht war von Emotionen getrübt gewesen, von einem langen Sonnenuntergang, von der fieberhaften Suche im Dunkeln und dem Anruf bei der Polizei. Und schließlich das Warten auf die Dämmerung.

„Jesse", sagte Mrs. Brant. „Wir machen dir keine Vorwürfe. Wir vergeben dir, welche Rolle auch immer du gespielt hast. Wir haben die letzten acht Jahre damit verbracht zu lernen, uns selbst zu vergeben." Sie zeigte auf die Fotos. „Lange Zeit konnten wir die Fotos nicht anschauen. Jetzt lieben wir unseren Loxley-Raum."

„Wow... ich ... ich weiß nicht, was ich sagen soll." Jesse lehnte sich zurück. Zum ersten Mal seit acht Jahren spürte er Erleichterung. „Ich bin nach L.A. gegangen, um alles hinter mir zu lassen. Ich hatte eine kleine Wohnung und ging von einem Casting zum anderen. Ich besuchte keine Partys und schloss keine Freundschaften. Ich hatte einen Freund, Smitty, den ich an der Schauspielschule traf. Ich ging mit keinem Mädchen aus. Jahrelang ging ich nicht zum Strand. Dann wurde mein Drehbuch angenommen, und ich mietete ein Haus. Es stand direkt am Meer. Die Vergangenheit lag endlich hinter mir." Die Brants hörten geduldig zu. „Und ich habe jemanden kennengelernt. Chloe Daschle. Eine Schauspielerin. Es funkte sofort zwischen uns. Sie war ..."

„... jemand, den du lieben könntest?" Mrs. Brant beendet den Satz ohne jeglichen Sarkasmus.

„Ja, vielleicht", sagte Jesse.

„Loxley hätte das gefallen, Jesse. Dass du Drehbücher schreibst und in Filmen spielst", sagte Mrs. Brant.

„Barb, du weißt genau, dass sie ihm geraten hätte, als Ingenieur zu arbeiten. Er hat so viel Talent."

Jesse sah seine Gastgeber an. „Ich verstehe immer noch nicht, wie Sie über Loxley reden können, als ob ... als ob ... es in Ordnung wäre, dass sie tot ist? Als ob ich dabei keine Rolle gespielt hätte?"

Mr. Brant stellte seinen Kuchenteller ab und griff nach einem dicken Buch, das auf dem Beistelltisch lag. „Bleib sitzen, Jesse. Ich werde dir von einem Mann namens Jesus erzählen."

Chloe

Am Freitagabend schlug sie das Drehbuch für *Faith Freeman, Stargazer* zu. Unglaublich. Aaron Heinleys Drehbuch war ein Volltreffer!

Was für eine wundervolle Rolle! Sie würde nicht nur eine lebende Figur spielen, sondern eine, die durch den Weltraum flog und Bösewichte besiegte.

Faith Freeman war real, selbstbewusst und nicht perfekt. Es würde Spaß machen. Chloe konnte von dieser erfundenen Frau einiges lernen. Zum Beispiel, wie man im *Glauben* voranging. Wie man vergangene Fehler losließ und im Heute lebte.

Sie nahm eine Cola Light aus dem Kühlschrank und sah aus dem Wohnzimmerfenster. Sie starrte auf den Pool, das Gästehaus und den Garten, der noch von der Abendsonne erfüllt war.

Ohne Jesse schien nichts in Ordnung zu sein. Noch nicht einmal das Haus ihrer Kindheit. Sechs Wochen waren vergangen, seit sie ihm geschrieben hatte. Entweder hatte er den Brief nicht bekommen, oder er ignorierte ihn. Aber eine kurze Antwort wäre schön gewesen. Chloe kehrte zu ihrem Stuhl zurück. Sie setzte sich im Schneidersitz hin, trank von ihrer Cola und starrte an die Decke.

Sie musste sein Schweigen akzeptieren. Wenigstens hatte sie es versucht. Seine Probleme mit Loxley waren nicht gelöst, und er musste herausfinden, wie er Heilung finden konnte. Vielleicht würde es ihm in Boston gelingen. Doch sie fand es trotzdem schrecklich zu wissen, dass er zweitausend Meilen von ihr entfernt war. Dass er aufgehört hatte, Drehbücher zu schreiben und zu spielen. Er war in beidem glänzend!

Sie griff nach ihrem Smartphone, um nach der Uhrzeit zu sehen. Dad hatte sie angerufen und gebeten, ihn um sieben Uhr in seinem Büro zu treffen. Sie war neunundzwanzig, bald dreißig, und ihr Freitagabend bestand darin, im Büro ihres Vaters abzuhängen. Aber das war in Ordnung für Chloe. Zu Hause war ein wundervoller Ort, um abzuhängen. Und der Zeitpunkt war perfekt. Sie wollte Dads ehrliche Meinung über Claude und das *Stargazer*-Projekt. Über ihre Rolle als Faith Freeman.

Jemand hämmerte energisch gegen die Tür. „Chloeeee!"

„Kate?" Chloe stellte ihre Cola hin und öffnete die Tür.

„Wir sind verlobt!" Kate zwang Chloe mit ihrer stürmischen Umarmung beinahe in die Knie und wirbelte sie herum. Dann hielt sie ihr einen funkelnden Diamantring vor die Nase. „Ist es zu fassen? Rob und ich sind verlobt!" Sie schwebte in einem kurzen, schwarzen Kleid und Riemchensandalen durch die Wohnung.

„Verlobt? Herzlichen Glückwunsch!" Chloe schluckte schwer. Sie war mehr überrascht als eifersüchtig. Nun ja, ein wenig eifersüchtig war sie schon. Kate hatte nie so vom Heiraten geträumt wie Chloe. „I-ich bin sprachlos. W-wie kam es dazu? I-ich dachte, das Heiraten wäre dir egal. Ihr wart doch glücklich, einfach so zusammenzuleben."

„So war es auch ... bis er mir einen Antrag machte." Kate ließ sich gegen die Sofakissen fallen und warf ein schlankes Bein in die Luft. „Deine jahrelangen Predigten über die großartigen Tugenden der Ehe haben sich wohl unbewusst in mir festgesetzt." Sie nahm Chloes Hand und zog sie neben sich aufs Sofa. „Danke."

„G-ern." Chloe hockte sich auf die Kante des Sofas. „Wenigstens eines der Daschle-Mädchen wird ein *Und sie lebten glücklich bis ans Ende ihrer Tage* haben. Hast du es schon Mom und Dad erzählt?"

„Sie wissen Bescheid. Wahnsinn – Rob hat Dad um meine Hand gebeten." Sie verzog das Gesicht und fächelte sich Luft zu. „Ich bin so glücklich." Sie drückte die Daumen. „Wir wollen hoffen, dass es *bis ans Ende unserer Tage* dauert." Kate drückte Chloe an sich. „Du wirst natürlich meine Brautjungfer."

„Natürlich ... du hättest gar nicht zu fragen brauchen."

Manchmal erfuhren offenbar diejenigen das Glück der Liebe, die noch nicht einmal daran glaubten.

„Wir wollen wahrscheinlich im Oktober heiraten." Kate sah das Skript und blätterte durch die Seiten. „Dad hat mir von Claudes Film erzählt. Das klingt einfach perfekt, Chloe. Ich freue mich für dich. Das ist die Chance, auf die du gewartet hast." Kate ließ das Skript auf den Tisch fallen. „Hat Faith eine wahre Liebe?"

„Am Ende. Sie trifft ihn in diesem Skript."

„Liebe und Leben in einer einzigen Figur. Endlich bekommst du, was du dir gewünscht hast."

„Es ist nicht real, Kate. Es ist nur ein Film. Ich habe zwar mehrfach Rollen gespielt, in denen die Figur stirbt, aber falls du es nicht bemerkt haben solltest: Ich lebe immer noch."

„Ja, das habe ich bemerkt." Kate wurde ernst und setzte sich aufrecht hin. Sie sah Chloe in die Augen. „Bei dieser Rolle musst du alles geben. Innerhalb eines Jahres wirst du mit zwei der besten Regisseure gedreht haben. Wir beide kennen Schauspieler, die alles darum geben würden, mit Jer und Claude zu drehen. Zeig der Welt, wer du wirklich bist, Chloe." Kate drückte ihre Hand. „Das ist doch auch wie *Sie lebten glücklich bis ans Ende ihrer Tage*."

„Du kannst meinen Filmauftritt nicht mit der Liebe vergleichen, oder mit deiner Verlobung. Ich kenne Frauen, die alles darum geben würden, das zu haben, was du mit Rob erlebst."

„Das weiß ich, und ich bin dankbar dafür."

Chloe griff nach ihrer Cola und nahm einen Schluck. Das Getränk war mittlerweile warm geworden und nicht mehr sehr erfrischend. „Ich habe in Sachen Liebe aufgegeben. Wirklich. Es soll wohl einfach nicht sein."

„Dann konzentriere dich ganz auf deine Karriere. Sei eine der *Grandes Dames* der Schauspielkunst. Alle werden dich bewundern. Du wirst Oscars gewinnen und in die *Hall of Fame* aufgenommen werden."

„Ich will nicht von allen bewundert werden – nur von einem einzigen Mann." Sie lachte leise. „Ist das zu viel verlangt?"

„Oh, da wir von Männern sprechen – ich sah neulich deine alte Flamme, Finley. Er sah glücklich aus."

„Ja, wir sprechen dann und wann miteinander. Wir waren immer mehr Freunde als Geliebte."

„Was ist mit Haden? Sprichst du noch mit ihm? Du weißt, dass ich ihn nie mochte."

„Was?" Chloe lachte. „Lügnerin. Du mochtest ihn. Ich erinnere mich, dass du mir gesagt hast, wenn ich ihn nicht mehr wollte, würdest du ihn nehmen."

„Hör mal ... ich habe damals einen Scherz gemacht."

„Du warst völlig ernst."

„Dann plädiere ich auf vorübergehende Geistesstörung." Kate hob ihre Hand, um ihren Ring zu bewundern. „Rob ist wundervoll. Hast du übrigens deinen Brief an Jesse abgeschickt? Er ist wirklich ein Mann, den man nicht leichten Herzens ziehen lässt."

„Vor über einem Monat."

„Und?", fragte Kate.

„Nichts." Chloe ging in die Küche, schüttete den Rest ihrer Cola in den Ausguss und warf die Dose in den Abfall.

„Was heißt *nichts*?" Kate kam ebenfalls in die Küche und lehnte sich gegen die Insel.

„*Nichts* heißt, dass er nie geantwortet hat."

„Echt? Das wundert mich. Er machte einen anderen Eindruck auf mich." Kate schob Chloes Pferdeschwanz von der Schulter. „Du bist wirklich ein Schmuckstück. Ich habe keine Ahnung, warum du so wenig Glück in der Liebe hast."

„Es ist am besten so, weißt du. Damit werde ich vor Schlimmerem bewahrt." Sie behielt die Sache mit Loxley für sich. Davon brauchte Kate nichts zu wissen. „Er schleppt eine Menge ... emotionales Gepäck mit sich herum."

Chloes Smartphone meldete den Eingang einer Nachricht, und sie ging aus der Küche hinaus und machte das Licht aus. „Ich treffe mich mit Dad in der Bibliothek. Willst du auch kommen?" Sie nahm das Skript in die Hand.

Kate zeigte ihren Ring. „Ich habe einen Ring vorzuzeigen." Sie strich über ihren Rock und prüfte ihr Erscheinungsbild im Spiegel neben der Tür. „Wir gehen mit Violet und Dylan zum Essen aus. Sie haben noch keine Ahnung ..."

Die beiden Schwestern sprachen über Einzelheiten der Hochzeit, während sie die Treppe hinunter und über den Rasen gingen. An der Ecke zur Auffahrt verabschiedeten sie sich voneinander.

„Kate?", frage Chloe. „Warum hat Rob dir einen Antrag gemacht? Nach all dieser Zeit?"

„Du bist der Grund." Sie lächelte. „Was du über die Ehe gesagt hast, hat sein Herz verändert."

„Was habe ich denn gesagt?"

„Dass die Ehe der einzige Raum ist, in dem zwei Liebende in ihrer ganz eigenen Welt leben können. Und dass das Engagement und das Gelöbnis, einander bis zum Tod treu zu sein, diese Tiefe möglich macht. Du nanntest es einen Bund, und das hat ihn berührt. Er wollte genau das mit mir." Tränen glitzerten in Kates Augen. „Danke."

Im bernsteinfarbenen Schein der Außenlampen umarmten sich die Schwestern mit Freudentränen in den Augen. „Ich freue mich wirklich für dich."

„Eines Tages werde ich mich für dich freuen, Chloe. Ich weiß es genau."

„Gute Nacht, Kate."

Als sie auf dem Weg in Dads Büro durch die Küche ging, sah Chloe im Kühlschrank nach Resten. Gegrilltes Hähnchen – perfekt. Es war Zeit, für das Kostüm und die Stunts von Faith Freeman fit zu werden.

Sie gab eine Portion kalte Hähnchenbrust auf einen Teller und ging Richtung Bibliothek. Dort traf sie Dad auf dem Sofa neben einem älteren, dunkelhaarigen Mann an.

„Chloe, schön, dass du da bist." Dad und der Mann standen auf.

Chloe sah beide prüfend an, warf einen Blick auf ihren Teller und stellte ihn dann auf den Tisch neben der Tür. „Was geht hier vor?"

„Chloe, dies ist Oliver Hanson." Dad war lebhaft und übersprudelnd. Er war nie übersprudelnd. Und selten lebhaft.

„Wie geht es Ihnen?", sagte Oliver und gab Chloe die Hand. Er trug Jeans und ein kariertes Hemd und schien ungefähr in Dads Alter zu sein. Doch er hatte die Ausstrahlung eines hart arbeitenden, bodenständigen Arbeiters. „Freut mich, Sie kennenzulernen."

„Ganz meinerseits." Chloe mochte ihn sofort. „Sind Sie einer von Dads Freunden von der Highschool?"

„Ich? Nein, nein. Ich sehe ihn heute zum ersten Mal."

„Oliver hat mich über *Gonda Films* kontaktiert. Becky dachte, seine E-Mail könnte mich interessieren. Nun, eigentlich dich." Dad ging zum Kühlschrank und kam mit drei kalten Perriers zurück.

„Mich?" Chloe hob überrascht die Augenbrauen und nahm eine der Flaschen. „Habe ich eine Million gewonnen?"

Oliver schüttelte den Kopf. „Nein, jedenfalls nicht von mir."

„Ich habe ein bisschen recherchiert, bevor ich bereit war, euch miteinander bekannt zu machen." Dad lehnte sich zu Oliver hinüber, als ob sie sich seit Jahren kannten. „Wir hatten es in der Vergangenheit mit einigen verrückten Behauptungen und Anschuldigungen zu tun."

„Das kann ich mir vorstellen. Es stört mich überhaupt nicht, dass Sie sich über mich erkundigt haben."

Tatsächlich hatten die Daschles immer wieder mal Probleme mit falschen Behauptungen und Lügen. Ein lange verlorener „Verwandter", der eine Chance suchte, „im Filmgeschäft einzusteigen". Ein Möchtegern-

Filmsternchen, das behauptete, mit Dad ein gemeinsames Kind zu haben. Ein Schauspieler, der schwor, Mom sei seine Mutter. Eine Reihe von Schwindlern, Angebern und Betrügern ... die alle versuchten, ein Stück vom Hollywood-Kuchen abzubekommen.

„Oliver ist im Besitz eines Briefes." Dad bedeutete ihm, die Geschichte selbst zu erzählen.

„Ja, so ist es. Dieser Brief befindet sich seit Ewigkeiten im Besitz unserer Familie. Ich stamme aus New York, aber ich habe in diesem Frühjahr in *Chesnee, South Carolina,* eine Vertragsarbeit ausgeführt und erfahren, dass dort ein Film gedreht wurde. Ich gehöre zu einem Team, das Reparaturen in Schulen, Sporthallen, historischen Gebäuden und so weiter durchführt."

„O-okay." Chloe schraubte den Verschluss ihrer Flasche auf und fragte sich, wohin dies führen würde.

Oliver schob einen kleinen, gelblichen Umschlag über die glänzende Oberfläche des Teakholz-Tisches.

Esther Longfellow, Slathersby Hill.

„Esther Longfellow?" Chloe griff nach dem Brief. „Jesses Vorfahre schrieb einen Brief an Esther Longfellow."

„Meine Großmutter hat diesen Brief viele Jahre in ihrer Schmuckkassette aufbewahrt", erklärte Oliver. „Sie sagte, ihre Großmutter habe ihn ihr gegeben und soweit ich weiß, befindet sich der Brief schon sehr lange in der Familie. Wir wissen nicht, woher er ursprünglich stammt ..." Der Mann machte eine Pause, schraubte sein Wasser auf und starrte mit hochgezogenen Augenbrauen darauf. „Meine Großmutter sagte: *Dieser Brief gehörte jemandem, und wir müssen ihn sorgfältig aufbewahren.* Für mich machte das nicht viel Sinn, denn der Brief ist über zweihundert Jahre alt. Aber als ich von dem Film hörte, der auf einem Brief basiert, machte ich mir meine Gedanken – und nun, da bin ich."

„Ich bin etwas verwirrt." Chloe spähte in den Umschlag und sah ein Stück Papier darin – die Ecken leicht ausgefranst, das Papier an den

Faltlinien dünner geworden. „Was hat das mit mir zu tun? Sie sollten mit Jesse Gates sprechen. Ich kann Ihnen seine Nummer geben, aber Sie brauchen Glück, damit er antwortet."

„Lies den Brief", sagte Dad.

Chloe entfaltete das Papier. Plötzlich war sie sehr gespannt.

Hannah's Cowpens
16. Januar 1781

Meine liebste Esther,
meine jüngsten Handlungen haben meine innigsten Gefühle Lügen gestraft. Am Vorabend der Schlacht möchte ich alle Verwirrung ausräumen. Denk an mich, wie du mich zuvor kanntest, als mein Verhalten statt meiner Worte die Gefühle meines Herzens offenbarte.
Ich liebe dich. Das ist die reine Wahrheit.

In Liebe,
Hamilton Lightfoot

Sie sah auf. „Du meine Güte – Jesse muss das unbedingt sehen, Dad! Es ist ein Brief von seinem Vorfahren. Es ist das Gegenstück zu dem Brief, den er besitzt und von dem er sich für das Drehbuch inspirieren ließ." Sie hielt den beiden Männern den Brief hin, ihre innere Aufgewühltheit ignorierend. „Warum haben Sie *mir* den Brief gebracht?"

„Chloe, halt dich fest." Dad nahm den Brief nicht zurück. „Ich dachte dasselbe, bevor Oliver und ich uns weiter unterhielten und ich ein paar Nachforschungen anstellte."

„Meine Vorfahren stammen aus New York", sagte Oliver. Er hielt noch immer die teure Perrier-Flasche in der Hand, die in seinen breiten Arbeiterhänden ganz klein wirkte. „Arbeiter. Dienstmädchen. Butler. Die

Familienlegende besagt, der Brief stamme von einem Vorfahren, der für eine reiche Familie in Manhattan arbeitete. Ich musste einige Verwandte anrufen, um mehr Einzelheiten zu erfahren, aber offenbar hat einer unserer Vorfahren den Brief von seiner Herrin gestohlen. Er meinte, sie sollte nicht den Liebesbrief eines anderen Mannes aufbewahren, wo sie doch einen so guten, freundlichen Ehemann hatte. Haben Sie je stille Post gespielt? Es ist nicht einfach, eine Geschichte über drei oder vier Personen korrekt weiterzugeben, aber wenn es sich um mehr als sechs Generationen handelt ... Nun, das ist das, was wir wissen."

„Wer war der Arbeitgeber Ihres Vorfahren?"

„Wir glauben, es war Esther Longfellow."

„Hobart", fügte Dad hinzu. „Esther Longfellow Hobart."

Chloe hob den Blick und starrte auf das Wappen, das über Dads Schreibtisch an der Wand hing. Hobart. „*Unsere* Hobarts?"

„Ja, unsere Hobarts. Ich bin noch nicht ganz fertig mit meinen Nachforschungen, aber das habe ich mittlerweile herausgefunden." Dad holte einen gelben Ordner vom Schreibtisch und gab ihn Chloe. „Es gab eine Esther Longfellow, die in den späten 1780er-Jahren in *South Carolina* lebte."

„Diejenige, die in Jesses Brief erwähnt wird?"

„Das ist mehr als wahrscheinlich. Sie war die Tochter von Michael Longfellow. Sie lebten in der Nähe von *Ninety Six, South Carolina*, während des Unabhängigkeitskrieges."

Chloe stellte ihre Flasche hin und schlug den Ordner auf. Sie überflog die Seiten voller kopierter Dokumente und Aufzeichnungen. „Ich frage mich, ob Jesses Tante Pat einige dieser Dokumente besitzt?"

Dad tippte mit dem Finger auf die Ecke des Ordners. „Vielleicht, aber weiß sie, was aus Esther Longfellow geworden ist?"

Chloe blätterte durch die Seiten, bis sie auf den Eintrag einer Schiffspassage stieß: *Mr. Wallace Hobart, Viscount of Berksham, aus Nottingham, mit seiner Ehefrau, Mrs. Esther Longfellow Hobart, und ihren Kindern Michael, 2 und Catherine, 6 Monate.*

„Willst du damit sagen, dass Hamilton Lightfoot meine Ur-Ur-Ur-Ur-Ur-Ur-Großmutter liebte?" Das war zu viel. Es war zu seltsam. Zu ... überwältigend.

„Ja, genau das will ich sagen, Chloe. Wir, du – wir sind Nachfahren von Esther Longfellow, der Frau, die Hamilton Lightfoot liebte."

Sie warf den Ordner auf den Couchtisch. „Warte ... nein ... unmöglich. Das kann nicht sein." Sie wandte sich Oliver zu. „Welche Absicht verfolgen Sie? Das Ganze könnte eine Montage sein. Sie haben von dem Film gehört und haben das alles erfunden." Sie zeigte auf Dad. „Wie konntest du dich so einwickeln lassen? Hamilton schrieb diesen Brief vor 240 Jahren. Wir wissen nicht einmal genau, was vor einem Jahr zwischen zwei Menschen passierte – wie viel weniger vor mehr als zwei Jahrhunderten!"

„Immer langsam, Chloe. Ich habe meine Hausaufgaben gemacht." Dad nahm den Ordner und blätterte durch die Seiten, bis er den Stammbaum der Familie fand. „Esther heiratete 1784 einen englischen Aristokraten, Wallace Hobart, und sie kamen 1787 mit dem Schiff in New York an. Die notariellen Urkunden besagen, dass sie ein großes Grundstück am *Hudson River* kauften." Dad gab Chloe einen Stapel von Papieren mit Namen und Daten. „Wallace starb früh, mit nur knapp vierzig Jahren."

Sie ging die Seiten durch, deren Informationen von einer auswärtigen Quelle zusammengetragen worden waren. „Danach schrieb Hamilton Esther, um sie zu fragen, ob sie ihn heiraten wollte." Sie sah ihren Vater an. „Das ist der Brief, den Jesses Familie fand, denn er hatte ihn nie abgeschickt."

„Chloe." Dad sprach mit seiner Regisseur-Stimme. „*Du* und Jesse, ihr seid der Abschluss ihrer Liebesgeschichte."

Sie lehnte sich keuchend zurück. „Ich bin *nicht* der Abschluss von irgendjemandes Liebesgeschichte. Nicht mal im Film!" Sie streckte die

Hand nach dem Wasser aus, trank jedoch nicht. Sie hielt nur das kalte Glas gegen ihre Wange. „Nehmen Sie es mir nicht übel, Oliver, aber woher haben Sie diesen Brief? Von *Old Documents R Us*? Was wollen Sie wirklich? In einem von Dads Filmen spielen? Zur Crew gehören? Haben Sie ein Drehbuch geschrieben?" Ein leises, bedenkliches Rasseln ging durch ihre Brust. „W-was ist Ihr Ziel?"

Der Mann sah sie ruhig und gelassen an, völlig unbeeindruckt von ihrem Ausbruch. Ein einfacher Brief hatte sie in ihrem tiefsten Innern erschüttert und ihr Selbstbild, ihr inneres Gleichgewicht ins Wanken gebracht. Ihre Vorfahrin war in Jesses Vorfahr verliebt gewesen? Unmöglich!

Oliver lehnte sich zurück. Er schwieg und ließ Dad reden.

„Chloe, es ist wahr."

„Das ist ein Szenario, das für die Kinoleinwand gemacht ist. Genau so etwas würde Hollywood inszenieren. So ist das wirkliche Leben nicht. Jedenfalls nicht meines." Sah er nicht die Realität? Jesse wollte sie nicht. So wie Esther wahrscheinlich Hamilton nicht gewollt hatte. Dies war nicht die Krönung jener Liebesgeschichte, sondern ihre Vergeltung. Wohin wendet sich unerwiderte Liebe? Sie läuft Amok und sucht nach einem ahnungslosen Nachfahren. Natürlich musste es sie treffen – sie hatte eben kein Glück! „W-warum konfrontierst du mich damit?"

„Weil ich dachte, du könntest loslassen und ... nun ..."

„Was, Dad?" Sie setzte sich auf, zitternd, die aufsteigenden Tränen wegblinzelnd.

„Oliver glaubt, endlich den wahren Eigentümer des Briefes gefunden zu haben, und er möchte den Fehler seines Vorfahren wiedergutmachen."

„Er hätte den Brief nicht stehlen dürfen", sagte Oliver.

„Oliver, ich weiß das zu schätzen, aber ..."

„Chloe", sagte Dad. „Es ist in Ordnung, wieder zu lieben. Wir können nach Boston fliegen und ..."

„Und was?“ Sie wischte sich die Tränen aus dem Augenwinkel. „Soll ich ihn anbetteln, mich zu lieben, weil sein Vorfahre meine Vorfahrin liebte?“

„Nun, nein – aber wir könnten ihm den Brief zeigen und ...“

„Dad, ich habe ihm gesagt, dass ich ihn liebe. Ich habe ihm sogar einen Brief geschrieben. Er hat nie geantwortet. Oliver, es war schön, Sie kennenzulernen, und ich bin froh, mehr über meine Familiengeschichte zu wissen, aber es ändert nichts. Hamilton und Esther kamen nie zusammen, und Jesse und ich werden es auch nicht schaffen.“

Jesse

Drei Tage lang wurde sein ganzes Leben wie von einem Erdbeben erschüttert. Nach außen hin wirkte alles wie immer: Er machte morgens seinen Sport, frühstückte dann und ging im Büro seiner Arbeit nach. Aber innerlich war er dabei die ganze Zeit zutiefst aufgewühlt. Die Brants hatten ihm erklärt, was Vergebung bedeutet, indem sie auf ein Kreuz hinwiesen. Ein grausames, hässliches, brutales Kreuz.

„Wenn du vorangehen willst, Jesse, dann schau auf das Kreuz.“

„Ich kann nicht.“

„Dort beginnt Vergebung.“ Dann hatte Mrs. Brant ein Lied angestimmt.

Die Grundfesten seiner Existenz waren zerbrochen. Die Brants beteten mit ihm. Sie vergaben ihm. Und schließlich akzeptierten sie seine Zehn-Tausend-Dollar-Spende für die *Loxley Brant Stipendien-Stiftung*.

Am darauffolgenden Montag steckte Dan den Kopf durch die Tür zu Jesses Büro. „Alles okay mit dir?“

„Ja, warum?“ Konnte er sehen, wie aufgewühlt er war? Konnte er seinen rasenden Puls hören? Jesse war kurz davor, einen Arzttermin auszumachen. Irgendetwas stimmte nicht mit ihm. Oder aber ... ja, vielleicht war alles zum ersten Mal in seinem Leben wirklich in Ordnung.

Dan setzte sich auf den Stuhl neben Jesses Schreibtisch. „Irgendetwas ist anders."

Jesse verzog das Gesicht. „Inwiefern?" Aber ja, er war verändert. Er war frei. Er war ein erlöster Mann ohne Schuld und Scham.

Am Abend zuvor hatte er - abgesehen von Jeremiah - seinen ersten Kontakt zu jemandem aus L.A. gehabt. Smitty hatte eine SMS geschickt:

„Wenn du wieder in der Stadt bist, nehme ich dich mit zur Kirche."

„Keine Ahnung, du bist einfach anders." Dan lehnte sich vor. „Heute Nachmittag kommt ein neuer Kunde, erinnerst du dich? Sie sind auf dem Weg. Pam bereitet im Konferenzraum einen Lunch vor. Aber bevor wir sie treffen und dein Genie feiern, muss ich dich fragen: Bist du glücklich hier?"

Jesse warf seinem großen Bruder den typisch ärgerlichen Blick des kleinen Bruders zu. „Ja, und frag nicht weiter, sonst komme ich nicht zu deiner blöden Besprechung."

„Ah, das ist mein kleiner Bruder, wie ich ihn kenne und liebe." Dan ging zur Tür. „Kommst du?"

„Gleich." Jesse nahm seine Unterlagen und wollte gerade das Büro verlassen, als eine Nachricht auf seinem Smartphone einging. Jeremiah schrieb:

„Habe dir einen Link zum Rohschnitt der Schlussszene geschickt. Was hältst du davon?"

Jesse schaute auf seine Uhr, ging um den Schreibtisch herum und setzte sich vor seinen PC. Er hatte nicht genug Zeit, sich alles anzusehen, aber er könnte vorspulen und ein Gefühl dafür bekommen, was Jer vollbracht hatte.

Und Chloe sehen.

Er klickte auf den Link, und *South Carolina, 1781* war auf dem Bildschirm zu sehen.

„Jesse." Pam kam herein und winkte mit einem Umschlag. „Du wirst es nicht glauben, aber ich habe einen Brief gefunden, der an dich adressiert ist. Ich habe den Poststempel überprüft. Er kam an, als ich im Urlaub war, sonst hätte ich ihn dir gegeben."

„Urlaub?" Er hielt das Video an und griff nach dem Umschlag. „War das nicht vor über zwei Monaten?"

„Das Mädchen, das uns die Zeitarbeitsagentur geschickt hat, hat Mist gebaut. Ich sag's dir, die würde sogar gegen die Wand rennen, wenn man ihr sagt, dass da 'ne Tür ist."

Jesse las die Adresse des Absenders. „Er kommt aus *Bel Air.*" Vom Anwesen der Daschles.

„Einer von deinen Freunden aus Hollywood?" Pam kam um den Schreibtisch herum, um über seine Schulter zu schauen und ihn in eine Parfümwolke einzuhüllen. Seit er hier war, war sie darauf aus, eine Einladung für die Premiere von *Bound by Love* zu ergattern.

„Wahrscheinlich." Er lehnte sich zurück und legte den Brief umgekehrt auf den Schreibtisch. „Mach bitte die Tür zu, wenn du hinausgehst, Pam. Sag Dan, er soll den Lunch schon mal ohne mich anfangen. Ich komme gleich nach."

„Verflucht! Wie soll ich je Clive Boston treffen, wenn du mich nicht auf dem Laufenden hältst?"

„Glaub mir, das einzige Boston, das du kennen willst, ist dieses hier." Er zeigte aus dem Fenster auf das Sonnenlicht, das von den Stahl- und Glasbauten zurückgeworfen wurde.

Als er allein war, legte er den Brief auf seinen Schreibtisch. Er hatte keine Zeit, ihn sofort zu lesen, auch wenn sein Herzschlag sagte *Öff-ne-ihn, Öff-ne-ihn.* Aber er wollte ihn lieber in Ruhe lesen, nicht auf halbem Weg zu einer Besprechung. Und dann war da noch das Video von Jeremiah. Einem Impuls folgend klickte er auf Play, gleichzeitig öffnete er den Brief. Chloe hatte den Brief mit der Hand geschrieben – auf cremeweißem Briefpapier.

Lieber Jesse,

Der Film begann. Jesse dimmte das Licht der Deckenlampe mit der Fernbedienung. Er hielt den Brief noch immer in der Hand. Er hatte das Gefühl, dass seine Fingerspitzen brannten.

Er hatte in einem halben Dutzend Liebeskomödien und zwei Dutzend Werbefilmen mitgewirkt, aber das alles war nicht damit zu vergleichen, sein eigenes Drehbuch auf dem Bildschirm verwirklicht zu sehen. Auch wenn es nur ein Rohschnitt war – Jesse genoss dieses Wunder und die Schönheit der Szene.

Chris Painter alias Hamilton lief über das Schlachtfeld, das Gewehr in der Hand, seinen Miliz-Kumpanen Kommandos zurufend. Während die Schlacht tobte, schwenkte die Kamera zu Chloe alias Esther, die auf den Kampf zulief und hinter einem Baum stehen blieb, um die Szene zu beobachten.

Jesse drückte auf *Pause*, sein Hals war vor Rührung wie zugeschnürt. Er liebte sie. Verdammt! Er liebte sie! Mit einem Blick auf den Brief drückte er wieder auf *Play*. Ja, er würde zu spät zu Dans Besprechung kommen.

Als Nächstes war ein Rotrock zu sehen, der einen Schuss abgab. Hamilton taumelte und fasste sich im Fallen an die Schulter. Esther rannte auf das Schlachtfeld, schrie seinen Namen, bemerkte nicht, dass Hamiltons Rivale und Feind, Leutnant Borland, auf sie zuritt, die Pistole im Anschlag. Eine Rauchwolke war zu sehen, und obwohl die Sound-Effekte noch nicht hinzugefügt worden waren, sah man, wie der Rotrock vom Pferd fiel. Esther fiel neben Hamilton auf die Knie und erklärte ihm ihre Liebe. Jesse war gefesselt.

Als Esther Hamiltons Dolch in die Hand nahm und auf einen Rotrock zulief, sprang Jesse auf. Sein Stuhl kippte gegen das Fenster.

„Tod, du kriegst mich nicht!" Sie flog durch die Luft, um dem Mann den Dolch in die Brust zu stoßen, doch da erklang ein Schuss und sie fiel in sich zusammen.

Die Kamera schwebte über ihr, während sie ganz still da lag.

Unglaublich. Jesse umrundete seinen Schreibtisch, setzte sich, stand wieder auf, fuhr sich mit der Hand durch seine gegelten Haare. Stand das so in dem abgeänderten Skript oder war es einfach passiert? Er spulte zurück, um die Szene erneut zu sehen, und lenkte seine ganze Vorstellungskraft auf das Schlachtfeld und Chloe.

Sie lief auf den Rotrock zu, schrie „Tod, du kriegst mich nicht!" Dann brach sie zusammen und starb voller Schönheit.

„Chloe Daschle, du bist eine Wucht."

Mitten in der Enttäuschung und den Widrigkeiten hatte sie die Ärmel hochgekrempelt und sich an die Arbeit gemacht. Und er, was hatte er getan? Er hatte alles hingeschmissen. Hatte zugelassen, dass seine Emotionen und seine Vergangenheit seine Zukunft bestimmten. Nun, damit war es ab sofort vorbei.

Die Kamera schwenkte von Esther auf den Boden und das Bild wurde dunkel. Jesse atmete aus, schob seinen Stuhl nach vorn, setzte sich und versuchte, alles zu verarbeiten.

Die Deckenbeleuchtung flackerte, als Dan in den Raum gestürmt kam. „Was ist los? Wir warten auf dich. Sie wollen dich sehen. Paul hat sein Verkaufsgespräch begonnen, aber ich brauche dich für die technische Zaubershow."

„Sie ist unglaublich, Dan. Unglaublich."

„Wer?"

„Chloe Daschle." Nach diesem Bekenntnis hörte das innere Erdbeben, das seit drei Tagen andauerte, plötzlich auf – und sein Herz füllte sich mit Staunen. „Sie ist unglaublich. Mitten in den Widrigkeiten hat sie die beste Sterbeszene hingelegt, die je gedreht wurde."

Tod, du kriegst mich nicht?

„Jesse, was bedeutet das alles? Du siehst dir einen Film an? Du hast mir gesagt, du wärest ganz bei der Sache – *unserer* Sache."

„Ja, das stimmt. Aber da ist immer noch mein Film, der bald herauskommt." Er starrte auf den Bildschirm, während das Bild heller wurde.

„Jesse, komm." Dan griff nach der Maus, aber Jesse schob seine Hand fort.

„Warte."

Hamilton ging in den Sonnenaufgang hinein, schemenhaft, die reglose Esther in den Armen tragend. Die Kamera schwenkte um, und der Betrachter sah das Innere eines Hauses. Sie zoomte auf Esthers Bücher, zeigte dann durch ein Fenster Kinder, die auf dem Hof spielten.

„Dan, Jesse, was um alles in der Welt treibt ihr nur?" Paul kam ins Büro gestürmt, seine Wut nur mühsam zurückhaltend. „Clevon beginnt zu glauben, dass ihr sie im Stich gelassen habt."

„Schh!" Jesse hielt die Hand hoch. Clevon konnte warten.

Esther kam von der Scheune angerannt, die Arme geöffnet, lachend. Sie fiel in Hamiltons Arme. Ein großer Hahn jagte hinter ihr her. Die Kinder liefen auf Hamilton zu, umklammerten sein Bein.

Moment mal. Das war der erste Drehtag. Er war er selbst, Jesse, nicht Chris. Und dies war *seine* Idee – die *B-Roll* zu nutzen, um Esther leben zu lassen. Er hatte es Raymond spontan vorgeschlagen.

Die Kamera schwenkte nun zur amerikanischen Flagge mit dreizehn Sternen. Sie flatterte im blauen Himmel, während der Abspann lief.

„*Yes!*" Jesse sprang aus seinem Stuhl hoch. „Sie lebt! Sie lebt! Jeremiah Gonda, alter Gauner, du bist ein Genie!"

„Wer lebt? Dan, können wir jetzt bitte zu unserem Kunden gehen?" Paul war einfach nur sauer.

„Sie lebt. Begreift ihr das nicht? Sie lebt. Ha-ha! Und in der Schlussszene, da bin ich als Hamilton! Nicht Chris Painter!" In diesem Moment begriff Jesse, dass all die verschlungenen Wege zu seiner Erlösung geführt hatten. Und die Reise hatte mit Chloe Daschle begonnen.

Er umarmte seinen Bruder, danach den steifen Paul.

„Ich gehe zurück in die Besprechung, bevor wir einen unserer potenziell größten Kunden verlieren. Dan?" Paul ging hinaus, ohne sich umzusehen.

„Bin schon auf dem Weg." Dan drehte sich zu Jesse. „Ich bin froh, dass sie lebt. Ich nehme an, du sprichst von einer Filmfigur. Aber jetzt, und zwar genau jetzt, brauche ich dich und uns alle im Konferenzraum."

„Ja, in Ordnung." Lächelte er? Sein Gesicht tat ihm weh. „Lass mich noch schnell einen Anruf erledigen." Es war halb zehn morgens in Kalifornien. Perfekt.

„Ruf nach der Besprechung an." Dan presste seine Hand gegen seine Stirn – ein sicheres Zeichen für seinen Frust.

„Ja, okay." Jesse stopfte sein Smartphone in seine Hosentasche und warf einen Blick auf Chloes Brief. Raymond musste Jeremiah von seiner Idee erzählt haben. Es gab keine andere Erklärung. „Du hast recht, ich muss bei dieser Besprechung dabei sein." Er reckte die Faust in die Luft. Heute konnte ihn nichts mehr aufhalten.

„Danke." Dan wartete, bis Jesse neben ihm an der Tür war. „Wo sind deine Notizen? Das *White Paper*?" Er zeigte auf den cremeweißen Umschlag in Jesses Hand. „Damit ist es wohl nicht getan."

„Richtig." Jesse kehrte zum Schreibtisch zurück. „Ich komme sofort."

Er nahm seinen Laptop unter den Arm und ging zum Konferenzraum. Auf dem Weg holte er Chloes Brief aus dem Umschlag. Sie hatte ihm mehrere Textnachrichten geschickt, nachdem er aus L.A. verschwunden war, doch als er eine Bostoner Adresse hatte, tauschte er seinen Provider gegen einen anderen, der von *DiamondBros* bezahlt wurde.

Lieber Jesse,

... ich hatte nie die Möglichkeit, dir dafür zu danken, dass du gegenüber Zarzour für mich eingetreten bist.

... Dad schlug mir vor, einen altmodischen Brief zu schreiben, denn unsere Beziehung hat ja mit einem Brief begonnen.

... hat Smitty mir geraten, den Brief an DiamondBros zu schicken.

... habe ich etwas Besonderes mit dir gespürt.

... Seit du den Drehort verlassen hast

... Ich muss ständig an dich denken

... Ich glaube, ich liebe dich.

... Ich habe keine Ahnung, ob du diesen Brief je lesen wirst.

In Liebe, Chloe

Mitten auf dem Hauptflur des Büros blieb er abrupt stehen. Zu seiner Linken waren eine Reihe Fenster, die über die Stadt blickten. Zu seiner Rechten sah er Entwickler und Programmierer, die auf ihre Computer eintippten, darum bemüht, technische Barrieren zu durchbrechen.

Sie liebte ihn! Sie ... sie liebte ihn. Die Junisonne warf einen Lichtstrahl auf seine Füße.

Dans Kopf erschien im Türrahmen des Konferenzraums. „Kommst du?"

„Nein. Ich komme nicht", sagte Jesse. „Es tut mir leid, Dan, ich muss gehen." Er rannte in sein Büro, ließ den Laptop auf seinen Schreibtisch fallen und riss seine Autoschlüssel an sich. „Sie liebt mich." Er lachte. „Ich liebe sie." Mit jedem Satz fielen die Steine der Mauer, die seine Vergangenheit um sein Herz gezogen hatte, und er hatte das Gefühl, aus einem langen, langen Schlaf zu erwachen. „Ich muss gehen ..."

Doch Dan blockierte die Tür. „Geht es um Chloe?"

„Ich liebe sie, Dan. Und sie liebt mich." Er wedelte mit dem Brief vor der Nase seines Bruders. „Sie hat mir diesen Brief vor zwei Monaten geschickt. Was muss sie nur denken ...!"

„Willst du wissen, was *ich* denke?"

„Das weiß ich bereits."

„Wir haben einen gigantischen Kunden gewinnen können – mit der Technologie und der Design-Idee, die du entwickelt hast. Chloe kann dich nach dieser Besprechung lieben. Zwei Stunden mehr werden keinen Unterschied machen. Wir brauchen deinen Grips und dein Charisma hier und jetzt. Ohne dich verlieren wir den Deal."

„Tatsächlich?" Jesse schob Dan in den Flur. „Ihr hattet diesen Kunden schon lange vor meiner Rückkehr an der Angel. Du bist der Mann, Dan. Du hast die Fähigkeiten, das Talent und den Ruf. Hast du je mit Shantel Hannah gesprochen? Sie ist brillant. Sechzig Prozent von dem, was ich zusammengefügt habe, stammt von ihr. Sie könnte problemlos meinen Platz einnehmen."

„Jesse, wenn du jetzt gehst ..." Dan schüttelte den Kopf, die Hände in die Hüften gestützt, die Augen von Schmerz erfüllt. „... dann kommst du nicht zurück. Das meine ich ernst. Paul wird sich furchtbar aufregen. Und du hast eine Wettbewerbsklausel unterschrieben. Du kannst drei Jahre lang für kein anderes Hightech-Unternehmen arbeiten. Denk darüber nach!"

„Nachdenken?" Ha-ha. „Endlich einmal denke ich nach. Doch diesmal nicht mit meinem Verstand, sondern mit meinem Herzen."

30.
Chloe

Juni

Für Liebesgeschichten war sie einfach nicht gemacht. Sie erwischte einfach nie den Richtigen. Weder im wahren Leben noch auf der Leinwand. Sie war, wie *Variety* behauptete, „Die Königin der Sterbeszenen". Wenn sie es nicht schon vor *Bound by Love* gewusst hätte, jetzt wusste sie es ganz sicher. Doch dann kam Claude und bot ihr die Rolle der unsterblichen Faith Freeman an. *Stargazer* könnte ihre Karriere einschneidend verändern. Aber nicht ihr Liebesleben.

Auch das Auftauchen von Oliver Hanson und das Wissen, dass sie die Nachfahrin von Esther Longfellow Hobart war, änderte nichts an ihrem Liebesleben. Hamiltons und Esthers Liebesgeschichte würde wohl für immer unerfüllt bleiben. Chloe war nicht die Antwort auf ihre Sehnsucht, und Jesse genauso wenig. Diese Vorstellung war schlichtweg zu absurd.

Unerwiderte Liebe war eben genau das – unerwidert. Vielleicht würde sie Erfüllung und Gerechtigkeit erst bei Gott finden.

Dad versuchte ein paar Tage lang, sie dazu zu überreden, mit ihm nach Boston zu fliegen. Er hatte dort geschäftlich zu tun. Doch sie lehnte ab. Wie viel Zurückweisung konnte eine Frau ertragen? Gerade, als sie begonnen hatte, ein wenig zu hoffen und ihren Träumen Raum zu geben.

Heute Morgen war sie mit einem Entschluss aufgewacht. Sie wollte ab jetzt etwas Neues versuchen. Na ja, neu war es eigentlich nicht.

Nur du und ich, Jesus.

Sie war nicht deprimiert oder trübsinnig. Sie musste nur herausfinden, wie sie die nächsten fünfzig, sechzig Jahre leben konnte, ohne von der Sehnsucht nach der Intimität der Ehe verschlungen zu werden. Kate hatte recht. Sie sollte sich darauf konzentrieren, eine *Grande Dame* des Films zu werden. Vielleicht würde sie nach dem Claude-Durand-Film nach London ziehen und für Theaterrollen vorsprechen. Dieselbe Rolle Abend für Abend spielen, brachte einen gewissen Frieden, eine Stabilität mit sich. In der Zwischenzeit würde sie den Sommer genießen und das gesamte *Stargazer-Skript* auswendig lernen.

Sie lag lesend am Pool in der Sonne, als Jeremiah anrief.

„Kannst du in einer Stunde zu mir nach Hause kommen?"

„Ist alles in Ordnung?"

„Ja, ich möchte dir ein paar der Bearbeitungen zeigen."

Sie duschte sich, zog sich an, klappte das Dach ihres Mustang Cabriolet zurück und fuhr den eine Meile langen Weg zum Haus der Gondas.

Als sie klingelte, öffnete Jeremiah – drei seiner sieben Kinder hingen an ihm, darunter die Kleinste, Eva, die nicht länger ein Baby, sondern ein aufblühendes, wunderschönes kleines Mädchen war. Judah hatte sich wie ein Affe an Jeremiahs Rücken geklammert, und Elianna hatte seinen Fußknöchel umfasst. Jer zog sie über den Marmorfußboden, während er Chloe in seinen Vorführraum führte.

„Willkommen im Zirkus", lachte er.

„Offenbar haben die Kinder dich vermisst." Chloe schüttelte Judahs Hand und fuhr über Eliannas goldene Locken.

„Nicht so sehr, wie ich sie vermisst habe. Die Dreharbeiten in Neuseeland haben einen Monat länger gedauert als geplant, aber jetzt ist es geschafft."

„Ein Kassenschlager?"

Jer grinste sie an und setzte Eva auf die Erde. „Ein großer Kassenschlager. Es war eine Qual, aber wir hatten auch Spaß. Chris war wirklich große Klasse. Pilar?" Er rief in ein Haustelefon. „Können Sie bitte die Kinder holen?"

Die Nanny erschien und löste die Kinder von ihrem Vater. Sie versprach ihnen einen Spaziergang im Park. Der Älteste, Ezra, tauchte im Türrahmen auf, einen Baseballhandschuh in der Hand. „Ich dachte, wir würden trainieren gehen."

„Das tun wir. Sobald ich mit Chloe gesprochen habe. Sag Miss Daschle Guten Tag."

Er murmelte schmollend eine Begrüßung, ließ die Schultern hängen und verschwand. Jer rief ihm nach: „Es wird nicht länger als eine Stunde dauern. Spiele mit Avner und Daniel und suche bitte Liel. Sie wird mitspielen wollen."

„Jer, wenn du mit deinen Kindern spielen willst ..."

„Ich habe den Rest des Tages und den ganzen nächsten Monat Zeit dafür. Alles in Ordnung." Jeremiah stupste Chloe zu einem riesigen Kino-Ledersessel. „Laura wäre gern hier gewesen, aber sie trifft sich mit ihrem Agenten. Sie wird wahrscheinlich eine Rolle bekommen, die sie sich wirklich gewünscht hat. Kann ich dir etwas zu trinken anbieten?"

„Nein, vielen Dank. Du hast also den Rohschnitt des Films? Ich bin sehr gespannt."

Er setzte sich neben sie. „Es fühlt sich wie ein *Déjà-vu* an, nicht wahr?"

Sie lächelte und ließ sich in den Sessel zurückfallen. „Ein bisschen. Vor zehn Monaten war ich hier, um dich um die Rolle der Esther zu bitten. Und da sitzen wir nun mit dem fertigen Film und ..."

„Beinahe fertig. Sharon Lee hat Tag und Nacht daran gearbeitet. Ich schulde ihr etwas." Jer nahm die Fernbedienung und dimmte das Licht, als der Projektor ein Bild auf die Leinwand warf. „Ich habe noch nicht den gesamten Schnitt, aber ich wollte dir schon mal dies hier zeigen."

„Sag mal, was hältst du davon, dass ich in Claude Durands Stargazer die Faith Freeman spiele?"

„Mach es. Es ist perfekt für dich."

„Du sagst das so, ohne nachzudenken?"

Jeremiah warf ihr einen Seitenblick zu. „Wenn du deine Karriere verändern willst, dann tu es. Wenn du eine Superheldin spielst, wirst du garantiert nicht sterben. Diese Rolle kann sogar ein Greg Zarzour nicht antasten."

„Es sei denn, er tötet das Projekt."

„Machst du Witze? Die Leute bilden bereits Fanclubs für diesen Film. Ich hoffe, du magst *Comic Cons*, denn das wird künftig Teil deines Lebens sein."

„Ich frage mich vor allem, warum Claude ausgerechnet eine Chloe Daschle für die Hauptrolle gewählt hat."

Im bläulichen Licht des Projektors runzelte Jeremiah die Stirn. „Chloe, du kannst weiter versuchen, dich klein zu machen, aber warum ergreifst du nicht einfach die Gelegenheit beim Schopf und gehst voran?"

Chloe sackte in ihrem Sessel in sich zusammen. Er hatte recht. Natürlich. Warum sollte sie sich nicht ihre Erfahrung zunutze machen und die Rolle annehmen, statt sich immer wieder selbst herabzusetzen?

Jer richtete die Fernbedienung auf den Projektor. „Und los geht's." Er lachte. „Ich liebe es, das zu sagen."

„Wie bitte? Kein Popcorn, keine Süßigkeiten?", sagte Chloe. „Was ist das für ein billiges Kino?"

„Die Art von Kino, in dem die Ehefrau gegen Kohlehydrate und Zucker ist", sagte Jeremiah und legte den Finger auf die Lippen, als sich die älteren Kinder nacheinander hereinstahlen und auf die Kinositze krabbelten. „Aber was ich in Neuseeland gegessen habe, bleibt in Neuseeland."

„Du weißt, dass deine Kinder zuhören?"

Jer drehte sich um und klatschte die Jungen ab, während der Film zu laufen begann. „Ihr Daddy hält ihnen den Rücken frei."

Auf dem Bildschirm lehnte Esther gegen einen Baumstamm und sah über das Schlachtfeld. Chloe zuckte zusammen, als sie sich auf der Leinwand sah, und überlegte, was sie anders machen würde. Nach Zarzours Nummer hatte es keine Wiederholungen, kein Nachdrehen gegeben.

„Ist das die endgültige Szene?"

„Fast."

Chloe hielt den Atem an, als Esther zu dem verwundeten Hamilton rannte. Dies war ihre Todesszene. War sie glaubhaft? Spielte sie ihre Rolle gut? Löste ihre Erscheinung beim Zuschauer das Bild einer aristokratischen Frau aus, die im Hinterland von *South Carolina* aufgewachsen war?

Als sie sah, wie Esther über Hamilton kniete und ihm ihre Liebe gestand, spürte Chloe ihre Aufrichtigkeit, ihre Liebe.

Meine liebste Esther,

(...)

ich liebe dich.

In Liebe,

Hamilton Lightfoot

Chloe wischte eine Träne fort und schluckte eine Mischung verschiedener Emotionen hinunter. Sie hatte Jesse ihre Liebe gestanden und mit *In Liebe, Chloe* unterschrieben.

Auf dem Bildschirm stürzte Esther sich mit dem Dolch in der Hand auf den Rotrock. „Tod, du kriegst mich nicht!"

Hinter ihr murmelte Ezra: „Cool."

Doch für Chloe war alles voller Tränen.

„Ein großartiger Moment", flüsterte Jeremiah. „Was hast du gefühlt?"

Chloe lächelte sanft. „Ich habe mich *lebendig* gefühlt."

Die Kamera zoomte, während sie zusammengesunken auf dem Boden lag. Chloe zuckte zusammen. Sie hätte eine bessere Position wählen können, aber nach ihrem Schlachtruf erinnerte sie sich an nichts.

Der Bildschirm wurde dunkel. Sie seufzte. „Glaubst du, die Todesszene ist gut genug für Zarzour?"

Sie streckte sich und wollte gerade aufstehen, als der Bildschirm wieder heller wurde. Hamilton trug Esther in das Morgenlicht hinein.

„Du hast das gefilmt?" Chris hatte sie nach einem Rennen über das Schlachtfeld schwungvoll hochgehoben und getragen, kurz bevor Zarzour eintraf.

„B-Roll."

„Es gefällt mir." Sie tätschelte seinen Arm. „Das gibt dem Zuschauer ein wenig Hoffnung. Sie ist tot, aber sie wurde geliebt, weißt du?"

„Ich stimme dir zu." Hinter ihnen flüsterten die Jungen und schlugen mit ihren Baseball-Bällen in die Handschuhe. Jeremiah drehte sich um und warf ihnen den väterlichen „Seid leise, sonst ..."-Blick zu.

„Weißt du, was Chris in diesem Augenblick sagte?", frage Chloe. „Daschle, was hast du zum Frühstück gegessen? Du wiegst eine Tonne."

Die Szene veränderte sich erneut. Chloe folgte der Kamera in das Haus der Kingsleys und über den Stapel Bücher auf Esthers Schreibtisch.

„Ein Epilog?"

„Etwas in der Art."

Die Kamera schwenkte nach draußen. Man sah einen Sonnenuntergang über einem Scheunenhof.

„Wann war das?", fragte Chloe. Dann erinnerte sie sich an den ersten Drehtag und den Angriff des kampflustigen Hahns. Esther lief in Hamilton hinein. „Warte mal, ist das nicht Jesse? Chris war noch nicht da."

Jeremiah schmunzelte. „Zarzour sagte, wir sollten B-Roll benutzen."

„Jesse ist in der Schlussszene Hamilton? So war es aber im Skript nicht vorgesehen."

„Die Idee kam uns später. Nun, also nicht *uns*. Ein wirklich kluger Mensch machte den Vorschlag."

Hamilton ging neben Esther her, während die Kinder sich an ihn hängten, und dann schwenkte die Kamera zur im Wind flatternden Flagge der amerikanischen Kolonien. Freiheit.

„Wie findest du es?", fragte Jeremiah und drehte sich zu ihr, um ihr Gesicht zu sehen.

Chloe drehte sich ebenfalls zu ihm. „Willst du damit sagen, dass dies die Schlussszene ist?"

„Ja, genau."

„Die Schlussszene von *Bound by Love*? Wo ich so wunderschön gestorben bin? Wie Greg angeordnet hat."

„Du bist wunderschön gestorben, Chloe. Aber dies ist eine Liebesgeschichte. Und wenn die Liebe nicht den Sieg davonträgt, dann haben wir keinen Film."

„Also sterbe ich nicht. Ich meine, Esther stirbt nicht?"

„Sie lebt. Glücklich bis ans Ende ihrer Tage."

„Ach du meine Güte ..." Sie lachte. „Du meinst es ernst? Ich kann es kaum glauben. Danke, von ganzem Herzen! Jeremiah, du bist der Beste! Und du darfst ruhig meinem Vater erzählen, dass ich das gesagt habe." Sie umarmte ihren Freund, ihren Helden. „Es ist einfach umwerfend! Esther stirbt nicht. Habt ihr gehört, Jungs? Sie lebt! Euer Dad ist ein Genie."

„Leider verdiene ich diesen Ruhm nicht. Die Idee stammt nicht von mir."

„Von wem dann? Sharon? Dad? Das würde ihm ähnlich sehen."

„Keiner von ihnen. Allerdings habe ich über Raymond davon gehört." Jeremiah stand auf und winkte die Kinder ins Licht des Projektors. „Kommt, wir gehen Baseball spielen. Wir wollen die beiden allein lassen."

Chloe sprang auf. „Welche beiden? Wohin gehst du?" Sie schnappte ihre Tasche vom Boden.

„Du bleibst hier, Chloe." Jeremiah dimmte die Lichter so, dass ein romantischer Schein den Raum durchflutete. In der hintersten Reihe saß Jesse, seine schwarzen Haare fielen ihm lose über die Augenbrauen. „Mit diesem Burschen hier. Er ist das Genie hinter der Schlussszene."

„Jesse."

Er stand auf. „Hallo Chloe. Ich habe deinen Brief bekommen."

31.
Jesse

Sie lief so heftig in seine Arme, dass er gegen die Wand gedrückt wurde. Ihr leises Weinen erfüllte seine Ohren. Er liebte dieses Gefühl, wie sie sich an ihn schmiegte.

„Schsch, alles ist gut, alles gut." Er ließ sich auf den nächsten Stuhl fallen und hielt sie fest in den Armen. „Ich habe deinen Brief erst vor vier Tagen bekommen."

„Aber du bist da ... du bist da." Sie schlang ihre Arme um seinen Nacken, während er sie noch fester umarmte und immer wieder ihre Lippen fand.

„Ich liebe dich, Chloe. Ich dachte, ich würde nie wieder jemanden lieben können, aber ich liebe dich, lieber Himmel, ich liebe dich!" Er küsste sie erneut, hungrig, fordernd, gebend.

Zwischen den Küssen schniefte sie ihre Tränen fort. „Ich liebe dich, Jesse. Lieber Himmel, ich liebe dich." Sie wies mit dem Kopf auf die Leinwand. „Die Schlussszene war deine Idee?"

„Bevor ich aus dem Gästehaus auszog, lud dein Dad mich ein, in sein Büro zu kommen, um über die Folgen für den Film zu sprechen. Ich schlug eine einfache Lösung vor, um Esther leben zu lassen. Ich redete wirres Zeug, dachte nicht, dass er mir wirklich zuhört. Dann ging ich nach Boston. Vier Monate gingen vorbei. Dann schickte Jeremiah mir vor vier Tagen einen Link, und gleichzeitig fand die Sekretärin bei *DiamondBros* deinen Brief. Eine Aushilfskraft hatte ihn verlegt ..."

Sie küsste ihn wieder, ihre Berührung war stark, ihr Atem warm, ihre Hände umfassten ihn. „Ich kann es nicht fassen, dass du wirklich hier bist."

„Ich kann es nicht fassen, dass ich so lange brauchte, um hier zu sein. Bei dir."

„Ich hatte mich damit abgefunden zu sterben, weißt du." Ihre Küsse füllten seinen leeren inneren Tank. „Hast du gesehen, wie ich den Dolch hielt?"

„Ja, und jetzt habe ich ein bisschen Angst."

Sie lachte laut und befreit. Die Liebe zerbrach Ketten, brach Türen auf, heilte Wunden.

„Ich habe dir viel zu erzählen", sagte er. „I-ich habe jemanden kennengelernt."

Sie bäumte sich auf, ihre Augen zu Schlitzen verengt. „Das klingt wie bei *Versteckte Kamera*. Wen hast du kennengelernt?"

„Denselben Mann, dem du in der Kirche begegnet bist."

„Smitty?"

„Nein, Chloe ..."

„Jesus." Sie legte die Hand auf seine Brust. „Wie hast du ihn kennengelernt?"

„Bei den Brants, ausgerechnet! Loxleys Eltern. Jetzt weiß ich, dass mir vergeben wurde."

Sie drückte ihre Wange gegen seine Brust. „Ich kann ihn hören, hier drin. Er ist dabei, alte Möbel auszuräumen. Warte, er sagt etwas ..." Sie hob den Finger und gab vor, zu lauschen. „Er fragt, ob er etwas an die Wand hängen darf."

Jesse lachte. „Was?"

„Ein Bild. Ja, ich sehe ein Bild. Darauf steht *Home Sweet Home*."

„Perfekt."

„Und er sitzt auf deinem Sessel. Er meint, ab jetzt hat er das Sagen."

Jesse zog sie noch näher an sich, sein Kuss war heftig, wild und besitzergreifend, bis sie das Gefühl hatte, im schwerelosen Raum zu schweben.

Als er sie losließ, drückte sie sich wieder gegen seine Brust und gab vor zu lauschen.

„Warte, er hängt noch ein Bild auf, Jesse. Er ist noch immer mit dem Einzug beschäftigt."

„Ein Bild von dir und mir?"

„Nein, es ist ein Brief ..." Sie setzte sich auf und presste die Hände gegen ihre Brust, einen Ausdruck von Ehrfurcht in ihrem Gesicht. „Der Brief, den Oliver mir gab."

„Oliver?"

Sie schlüpfte von seinem Schoß, die Hand aufs Herz gelegt. „Es ist wahr."

„Was ist wahr, Liebste?"

Sie sah ihn an. „Liebste? Du hast mich Liebste genannt. So hat mich noch nie zuvor jemand genannt."

„Ich bin froh, dass ich der Erste bin. Aber von welcher Wahrheit sprichst du?"

Sie nahm seine Hand und zog ihn auf die Füße. „Komm, ich muss dir etwas zeigen."

Chloe

Jesse saß auf dem Beifahrersitz. Er war entspannt, endlich angekommen. Sein Kopf lehnte gegen die Kopfstütze, sein Arm ruhte auf Chloes Schulter.

Er fuhr mit den Fingern durch ihre Haare, dann streichelte er ihren Nacken, bis sie es vor Wonne kaum noch aushalten konnte.

Sie war ebenfalls angekommen, voller Frieden. In dem Moment, als sie ihn sah, war es, als ob sie nie voneinander getrennt gewesen wären.

Nachdem sie im Schatten der griechischen Säule auf dem Anwesen der Daschles geparkt hatten, gingen sie Hand in Hand ins Haus.

„Dad?" Sie ging zuerst in sein Büro, doch dort war er nicht.

„Gut, wir sind allein." Jesse zog sie an sich und begann sie zu küssen.

„Ich brauche eine Million davon."

„Dann lass uns anfangen." Er ließ sich auf die Couch fallen, ohne sie loszulassen. Sie lachte und krabbelte wieder hoch.

„Ich muss dir wirklich etwas zeigen. Ah, hier ist es." Chloe nahm den gelben Ordner vom Schreibtisch und setzte sich neben Jesse. „Neulich kam ein Mann hierher, der sagte, seine Familie sei seit mehreren Generationen im Besitz dieses Briefes." Sie gab ihm den Umschlag.

„So langsam beginne ich Briefe zu mögen." Jesse nahm den Brief und küsste sie auf die Wange. „Ich liebe dich, Schatz."

Sie setzte sich auf die Knie und fuhr mit der Hand durch seine weichen Haare, während Jesse den Umschlag vorsichtig öffnete, die Seite kurz überflog und dann laut vorlas: *„Meine liebste Esther ... In Liebe, Hamilton."* Es sah sie an. „Er ist von Hamilton. Wie bist du daran gekommen?"

Chloe erzählte ihm von Oliver und von Dads Nachforschungen in der Familiengeschichte. Er hörte mit hochgezogenen Augenbrauen, nickend und brummend zu.

„Jesse, dein Vorfahre Hamilton liebte meine Vorfahrin Esther. Wir sind ihre Nachfahren."

„Das ist völlig verrückt." Er las den Brief erneut. „Es ist seine Handschrift, das stimmt. Ich erkenne sie eindeutig. Also ist Esther deine Vorfahrin? Wahnsinn! Das ist wie etwas, was ...

„... im Film passieren würde?"

„Ja, wie etwas, was im Film passieren würde." Er legte den Ordner zur Seite und zog Chloe in seine Arme. „Aber dies ist keine Hollywood-Geschichte, Chloe. Es ist *unsere* Geschichte. Darum ging es die ganze Zeit – der Film, der Brief, unser Treffen auf der Hochzeit von Dylan und Violet, dieses Gefühl, dass da etwas zwischen uns passierte, als keiner von uns beiden es wollte."

„Nun, wohin führt uns das alles, Nachfahre von Hamilton Lightfoot?" Sie beugte sich zu ihm, um ihn zu küssen. Seine Worte hatten sie befreit, um diejenige zu sein, die sie schon immer sein wollte. „Ich mag es, dass ich dich küssen kann, wann immer ich will."

„Warum also noch warten?" Er gab sie frei und kniete vor ihr nieder.

„Jesse?"

„Der Brief bestätigt nur, was ich immer gewusst habe. Wir sind füreinander bestimmt. Chloe Daschle, Nachfahrin von Esther Longfellow, willst du mich heiraten?"

„Ich glaube, die Liebe hat 240 Jahre gewartet, um diese Antwort zu hören: *Ja.* Ich will dich heiraten, Jesse Gates, Nachfahre von Hamilton Lightfoot."

32.

„Die Kritiker lieben Bound by Love.“
– Los Angeles Times

**„Kassenschlager-Wochenende?
Historienfilm Bound by Love erobert das Kinopublikum.“** – *Variety*

**„Painter und Daschle –
die pure Chemie.“** *– Movie News*

**„Wer hätte gedacht,
wie viel Talent in Chloe Daschle steckt?“**
– Harvey Beckham, Filmkritiker

Chloe

Januar

Sehen Sie, Liebesgeschichten funktionierten für sie. Am Ende bekam sie ihren Mann, jedenfalls im wahren Leben.

In jenem Jahr bezeichnete Variety sie als „die Schauspielerin, die man sehen *muss*." Der Tod konnte sie nicht länger halten.

Als die Oscar-Nominierungen bekannt gegeben wurden und sie für die Auszeichnung als „beste Hauptdarstellerin" vorgesehen wurde, dachte sie, es könnte nicht besser werden. Doch eine Woche vor ihrer größten Nacht in Hollywood versammelten sich die Gondas, Daschles und Gates zusammen mit ihren besten Freunden am Strand von *Santa Monica*, um im Sonnenuntergang ihre Hochzeit zu feiern.

Smitty tauchte nach monatelanger Abwesenheit wieder in ihrem Leben auf. Er klopfte Jesse auf die Schulter. „Es wurde aber auch Zeit. Ich dachte schon, ich würde euch zwei nie zusammenbringen." Dann verschwand er wieder, und sie fragten sich: *Mann oder Engel?* Wie auch immer, sie würden seine göttliche Hilfe nie vergessen.

Ein Streichquartett spielte Musik, während die Sonne unterging und die Sterne am Horizont aufkamen. Dad bot Chloe seinen Arm. „Letzte Gelegenheit, deine Meinung zu ändern."

„Und Hamiltons und Esthers Herz erneut zu brechen?"

Chloe ging über den weißen Läufer auf Jesse zu, der unter einem Bogen aus Efeu stand. Sie trug Hamiltons ersten Liebesbrief in ihrem Brautstrauß.

Sie fand nie heraus, was mit unerwiderter Liebe geschah, denn als die Liebe sie auf mysteriöse, wundersame Weise fand, ließ sie sich ganz hineinfallen.

Jesses Tante Pat hatte mittlerweile daran gearbeitet, Chloes Verbindung zu Esther zu bestätigen. Mom hatte einen Künstler damit beauftragt, beide Familienstammbäume zu malen. Chloe ließ das Bild in einen Goldrahmen fassen und schenkte es Jesse zur Hochzeit.

Er zwinkerte ihr zu, als sie neben ihm zum Stehen kam. „Hallo, meine Schöne."

„Hallo du."

Ihr Pastor, Shawn Bolz, sprach ein Gebet, dann fragte er Dad: „Wer gibt diese Frau diesem Mann?"

„Ihre Mutter und ich." Schniefend legte er ihre Hand in Jesses Hand, und Chloe übernahm die Rolle, für die sie geboren war: Ehefrau, Geliebte und Freundin.

Sie verbrachten ihre Flitterwochen auf Bora Bora und sahen die Oscar-Verleihung im Fernsehen von ihrer Strandhütte aus, wo sie mit Schokolade überzogene Erdbeeren aßen und Champagner schlürften.

„Du wirst gewinnen, Schatz", sagte Jesse während der Werbung, bevor die Bekanntgabe der „besten Hauptdarstellerin" erfolgen sollte.

„Ich habe schon gewonnen." Sie küsste ihn, dann suchte sie seinen Blick und sah Liebe in seinen tiefblauen Augen. „Bist du glücklich?"

„Was meinst du?" Er nahm ihr Gesicht in seine Hände und küsste sie wie ein verliebter Mann. Chloe seufzte und zitterte.

„Ich glaube, ich werde dich nie wieder gehen lassen."

Die Werbung endete und die Kamera zoomte zur Oscar-Bühne. „Schau mal, da sind Mom und Dad." Raymond Daschle und Rachel Hayes lächelten die Zuschauer an.

„Jer und Laura sitzen direkt hinter ihnen." Jesse schob sich eine weitere Erdbeere in den Mund, bevor er Richtung Bildschirm winkte und *Hallo* rief.

„Du bist albern." Doch Chloe genoss jeden Augenblick ihres neuen Lebens mit ihm.

Der Sprecher der Zeremonie kündigte Chris Painter an, der unter tosendem Beifall zum Podium ging.

„Die Kandidatinnen für den Oscar in der Kategorie „Beste Hauptdarstellerin" sind ..." Er las Chloes Namen als Erstes. „ ... in *Bound by Love.*"

Chloe duckte sich hinter ein Kissen, als ein Clip des Films gezeigt wurde. Die Tatsache, dass sie ihre Vorfahrin gespielt hatte, sank tief in ihr Bewusstsein, und sie empfand ehrfürchtiges Staunen angesichts der wundervollen Führung Gottes in ihrem Leben. Niemals hätte sie sich eine solche Fügung vorstellen können.

„Das ist meine Lieblingsszene", sagte Jesse und legte seinen Arm um ihre Taille, zog sie an sich und küsste ihren Kopf. „Du wirst gewinnen."

„Schatz, Gott hat in diesem Jahr eine ganze Menge Dinge, sogar Wunder in meinem Leben getan – aber mich innerhalb von zwölf Monaten von der Königin der Todesszenen zur Oscar-Preisträgerin mutieren zu lassen, wäre dann doch ein wenig zu viel des Guten."

„Du meinst, er kann das nicht tun?"

„Oh, ich weiß, dass er es kann. Aber ich habe dich, Liebster. Ich habe den Brief und den Rest der Geschichte. Ich habe dieses wundervolle Zeugnis der Liebe. Was brauche ich noch?"

„Du wirst gewinnen."

„Du bist nicht etwa befangen, hm?"

„Vielleicht ein bisschen."

Chris stellte die übrigen Nominierten vor, dann öffnete er den Umschlag. Er lächelte.

„Du hast gewonnen, Schatz. Schau dir sein Gesicht an ..."

Chris schaute in die Kamera. „Meine liebe Freundin, Chloe Daschle."

Mit einem lauten Aufschrei sprang Jesse hoch und hüpfte auf dem Bett, sodass die Erdbeeren in alle Richtungen stoben. „Ich hab's dir gesagt." Er pumpte mit der Faust durch die Luft. „Ich wusste es."

„I-ich fass es nicht." Chloe atmete hörbar aus und ließ sich gegen die Kissen fallen, die Arme weit geöffnet, lachend. „Ich habe gewonnen. Ich habe tatsächlich gewonnen." Sie setzte sich auf und reckte ebenfalls die Faust in die Höhe. „*Yes*!"

Auf dem Bildschirm sahen sie, wie Chris ihren Oscar in der Hand hielt. „Chloe wollte heute Abend hier sein, aber der Schock nach der Nominierung hat sie umgebracht." Das Publikum lachte. „Nein, im Ernst, sie ist in den Flitterwochen und hat eine noch viel fantastischere Zeit als wir hier alle zusammen. Ich weiß, dass sie ihren Eltern und ihrer Schwester und außerdem Jer und Laura Gonda und allen, die zu *Gonda Films and Premier* gehören, danken möchte. Und natürlich ihrem Filmpartner, mir."

„Was macht er denn da ...", sagte Chloe.

„Und auch ihrem frischgebackenen Ehemann, Jesse Gates, der das Drehbuch geschrieben hat. Und ..." Chris räusperte sich. „... Gott. Sie möchte ihrem Herrn und Retter für all seine Segnungen danken."

„Wow", flüsterte sie.

Als die Show zu Ende war, machte Jesse das Fernsehen aus und nahm Chloes Hand. „Lass uns noch ein bisschen am Strand spazieren."

Die nächtliche Brise umgab sie wie Seide, als sie Hand in Hand am Ufer entlanggingen, währen die Wellen sanft gegen den Strand rollten.

Chloe lehnte sich gegen den Arm ihres Mannes, ihre Füße hinterließen Spuren im Sand. Die Wellen würden sie bis zum Morgen fortgewaschen haben, doch ihre Reise *glücklich bis ans Ende ihrer Tage* würde weitergehen. Und vielleicht würden künftige Generationen ihrer Nachkommen anhand ihres Lebens Antworten auf die Fragen finden, die sie bewegten. Diese Vorstellung ließ Chloe erschauern.

„Jesse, wir sollten ein Drehbuch über unsere Geschichte schreiben."

„Ich habe gerade genau dasselbe gedacht ..."

The End

Danksagungen

Dieses Buch hat mich ganz schön gefordert. Ich saß in einem Strandstuhl in unserer Garage und starrte auf das Whiteboard, darum bemüht herauszufinden, wie der Brief sechs Menschen über 250 Jahre miteinander verbinden könnte. Ich erarbeitete ein nettes, gut überlegtes Schema, und am Ende des Tages verwarf ich es wieder. Die Geschichte wurde erst richtig gut, als ich die Dinge vereinfachte und mich auf die vier Personen konzentrierte, die mich am meisten bewegten: Hamilton und Esther, Chloe und Jesse.

Ich danke meiner Herausgeberin Erin Healy, die mir intensiv zugehört und die Struktur-Probleme entdeckt hat. Sie hat dieses Buch mindestens drei oder vier Mal gelesen! Ihre Einsicht, Freundlichkeit und Inspiration haben mir Mut gegeben, als ich die großen Änderungen vornahm. Danke für Ihren Glauben an mich!

Danke auch an meine Lektorin Karli Jackson. Ich wünsche Ihnen alles Liebe und Gute für Ihre neue Lebensphase – ganz Mutter zu sein ist der allerbeste Job.

Ich freue mich auf meine neue Herausgeberin, Kimberley Carlton.

Dank an meine Schreibpartnerin Susan May Warren, die seit dreizehn Jahren stets für mich da ist. Wie oft hat sie mich neu motiviert, wenn ich im „Ich bin die langweiligste Autorin aller Zeiten"-Modus war.

Dank an Beth Vogt, meine Freundin und talentierte Autorin, die außerdem meine FaceTime-Partnerin ist.

Amanda Bostic, Kristen Golden, Allison Carter, Paul Fisher und dem gesamten *HarperCollins Christian Publishing-Team* gebührt mein aufrichtiger Dank. Es ist eine Ehre für mich, mit Ihnen allen zusammenzuarbeiten, um meine Geschichten herauszubringen.

Herzlichen Dank auch an das HCCP Verkaufsteam und seine bodenständige Kraft, genauso wie an Matt Bray, Jason Short und das fantastische Digital-Team.

Ich habe den größten Teil meiner Recherchen im Internet sowie durch das Lesen einschlägiger Bücher gemacht. Ich bewundere all die Männer und Frauen, die die erstaunliche Geschichte unseres Landes, der Vereinigten Staaten von Amerika, aufgezeichnet haben. Über den Unabhängigkeitskrieg gibt es so viel zu lesen, dass ich schlichtweg überwältigt war. Gleichzeitig war es ein wenig erdrückend, die vielen historischen Fakten zusammenzutragen und zu entscheiden, wie ich die erfundenen Personen in die historische Realität einbinden sollte. Ich habe mein Bestes getan!

Die Schlacht von *Cowpens* war eine entscheidende Schlacht im Kampf gegen die Briten. Der Sieg von General Morgan in *Cowpens* hat das Schicksal des Krieges gewendet. Der Spielfilm *Der Patriot* basiert auf diesen Geschehnissen. Ich habe mich für diese Schlacht im Süden für meine Geschichte entschieden, weil im Zusammenhang mit dem Unabhängigkeitskrieg nicht viel über den Süden gesprochen wird und weil ich den Namen *Cowpens* wirklich schön finde. Als ich bei meinen Recherchen feststellte, dass die Schlacht von *Cowpens* als Vorlage für *The Patriot* diente, bemühte ich mich umso mehr, die Geschichte so nah wie möglich an der historischen Wirklichkeit zu orientieren. Mein Mann und ich fuhren auf unserem Rückweg aus den Ferien beim Schlachtfeld in *Chesnee, South Carolina*, vorbei. Als wir entlang der *Green River Road* über das Feld gingen, fiel es uns schwer, uns vorzustellen, dass dort 237 Jahre zuvor ein solcher Kampf stattgefunden hatte. Ich war von Ehrfurcht ergriffen und dankbar.

Die Briefe von John und Abigail Adams lieferten mir einen Einblick in die Mentalität unserer Vorfahren im achtzehnten Jahrhundert. Das Anschauen mehrerer Folgen von *Poldarks* half mir, die Sprache jener Zeit zu finden. Eventuelle Fehler in den Dialogen oder bezüglich historischer Fakten sind allein mir zuzuschreiben.

John Irwin, John Brown, William Brown, Jacob Broadway, Robert Nelson, Wundarzt, und Andrew Pickens sind authentische Persönlichkeiten des Unabhängigkeitskrieges. Die Rede von General Morgan an die Truppen vor der Schlacht ist historisch belegt.

Off Camera mit Sam Jones gab mir Einblicke in das Leben eines Schauspielers, ebenso das Buch *Must See TV*.

Ich schulde auch der Drehbuchautorin und Bloggerin Lori Twitchell Dank, die auf meine vielen Fragen zur Welt des Films antwortete. Auch hier nehme ich eventuelle Fehler auf mich!

Ich widme dieses Buch meinem Mann, ohne den ich mir mein Leben nicht vorstellen kann. Er ist mein lebendiger „Liebesbrief".

Und auch Ihnen allen, die Sie Ihre Zeit und Ihr Geld in das Lesen dieses Buches investiert haben: Danke! Sie sind der Antrieb, dass ich schreibe!

Doch vor allem gebührt mein Dank Jesus. Ohne ihn wäre ich nicht da, wo ich bin. Der Prinz des Friedens ist der Prinz meines Herzens. Er macht alles gut!

MIX
Papier aus verantwortungsvollen Quellen
FSC® C083411

Bibliografische Informationen der Deutschen Nationalbibliothek
Die Deutsche Nationalbibliothek verzeichnet diese Publikation in der Deutschen Nationalbibliografie; detaillierte bibliografische Daten sind im Internet über http://dnb.d-nb.de abrufbar.

Die amerikanische Originalausgabe erschien unter dem Titel „The Loveletter" im Verlag Thomas Nelson, Nashville. Thomas Nelson is a registered trademark of HarperCollins Christian Publishing, Inc. Published by arrangement with Thomas Nelson, a divison of HarperCollins Christian Publishing, Inc.

1. Auflage 2019
ISBN 978-3-96140-114-7

Umschlaggestaltung: Silja Dreyer
Coverabbildung: Dorota Gorecka/Trevillion Images
Lektorat: Carolin Moussa
Satz: Harfe Verlag und Druckerei GmbH, Rudolstadt
Druck und Verarbeitung: CPI – Clausen & Bosse, Leck
Printed in Germany

www.brendow-verlag.de